이
계
집

이 책은 2019~2020년도 정부(교육부)의 재원으로 한국고전번역원의 지원을 받아 수행된 '권역별거점연구소협동번역사업'의 결과물임.

This work was supported by Institute for the Translation of Korean Classics - Grant funded by the Korean Government.

한국고전번역원 한국문집번역총서 / 성균관대학교 대동문화연구원

이계집 14
耳溪集

홍양호 지음
洪良浩

임영걸 옮김

일러두기

1. 이 책의 번역 대본은 한국고전번역원에서 간행한 한국문집총간 242집 소재 《이계집 (耳溪集)》으로 하였다. 번역 대본의 원문 텍스트와 원문 이미지는 한국고전종합 DB(http://db.itkc.or.kr)에서 확인할 수 있다.

2. 내용이 간단한 역주는 간주(間註)로, 긴 역주는 각주(脚註)로 처리하였다.

3. 한자는 필요한 경우 이해를 돕기 위하여 넣었으며, 운문(韻文)은 원문을 병기하였다.

4. 맞춤법과 띄어쓰기는 한글 맞춤법과 표준어 규정을 따랐다.

5. 이 책에서 사용한 부호는 다음과 같다.

　　(　) : 번역문과 음이 같은 한자를 묶는다.

　　〔 　 〕 : 번역문과 뜻은 같으나 음이 다른 한자를 묶는다.

　　" 　 " : 대화 등의 인용문을 묶는다.

　　' 　 ' : " 　 " 안의 재인용 또는 강조 문구를 묶는다.

　　「 　 」 : ' 　 ' 안의 재인용을 묶는다.

　　《 　 》 : 책명 및 각주의 전거(典據)를 묶는다.

　　〈 　 〉 : 책의 편명 및 운문・산문의 제목을 묶는다.

차례

이계집 외집 제10권

육서경위六書經緯

이계집 외집 제11권

목민대방牧民大方

이계집 외집 제12권

북새기략北塞記略

이계집 외집

제9권

만물원시
萬物原始

만물원시[1] 萬物原始

앙관편
仰觀篇

천지조화의 근본 天地造化之本

하늘은 자회(子會)에서 열렸으니 자(子)는 양(陽)의 으뜸이고, 땅은

---

1 만물원시 : 천지(天地)와 자연(自然)이 생성되고 운행하는 원리를 《주역》과 음양 오행(陰陽五行)의 원리로 궁구하여 풀이한 저작으로, 〈앙관편(仰觀篇)〉·〈부찰편(俯察篇)〉·〈근취편(近取篇)〉·〈원취편(遠取篇)〉·〈잡물편(雜物篇)〉·〈찬덕편(撰德篇)〉·〈변명편(辨名篇)〉의 일곱 편으로 구성되어 있다. 〈앙관편〉과 〈부찰편〉은 《주역》〈계사전 하(繫辭傳下)〉의 "우러러서는 하늘에서 상(象)을 관찰하고 굽어서는 지리에서 법(法)을 살핀다.〔仰則觀象於天, 俯則觀法於地.〕"라는 구절에서 제목을 취한 것으로, 전자는 천지의 생성과 운행, 사시(四時)와 기후(氣候)의 원리에 대해 중점적으로 다루었고, 후자는 오행의 작용 원리, 지리(地理)의 형세에 대해 중점적으로 다루었다. 〈근취편〉과 〈원취편〉은 〈계사전 하〉의 "가깝게는 몸에서 취하고 멀게는 사물에서 취한다.〔近取諸身, 遠取諸物.〕"라는 구절에서 제목을 취한 것으로, 전자는 인체(人體)에 갖추어진 음양오행과 팔괘의 원리, 후자는 동물, 식물에 갖추어진 음양오행과 팔괘의 원리를 중점적으로 다루었다. 〈잡물편〉과 〈찬덕편〉은 〈계사전 하〉의 "물건을 뒤섞음과 덕을 잡음과 시비를 분변함 같은 것은 '가운데의 효〔中爻〕'가 아니면 갖추어지지 않는다.〔若夫雜物撰德, 辨是與非, 則非其中爻, 不備.〕"라는 구절에서 취한 제목으로, 전자는 광물(鑛物)과 무생물의 속성(屬性)과 원리, 배·수레·의복 등 인간이 만들어낸

축회(丑會)에서 열렸으니 축(丑)은 음(陰)의 으뜸이며, 사람은 인회(寅會)에 태어났으니 인(寅)은 생물(生物)의 시작이다.[2]

○ 단거리(單居離)가 증자(曾子)에게 "하늘은 둥글고 땅은 네모나다는 것이 사실입니까?"라고 묻자, 증자가 "하늘이 나온 곳은 상수(上首 윗부분)이고 땅이 나온 곳은 하수(下首 아랫부분)이다. 상수를 일러 '둥글다〔圓〕'라고 하고 하수를 일러 '네모나다〔方〕'라고 한다. 만약 하늘이 둥글고 땅이 네모나다면 땅의 네 모서리를 하늘이 덮지 못할 것이니 천도(天道)가 원만하고 지도(地道)가 방정하다는 것이다. 방정함은 그윽하고 원만함은 밝으니, 밝은 것은 기운을 토하므로 외경(外景)이고, 그윽한 것은 기운을 머금으므로 내경(內景)이다. 그러므로 불과 해는 외경이고, 금(金)과 물〔水〕은 내경이다. 기운을 토하는 것은 베푸는 것이고 기운을 머금는 것은 변화하니, 이 때문에 양은 베풀고 음은 변화하는 것이다."라고 하였다.[3]

물건들의 시초와 원리를 해설하였고, 후자는 인의예지(仁義禮智)·성(誠)·겸(謙) 등의 유교적 덕목을 《주역》을 통해 해설하였다. 〈변명편〉은 《주역》의 유래와 역사, 점법(占法)의 원리 등을 해설하였다. 각각 46칙(則)·47칙·39칙·77칙·38칙·35칙·29칙이다.

2 하늘은……시작이다 : 송(宋)나라 소옹(邵雍)이 세운 원회운세설(元會運世說)에, 30년을 1세(世), 12세인 360년을 1운(運), 30운인 1만 800년을 1회(會), 12회인 12만 9,600년을 1원(元)으로 설정하여 1원을 천지가 창조된 시각부터 계속 순환하다가 다시 원시 상태로 복귀하기까지의 1주기라고 하는데, 주희(朱熹)는 소옹의 이 이론을 통해 하늘은 자회(子會)에 열리고 땅은 축회(丑會)에 열렸으며 사람은 인회(寅會)에 생겨났음〔天開於子, 地闢於丑, 人生於寅.〕을 추산해냈다고 하였다. 《皇極經世書 卷12 觀物篇》《朱子語類 卷45 論語 衛靈公篇 顏淵問爲邦章》

3 단거리(單居離)가……하였다 : 이 문답은 《대대예기(大戴禮記)》 권5 〈증자천원

○《주역》에서 말한 "천지(天地)의 기운이 얽히고설켜 만물이 화(化)하고 엉기는 것"은 기화(氣化)이고, "남녀가 정을 맺어 만물이 화생(化生)하는 것"은 형화(形化)이다.[4] 그러나 화하는 것은 기(氣)이고 생(生)하는 것은 형(形)이기 때문에 사물에는 기화하여 태어나는 것도 있고 형화하여 태어나는 것도 있으며, 형으로서 형을 낳는 것도 있다. 하늘의 1이 수(水)를 낳고 땅의 2가 화(火)를 낳으며 하늘의 3이 목(木)을 낳고 땅의 4가 금(金)을 낳으며 하늘의 5가 중앙에서 토(土)를 낳는 것은 기화하여 태어나는 것이다.[5] 수가 목을 낳고 목이 화를 낳으며 화가 토를 낳고 토가 금을 낳으며 금이 수를 낳는 것은 형화하여 태어나는 것이며, 사람과 동물이 태어나는 것은 형으로서 형을 낳는 것이다. 물에 부평초가 생기고 돌에 이끼가 생기며 흙에 버섯이 생기고 조개에 진주가 생기며 나무에 굼벵이가 생기고 옷에 이가 생기는 것은 기화이다. 참새가 대합이 되고[6] 매가 뻐꾸기가 되며[7] 두더지가 메추라

(曾子天圓)〉의 문답을 축약한 것이다. 외경(外景)이란 불과 태양처럼 빛을 밖으로 뿜는 성질을 가진 물체를 말하고, 내경(內景)은 빛을 안으로 드러내는 성질을 가진 물체를 말한다.

4 천지(天地)의……형화(形化)이다 :《주역》〈계사전 하(繫辭傳下)〉에 "천지의 기운이 얽히고설켜 만물이 화하여 엉기고, 남녀가 정을 맺어 만물이 화생한다.〔天地絪縕, 萬物化醇, 男女構精, 萬物化生.〕"라고 하였다.

5 하늘의……것이다 :《주역》〈계사전 상(繫辭傳上)〉의 정현(鄭玄)의 주(註)에 "하늘의 1은 북쪽에서 수(水)를 낳고, 땅의 2는 남쪽에서 화(火)를 낳고, 하늘의 3은 동쪽에서 목(木)을 낳고, 땅의 4는 서쪽에서 금(金)을 낳고, 하늘의 5는 가운데서 토(土)를 낳는다.〔天一生水於北, 地二生火於南, 天三生木於東, 地四生金於西, 天五生土於中.〕"라고 하였다.

6 참새가 대합이 되고 :《예기》〈월령(月令)〉에서 계추(季秋)의 달에 대해, "기러기

기가 되고[8] 닭이 뱀이 되며[9] 매미가 꽃이 되고[10] 풀이 반딧벌레가 되며[11] 물고기가 사슴이 되는 것은 형화이다. 사람과 짐승이 어미의 배에서 나는 것, 물고기와 새가 알에서 나는 것, 과일과 곡식이 열매에서 나는 것, 풀과 나무가 뿌리에서 나는 것은 형생(形生)이다. 형이 낳기는 하였으나 기가 반드시 화(化)하게 한 것이다.

○ 현조(玄鳥)가 설(契)을 낳은 것[12]과 거인의 발자국이 기(棄)를

가 찾아오고 참새가 바닷속으로 들어가 대합이 된다.〔鴻雁來賓, 爵入大水爲蛤.〕"라고 하였다.

7 매가 뻐꾸기가 되며 :《예기》〈월령〉에서 중춘(仲春)의 달에 대해, "꾀꼬리가 처음 울고 매가 변화하여 뻐꾸기가 된다.〔倉庚鳴, 鷹化爲鳩.〕"라고 하였다.

8 두더지가 메추라기가 되고 :《예기》〈월령〉에서 계춘(季春)의 달에 대해, "오동나무에 처음으로 꽃이 피고, 두더지가 변하여 메추라기가 된다.〔桐始華, 田鼠化爲鴽.〕"라고 하였다.

9 닭이 뱀이 되며 : 이규경(李圭景)의 《오주연문장전산고(五洲衍文長箋散稿)》〈계변증설(雞辨證說)〉에 닭이 도자기 조각과 자석을 먹으면 뱀으로 변할 수 있다는 물리서(物理書)의 내용을 인용하고 있으며, 구수계(鳩首雞)라는 닭이 늙으면 이무기로 변한다는 속설을 소개하고 있다.

10 매미가 꽃이 되고 : 선화(蟬花)를 가리키는 것으로 보인다. 매미버섯, 매미동충하초라고도 하며, 땅속에 있는 매미의 유충에 기생하여 머리 부분에서 땅 위로 버섯이 돋아 나온다.

11 풀이 반딧벌레가 되며 :《예기》〈월령〉에 계하(季夏)의 달에 대해, "매가 비로소 나는 것을 익히고 썩은 풀이 변하여 반딧불이 된다.〔鷹乃學習, 腐草爲螢.〕"라고 하였다.

12 현조(玄鳥)가……것 : 현조는 제비이다. 하(夏)나라 때 제곡(帝嚳)의 차비(次妃)인 간적(簡狄)이 어느 날 현조, 즉 제비가 알을 떨어뜨리는 것을 보고는 그것을 주워서 먹고 곧바로 임신하여 설(契)을 낳았다. 그 뒤에 설은 자라나서 우(禹) 임금을 도와 치수(治水)에 공을 세웠다. 뒤에 그의 후손인 탕(湯)이 상(商)나라를 세웠다. 《史記卷3 殷本紀》

낳은 것,[13] 서언(徐偃)이 알에서 태어난 것[14]과 혁거세(赫居世)가 대호(大瓠)에서 태어난 것[15]과 수로(首露)가 금궤에서 난 것[16]은 기화이다. 백곤(伯鯀)이 곰이 된 것,[17] 지(摯 이윤(伊尹))의 모친이 뽕나무가 된 것,[18] 두우(杜宇)가 두견새가 된 것,[19] 우애(牛哀)가 범이 된 것,[20] 여의

---

13 거인의……것 : 제곡(帝嚳)의 원비(元妃) 강원(姜原)이 어느 날 들판에 나갔다가 거인의 발자국을 보고 그것을 밟았는데, 곧바로 임신하여 아들을 낳았다. 강원이 이 아이를 상서롭지 못하게 여겨 시장에 내다 버렸으나 우마(牛馬)가 모두 피해 갔고, 얼음 위에 버리니 새들이 와서 덮어주었다. 강원이 마침내 아이를 다시 거두어다가 키우면서 이름을 기(棄)라고 하였고, 이 아이는 뒷날 주(周)나라의 시조인 후직(后稷)이 된다. 《史記 卷4 周本紀》

14 서언(徐偃)이……것 : 서언은 서주(西周) 때의 서(徐)나라의 군주 언왕(偃王)이다. 서나라의 궁녀가 임신하여 알을 낳자 서나라 임금이 이를 상서롭지 못하다 여겨 물가에 버렸는데, 한 과부 노파의 사냥개 곡창(鵠蒼)이 물가에 사냥을 나갔다가 그 버려진 알을 물고 돌아왔다. 노파가 그 알을 물건으로 덮어서 따스하게 하였더니, 그 속에서 서언이 태어났다고 한다. 《博物志 卷7 異聞》

15 혁거세(赫居世)가……것 :《삼국사기(三國史記)》권1〈신라본기(新羅本紀)〉에, 신라의 시조 혁거세(赫居世)는 알에서 태어났는데, 그 알이 큰 박〔大瓠〕과 같이 생겼으므로 '박(朴)'을 성으로 삼았다고 한다.

16 수로(首露)가……것 : 가야(伽倻)의 시조 김수로왕(金首露王)은 구지봉(龜旨峯)에서 발견된 금궤 속에 든 여섯 개의 알 중에서 가장 먼저 깨어 나와 금관가야(金官伽倻)의 왕이 되었다는 전설이 있다. 《三國遺事 紀異 駕洛國記》

17 백곤(伯鯀)이……것 : 백곤은 우(禹) 임금의 부친으로 요(堯) 임금이 그에게 홍수를 다스리도록 하였으나, 그 임무를 감당해내지 못하여 우산(羽山)에서 복주(伏誅)되었다. 《춘추좌씨전(春秋左氏傳)》소공(昭公) 7년에 "옛날에 요(堯) 임금이 곤(鯀)을 우산(羽山)에서 죽이니, 그의 귀신이 황웅(黃熊)으로 변화하여 우연(羽淵)으로 들어갔다.〔昔堯殛鯀于羽山, 其神化爲黃熊, 以入於羽淵.〕"라고 하였다.

18 지(摯)의……것 : 이윤(伊尹)의 모친이 이수(伊水) 가에 살며 이윤을 잉태하였을 때 꿈에서 신에게 절구에서 물이 나오거든 동쪽으로 달아나라는 계시를 받았다. 다음

(如意)가 개가 된 것[21]은 형화이다.

○ 하늘의 1이 수를 낳는데, 수는 기의 가볍고 맑은 속성을 가장 잘 얻었으므로 개충(介蟲)들이 기로써 서로 감응하여 태어나니, 기화에 가깝다. 화와 목은 그다음이므로 날짐승과 물고기의 부류가 모두 알에서 태어나니, 형화에 가깝다. 금과 토는 무겁고 탁하므로 털 있는 짐승과 털 없는 짐승[22]의 부류가 모두 어미의 배에서 태어나니, 이는 형생이다. 산호(珊瑚)와 영지(靈芝)는 목의 기운의 가장 맑은 것을 얻었으므로 기화하고, 과실과 곡식은 그다음이므로 열매에서 나니 이는 알에서 태어나는 것과 같은 종류이며, 여러 풀과 나무는 목의 기운이 가장 탁하므로 뿌리에서 나니 이는 어미의 배에서 태어나는 것과 같은 종류이다.

날 절구에서 물이 나오는 것을 보고 동쪽으로 10리를 달아나고 보니 자신이 살던 마을이 물에 잠겨 있었고, 자신의 몸은 속이 빈 뽕나무[空桑]로 변해서 그 안에서 이윤이 태어났다고 한다. 《呂氏春秋 卷14 孝行覽 本味》

19 두우(杜宇)가……것 : 촉(蜀)나라 망제(望帝) 두우(杜宇)는 죽어서 그 혼령이 두견새가 되었고, 울다 토해낸 피가 두견화가 되었다는 전설이 있다. 《華陽國志 卷3 蜀志》

20 우애(牛哀)가……것 : 우애는 노(魯)나라 사람 공우애(公牛哀)인데, 병을 앓은 지 7일 만에 범으로 변해 병문안을 온 형을 잡아먹었다고 한다. 《淮南子 俶眞訓》

21 여의(如意)가……것 : 여의는 한 고조(漢高祖)와 척부인(戚夫人) 사이의 아들인 조 은왕(趙隱王) 유여의(劉如意)로, 자신의 아들 유영(劉盈)을 황제로 만들고자 한 여후(呂后)에게 독살당했다. 뒤에 여후가 불제(祓除)를 하고 돌아오는 길에 검푸른 개[蒼犬]같이 생긴 동물이 나타나 여태후의 겨드랑이를 움키고 난 뒤 사라졌다. 점을 쳐보니 여의를 죽인 것이 빌미가 된 것이라는 점괘가 나왔고, 여태후는 이때부터 겨드랑이에 병을 얻어 넉 달 뒤에 죽었다. 《史記 卷9 呂后本紀》

22 털 있는……짐승 : 원문은 '모라(毛倮)'로, 털이 있는 들짐승들과 인간을 비롯한 털이 없는 동물들, 즉 포유류 전반을 가리킨다.

○ 사람은 중앙의 기운인 토의 기운을 얻는데 토의 수는 10에서 이루어지므로[23] 사람은 10개월 만에 태어난다. 소는 곤상(坤象)이므로 소도 10개월 만에 태어나고, 말은 건상(乾象)이고 하늘에는 십이진(十二辰 십이지(十二支))이 있기 때문에 말은 12개월 만에 태어난다.[24]

○ 하늘의 신(神)과 땅의 지(祇)는 형(形)도 없고 정(情)도 없지만 서직(黍稷)으로 흠향하고 생뢰(牲牢)로 강신을 청하는 것은 기가 서로 감응하는 것이다. 사람과 동물이 배고프면 먹고 목마르면 마시는 것 또한 기로써 서로 감응하는 것이니, 그 이치가 하나이다.

○ 천지 사이에 물과 흙이 가장 많다. 그래서 《주역》의 팔물(八物)의 자리에서 감(坎)과 태(兌), 곤(坤)과 간(艮)이 모두 두 자리씩을 차지하고 있다.[25]

○ 하늘이란 하나의 기일 뿐으로 일(日)・월(月)・성(星)・신(辰)

---

23 토의……이루어지므로 : 《주역》〈계사전 상〉의 정현(鄭玄)의 주에 "양과 음은 각각 짝이 없으면 서로 이루지 못하므로 땅의 6이 북쪽에서 수를 이루어 하늘의 1과 아우르고, 하늘의 7이 남쪽에서 화를 이루어 땅의 2와 아우르며, 땅의 8이 동쪽에서 목을 이루어 하늘의 3과 아우르고, 하늘의 9가 서쪽에서 금을 이루어 땅의 4와 아우르며, 땅의 10이 가운데에서 토를 이루어 하늘의 5와 아우른다.〔陽無耦陰無配, 未得相成, 地六成水於北, 與天一幷, 天七成火於南, 與地二幷, 地八成木於東, 與天三幷, 天九成金於西, 與地四幷, 地十成土於中, 與天五幷也.〕"라고 하였다.

24 소는……태어난다 : 《주역》〈설괘전(說卦傳)〉에 "건(乾)은 말이 되고, 곤(坤)은 소가 되고, 진(震)은 용이 되고, 손(巽)은 닭이 되고, 감(坎)은 돼지가 되고, 이(離)는 꿩이 되고, 간(艮)은 개가 되고, 태(兌)는 양이 된다.〔乾爲馬, 坤爲牛, 震爲龍, 巽爲雞, 坎爲豕, 離爲雉, 艮爲狗, 兌爲羊.〕"라고 하였다.

25 주역의……있다 : 팔물(八物)이란 우레〔雷〕・바람〔風〕・물〔水〕・해〔日〕・산(山)・못〔澤〕・하늘〔天〕・땅〔地〕으로, 감괘(坎卦)는 물, 태괘(兌卦)는 못, 곤괘(坤卦)는 땅, 간괘(艮卦)는 산을 상징하기 때문에 이렇게 말한 것이다.

이 메여 있고, 땅이란 물과 흙 두 바탕일 뿐으로 산악과 초목을 실어준다. 양(陽)은 기수(奇數 홀수)이고 음(陰)은 우수(耦數 짝수)이기 때문에 건(≡)의 획은 하나이고 곤(≡≡)의 획은 둘이다. 곤의 가운데가 갈라져 있는 것은 아마도 물이 빈 곳으로 흐르는 상(象)일 것이다. 감(☵)의 성질은 위와 아래가 모두 비어 있는 것이다.

○ 수・화・토・석(石)은 천지와 함께 태어났으니 선천(先天)의 사물이고, 초목과 조수(鳥獸)는 천지가 나뉜 뒤에 태어났으니 후천(後天)의 사물이다. 그러므로 소자(邵子 소옹(邵雍))가 수・화・토・석을 일・월・성・신에 대응시킨 것이 선천지학(先天之學)이다.[26]

○ 봄은 목의 굽기도 하고 곧기도 하는 성질을 얻기 때문에 초목이 움트고 뻗어가고, 가을은 금의 따르기도 하고 변하기도 하는 성질을 얻기 때문에 초목이 변하고 쇠하며, 여름은 화의 타고 위로 올라가는 성질을 얻기 때문에 양기가 위로 올라가 열기가 일어나고, 겨울은 수의 적시고 아래로 내려가는 성질을 얻기 때문에 음기가 아래로 내려와 한기가 생겨난다.[27]

---

26 소자(邵子)가……선천지학(先天之學)이다 : 소옹은 일・월・성・신이 각각 태양(太陽)・태음(太陰)・소양(少陽)・소음(少陰)으로서 하늘의 본체가 되어 하늘의 변화인 주야(晝夜)와 한서(寒暑)를 만들어낸다고 하였고, 수・화・토・석이 각각 태유(太柔)・태강(太剛)・소유(少柔)・소강(少康)으로서 땅의 본체가 되어 땅의 변화인 비・바람・이슬・우레를 만들어낸다고 하였다. 《皇極經世書 卷11 觀物篇》선천지학은 소옹이 제창한 역학(易學)으로서 하도(河圖)와 선천복희팔괘도(先天伏羲八卦圖)에 인간의 작위가 개입되지 않은 우주의 생성 원리가 담겨 있다고 보는 관점의 역학이다.

27 봄은……생겨난다 : 《서경》〈주서(周書) 홍범(洪範)〉에서 오행(五行)의 성질에 대해, "수는 짜고 아래로 내려가며, 화는 불타고 위로 올라가며, 목은 곧기도 하고 굽기

○ 하늘은 어째서 높은가? 양(陽)이 위에 자리하기 때문이다. 땅은 어째서 낮은가? 음(陰)이 아래에 자리하기 때문이다. 하늘은 어째서 둥근가? 양의 수가 기수이기 때문이다. 땅은 어째서 네모난가? 음의 수가 우수이기 때문이다. 하늘은 어째서 운행하는가? 양의 성질이 강(剛)하고 건(健)하기 때문이다. 땅은 어째서 멈춰 있는가? 음의 성질이 유(柔)하고 순(順)하기 때문이다. 하늘은 어째서 땅을 감싸는가? 양은 크고 쓰임이 온전하며 음은 작고 쓰임이 절반이기 때문이다. 하늘은 어째서 사물을 시작하게 하고 땅은 어째서 만물을 낳는가? 양은 기로써 베풀고 음은 바탕으로써 이루어주기 때문이다.

○ 일·월·성은 하늘에 붙어 있기 때문에 그 모양이 둥글고, 토·석은 땅에 붙어 있기 때문에 그 모양이 네모나다. 새와 고기의 알, 풀과 나무의 열매는 하늘로부터 화(化)하기 때문에 모두 둥글고, 풀과 나무, 새와 고기는 하늘로부터 나지만 땅에서 길러졌으므로 몸이 모두 둥글면서도 곧다. 둥근 것은 하늘을 형상한 것이고, 곧은 것은 땅을 형상한 것이다.

○ 사람은 곧게 서서 살아가고 새와 짐승은 가로로 살아가며 풀과 나무는 거꾸로 살아가는 것은 선유(先儒)의 말이다.[28] 곧기 때문에 통

도 하며, 금은 따르기도 하고 변하기도 하며, 토는 농사지어 심고 거둔다.〔水曰鹹下, 火曰炎上, 木曰曲直, 金曰從革, 土爰稼穡.〕"라고 하였다.

28 사람은……말이다 : 명(明)나라 호거인(胡居仁)은 〈역유태극도(易有太極圖)〉를 설명하며, "단지 사람이 곧게 서서 살아가고 동물은 가로로 살아가며 식물은 거꾸로 살아갈 뿐이다. 곧게 서서 사는 것은 바르고, 가로로 살거나 거꾸로 사는 것은 모두 치우친 것으로, 바른 것은 이(理)가 통하고 치우친 것은 이가 막혀 마침내 신령하고 어리석은 차이가 생기게 될 따름이다.〔只人是直生, 動物則橫生植, 物乃倒生. 直生爲

하고, 가로로 되어 있기 때문에 치우치며, 거꾸로 되어 있기 때문에 막힌다. 곧게 서서 사는 것은 하늘에 근본한 것이고, 거꾸로 사는 것은 땅에 이어진 것이며, 가로로 사는 것은 사람에게 복종한다. 하늘에 근본한 것은 양(陽)의 맑은 것이고, 땅에 이어진 것은 음(陰)의 탁한 것이며, 사람에게 복종하는 것은 맑음과 탁함이 절반씩이다. 그러므로 범과 이리는 자애를 알고 개미와 벌은 의리를 알며 기러기는 순서가 있고 물수리는 암수 간의 분별이 있으며,[29] 둥지에 사는 것들은 바람을 점칠 수 있고 구멍에 사는 것들은 비를 점칠 수 있으며, 앵무와 성성이는 말을 할 수 있다.[30]

○ 무릇 사물이 세상에 태어날 때 하늘의 1의 기운을 받고 발출(發出)할 때 땅의 2의 불에 올라타기 때문에 태보(胎褓)에 있을 때에는 모두 검고 갓 태어났을 때에는 모두 붉다.[31]

正, 橫生倒生皆偏, 正者理通, 偏者理塞, 遂有靈蠢之異耳.〕라고 하였다.《易像鈔 卷1》

29 범과……있으며 :《중용혹문(中庸或問)》권상에 "범과 이리에게는 부자 간의 친함이 있고 벌과 개미에게 군신 간의 의리가 있으며 승냥이와 수달이 조상에게 제사할 줄을 알고 물수리에게 암수 간의 분별이 있는 것으로 말하자면, 그 형기가 한편으로 치우쳤지만 도리어 또 의리의 얻은 바를 보존한 바가 있는 것이다.〔至於虎狼之父子, 蜂蟻之君臣, 豺獺之報本, 雎鳩之有別, 則其形氣之所偏, 又反有以存其義理之所得.〕라고 하였다. 기러기에게 순서가 있다는 것은 기러기가 대열을 갖추어 날아가는 것을 가리킨 것이다.

30 앵무와……있다 :《예기(禮器)》〈곡례 상(曲禮上)〉에 "앵무는 말을 할 수 있으나 나는 새에 지나지 않고, 성성이는 말을 할 수 있으나 금수에 지나지 않으니, 사람이고서 예가 없으면 그 또한 금수의 마음이 아니겠는가.〔鸚鵡能言, 不離飛鳥, 猩猩能言, 不離禽獸, 今人而無禮, 不亦禽獸之心乎?〕라고 하였다.

31 무릇……붉다 : 13쪽 주5 참조. 여기에서는 수(水)가 상징하는 색이 검은색이고 화(火)가 상징하는 색이 붉은색이기 때문에 이렇게 말하였다.

○ 가자(賈子 가의(賈誼))가 "천지가 화로가 되고 만물이 구리가 되며 음양이 숯이 되고 조화옹(造化翁)이 장인이 된다."[32]라고 하였으니, 천지가 만물을 낳고 또 낳는 묘리(妙理)를 알았도다. 구리가 화로에 있을 때 바탕은 있지만 기물(器物)이 되지는 못하다가 숯불을 때서 녹여 두드리고 거푸집에 부어 완성하고 난 뒤에야 각각 크거나 작고 둥글거나 네모난 형태를 부여받는다. 아! 두드리고 거푸집에 붓는 자가 어찌 미워하거나 아끼는 것이 있겠으며 형태를 부여받는 자가 어찌 은혜나 유감으로 여기겠는가. 또한 부득이해서 그런 것이리라. 《주역》에 "건도(乾道)가 변화함에 각각 성명(性命)을 바르게 한다."[33]라고 하였으니, 하늘은 무슨 마음인가? 각각 그 성(性)을 따라줄 뿐이다.

○ 무릇 형체가 있는 동물들은, 생명은 피에 뿌리를 두고 있고 지혜는 신장(腎臟)에 저장되어 있으며 지각(知覺)은 심(心)에서 일어나고 신령함은 정신에서 나온다. 사람은 그 온전함을 얻었기 때문에 지혜와 깨달음과 신령함을 가졌다. 새와 짐승은 심과 신장을 가졌으나 정신이 없기 때문에 지혜와 지각은 있으나 신령하지 못하고, 벌레와 물고기는 신장은 있으나 심이 없기 때문에 지혜로울 수는 있으나 깨달음이 없으며, 풀과 나무는 피는 있으나 내장(內臟)이 없으므로 살아갈 수는 있으나 지혜가 없고, 쇠와 돌은 형태는 있으나 피가 없기 때문에 삶도 없고

---

32 천지가⋯⋯된다 : 가의(賈誼)의 〈복조부(鵩鳥賦)〉에 "천지가 화로가 됨이여, 조화옹이 장인이 되었도다. 음양이 숯이 됨이여, 만물이 구리가 되었도다.〔天地爲爐兮, 造化爲工. 陰陽爲炭兮, 萬物爲銅.〕"라고 하였다. 《史記 卷84 屈原賈生列傳》

33 건도(乾道)가⋯⋯한다 : 《주역》〈건괘(乾卦) 단(彖)〉에 "건도가 변화함에 각각 성명을 바르게 하니, 대화(大和)를 보합(保合)하여 이에 이롭고 정(貞)하다.〔乾道變化, 各正性命, 保合大和, 乃利貞.〕"라고 하였다.

죽음도 없다.

○ 동물 중에 발 없이 다니는 경우로, 뱀과 지렁이가 몸을 굽혔다 펴서 다니는 것과 굴과 대합이 굴러다니는 것은 숨으로써 다니는 것이다. 물과 불이 사물에 의지해 다니는 것은 기로써 다니는 것이다. 의지하는 것 없이 다니는 것도 있으니 해와 달, 바람과 구름이 이것이고, 형체 없이 다니는 것도 있으니 덕과 가르침, 명성이 이것이다.

○ 천지가 만물의 형체를 변함없이 낳고 또 낳는 것은 이기(二氣 음과 양)의 떳떳한 법칙이고, 천 사람의 얼굴이 각기 다 다르게 생긴 것은 오행(五行)의 나뉨이니, 이치는 하나이지만 나뉨이 다르기 때문이다.

○ 하늘의 기운은 차기 때문에 산 위는 항상 춥고, 땅의 기운은 따뜻하기 때문에 흙 속은 항상 따뜻하니 음양이 만나 태(泰)를 이룬다.[34] 〈설괘전〉에 "건(乾)이 추위가 되고 얼음이 된다."[35]라고 한 것은 금의 기운이다.

○ 천지는 지극히 크고 만물은 지극히 많으니, 지극히 큰 것으로

---

34 하늘의……이룬다 : 《주역》〈태괘(泰卦)〉의 괘사에 "태(泰)는 작은 것(음)이 가고 큰 것(양)이 오니 길하여 형통하다.〔泰, 小往大來, 吉亨.〕"라고 하였는데, 정이(程 頤)는 이에 대해 "양기가 아래로 내려오고 음기가 위로 올라가서 만나 음양이 화창하면 만물이 생성되니, 이는 천지의 통태(通泰)이다.〔陽氣下降, 陰氣上交也, 陰陽和暢, 則 萬物生遂, 天地之泰也.〕"라고 풀이하였다. 《周易傳義 卷5 泰卦》

35 건(乾)이……된다 : 《주역》〈설괘전〉에 "건은 하늘이 되고 둥근 것이 되며 임금이 되고 아비가 되며 옥이 되고 쇠가 되며 추위가 되고 얼음이 되며 큰 적색이 되고 좋은 말이 되며 늙은 말이 되고 수척한 말이 되며 얼룩말이 되고 나무의 과실이 된다.〔乾爲 天, 爲圜, 爲君, 爲父, 爲玉, 爲金, 爲寒, 爲冰, 爲大赤, 爲良馬, 爲老馬, 爲瘠馬, 爲駁 馬, 爲木果.〕"라고 하였다.

지극히 많은 것을 기름에 요약됨으로써 다스리지 않는다면 조물주가 그 수고로움을 이기지 못하여 혹 천지가 거의 망가질 수도 있을 것이다. 그래서 《주역》에 "건은 쉬움으로써 주장하고 곤은 간략함으로써 능하다."[36]라고 하였으니, 쉬움과 간략함으로 하는 것은 다름이 아니라 하나의 기의 굴신(屈伸)일 뿐이다.

○ 지(知)란 주장함이고 능(能)이란 베풂이며, 이(易)는 어렵지 않다는 말이고 간(簡)은 번다하지 않다는 말이다.[37] 움직임에 구애됨이 없다면 무슨 어려움이 있겠으며 고요하되 항상성이 있다면 무슨 번다함이 있겠는가. 대체로 양의 획은 기수(奇數)이고 그 모양은 둥그니, 기수란 다님이 이롭고 둥근 것은 막히지 않기 때문에 쉽다. 음의 획은 우수(耦數)이고 그 모양은 네모나니, 우수인 것은 잘 멈추고 네모난 것은 옮겨가지 않기 때문에 간략하다. 구름이 지나가고 비가 내리는 것[38]은 건도(乾道)가 끊임없이 사물을 낳음이니 쉬움이 되는 까닭이고, 각각 성명을 바르게 하는 것[39]은 곤도(坤道)가 수고롭다 여기지 않고 사물을 이루어주는 것이니 간략함이 되는 까닭이다.

○ 공자(孔子)께서 "삶도 모르는데 어찌 죽음을 알겠는가!"[40]라고 말

---

36 건은……능하다 : 《주역》〈계사전 상〉에 "건은 쉬움으로써 주장하고 곤은 간략함으로써 능하니, 쉬우면 알기 쉽고 간략하면 따르기 쉽다.〔乾以易知, 坤以簡能, 易則易知, 簡則易從.〕"라고 하였다.

37 지(知)란……말이다 : 위의 주36 참조.

38 구름이……것 : 《주역》〈건괘 단〉에 "구름이 지나가고 비가 내려 만물이 형체를 갖춘다.〔雲行雨矢, 品物流形.〕"라고 하였다.

39 각각……것 : 21쪽 주33 참조.

40 삶도……알겠는가 : 《논어》〈선진(先進)〉에 보이는 말로, 자로(子路)가 죽음에

씀하셨으니, 삶의 까닭을 안다면 죽음의 이치를 안다는 말이다. 《주역》에 "시작을 근원하고 끝을 궁구하므로 죽음과 삶의 이론을 안다."[41]라고 한 것은 이를 말한 것이리라.

○ 공자께서 "귀신의 덕이 성대하구나! 보아도 보이지 않고 들어도 들리지 않으나 사물의 본체가 되어 빠뜨릴 수가 없도다."[42]라고 말씀하셨으니, 없는 듯하지만 있음을 말한 것이다. 또 "충만하여 위에 있는 듯하고 왼쪽, 오른쪽에 있는 듯하기도 하다."[43]라고 하였으니, 있는 듯하지만 없음을 말한 것이다. 이를 알면 귀신을 알 수 있다. 《주역》에 "정(精)과 기(氣)는 사물이 되고 흩어진 혼은 변(變)이 되기 때문에 귀신의 정상(情狀)을 알 수 있다."[44]라고 하였으니, 정이란 백(魄)이고 기란 혼으로, 혼과 백이 합쳐지면 사물이 이루어지고, 혼이 흩어지고 백이 아래로 떨어지면 형체가 변하고 죽는다. 사람에게 있으면 혼백이 되고 하늘에 있으면 귀신이 되니, 그 기는 한 가지이다.

풍운 · 뇌우 · 일월 · 성신 風雲雷雨日月星辰
우레란 하나의 양이 두 음 아래에서 일어난 것[45]으로, 양의 소리이다.

대해 물은 것에 대한 대답이다.
41 시작을……안다 : 《주역》〈계사전 상〉에 보인다.
42 귀신의……없도다 : 《중용장구(中庸章句)》 제16장에 보인다.
43 충만하여……하다 : 《중용장구》 제16장에 보인다. 천하 사람들이 경건하게 제사를 받들 때 귀신이 강림해 있는 듯한 느낌을 형용한 말이다.
44 정(精)과……있다 : 《주역》〈계사전 상〉에 보인다.
45 우레란……것 : 팔괘(八卦) 중 우레를 상징하는 진(震 ☳)이 두 음효(陰爻) 밑에 하나의 양효(陽爻)가 있는 형태이기 때문에 이렇게 말한 것이다.

그래서 그 모양은 둥글고 그 기운은 뜨겁다. 바람이란 하나의 음이 두 양 아래에 엎드린 것[46]으로, 음의 소리이다. 그래서 그 모양은 널찍하고 그 기운은 차다.

○ 바람이란 손목(巽木)이니 이화(離火)가 나온다.[47] 그래서 불은 바람을 좋아한다. 우레란 진목(震木)이니 감수(坎水)가 낳는 것이다.[48] 그래서 우레는 비를 좋아한다. 구름은 산에서 생기니, 간(艮)은 돌이고 금의 기운이며, 금은 수를 낳는다.[49] 그래서 비는 구름을 따른다. 안개는 토의 기운이니 목은 토를 이긴다. 그래서 바람은 안개를 흩는다. 이슬은 수의 기운이니 수는 목을 낳는다. 그래서 이슬은 초목을 적신다. 서리는 금의 기운이니 금은 목을 이긴다. 그래서 서리는 초목을 죽인다.

○ 비는 양의 수(水)이기 때문에 사물을 낳을 수 있다. 눈은 음의 수이기 때문에 사물을 기를 수 있다.

○ 하늘에는 본래 목(木)이 없어 우레와 바람으로 발동시켜 봄에 용사(用事)하게 한다. 땅에는 본래 화(火)가 없어 나무와 돌로 보관하

---

46 바람이란……것 : 팔괘 중 바람을 상징하는 손(巽 ☴)이 두 양효 밑에 하나의 음효가 있는 형태이기 때문에 이렇게 말한 것이다.

47 바람이란……나온다 : 손은 바람과 나무 등을 상징하며, 특히 문왕(文王)의 〈후천팔괘도(後天八卦圖)〉에서는 음목(陰木)에 해당한다. 이(離)는 불 등을 상징한다. 《周易 說卦傳》 이화가 나온다고 한 것은, 오행상생(五行相生)의 이치에서 목이 화를 낳기〔木生火〕 때문이다.

48 우레란……것이다 : 〈후천팔괘도〉에서 진(震)은 양목(陽木)에 해당한다. 감수가 낳는다고 한 것은 오행상생의 이치에서 수가 목을 낳기〔水生木〕 때문이다.

49 구름은……낳는다 : 《주역》〈설괘전〉에, 간(艮)은 산(山)이 되고 작은 돌〔小石〕이 된다고 하였다. 오행상생의 이치에서 금은 수를 낳는다〔金生水〕.

여 밤에 용사하게 한다.

○ 해〔日〕란 하늘의 화(火)이므로 동쪽인 이(離)에 머물고, 달〔月〕이란 하늘의 수(水)이므로 서쪽인 감(坎)에 머무니, 선천(先天)의 방위이다.[50] 선천의 상(象)에 "수와 화가 서로 해치지 않는다."[51]라고 하였으므로 해와 달은 서로를 바라보며 번갈아 운행한다. 별〔星〕이란 하늘의 석(石)이므로 떨어지면 돌이 된다. 신(辰)이란 하늘의 토(土)이므로 일·월·성·신이 모두 신에 의지한다.

○ 일·월·성·신은 하늘의 사상(四象)이고, 수·화·토·석은 땅의 사상(四象)이다.[52] 대체로 목(木)은 땅에서 나는 것이고 금(金)은 돌이 변한 것이므로 사상에는 끼지 않는다. 그러나 그 이치는 이미 갖추어져 있으므로 하늘에 오위(五緯)[53]가 있다.

○ 바람은 열리고 닫히는 기운이므로 만물을 열고 닫을 때 바람이

50 해〔日〕란……방위이다 : 소옹은 〈복희팔괘방위지도(伏羲八卦方位之圖)〉를 해석하여 "건은 남쪽, 곤은 북쪽이고 이는 동쪽, 감은 서쪽이며 진은 동북쪽, 태는 동남쪽이고 손은 서남쪽, 간은 서북쪽이다. 진에서 건에 이르는 것이 순(順)이 되고, 손에서 곤에 이르는 것이 역(逆)이 된다.〔乾南坤北, 離東坎西, 震東北, 兌東南, 巽西南, 艮西北. 自震至乾爲順, 自巽至坤爲逆.〕"라고 하였다.

51 수와……않는다 : 《주역》〈설괘전〉에 "하늘과 땅이 자리를 잡고 산과 못이 기를 통하며, 우레와 바람이 서로 부딪히고 물과 불이 서로 해치지 않아 팔괘가 교착(交錯)한다.〔天地定位, 山澤通氣, 雷風相薄 水火不相射 八卦相錯.〕"라고 하였다.

52 일월성신은……사상(四象)이다 : 18쪽 주26 참조. 소옹은 태양·태음·소양·소음을 하늘의 사상, 태유·태강·소유·소강을 땅의 사상이라고 하였다. 《皇極經世書 卷13 觀物外篇》

53 오위(五緯) : 금성(金星)·목성(木星)·수성(水星)·화성(火星)·토성(土星)이다.

일어난다. 비란 교감하는 기운이므로 만물이 서로 감응하면 진액이 나온다. 우레란 일어나고 부딪히는 기운이므로 만물이 부딪히면 소리가 난다. 구름이란 찌고 적시는 기운이기 때문에 만물을 데우고 찌면 김이 난다.

○ 산이란 땅의 뼈대이자 맥락이니, 땅에 산이 있는 것은 하늘에 별이 있는 것과 같으리라. 별에는 경위(經緯)가 있어서 문채를 이룸으로써 만상(萬象)을 관장하고, 산에는 종횡(縱橫)이 있어서 바탕을 이룸으로써 만물을 낳는다.

○ 산은 어째서 위로 솟아나는가? 간(艮 ☶)의 위가 가득 찼기 때문이다. 못은 어째서 아래로 빠지는가? 태(兌 ☱)의 위가 비었기 때문이다. 우레는 어째서 울리는가? 진(震 ☳)이 입을 벌리고 있기 때문이다. 바람은 어째서 들어오는가? 손(巽 ☴)이 구멍이 뚫려 있기 때문이다. 물은 어째서 찬가? 음이 양을 감쌌기 때문이다.[54] 불은 어째서 뜨거운가? 양이 음을 감췄기 때문이다.[55] 쇠는 어째서 단단한가? 건(乾)이 순수한 강(剛)이기 때문이다. 흙은 어째서 흩어지는가? 곤(坤)이 순수한 유(柔)이기 때문이다.

○ 우박이란 음이 양을 감싼 것이다. 그래서 뜨거운 물이 우물에 들어가면 얼음이 된다. 번개란 양의 기운이 격해진 것이다. 그래서 쇠와 돌이 부딪히면 불꽃이 일어난다. 쇠란 건(乾)의 기운이고[56] 돌이

54 물은……때문이다 : 물을 뜻하는 감(坎 ☵)이 두 음효가 하나의 양효를 둘러싸고 있는 모양이기 때문에 이렇게 말하였다.

55 불은……때문이다 : 불을 뜻하는 이(離 ☲)가 두 양효가 하나의 음효를 둘러싸고 있는 모양이기 때문에 이렇게 말하였다.

란 금의 바탕이니, 이것은 같은 기운끼리의 화(化)이다. 두 개의 나무를 마찰시키면 불이 피어오르고 쇠와 불이 서로 버티면 녹아서 흐르는 것은, 오행의 떳떳한 법칙이다.

○ 비·이슬·서리·눈은 하늘에서 내리는 것이 아니다. 땅의 기운이 아래로 쪄 올라가기 때문에 산 남쪽에는 비가 오고 산 북쪽에는 눈이 오며, 평야는 습하고 높은 산은 건조하다. 우레는 밭 속에 엎드려 있고[57] 바람은 토낭(土囊)에서 나오니,[58] 바탕이 땅에 숨겨져 있고 기운이 하늘에서 행해지는 것이다. 하늘이 무엇을 하겠는가. 땅이 이것을 이루는 것이다.

○ 비와 이슬은 양의 기운이므로 모양이 모두 둥글고, 서리와 눈은 음의 기운이므로 모양이 모두 널찍하다. 구름은 산의 기운이므로 봉만(峯巒)이 있고[59] 안개란 흙의 기운이기 때문에 진애(塵埃)와 같다. 우

---

56 쇠란 건(乾)의 기운이고 : 26쪽 주35 참조.

57 우레는……있고 :《주역》〈복괘(復卦) 상(象)〉에 "우레가 땅속에 있음이 복(復)이니, 선왕이 이를 보고 동짓날에 관문을 닫아 상인과 여행자가 다니지 못하게 하며, 임금은 사방을 시찰하지 않았다.〔雷在地中復, 先王以, 至日閉關, 商旅不行, 后不省方.〕"라고 하였다. 복괘(䷗)는 땅을 상징하는 곤(☷) 밑에 우레를 상징하는 진(☳)이 있는 형태이기 때문에 우레가 땅속에 있다고 말한 것이다.

58 바람은 토낭(土囊)에서 나오니 : 토낭은 동굴을 뜻한다. 송옥(宋玉)의 〈풍부(風賦)〉에 "대저 바람은 땅에서 생겨나 푸른 마름꽃 끝에서 일고, 점점 계곡으로 번져 나가 토낭의 주둥이에서 성내어 으르렁댄다.〔夫風生於地, 起於靑蘋之末, 侵淫谿谷, 盛怒於土囊之口.〕"라고 하였다.

59 구름은……있고 : 구름의 형상을 가리켜 말한 듯하다. 봉(峯)은 적운(積雲) 등 수직으로 발달한 구름을 가리키고, 만(巒)은 층운(層雲) 등 수평으로 발달한 구름을 가리키는 듯하다.

레와 바람은 나무의 기운이므로 치기를 좋아하고,[60] 무지개는 음양의 음기(淫氣)이므로 동쪽에 보이면 비가 오고 서쪽에 보이면 갠다.

○ 우레와 바람은 모두 천지의 소리이다. 사람에 비유하자면 우레는 호통 소리와 같을 것이다. 한 번 발하면 곧장 전해지고, 나가는 것만 있고 들어옴은 없다. 바람은 숨을 쉬는 것과 같을 것이다. 빙 둘러서 천천히 가고, 날숨도 있고 들숨도 있다.

○ 물은 본래 소리가 없으나 돌을 만나면 격해지고, 불은 본래 소리가 없으나 바람을 만나면 사나워진다. 쇠·나무·흙·돌은 사물과 닿아 비로소 소리를 내고, 사람과 동물의 소리는 모두 감응함이 있어 발하는 것이다. 우레와 바람만이 소리를 바탕으로 삼는 것은 어째서인가? 대체로 진(☳)은 하나의 양효가 두 음효에 깔려 있어 떨쳐 일어나고, 손(☴)은 하나의 음효가 두 양효에 깔려 있어 빙 둘러가며 흩어진다. 우레는 양의 소리이기 때문에 사물을 만나면 울려 퍼지고, 바람은 음의 소리이기 때문에 사물을 만나면 기운이 꺾여서 사그라진다.

○ 우레가 나무에 잘 치는 것은 우레와 바람이 서로 부딪히기 때문이고, 산 위에 샘이 있는 것은 산과 못이 기운을 통하기 때문이다.[61] 손

---

60 우레와……좋아하고 : 문왕(文王)의 〈후천팔괘도(後天八卦圖)〉를 기준으로 할 때 우레를 상징하는 진괘는 오행(五行)의 양목(陽木)에 해당하고, 바람을 상징하는 손괘는 오행의 음목(陰木)에 해당한다.

61 우레가……때문이다 :《주역》〈설괘전〉에 "하늘과 땅이 자리를 잡고 산과 못이 기를 통하며, 우레와 바람이 서로 부딪히고 물과 불이 서로 해치지 않아 팔괘가 교착하니, 지나간 것을 세는 것은 순(順)이고 미래를 아는 것은 역(逆)이다. 그러므로 역(易)은 거슬러 세는 것이다.〔天地定位, 山澤通氣, 雷風相薄, 水火不相射, 八卦相錯 數往者順, 知來者逆. 是故易逆數也.〕"라고 하였다.

(巽)은 바람이 되고 나무가 되므로[62] 큰 나무에는 바람이 많이 불고, 태(兌)는 못이 되고 금이 되므로[63] 미려한 강에서는 금이 난다.

○ 별은 스스로 빛을 낼 수 있지만 사물을 비추지는 못하는 것은, 돌이 물만큼 맑지 못하기 때문이다. 달이 밤을 비출 수는 있지만 낮에도 밝을 수 없는 것은, 물의 빛이 불만 못하기 때문이다.

○ 만 개의 횃불이 일제히 비춰도 달 하나의 밝음만 못하고 백 개의 시내에서 한꺼번에 물을 대도 한 번의 비가 적셔주느니만 못한 것은, 사람이 하늘에 미치지 못하기 때문이다. 하늘이란 신(神)일 따름이다.

○ 바람은 하나일 뿐인데 북풍이 불면 추워지고 남풍이 불면 따뜻해지며 동풍이 불면 비가 오고 서풍이 불면 개는 것은, 사방의 기운이 다르기 때문이다. 비는 하나일 뿐인데 무논은 잘 젖고 산전(山田)은 잘 마르며 채마밭을 가꾸는 사람은 장마를 좋아하고 소금 만드는 이는 가뭄을 좋아하는 것은, 모든 물건의 마땅함이 다르기 때문이다. 하늘은 어떻게 일정하게 하는가?《주역》에 "만물을 고무하되 성인과 함께 근심하지 않는다."[64]라고 하였으니, 하늘은 오로지 널리 베풀 뿐이고 사

---

62 손(巽)은……되므로 : 25쪽 주47 참조.

63 태(兌)는……되므로 :《주역》〈설괘전〉에 "태는 못이 되고 서녀가 되며 무당이 되고 입과 혀가 되며 훼손함이 되고 붙었다가 떨어짐이 되며 땅에 있어서는 강로(剛鹵)가 되고, 첩이 되고 양이 된다.〔兌爲澤, 爲少女, 爲巫, 爲口舌, 爲毁折, 爲附決, 其於地也, 爲剛鹵, 爲妾, 爲羊.〕"라고 하였다. 강로는 일반적으로 간석지나 염전으로 풀이하는데, 김장생(金長生, 1548~1631)은 '강'은 금(金), '노'는 소금을 뜻하는 것으로 풀이하기도 했다.

64 만물을……않는다 :《주역》〈계사전 상〉에서 음양의 움직임에 의한 천지의 운행을 두고 "인(仁)에 드러나고 용(用)에 감추어져 만물을 고무하되 성인과 함께 근심하지 않으니, 성한 덕과 큰 업적이 지극하다.〔顯諸仁, 藏諸用, 鼓萬物而不與聖人同憂, 盛德

람이 이를 재단하여 이루는 것이다.

○ 남방에서는 동풍이 불면 비가 오고 서풍이 불면 개며, 북방에서는 서풍이 불면 비가 오고 동풍이 불면 개는 것은 생기(生氣)를 따르기 때문이다. 지방이 다르면 기 또한 달리 감응한다. 정자(程子)가 "동쪽이나 북쪽에서 바람이 불면 비가 오고 남쪽이나 서쪽에서 바람이 불면 비가 오지 않으니, 양이 창도하고 음이 호응해서이다. 지금 장안(長安)에 서풍이 불고서 비가 오는 것은 아마도 산세(山勢)가 그렇게 만드는 것인 듯하다."[65]라고 하였다. 정자의 말은 음양의 떳떳한 법칙을 말한 것이다. 대체로 장안은 북방에 가까우므로 서풍이 불고서 비가 오는 것이다.

○ 정자(程子)가 "동지(冬至)에 일양(一陽)이 생기는데 갑절로 추운 것은 바로 동이 트려 할 때 도리어 어두운 것과 같다."[66]라고 하였다. 대체로 양이 안에서 나오면 음이 바깥에서 물러가고, 밝음이 아래에서 생기면 어둠은 위에서 격해지는 것이다. 하지(夏至)의 경우 음(陰)이 생기는데도 날씨가 몹시 뜨거운 것은 저녁 해가 산 밑으로 기울 때 땅이 점차 밝아지는 것과 같은 이치이다.

○ 우레는 땅속에서 나오니, 양이 음의 아래에서 움직이는 것을 복(復)이라고 한다.[67] 복이란 평상(平常)을 회복하여 기뻐하는 것이다.

大業, 至矣哉.]"라고 하였다.

65 동쪽이나……듯하다 :《이정유서(二程遺書)》권2 상(上) 〈원풍 기미년에 여여숙이 동쪽으로 가 두 선생을 뵈었을 때의 말[元豐己未呂與叔東見二先生語]〉에 보인다.

66 동지(冬至)에……같다 :《이정유서》권2 상 〈원풍 기미년에 여여숙이 동쪽으로 가 두 선생을 뵈었을 때의 말〉에 보인다.

67 우레는……한다 : 28쪽 주57 참조.

바람은 하늘 아래에서 일어나니, 음이 양 속에서 일어나는 것은 구(姤)라고 한다.[68] 구란 그 때를 만나 근심하는 것이다. 복괘(復卦)의 초효(初爻)는 건괘(乾卦)의 잠룡(潛龍)이고,[69] 구괘(姤卦)의 초효는 곤괘(坤卦)의 이상(履霜)이다.[70]

○ 진(震)은 양목(陽木)이고 손(巽)은 음목(陰木)이다.[71] 그래서 우레는 봄과 여름에 용사하다 가을과 겨울에는 숨고 바람은 가을과 겨울에 용사하다가 봄과 여름에 쇠하는 것이다. 그러나 진은 낳음을 주관하고 손은 키움을 주관하므로, 바람은 사철 내내 분다.

---

68 바람은……한다 : 구괘(姤卦 ䷫)의 모양이 하늘을 상징하는 건(☰) 밑에 바람을 상징하는 손(☴)이 있는 형태이기 때문에 바람이 하늘 아래에서 분다고 한 것이고, 다섯 개의 양효 밑에 하나의 음효가 깔려 있는 형태이기 때문에 음이 양 속에서 일어난다고 한 것이다.

69 복괘(復卦)의……잠룡(潛龍)이고 : 《주역》〈건괘 초구(初九)〉에 "잠룡이니 쓰지 말라.〔潛龍, 勿用.〕"라고 하였는데, 이는 양기가 갓 생겨나 미약하지만 장차 왕성해질 것을 말한다. 여기에서는 복괘(䷗)가 다섯 개의 음효 밑에서 양효가 막 생겨난 형태이기 때문에 이렇게 말한 것이다.

70 구괘(姤卦)의……이상(履霜)이다 : 《주역》〈곤괘 초육(初六)〉에 "서리를 밟으면 단단한 얼음이 이른다.〔履霜, 堅氷至.〕"라고 하였는데, 이는 음기가 갓 생겨나 미약하지만 장차 왕성해질 것을 말한다. 여기에서는 구괘(䷫)가 다섯 개의 양효 밑에서 음효가 막 생겨난 형태이기 때문에 이렇게 말한 것이다.

71 진(震)은……음목(陰木)이다 : 29쪽 주60 참조.

부찰편

俯察篇

오행이 생기고 이루어지는 자리 五行生成之位

하늘의 1은 수(水)를 낳고 땅의 6이 이루므로 물은 아래로 흐르고, 땅의 2는 화(火)를 낳고 하늘의 7이 이루므로 불은 위로 타 올라가며, 하늘의 3은 목(木)을 낳고 땅의 8이 이루므로 나무는 흙에 의지하고, 땅의 4는 금(金)을 낳고 하늘의 9가 이루므로 쇠는 건(乾)을 얻어 왕성하며, 하늘의 5는 토(土)를 낳고 땅의 10이 이루므로 흙은 곤(坤)을 얻어 광대하다.[72]

오행은 모두 사람을 기다려 쓰인다 五行皆待人而用

금(金)·목(木)·수(水)·화(火)는 글자에 모두 '인(人)'자가 들어간다. 대체로 사람을 기다려 쓰이게 되기 때문이다. 토(土)만은 사람을 기다리지 않아도 된다.

오행이 상생(相生)하는 원리 五行相生之理

산의 바위에서 샘이 나오는 것은 금이 수를 낳는[金生水] 이치이다. 강과 바다에 바람이 많이 부는 것은 수가 목을 낳는[水生木] 이치이다. 불이 바람과 만나면 거세지는 것은 목이 화를 낳는[木生火] 이치이다. 흙이 불을 만나면 단단해지는 것은 화가 토를 낳는[火生土] 이

---

72 하늘의⋯⋯광대하다 : 13쪽 주5, 17쪽 주23 참조.

치이다. 모래를 정련(精鍊)하면 쇠가 되는 것은 토가 금을 낳는〔土生金〕 이치이다.

오행이 상생하고 상극(相克)하는 묘리(妙理) 五行生克之妙

상생(相生)하는 사물은 반드시 서로를 잇는다. 그래서 사시는 순서에 따라 번갈아 운행한다. 토는 사철 내내 왕성하지만 화와 금의 사이에 자리하기 때문에 곤(坤)이 서남쪽에 위치하여 태금(兌金)을 낳는다. 수는 목을 낳지만 토가 아니면 곧바로 낳을 수 없기 때문에 간(艮)이 동북쪽에 위치하여 진목(震木)을 낳는다. 다섯 기의 운행은 고리 같아서 다하지 않는다. 상극(相克)하는 사물은 서로 부딪힐 수 없기 때문에 목이 토를 이기면 화가 그 사이에 위치하고 화가 금을 이기면 토가 그 사이에 위치하며, 토가 수를 이기면 금이 그 사이에 위치하고 금이 목을 이기면 수가 그 사이에 위치하며, 수가 화를 이기면 목이 그 사이에 위치한다. 이로써 서로를 제어하며 서로를 해치지 않기 때문에, 천지의 조화가 쉬지 않고 만물을 낳고 또 낳는다.

오행 모자(母子)의 상호 보복 五行母子互相報復

목이 토를 이기면 토의 자(子)인 금이 다시 목을 이겨서 보복하고, 화가 금을 이기면 금의 자인 수가 다시 화를 이겨 보복하며, 토가 수를 이기면 수의 자인 목이 다시 토를 이겨 보복하고, 금이 목을 이기면 목의 자인 화가 다시 금을 이겨 보복하며, 수가 화를 이기면 화의 자인 토가 다시 수를 이겨 보복한다. 이것은 굽히고 펴며 차고 기우는 자연스러운 이치이다.

오행이 죽어서 모(母)로 돌아감 五行死歸於母

목이 죽으면 검어져서 수의 색으로 돌아가고, 화가 다 타고 나면 푸르게 되어 목의 색으로 돌아가며, 물이 끓으면 하얗게 되어 금의 색으로 돌아가고, 금과 토는 살거나 죽음이 없으므로 색이 변하지 않는다.

오행의 자(子)가 왕성해지면 모(母)를 이김 五行子旺則勝母

불이 치성하면 나무가 타버리고 나무가 성하면 물이 마르며, 쇠가 녹으면 물이 흐르고 불이 다 타고 나면 흙이 된다. 흙만은 다른 사행(四行)이 의지하므로 역으로 이기는 일이 없다.

오행의 성정(性情) 五行性情

불이란 바깥은 양이고 안은 음이기 때문에 밤이 되면 빛이 난다. 물이란 바깥은 음이고 안은 양이기 때문에 해를 보면 빛이 난다. 나무는 소양(少陽)이므로 봄에 태어나고, 쇠는 소음(少陰)이므로 가을에 단단해진다.

　　○ 수가 목을 낳기 때문에 물이 나무를 띄울 수는 있어도 나무는 물을 담지 못한다. 금이 수를 낳기 때문에 쇠는 물을 담을 수 있지만 물은 쇠를 띄우지 못한다. 두 사람이 안아야 되는 큰 나무가 물에 뜨는 것은 태어난 바를 따른 것이고, 한 줌의 흙이 물에 가라앉는 것은 이기는 바를 제압하는 것이다.

　　○ 목이 화를 낳는 것은 후천(後天)의 기이고, 석(石)이 화를 낳는 것은 선천의 기이다. 건천(乾天)이 태금(兌金)을 낳고 태금이 이화(離火)를 낳으며 이화가 진뢰(震雷)를 낳기 때문에 쇠와 돌에서 일어난 불에는 번갯불이 이는 것이다. 곤지(坤地)는 간산(艮山)을 낳고 간산

은 감수(坎水)를 낳고 감수는 손풍(巽風)을 낳기 때문에 산에는 물이 많고 물에는 바람이 많다. 소자(邵子 소옹(邵雍))의 사상(四象)에서 수·화·토·석을 일·월·성·신에 대응시키되[73] 목이 끼어 있지 않은 것은, 선천에는 목이 없기 때문이다.

○ 수의 맛은 짠데, 샘물은 토의 기운을 얻어 단맛이 난다. 수의 색은 검은데, 연못물은 목의 기운을 얻어 푸르다. 수의 기운은 흩어지는데, 강과 하천은 금의 기운을 얻어 얼음이 언다. 수의 성질은 아래로 내려가는데, 비와 이슬은 화의 기운을 얻어 위로 올라간다.

○ 수는 하늘의 1의 양에 근본하기 때문에 그 움직임이 둥글고, 화는 땅의 2의 음을 얻었기 때문에 그 움직임이 네모나다.[74] 나무 그릇이 네모난 것은 나무가 굽기도 하고 곧기도 한 형상이고, 쇠 그릇이 둥근 것은 쇠가 따르기도 하고 변하기도 하는 성질이다.[75]

○ 목은 어째서 굽기도 하고 곧기도 하는가? 소양이라서 순수하게 강(剛)하지 못해서이다. 금은 어째서 따르기도 하고 변하기도 하는가? 소음이라서 스스로 이루어지지 못하기 때문이다. 화는 어째서 불타고 위로 오르는가? 양의 기운이라서 마르고 위에 있기 때문이다. 수는 어째서 적시고 아래로 내려가는가? 음의 기운이라서 습하고 아래에 있기 때문이다. 토는 어째서 씨를 뿌리고 거두는가? 하늘의 5가 토를 낳고 땅의 10이 이루니, 토는 낳고 이룸의 끝이다. 그래서 사물을 낳고 사물을 이루어낼 수 있다. 낳고 기르는 공로는 씨를 뿌리고 거두는

---

73 소자(邵子)의……대응시키되 : 18쪽 주26 참조.

74 수는……네모나다 : 13쪽 주5 참조.

75 나무……성질이다 : 18쪽 주27 참조.

것보다 큰 것이 없다.

○ 수는 어떻게 목을 낳는가? 태음이 변하여 소양이 되어서이다.
목은 어떻게 화를 낳는가? 소양이 성하여 태양이 되어서이다. 화는
어떻게 토를 낳는가? 양이 극에 이르러 중앙에서 쉬어서이다. 토는
어떻게 금을 낳는가? 양이 변하여 소음이 되어서이다. 금은 어떻게
수를 낳는가? 소음이 성하여 태음이 되어서이다.

○ 양수(陽燧)가 불을 취하고 방제(方諸)가 물을 취하며,[76] 자석이
철을 당기고 축적된 기름이 불을 낳는 것은 하나의 기운이 서로 감응한
것으로서 모두 선천(先天)의 이치이다. 오행이 서로를 낳는 것은 후천
(後天)의 이치이다.

○ 물은 불을 만나면 뜨거워지고 불은 물을 만나면 사라진다. 그래서
끓는 샘은 있어도 차가운 불은 없다. 무릇 소구(蕭丘)의 찬 불이 남해
가운데에서 나고 도깨비불과 반딧불이 썩은 사물에서 생기는 것[77]은
모두 축적된 음의 기운이다. 그래서 빛만 있고 불꽃은 없는 것이다.

---

76 양수(陽燧)가⋯⋯취하며 : 양수는 부수(夫燧) 혹은 금수(金燧)라고도 하는데 고
대에 태양빛을 모아 불을 일으키는 데 사용하던 청동제의 오목거울이다. 방제는 고대에
달빛 아래에서 제사에 쓸 이슬을 모으는 데 쓰던 구리 쟁반이다.

77 소구(蕭丘)의⋯⋯것 :《본초강목(本草綱目)》권6〈화(火) 양화음화(陽火陰火)〉
에, 소구의 찬 불, 못 안의 양염(陽燄), 야외의 도깨비불, 금과 은의 정기는 모두 불과
같지만 사물을 태울 수 없는 것들이라고 하였다. 소구의 찬 불에 대한 원주에 "소구는
남해 가운데에 있다. 그 위에 절로 일어나는 불이 있는데, 봄에 생기고 가을에 없어진
다.〔蕭丘在南海中, 上有自然之火, 春生秋減.〕"라고 하였고, 도깨비불에 대한 원주에
"그 불의 색이 푸르고 모양은 횃불과 같은데 모이기도 하고 흩어지기도 한다. 민간에서
귀화(鬼火)라고 부르는데 혹은 여러 동물의 피로부터 나온 인광(燐光)이라고 한다.〔其
火色靑, 其狀如炬, 或聚或散. 俗呼鬼火, 或云:"諸血之燐光也."〕"라고 하였다.

○ 오행의 바탕은 금・목・토는 탁하고 실하기 때문에 그릇으로 쓰이고 수와 화는 가볍고 허하기 때문에 그릇이 될 수 없다. 그러나 금・목・토는 수・화가 아니면 그릇이 될 수 없으니, 수・화는 천지의 큰 쓰임일 것이다. 그러므로 감(坎)・이(離)가 건・곤의 사리를 대신한다.[78]

○ 하도(河圖)에는 수가 1에 위치하기 때문에 사람이 처음 태어났을 때 젖을 마시고, 화가 2에 위치하기 때문에 조금 자라서는 화식(火食)을 하며, 먹을 수 있게 된 뒤에 나무를 베어 집을 만드는 것은 목이 3에 위치하기 때문이다. 집이 생긴 뒤에 쇠를 부어 그릇과 도구를 만드는 것은 금이 4에 위치하기 때문이다. 살면서는 흙에서 난 것을 먹고 죽어서는 흙으로 돌아가는 것은 토가 5에 위치하며 만물을 시작하고 종결하기 때문이다.

---

78 그러므로……대신한다 : 소옹(邵雍)이 〈문왕팔괘방위지도(文王八卦方位之圖)〉를 해설하며 "건은 자방(子方)에서 생기고 곤은 오방(午方)에서 생기며 감은 인방(寅方)에서 끝나고 이는 신방(申方)에서 끝나 하늘의 때에 응하고, 건을 서북에 두고 곤을 서남으로 물러나게 하여 장자(長子 진(震))가 집안일을 주도하고 장녀(長女 손(巽))가 어머니를 대신하며, 감과 이가 지위를 얻고 태와 간이 짝이 되어 땅의 모난 것에 응하니, 왕자(王者)의 도가 여기에서 다하였다.〔乾生於子, 坤生於午, 坎終於寅, 離終於申, 以應天之時也, 置乾於西北, 退坤於西南, 長子用事而長女代母, 坎離得位而兌艮爲耦, 以應地之方也, 王者其盡於是矣.〕"라고 하였는데, 주희가 이를 부연하여 "건과 곤이 사귀는 것은 이미 이루어진 것에서 생겨난 곳으로 돌아가는 것이기 때문에 다시 변하면 건은 서북으로 물러나고 곤은 서남으로 물러난다. 감과 이가 변한 것은 동쪽은 위에서 서쪽으로 가고 서쪽은 아래에서 동쪽으로 가기 때문에 건과 곤이 물러나면 이가 건의 자리를 얻고 감이 곤의 자리를 얻는다.〔乾坤之交者, 自其所已成而反其所由生也, 故再變則乾退乎西北, 坤退乎西南也. 坎離之變者, 東自上而西, 西自下而東也, 故乾坤旣退, 則離得乾位而坎得坤位也.〕"라고 하였다. 《易學啓蒙 卷2 原卦畫》

○ 불에는 문화(文火)와 무화(武火)가 있고 물에는 활수(活水)와 지수(止水)가 있다. 무화는 동적이고 지수는 정적이다. 불이 동적인 뒤에야 사물을 밝힐 수 있고 물이 정적인 뒤에야 사물을 비치게 할 수 있는 것은, 이(離)의 밝음은 밖에 있고 감(坎)의 양기는 안에 있기 때문이다.

○ 소리는 우레와 바람보다 큰 것이 없는데 오행에 있어서는 목에 속한다. 그러므로 새와 짐승의 소리는 대부분 삼지(三止)[79]이고, 팔음(八音)의 소리는 모두 삼성(三成)이다.[80] 육서(六書)의 음에 초성·중성·종성이 있는 것은, 하늘의 3이 목을 낳기 때문이다.

○ 주비서(周髀書)에 "해는 불과 같고 달은 물과 같다. 화는 빛을 밖으로 내고 물은 빛을 머금는다."라고 하였으니,[81] 그 이치는 모두

---

79 삼지(三止) : 미상인데, 문맥상 동물의 울음소리가 길게 이어지지 않고 말을 더듬듯이 짧게 끊기는 것을 말하는 듯하다.

80 팔음(八音)의……삼성(三成)이다 : 팔음은 고대에 쇠[金]·돌[石]·실[絲]·대나무[竹]·박[匏]·흙[土]·가죽[革]·나무[木]로 만든 악기의 총칭이다. 삼성이란 음악을 세 번째 악장까지 연주하는 것으로, 삼종(三終)이라고도 한다. 《예기》〈악기(樂記)〉에 "또 무왕의 음악을 연주할 때 처음에 춤추는 사람이 북쪽으로 나오고, 재성(再成)에 상나라를 멸한 것을 상징하고, 삼성(三成)에 상나라를 이기고 남쪽으로 돌아옴을 상징하고, 사성(四成)에 남국을 구획하고 다스림을 상징하고, 오성(五成)에 주공과 소공이 왼쪽과 오른쪽에 나뉘어 자리함을 상징하고, 육성(六成)에 춤추는 자가 남쪽의 처음 자리로 다시 돌아와 천하 사람들이 무왕을 천자로 높임을 상징한다.〔且夫武始而北出, 再成而滅商, 三成而南, 四成而南國是疆, 五成而分周公左召公右, 六成復綴以崇天子.〕"라고 하였다.

81 주비서(周髀書)에 ……하였으니 : 주비란 고대 산술(算術)의 한 가지로, 하늘이 땅을 덮는 뚜껑 같은 모양으로 이루어져 있다는 세계관에 따라 천체의 거리와 각도 등을 측정하는 산술이다. 인용된 내용은 《당개원점경(唐開元占經)》 권1〈천지명체(天

감과 이에 근본한다.

○ 불가서(佛家書)에 "용화(龍火)는 물을 얻으면 치성(熾盛)하고 인화(人火)는 물을 얻으면 사라진다."[82]라고 하였다. 어째서인가? 용화란 진(震)의 우레로, 수가 목을 낳기 때문에 수를 만나면 치성한다. 인화란 이(離)의 불로 수가 화를 이기기 때문에 물을 얻으면 사라진다.

○ 《주례(周禮)》에 "사훼씨(司烜氏)는 2월에 목탁을 치면서 순행하며 불을 금한다."[83]라고 하였는데, 이는 봄이 성할 때 덕이 목에 있으므로 불이 나무에 발생할 것을 두려워한 것이다. 그렇다면 한식(寒食)에 불을 피우는 것을 금한 것이 어찌 개산(介山)에서 시작되었겠는가.[84]

地名體) 천체혼종(天體渾宗)〉에 보인다.

82 용화(龍火)는……사라진다 : 원출전은 알 수 없으나 《비아(埤雅)》 권1 〈석어(釋魚) 용(龍)〉에는 출처를 내전(內典)으로 밝히고 있다. 《본초강목》 권6 〈화 양화음화〉에 "하늘의 음화(陰火)가 두 가지이니 용화와 뇌화(雷火)이다.〔天之陰火二, 龍火也, 雷火也.〕"라고 하였고, "사람의 양화(陽火)가 한 가지이니 병정군화(丙丁君火)이고 사람의 음화가 두 가지이니 명문상화(命門相火)와 삼매지화(三昧之火)이다.〔人之陽火一, 丙丁君火也, 人之陰火二, 命門相火也, 三昧之火也.〕"라고 하였다.

83 사훼씨(司烜氏)는……금한다 : 《주례》 〈추관사구(秋官司寇)〉에 보인다.

84 한식(寒食)에……시작되었겠는가 : 개산(介山)은 면산(綿山)의 별칭이다. 진 문공(晉文公)이 공자 시절 19년 동안의 망명 끝에 귀환하여 즉위하고서 망명하는 동안 자신을 보좌하느라 고생한 신하들에게 상을 내렸는데, 개자추(介子推)의 공을 잊고 포상하지 않았다. 이에 개자추가 모친을 모시고 면산에 은거하자 뒤늦게 안 문공이 산으로 찾아가 그를 나오게 하려고 산에 불을 질렀는데, 개자추는 끝내 나오지 않고 모친과 함께 나무를 껴안은 채 불에 타 죽고 말았다. 이 일로 크게 상심한 문공은 산 밑에 사당을 지어 제사를 지내게 하고, 그가 불에 타 죽은 날에는 불을 피워 음식을 익히지 말고 미리 만들어놓은 찬 음식을 먹게 하였으니, 이날이 바로 한식이다. 《春秋左氏傳 僖公24年》

40 이계집 외집 제9권

혹자는 "늦봄에는 대화심성(大火心星)이 진방(辰方)에 희미하게 보이면 화가 크게 성하여 목을 해치므로 불을 피우는 것을 금한다."라고 한다.

○ 가을 서리가 내릴 때 풍산(豐山)의 종이 울리는 것[85]은 금의 기운이 서로 감응한 것이다. 단비가 내리려 할 때 주춧돌이 젖는 것은 수의 기운이 먼저 오른 것이다.

○ 문중자(文中子 왕통(王通))가 "화는 불타고 위로 올라가 수에 제압을 당하고 수는 아래로 내려가 화에게 뜻을 이룬다. 그러므로 군자는 남의 위에 서는 것을 훌륭하게 여기고자 하지 않는다."[86]라고 하였으니, 사물을 관찰하는 데 밝다고 할 수 있다. 무릇 수가 화를 제압할 수 있는 것은 그 안은 밝고 밖은 어두우며 안은 강하고 밖은 유하기 때문이다. 군자가 사물을 부리는 것 또한 이와 같다. 그러므로 《주역》에서 수가 화의 위에 있는 것이 기제괘(旣濟卦)가 되고, 화가 수의 위에 있는 것이 미제괘(未濟卦)가 된다.[87]

○ 정강성(鄭康成 정현(鄭玄))이 "7과 8은 목과 화의 숫자이고 9와 6은 금과 수의 숫자이다. 목과 화가 용사하면 사물이 태어나므로 '정기(精氣)가 사물이 된다.'라고 하였고, 금과 수가 용사하면 사물이 변하

---

85 가을……것 : 《산해경(山海經)》 권5 〈중산경(中山經)〉에서 풍산(豐山)이라는 산에 대해 "아홉 개의 종이 있는데, 서리가 올 때를 알고서 울린다.〔有九鐘焉, 是知霜鳴.〕"라고 하였다.

86 화는……않는다 : 《중설(中說)》 권8 〈위상편(魏相篇)〉에 보인다.

87 주역에서……된다 : 기제괘(旣濟卦 ䷾)는 물을 상징하는 감(坎 ☵) 밑에 불을 상징하는 이(離 ☲)가 있는 형태이고, 미제괘(未濟卦 ䷿)는 불을 상징하는 이 밑에 물을 상징하는 감이 있는 형태이기 때문에 이렇게 말한 것이다.

므로 '유혼(遊魂)이 변(變)이 된다.'라고 하였다."[88]라고 하였으니, 이 말은 음양과 노소(老少)의 이치를 잘 알았다고 할 수 있다.

산천의 모습 山川之形

《회남자(淮南子)》에 "하늘의 모습은 남북이 날줄이 되고 동서가 씨줄이 된다."[89]라고 하였다. 날줄은 변하지 않기 때문에 하늘의 남극과 북극은 움직이지 않고, 씨줄은 돌기 때문에 해와 달이 동쪽에서 나와 서쪽으로 사라진다. 땅의 모습은 곤(坤)이 서남쪽에 자리하고 간(艮)이 동북쪽에 자리하고 있기 때문에 서쪽과 북쪽은 높고 동쪽과 남쪽은 낮다.

○ 〈곤괘(坤卦) 육이(六二)〉에 "곧고 방정하고 크다."[90]라고 한 것은 그 덕만을 말한 것이 아니라 그 모습을 형상한 것이기도 하다. 높낮이가 있기 때문에 곧다고 하고, 네 모퉁이가 있기 때문에 방정하다고 하며, 넓고 두터워 끝이 없기 때문에 크다고 말한 것이다.

○ 산은 간(艮 ☶)인데, 간은 하나의 양이 위에 있고 두 개의 음이 아래에 있으므로 줄기는 크고 가지는 작다. 물은 태(兌 ☱)인데, 태는 하나의 음이 위에 있고 두 개의 양이 아래에 있으므로 근원은 작고

---

88 7과……하였다 : 《주역》〈계사전 상〉의 "정기가 사물이 되고 유혼이 변이 되니, 이 때문에 귀와 신의 정상을 안다.〔精氣爲物, 游魂爲變, 是故知鬼神之情狀.〕"라는 말에 대한 정현(鄭玄)의 주석이다.《周易鄭康成註 繫辭》

89 하늘의……된다 :《회남자(淮南子)》권4〈지형훈(墜形訓)〉에 "무릇 땅의 모습은 동서가 씨줄이 되고 남북이 날줄이 된다.〔凡地形東西爲緯, 南北爲經.〕"라고 하였다.

90 곧고 방정하고 크다 :《주역》〈곤괘(坤卦) 육이(六二)〉에 "곧고 방정하고 큰지라, 익히지 않아도 이롭지 않음이 없다.〔直方大, 不習, 无不利.〕"라고 하였다.

지류(支流)는 넓다.

○ 산의 덕은 그침〔止〕이므로 사물을 길러낼 수 있고, 물의 덕은 움직임〔動〕이므로 사물을 낳을 수 있다.

○ 산은 음이고 간이며 물은 양이고 태이다. 그러므로 산은 서북쪽에 모여 있고 물은 동남쪽으로 모이니, 선천의 방위이다.[91]

○《예기(禮記)》에 "하수(河水)를 먼저 하고 바다를 나중에 한다."[92]라고 하였으니, 근원과 흘러서 모인 곳의 차이를 말한 것이다. 물은 산에서 발원하여 바다로 흘러들어가고 바다는 땅에서 행해져서 산으로 올라가니, 끝없이 순환하며 흐르기 때문에 기는 올라가고 내려가도 바다는 차거나 축나지 않는 것이다.《주역》에 "산과 못에 기가 통한다."[93]라고 하였으니 기는 증기가 되어 물을 이룬다. 무릇 모든 하천이 흘러들어도 넘치지 않고 바람과 볕이 말려도 줄지 않는 것은 기가 온전해서이다. 저들이 말하는 미려(尾閭)와 옥초(沃焦)의 설(說)[94]이

---

91 그러므로……방위이다 :〈복희팔괘방위지도〉에 의하면 간괘는 서북쪽, 태괘는 동남쪽에 위치한다.

92 하수(河水)를……한다 :《예기》〈학기(學記)〉에 "삼왕이 하천에 제사를 올릴 때 모두 하수를 먼저 하고 바다를 나중에 하니, 하나는 근원이고 하나는 흘러서 모이는 곳이기 때문이다. 이를 근본에 힘쓴다고 하는 것이다.〔三王之祭川也, 皆先河而後海, 或源也, 或委也, 此之謂務本.〕"라고 하였다.

93 산과……통한다 : 26쪽 주51 참조.

94 미려(尾閭)와 옥초(沃焦)의 설(說) : 미려는 전설에 나오는 바닷물이 새어 나가는 곳으로,《장자(莊子)》〈추수(秋水)〉에 "미려에서 바닷물이 새어 언제 그칠지 모르는데도 비는 일이 없다.〔尾閭泄之, 不知何時已而不虛.〕"라고 하였다. 옥초는 동해에 있는 거대한 바위이다.《장자소(莊子疏)》에 "옥초는 푸른 바다 동쪽에 있는데, 바위 하나의 둘레가 4만 리이고 두께가 4만 리이며 바닷물을 빨아들여 다 증발시키기 때문에 옥초산

어찌 그럴 리가 있겠는가.

○ 산이 높을 때 기가 아래에서 위로 올라가고 물이 깊을 때 기가 위에서 아래로 내려가는 것은 음양이 사귀어서 변화가 생긴 것이다. 그래서 《회남자》에 "구릉이 수컷이 되고 계곡이 암컷이 된다."[95]라고 하였다.

○ 물은 지극히 약하지만 축적되면 큰 배를 띄울 수 있고, 바람은 지극히 허하지만 격해지면 쇠와 돌을 날릴 수 있으며, 기는 형체가 없지만 그 운행은 대지를 들 수 있다. 무릇 하늘이 땅을 감싸는 것은 기의 힘이다.

○ 산의 맥은 먼저 엎드린 뒤에 일어나고 물의 흐름은 먼저 꺾인 뒤에 돌며 초목의 생장은 마디가 생기고서야 돋아나는 것은 활동과 휴식의 이치이다. 새가 날려고 할 때 반드시 그 날개를 내리고 짐승이 달려들려고 할 때 반드시 그 목을 움츠리며 사람이 치려고 할 때 반드시 그 팔뚝을 접는 것은 굽히고 펴는 형세이다. 《주역》에 "자벌레의 굽힘은 피고자 해서이고 뱀과 용이 겨울잠을 자는 것은 몸을 보존하기 위해서이다."[96]라고 하였고, 또 "해가 가면 달이 오고 추위가 가면 더위가 온다. 굽힘과 펌이 서로 감응함에 이로움이 생긴다."[97]라고 하였으니,

---

이라고 이름지었다.〔沃焦在碧海之東, 一石方圓四萬里, 厚四萬里, 海水注者, 無不焦盡, 故名沃焦山.〕라고 하였고, 《산해경(山海經)》에 "요 임금 때 열 개의 해가 나오자 요 임금이 예로 하여금 아홉 개를 쏘아 떨어뜨리게 했는데, 이들이 떨어져 옥초가 되었다.〔堯時十日竝出, 堯使羿射九日, 落爲沃焦.〕라고 하였다. 《天中記 卷9 海》

95 구릉이……된다 : 《회남자》 권4 〈지형훈〉에 보인다.

96 자벌레의……위해서이다 : 《주역》 〈계사전 하〉에 보인다.

97 해가……생긴다 : 《주역》 〈계사전 하〉에 "해가 가면 달이 오고 달이 가면 해가

이를 말함일 것이다.

○ 한 구기의 물도 많이 모으면 바다가 되고 조막만한 돌도 모으면 산이 되는 것은 누적의 성과이다. 태산의 낙숫물이 돌을 뚫고 성문 앞의 길이 수레를 받아들이는 것은 점차 갈고닦은 힘 덕이다. 그러므로 군자의 배움은 가깝고 작은 것부터 멀고 큰 것에 이르니, 쉬지 않음을 귀하게 여기고 엽등(躐等)을 경계한다.

○ 천체(天體)는 왼쪽으로 돌기 때문에 해와 달은 서쪽으로 옮겨가고 지세(地勢)는 오른쪽으로 돌기 때문에 산과 물은 모두 동쪽으로 나아가니, 음양의 구분이다. 성가(星家)의 말에 "해와 달이 모두 오른쪽으로 돈다."라고 하는 것은 추보(推步)에 편리하게 한 것일 뿐이다.

○ 서강(西羌)의 산에서 소금이 나고 북호(北胡)의 나무에서 소금이 나는 것은 산과 바다 사이에 기가 통해서이다. 산에 붉은빛이 있으면 아래에서 쇠가 나고 산에 자석이 있으면 아래에서 금이 나는 것은 쇠와 돌이 서로 감응해서이다.

○ 당우(唐虞 요(堯)와 순(舜)) 때에 처음 12주(州)를 둔 것은 12진(辰)을 본뜬 것이고, 우(禹) 임금이 9주(州)를 구획한 것은 낙서(洛書)를 본뜬 것이다. 은(殷)나라와 주(周)나라에서 벼슬을 다섯 등급으로 두고 직무(職務)를 여섯 개로 나눈 것[98]은 오행과 육률(六律)[99]에 대응

오니, 해와 달이 서로를 미룸에 밝음이 생겨난다. 추위가 가면 더위가 오고 더위가 가면 추위가 오니, 추위와 더위가 서로를 미룸에 한 해가 이루어진다. 가는 것은 굽힘이요, 오는 것은 폄이니, 굽힘과 폄이 서로 감응함에 이로움이 생겨난다.〔日往則月來, 月往則日來, 日月相推而明生焉. 寒往則暑來, 暑往則寒來, 寒暑相推而歲成焉. 往者屈也, 來者信也, 屈信相感而利生焉.〕"라고 하였다.

98 은(殷)나라와……것 : 다섯 등급의 벼슬이란 공(公)·후(侯)·백(伯)·자(子)·

시킨 것이다. 진(秦)나라가 천하를 겸병하고서 36군(郡)을 둔 것은 대체로 수덕(水德)의 육육(六六)이란 숫자[100]를 취한 것이다.

○ 옹주(雍州)와 예주(豫州)는 장강(長江)과 황하(黃河)의 사이에 위치하여 천하의 중정(中正)한 기운을 얻었고 풍(豐)·호(鎬)는 위로 태미성(太微星)에 대응하였으며 이수(伊水)와 낙수(洛水)는 위로 자미성(紫微星)에 대응하였으므로 희씨(姬氏 주나라 왕실)가 나라를 가장 오래 이어갔고 문치(文治)가 특히 성대하였다. 추(鄒)나라와 노(魯)나라[101]는 태산(泰山) 남쪽에 위치하여 두 강의 가운데를 차지하였고 궐리(闕里)[102]는 위로 규벽(奎壁)에 대응하였으므로 대성(大聖 공자)을 낼 수 있었고 많은 철인들이 한꺼번에 일어났다. 지리(地理)는 천상(天象)에 응하고 인재의 걸출함은 지령(地靈) 때문이라는 것[103]을 어찌

남(男)의 다섯 작위(爵位)이고, 여섯 직무란 총재(冢宰), 사도(司徒), 종백(宗伯), 사마(司馬), 사구(司寇), 사공(司空)이다.

99 육률(六律): 십이율(十二律) 중 양성(陽聲)인 황종(黃鐘)·태주(太簇)·고선(姑洗)·유빈(蕤賓)·이칙(夷則)·무역(無射)이다.

100 수덕(水德)의 육육(六六)이란 숫자: 수덕(水德)은 진 시황(秦始皇)이 중국을 통일한 뒤에 주(周)나라는 화덕(火德)을 얻었으니 그 뒤를 이은 진나라는 수덕을 따라야 한다고 하여 깃발, 관복 등을 수(水)의 색인 흑색으로 제정하였다. 하도(河圖)에서 하늘의 1이 수를 낳고 땅의 6이 수를 이루며 낙서(洛書)에서 1과 6이 수인데 특히 6은 지역 방위상 진(秦)나라 지역인 옹주(雍州)를 상징하므로 '육육'이라고 말한 듯하다.

101 추(鄒)나라와 노(魯)나라: 추나라는 맹자(孟子)의 출생지이고, 노나라는 공자(孔子)의 출생지이다.

102 궐리(闕里): 현재의 산동성(山東省) 곡부현(曲阜縣)에 있는 마을로 공자의 고향이다.

103 인재의……것: 지기(地氣)가 신령한 곳에서 뛰어난 인물이 나온다는 말이다.

믿지 않겠는가.

○ 익주(益州)는 한 무제(漢武帝) 때 설치하였는데, 지역이 9주 밖에 있으므로 '익주'라고 이름하였다. 요동(遼東)은 진 시황(秦始皇) 때 개척하였는데, 멀리 중국의 동쪽에 있으므로 '요동'이라고 이름하였다.

○ 풍혈(風穴)이 여름에 열렸다가 겨울에 닫히고 빙혈(氷穴)이 겨울에 물이었다가 여름에 어는 것[104]은 음과 양이 사라지고 자라는 것이다. 양화(陽火)가 빙수(氷水)에서 생기고 음서(陰鼠)가 염산(炎山)에서 나는 것[105]은 음과 양이 서로를 갈무리하는 것이다.

○ 곤륜산(崑崙山) 위에 300길 깊이의 연못이 있는데 여기에 '개명(開明)'이라는 짐승이 있으니, 사람 얼굴에 범의 몸으로 동쪽을 향해 서 있다.[106] 백두산(白頭山) 위에 80리 둘레의 연못이 있다. 여기에

왕발(王勃)의 〈등왕각서(滕王閣序)〉에 "사물의 정화(精華)는 하늘의 보물이니 용천검의 광채가 우성과 두성의 자리를 쏘아 비추고, 인재의 걸출함은 지령(地靈) 때문이니 서유가 진번의 걸상을 내려놓게 하였다.〔物華天寶, 龍光射斗牛之墟, 人傑地靈, 徐孺下陳蕃之榻.〕"라고 하였다.

104 풍혈(風穴)이……것 : 경상도 의성현(義城縣) 동남쪽 40리에 빙산(氷山)이라는 산이 있는데, 이곳에 풍혈과 빙혈(氷穴)이라는 바위 굴이 있다고 한다. 이 중 빙혈은 입하(立夏) 뒤로 얼음이 얼기 시작하여 흙비가 오면 얼음이 녹는다고 한다.《新增東國輿地勝覽 卷25 慶尙道 義城縣》

105 양화(陽火)가……것 :《산해경》〈산해경원서(山海經原序)〉에, 사람들은 익숙히 본 것은 아무렇지도 않게 여기는 반면 잘 보지 못하는 것은 이상하게 여기기 마련이라며 "양화가 빙수에서 생기고 음서가 염산에서 나는 것을 세속의 논하는 이들 중 아무도 괴이하게 여기지 않으면서《산해경》에 실린 내용을 이야기하게 되면 모두 괴이하게 여기니, 이는 괴이하게 여길 만한 것은 괴이하게 여기지 않고 괴이하게 여기지 않을 만한 것을 괴이하게 여기는 것이다.〔陽火出於氷水, 陰鼠生於炎山, 而俗之論者莫之或怪, 及談山海經所載而咸怪之, 是不怪所可怪而怪所不可怪也.〕"라고 하였다.

짐승 같은 모양의 큰 돌이 있는데 고개를 들고 서쪽을 향해 있으니, '앙천후(仰天犼)'라고 한다. 두 산은 아마도 천지간의 동쪽과 서쪽 끝일 것이다. 그래서 서쪽과 남쪽의 산은 모두 곤륜에서 시작되고 동쪽과 북쪽의 산은 모두 백두산에서 시작되는 것이다.

○ 바닷물은 하늘의 1에서 생기기 때문에 태(兌)는 멈춰 있는 물로서 건(乾)의 아래를 잇고 샘물은 간산(艮山)에서 나오기 때문에 감(坎)은 흐르는 물로서 간(艮)의 아래를 이었으니 모두 선천의 이치이다.[107]

○ 땅의 성질은 고요한데 때때로 진동하는 것은 어째서인가? 지풍(地風)이 승(升)이기 때문이다.[108] 사람에게 징험해보면, 바람이 맥락에 들어오면 살갗과 가죽이 절로 움직인다.

○ 우레란 하늘의 호흡일 것이고 조수(潮水)란 땅의 호흡일 것이다. 우레는 봄가을을 기준으로 숨고 발하며 조수는 달이 차고 기우는 것에 따라 쇠하고 왕성해지니, 음양을 따르는 것이다. 바다이기는 마찬가지인데 동쪽과 북쪽에 조수가 없는 것은 어째서인가? 동쪽과 북쪽은 등이고 서쪽과 남쪽은 배이니, 사람의 호흡은 배에서 이루어지지 등에서

---

106 곤륜산(崑崙山)……있다 : 《산해경》 권11 〈해내서경(海內西經)〉에 "곤륜산 남쪽에 300길 깊이의 연못이 있다. 개명수(開明獸)는 몸이 크고 범과 비슷하며 아홉 개의 머리가 모두 사람 얼굴인데, 곤륜산 위에서 동쪽을 향해 서 있다.〔崑崙南淵深三百仞, 開明獸身大類虎而九首皆人面, 東嚮立崑崙上.〕"라고 하였다.

107 바닷물은……이치이다 : 13쪽 주5 참조. 태는 못〔澤〕을 상징하고 감은 물〔水〕을 상징하며, 〈복희팔괘방위지도〉에 의하면 역(易)이 팔괘를 낳는 순서는 건(乾), 태(兌), 이(離), 진(震), 손(巽), 감(坎), 간(艮), 곤(坤)의 순서이다.

108 지풍(地風)이 승(升)이기 때문이다 : 승괘(升卦 ䷭)는 땅을 상징하는 곤(☷) 밑에 바람을 상징하는 손(☴)이 깔린 형태이기 때문에 이렇게 말한 것이다.

이루어지지 않는다.

　○ 사방의 신(神)은 각각 동물 하나씩인데 북쪽만은 거북과 뱀[109]을 아우르는 것은 어째서인가? 북쪽이란 만물이 시작하고 끝나는 방위이다. 그러므로 글자의 모양이 가운데가 갈라졌으며, 사람과 동물에 있어서는 하나의 신장[110]에 고환이 두 개 있는 것이다.

109　거북과 뱀 : 북방의 신인 현무(玄武)는 거북과 뱀이 합쳐진 형태이다.

110　신장 : 신(腎)은 오행에서는 수(水), 방위에서는 북(北)에 해당한다.

근취편

近取篇

사람에게 갖추어진 팔괘의 형상 人具八卦之象

건(乾)은 머리가 되므로 머리는 둥글고 굳세며 곤(坤)은 배가 되므로 배는 널찍하고 부드러우며 이(離)는 눈이 되므로 불꽃의 뾰족한 모양을 닮고 시력이 밖으로 발하며 감(坎)은 귀가 되므로 물의 긴 모양을 닮고 청력이 귓속에 있으며 진(震 ☳)은 발이 되므로 양(陽)이 아래에 있어서 움직이기를 좋아하고 간(艮 ☶)은 손이 되므로 양이 위에 있어서 물건을 쥘 수 있으며 태(兌 ☱)는 입이 되므로 밖은 비어 있으나 안은 차 있으며 손(巽 ☴)은 넓적다리가 되므로 앞은 굳세나 뒤는 부드럽다.[111]

○ 머리는 건을 형상하고 배는 곤을 형상하였으므로 얼굴에는 사관(四官 이목구비)이 있고 배에는 오장(五臟)이 있다. 건과 곤은 각기 육자(六子)[112]의 형상을 갖추고 있다. 코는 간(艮)을 형상하고 입은 태(兌)를 형상하며 소리는 진(震)을 형상하고 숨은 손(巽)을 형상하니, 소리가 입에서 나오는 것은 진과 태가 합한 형상이고 숨이 코에서 나

---

111 건(乾)은……부드럽다 : 《주역》〈설괘전〉에 "건은 머리가 되고 곤은 배가 되며 진은 발이 되고 손은 넓적다리가 되며 감은 귀가 되고 이는 눈이 되며 간은 손이 되고 태는 입이 된다.〔乾爲首, 坤爲腹, 震爲足, 巽爲股, 坎爲耳, 離爲目, 艮爲手, 兌爲口.〕"라고 하였다.

112 육자(六子) : 팔괘 중의 태·이·진·손·감·간을 가리킨다. 이 여섯 괘는 건(乾)의 양효(陽爻)와 곤(坤)의 음효(陰爻)가 중첩되어 만들어지기 때문에 이렇게 부른다.

오는 것은 손과 간이 합한 형상이다. 진의 이효(二爻)인 음효는 변하여 태의 이효인 양효가 되므로 소리는 태에서 나오고 들어가며, 손의 이효인 양효는 변하여 간의 이효인 음효가 되기 때문에 숨은 간을 따라 열리고 닫힌다.

○ 코에 두 개의 콧구멍이 있는 것은 간 아래의 두 음효를 형상한 것이고, 입이 하나인 것은 태 위의 하나의 음효를 형상한 것이다.

○ 사람의 몸이 팔괘를 형상하였는데 손·발·귀·눈이 모두 둘씩인 것은 어째서인가? 아마도 중괘(重卦)[113]를 형상한 것이리라. 어찌 손·발·귀·눈만 그러하겠는가. 코에는 두 개의 콧구멍이 있고 입에는 두 개의 문짝 같은 입술이 있으며 배에는 윗배와 아랫배가 있고 머리에는 목과 골이 있으니, 모두 중괘의 형상이다. 어찌 사람만 그러하겠는가. 동물도 그러하다. 멀리 동물에서 취하고 가까이 사람에게 취해봄에 그 이치가 하나이니, 현묘(玄妙)하도다.

○ 머리가 위에 있고 배가 아래에 있는 것은 하늘과 땅이 자리를 잡은 것의 형상이고, 귀와 눈이 서로 보이지 않는 것은 물과 불이 서로를 해치지 않는 형상이며, 넓적다리와 발이 서로를 따라 움직여서 걸음이 되는 것은 우레와 바람이 서로 부딪히는 형상이고, 입과 손이 음식을 먹을 때 서로를 필요로 하는 것은 산과 못에 기가 통하는 형상이다.[114] 어떤 이는 "코는 간(艮)이니 코와 입이 서로 통하는 것도 산과

---

113 중괘(重卦) : 세 개의 효(爻)로 이루어진 소성괘(小成卦) 즉 팔괘(八卦)가 중첩되어 만들어진 여섯 개의 효로 이루어진 괘로, 대성괘(大成卦), 육십사괘(六十四卦)와 같은 말이다.

114 머리가……형상이다 : 26쪽 주51 참조.

못을 형상한 것이다."라고 한다.

○《주역》에 "건은 그 고요함이 전일하고 움직임이 곧으며, 곤은 그 고요함이 합하고 움직임이 열린다."115라고 하였으니, 사람과 동물에서 징험해보면 아마도 암수의 형상일 것이다. 건의 고요함은 양 속의 음이고 곤의 움직임은 음 속의 양이다. 주자(周子)가 "하나의 음과 하나의 양이 서로의 뿌리가 된다."116라고 하였다.

○ 사람의 모습은 머리 하나에 손과 발이 두 개씩이다. 머리부터 태어나는 것은 진(震 ☳)의 획을 형상한 것이니 선천(先天)의 이치이고, 태어난 뒤에 발로부터 서는 것은 간(艮 ☶)의 획을 형상한 것이니 후천(後天)의 쓰임이다.117 팔괘의 자리가 진에서 시작하여 간에서 끝나니118 사람은 하늘과 땅의 본체를 갖추고 있는 것이다.

---

115 건은……열린다 :《주역》〈계사전 상〉에 "건은 그 고요함이 전일하고 그 움직임이 곧으니 이 때문에 큼이 생기고, 곤은 그 고요함이 합하고 그 움직임이 열리니 이 때문에 넓음이 생긴다.〔夫乾, 其靜也專, 其動也直, 是以大生焉, 夫坤, 其靜也翕, 其動也闢, 是以廣生焉.〕"라고 하였다.

116 하나의……된다 : 주돈이(周敦頤)의 〈태극도설(太極圖說)〉에 "태극이 움직여 양을 낳아 움직임이 극에 달하면 고요해지고, 고요해져 음을 낳아 고요함이 극에 달하면 다시 움직인다. 한 번 움직이고 한 번 고요함이 서로의 뿌리가 된다.〔太極動而生陽, 動極而靜, 靜而生陰, 靜極復動. 一動一靜, 互爲其根.〕"라고 한 것을 가리킨다.

117 사람의……쓰임이다 : 진괘의 모양이 모친의 배 속에서 태아(胎兒)의 머리가 나온 뒤에 두 팔다리가 따라서 나오는 모양과 닮았고, 간괘의 모양이 서 있는 사람의 머리 하나와 두 팔다리의 모양과 닮았기 때문에 이렇게 말하였다.

118 팔괘의……끝나니 :《주역》〈설괘전〉에 "상제가 진에서 나와 손에서 가지런히 하고, 이에서 서로 만나 곤에서 일을 맡기며, 태에서 기뻐하고 건에서 싸우며, 감에서 위로하고 간에서 이룬다.〔帝出乎震, 齊乎巽, 相見乎離, 致役乎坤, 說言乎兌, 戰乎乾, 勞乎坎, 成言乎艮.〕"라고 하였다.

○ 진과 간은 하늘과 땅의 추기(樞機)로서 사람에게 있어서는 손과 발이다. 진은 양이 아래에서 처음 생겨서 움직이기를 좋아하고 추운 것을 싫어하므로 발은 버선을 신어서 감추고, 간은 양이 위에서 자리를 얻어 시작과 끝을 이루므로 손은 시종일관 움직이며 일한다.

사람에게 갖추어진 오행의 형상 人具五行之象

눈썹은 목(木)을 형상하고 눈은 화(火)를 형상하며 귀는 금(金)을 형상하고 코는 토(土)를 형상하며 입은 수(水)를 형상하는 것은 형체가 오행을 형상함이다. 인(仁)은 삶을 주관하고 예(禮)는 문채를 주관하며 의(義)는 엄함을 주관하고 지(智)는 통함을 주관하며 신(信)은 진실함을 주장하는 것은 성정(性情)이 오행을 형상함이다. 목처럼 서고 화처럼 다니며 토처럼 앉고 금처럼 엎드리며 수처럼 눕는 것은 동작이 오행을 형상함이다.

○ 머리털은 수인 신장(腎臟)에 속하므로 검고, 뼈는 금인 폐장(肺臟)에 속하므로 희며, 근육은 목인 간장(肝臟)에 속하므로 푸르고, 피는 화인 심장(心藏)에 속하므로 붉으며, 똥은 토인 비장(脾臟)에서 나오므로 누렇다.

○ 사람의 심장은 화로서 하늘의 태양을 형상한다. 태양은 하늘에서 만물의 형체를 비추고, 화인 심장은 사람에게 있어서 만사에 응한다. 해가 동쪽에서 나오고 시력이 간에서 나오는 것은 목이 화를 낳는 것이다.

○ 귀는 수에 속하고 눈은 목에 속하는데, 수가 닫히면 목이 왕성해지므로 귀머거리는 잘 웃는다. 입은 토에 속하고 폐는 금에 속하는데, 토가 막히면 금이 왕성해지므로 벙어리는 잘 성낸다.

○ 웃음이란 기쁨의 발로(發露)로서 목인 간에서 나오기 때문에 눈이 반드시 웃음을 지어 남을 기쁘게 할 수 있다. 욕이란 노여움의 발로로서 금인 폐에서 나오기 때문에 코가 반드시 당겨져서 남을 두렵게할 수 있다. 날숨[呼]과 입김[呵]은 양이 퍼지는 것이기 때문에 그 기운이 따뜻하고, 들숨[吸]과 탄식[噫]은 음이 굽히는 것이기 때문에 그 기운이 차다.

○ 의술과 약을 반드시 풀과 나무로 하는 것은 어째서인가? 사람은 토의 기운을 얻었고 병은 비장에서 생기는데 비장 역시 토이다. 목만이 토를 이겨내기 때문에 성인이 온갖 풀을 맛보고서 질병을 다스린 것은 이 이치를 밝힌 것이다. 그러나 의술에 뛰어난 이는 반드시 비장에 기운을 보탠다. 비장은 오장의 임금으로서 임금이 무너지면 신하들이 흩어지는 법이니 비장은 편안히 두어야지 공격해서는 안 된다. 임금을 바로잡아야지 격발시켜서는 안 되는 것과 같으리라.

소리와 빛깔, 냄새와 맛 聲色臭味

무릇 기가 있는 부류는 모두 소리·빛깔·냄새·맛·형체의 다섯 가지가 있다. 소리는 맑고 탁함이 있기 때문에 금에 속하고 빛깔은 밝고 어두움이 있기 때문에 수에 속하며 냄새에는 마름과 습함이 있기 때문에 화에 속하고 맛에는 짙고 옅음이 있기 때문에 목에 속하며 형체에는 네모나고 둥긂이 있기 때문에 토에 속하니, 사물마다 모두 음양과 오행을 갖추고 있다. 다섯 가지가 각기 오수(五數)[119]를 갖추고 있으니, 이른바 오행의 변화가 무궁하다는 것이다. 오직 상천(上天)

---

119 오수(五數) : 오행과 음양이 변화하는 수이다.

의 일만이 기가 섞이지 않기 때문에 소리도 없고 냄새도 없다.[120]

○ 소리는 금에 속하는데 귀가 감수(坎水)로써 거두는 것은 금이 수를 낳기 때문이고, 빛깔은 수에 속하는데 눈이 간목(肝木)으로써 맞아들이는 것은 수가 목을 낳기 때문이니, 모두 태어난 바를 따르므로 시력과 청력은 항상 통하여 다하지 않는다. 냄새는 화에 속하는데 코가 폐금(肺金)으로써 분변하는 것은 화가 금을 이기기 때문이고, 맛은 목에 속하는데 입이 비토(脾土)로써 먹는 것은 목이 토를 이기기 때문이니, 모두 이기는 바에 제어되므로 코는 악취를 이겨낼 수 없고 입은 쓴맛을 받아들이지 못한다. 대체로 낳음이 아니면 시작할 수 없고 이김이 아니면 이룰 수가 없으니, 한 번은 낳고 한 번은 이겨야 조화가 온전해진다.

○ 소리란 형체와 빛깔이 없어도 만물을 고무시킬 수 있으니 신명(神明)의 오묘한 쓰임일 것이다. 하늘에는 우레와 바람이 있고 사람에게는 노래와 읊조림이 있으며 악기에는 율려(律呂)가 있으니, 신명이 아님이 없다.

○ 오방(五方)의 소리가 같지 않은데도 갓난아기의 웃음소리와 울음소리가 먼 나라라도 같은 것은 본성은 서로 가깝고 습관은 서로 멀어서이다. 사람과 동물의 소리가 소통되지 않는데도 새와 짐승이 우짖는 소리가 먼 지방이라도 같은 것은 기가 전일하여 옮겨가지 않기 때문이다.

---

120 오직……없다 :《시경》〈대아(大雅) 문왕(文王)〉에 "상천의 일은 소리도 없고 냄새도 없거니와 문왕을 본받으면 만방이 믿으리라.〔上天之載, 無聲無臭, 儀刑文王, 萬邦作孚.〕"라고 하였다.

○ 눈은 이(離)이고 입은 태(兌)로 모두 음괘(陰卦)이기 때문에 빛깔과 맛을 구분할 수 있으니, 빛깔과 맛은 음의 등속이다. 귀는 감(坎)이고 코는 간(艮)으로 모두 양괘(陽卦)이기 때문에 소리와 냄새를 분변할 수 있으니, 소리와 냄새는 모두 양의 등속이다.

몸의 모든 부위를 통틀어 논함 總論百體

머리엔 머리털이 있는 것은 바람을 막기 위함이고 눈에 속눈썹이 있는 것은 시각을 거두기 위함이다. 귀에 귓바퀴가 있는 것은 소리를 끌어당기기 위함이고 코에 콧구멍이 있는 것은 숨을 통하게 하기 위함이다. 이에 윗니와 아랫니가 있는 것은 씹기에 편리하게 한 것이고 손을 쥐고 펼 수 있는 것은 잡기에 편리하게 한 것이며 발이 길고 편평한 것은 서기에 편리하게 한 것이고 발가락이 앞을 향해 있는 것은 다니기에 편리하게 한 것이며 발뒤꿈치가 무거운 것은 멈추기에 편리하게 한 것이고 팔뚝을 굽히고 펼 수 있는 것은 치기에 편리하게 한 것이며 다리를 펴고 움츠릴 수 있는 것은 꿇어앉기에 편리하게 한 것이다. 등의 위가 넓은 것은 눕기에 편리하게 한 것이고 배의 아래가 넓은 것은 음식을 거두어 저장하기에 편리하게 한 것이며 머리에 뼈가 많은 것은 취침에 편리하게 한 것이고 볼기에 살이 많은 것은 앉기에 편리하게 한 것이다. 손발에 손톱・발톱이 있는 것은 손가락과 발가락을 보호하고자 해서이고 모발에 구멍이 있는 것은 땀을 배출시키고자 해서이다. 무릇 사람과 동물의 형체에 형상이 있으면 그에 따른 이치가 있지 않음이 없는데, 사람의 경우 더욱 상세하고 공교하다. 몸의 모든 부위가 모두 실용에 쓰려는 목적이 있으니, 한 가지라도 더 늘리면 군더더기가 되고 한 가지라도 줄이면 모자람이 생

긴다. 그러므로《서경》에 "오직 사람이 만물의 영장이다."[121]라고 하
였으니, 누가 조화옹이 무심하다고 하는가. 아! 신묘하도다.

○ 오장(五臟)은 어째서 등에 붙어 있는가? 만물이 흙에 붙어 있는
것과 같을 것이다. 이장(二腸 대장과 소장)은 어째서 배에 모여 있는가?
모든 물이 바다로 흘러가는 것과 같을 것이다. 뼈가 속이 비어 있어서
골수를 저장하고 근육이 밖으로 연결되어 맥이 통하는 것은 초목이
물을 머금은 것과 같을 것이다. 곡도(穀道 항문)가 뒤에 있는 것은 나쁜
것을 빼내기 위함이고 요도가 앞에 있는 것은 정(精)한 것을 쏟기 위함
이니, 맑고 탁함의 구분인 것이다.

○ 입이란 몸 전체의 문호(門戶)로서, 말이 입을 통해 나가서 화를
만들기도 하고 복을 만들기도 하며 음식이 입을 통해 들어와 사람을
키우기도 하고 사람을 해치기도 한다. 그러므로 하늘이 형체를 부여함
에 더욱 신중을 기하였다. 인두(咽頭)는 내부의 문으로서 후두(喉頭)
를 두어 막고, 입은 바깥문으로서 입술을 두어 막는다. 혀로 좋은 맛과
나쁜 맛을 가리는 데다가 또 이로 들어가고 나가는 것을 막으니, 이처
럼 주밀하다.《주역》에 "문을 겹겹이 하고 목탁을 쳐서 난폭한 나그네
에 대비한다."[122]라고 하였으니, 예괘(豫卦 ䷏)에서 취한 것이다. 예
(禮)란 그 들어오는 것을 대비할 뿐만 아니라 나가는 것을 삼가는 것이
기도 하니, 가까이 우리의 몸에서 찾아보자면 오직 입의 형상일 것이

---

121 오직……영장이다 :《서경》〈주서(周書) 태서 상(泰誓上)〉에 "오직 천지가 만물
의 부모요, 오직 사람이 만물의 영장이다. 이 가운데에서 총명한 사람이 임금이 되니,
임금은 곧 백성의 부모가 되는 것이다.〔惟天地萬物父母, 惟人萬物之靈. 亶聰明作元后,
元后作民父母.〕"라고 하였다.

122 문을……대비한다 :《주역》〈계사전 하〉에 보인다.

다. 그러므로 미리 정하여 착오 없이 말하고[123] 제때가 된 뒤에야 말하는 것[124]이 말의 예이고, 성분을 잘 알지 못하는 약을 먹지 않고[125] 제철의 것이 아니면 먹지 않는 것[126]이 식생활의 예이다. 무릇 예괘라는 괘는 위는 진(震)이고 아래는 곤(坤)으로 안은 순하고 바깥은 동적이다. 이치에 순하게 움직이니 어찌 이롭지 않음이 있겠는가.

○ 눈은 해의 형상이므로 밤에는 시각이 어두워지고, 귀는 달의 형상이므로 밤에야 멀리서 나는 소리를 들을 수 있다.

○ 눈으로 보는 것, 귀로 듣는 것, 마음으로 깨닫는 것은 모두 신묘하다. 뭇 형체가 하나의 시각에 다 비치고 모든 소리가 하나의 청각에 다 몰려들며 만 가지 이치가 하나의 지각에 다 통하니, 이른바 "서두르지 않아도 신속하고 행하지 않아도 이른다."[127]라는 것이다.

---

123 미리……말하고 : 《중용장구(中庸章句)》 제20장에 "모든 일은 미리 정하면 성립되고, 미리 하지 않으면 엉망이 되고 만다. 말을 미리 정하면 차질이 없고, 일을 미리 정하면 곤궁하지 않으며, 행동을 미리 정하면 결함이 없고, 도를 미리 정하면 궁하지 않게 된다.〔凡事, 豫則立, 不豫則廢. 言前定則不跲, 事前定則不困, 行前定則不疚, 道前定則不窮.〕"라고 한 데서 나온 말이다.

124 제때가……것 : 공자가 위(衛)나라 대부 공숙문자(公叔文子)에 대해서 묻자, 공명가(公明賈)가 "그분은 제때가 된 뒤에야 말을 하기 때문에 남들이 그분의 말을 듣기를 싫어하지 않습니다.〔夫子時然後言, 人不厭其言.〕"라고 대답한 데서 나온 말이다. 《論語 憲問》

125 성분을……않고 : 약을 신중하게 복용한다는 의미이다. 《논어》〈향당(鄕黨)〉에, 공자가 계강자(季康子)가 보내온 약을 절하고 받은 뒤 "저는 이 약의 성분을 잘 알지 못하기 때문에 감히 맛볼 수가 없습니다.〔丘未達, 不敢嘗.〕"라고 한 일화가 보인다.

126 제철의……것 : 식생활을 조심함을 뜻한다. 《논어》〈향당〉에서 공자의 식생활을 두고 "냄새가 좋지 않은 것을 드시지 않았고, 잘못 삶은 것을 드시지 않았으며, 제철의 것이 아니면 드시지 않으셨다.〔臭惡不食, 失飪不食, 不時不食.〕"라고 하였다.

○ 두 눈이 각기 다른 것을 볼 수 없고 두 귀가 나누어서 다른 것을 들을 수 없는 것은 마음에 두 가지 작용이 없기 때문이다. 열 손가락을 깨물면 모두 아프고 털 한 가닥을 뽑아도 바로 느끼는 것은 신명이 있지 않은 데가 없기 때문이다.

○ 사람이 늙으면 피가 먼저 쇠하기 때문에 머리털이 하얗게 세고 피부에 주름이 생긴다. 뼈가 그다음이기 때문에 이가 빠지고 다리가 연약해진다. 목(木)이 마르면 눈이 어두워지고 수(水)가 축나면 귀가 먹으며, 정기가 떨어져 나가면 잠이 적어지고 정신이 분산되면 잘 잊게 된다. 무릇 정기는 신낭(腎囊)에 보관되어 있고 정신은 심장에서 나오므로 양생(養生)을 잘하는 이는 음을 북돋아 신장을 튼튼하게 하고 욕심을 억눌러 심장을 맑게 한다. 심장과 신장이 온전하면 정기와 정신이 항상 왕성하다.

○ 사람의 살쩍과 머리털은 초목의 형상이므로 기가 쇠하면 색이 하얗게 되는 것은 금이 목을 이긴 것이다. 수염은 신낭에 속하기 때문에 부인과 동자는 수염이 없고, 남자도 궁형(宮刑)을 당하면 수염이 빠진다.

○ 숨과 맥(脈)은 원기의 흐름일 것이다. 숨은 기의 날줄이고 맥은 기의 씨줄이기 때문에 숨이 배꼽에서 나오고 맥이 사지로 흩어지는 것이다. 사람이 병들면 맥이 뜨고 숨이 급해지는 것은 기가 법도를

---

127 서두르지……이른다:《주역》〈계사전 상〉에 "무릇 역(易)이란 성인이 깊음을 다하고 기미를 살피는 것이니, 깊기 때문에 천하의 뜻을 통할 수 있고 기미이기 때문에 천하의 일을 이룰 수 있으며, 신묘하기 때문에 서두르지 않아도 신속하고 행하지 않아도 이른다.〔夫易, 聖人之所以極深而硏幾也. 唯深也故, 能通天下之志, 唯幾也故, 能成天下之務, 唯神也故, 不疾而速, 不行而至.〕"라고 하였다.

잃어서이다. 《장자(莊子)》에 "뭇사람들은 숨을 목구멍으로 쉬지만 지인(至人)은 숨을 발꿈치로 쉰다."[128]라고 하였으니, 기가 아래로 내려가야지 위로 올라가서는 안 됨을 말한 것이다. 그러므로 양생을 잘하는 자는 먼저 그 숨을 고르니, 숨을 고르면 맥이 평안해지고 맥이 평안해지면 기가 온전해진다.

○ 정자(程子)가 "천지의 기가 나의 기이다."[129]라고 하였다. 그러므로 아침에 기가 찼다가 저녁에 기가 부족해지는 것은 하루의 음과 양 때문이고, 여름에는 배가 차고 겨울에는 배가 따뜻한 것은 한 해의 구(姤)와 복(復)[130]이다.

○ 그림자는 형체에서 생기지만 형체보다 크고, 메아리는 소리에서 이루어지지만 소리보다 길며, 이름은 실질에서 나오지만 실질보다 헛되다. 그러므로 군자는 내실을 다지고 이름을 멀리한다.

○ 남자는 엎드려서 태어나고 여자는 하늘을 보고 누워서 태어나니, 물에 빠져 죽을 때에도 그러하다. 이는 남자는 양기가 등에 있고 여자는 양기가 배에 있기 때문이다. 그래서 남자는 잘 짊어지고 여자는

---

128 뭇사람들은……쉰다 : 《장자(莊子)》〈대종사(大宗師)〉에 "진인(眞人)은 발꿈치로 숨을 쉬고, 뭇사람들은 목구멍으로 숨을 쉰다.〔眞人之息以踵, 衆人之息以喉.〕"라고 하였다.

129 천지의……기이다 : 정이(程頤)가 "하늘과 사람은 하나여서 다시 분별할 것이 없으니, 호연지기는 바로 나의 기이다. 따라서 해치지 않고 기른다면 천지에 가득 차게 된다.〔天人一也, 更不分別, 浩然之氣乃吾氣也. 養而不害, 則塞乎天地.〕"라고 한 말을 가리킨다. 《二程遺書 卷2上 元豐己未呂與叔東見二先生語》

130 구(姤)와 복(復) : 음양의 순환을 뜻한다. 구괘(姤卦 ䷫)는 양으로 가득 찬 가운데 음이 처음 생기는 형상이고, 복괘(復卦 ䷗)는 음으로 가득 찬 가운데 양이 비로소 생기는 형상이기 때문에 이렇게 말한 것이다.

잘 안는다.

○ 음은 아래에 있어야 하기 때문에 여자는 머리로 이기를 좋아하고, 양은 위에 있어야 하기 때문에 남자는 올라타기를 좋아한다. 소가 잘 들이받는 것은 여자가 머리로 인 형상이고, 말이 발길질을 잘하는 것은 남자가 올라탄 형상이다.[131]

○ 그림자란 형체의 윤곽이다. 고움과 추함이 전해지고 움직임과 고요함이 따르니, 아마도 기가 감응함이 있을 것이다. 그래서 물여우가 그림자를 쏘아 맞히면 사람이 죽고,[132] 진목(震木 우레)이 나무의 그림자에 치면 새가 떨어진다.

○ 남해(南海) 밖에 날개 달린 백성과 알을 낳는 백성들의 나라가 있는 것[133]은 화의 기운이 강해서이다. 북해(北海) 밖에 종아리[腨]가 없고 창자가 없는 사람들이 있는 것[134]은 수의 기운이 강해서이다.─종아리[腨]란 장딴지이다.─

○ 양만으로는 낳을 수 없고 음만으로는 이룰 수 없는 것은 떳떳한

---

131 소가……형상이다 : 《주역》〈설괘전〉에 "건은 말이 되고, 곤은 소가 된다.〔乾爲馬, 坤爲牛.〕"라고 하였기 때문에 이렇게 말한 것이다.

132 물여우가……죽고 : 물여우는 전설상의 독충(毒蟲)으로, 귀신처럼 모습을 숨기고서 모래를 입에 물고 있다가 물에 비치는 사람의 그림자에 뿌리면 그 사람이 병에 걸린다고 한다.

133 남해(南海)……것 : 《산해경(山海經)》권15〈대황남경(大荒南經)〉에, 남해 바깥에 몸에 날개가 돋은 사람들이 사는 우민들의 나라〔羽民之國〕와 알을 낳는 사람들이 사는 난민들의 나라〔卵民之國〕가 있다고 하였다.

134 북해(北海)……것 : 《산해경》권8〈해외북경(海外北經)〉에 종아리가 없는 사람들의 나라〔無腨之國〕와 키가 크고 창자가 없는 사람들의 나라〔無腸之國〕가 있다고 하였다.

이치이다. 대황(大荒) 밖에 사사(思士)가 장가들지 않고 사녀(思女)가 시집가지 않고도 서로 감응하여 아이를 낳은 일이 있었던 것[135]은 기가 치우쳐서이니, 성인은 떳떳한 것을 이야기하지 괴이한 것을 이야기하지 않는다.

○ 장적국(長狄國)이 있으니 초요국(僬僥國)이 있고,[136] 장부국(丈夫國)이 있으니 여인국(女人國)이 있으며,[137] 장비국(長臂國)이 있으니 장경국(長脛國)이 있다.[138] 조화의 변화는 없는 것이 없고 음양의 오묘함은 짝 없는 것이 없다.

○ 산기운이 많은 곳에 남자가 많이 태어나고 못 기운이 많은 곳에

---

135 대황(大荒)……것 : 사사(思士)와 사녀(思女)는 동해(東海) 밖에 있는 사유(司幽)라는 나라의 왕 제준(帝俊)의 손자와 손녀이다. 이들은 둘 다 결혼하지 않았는데 서로 생각하는 것만으로도 기가 통하여 아이를 가졌다고 한다. 《列子 天瑞》《山海經 卷14 大荒東經》

136 장적국(長狄國)이……있고 : 춘추시대 노 문공(魯文公) 11년 10월에 적인(狄人)들의 나라인 수만국(鄋瞞國)과 싸워 그 군주인 교여(僑如)를 사로잡아 죽였는데, 교여의 키가 매우 커 거의 3장(丈)이었으므로 그를 '장적교여(長狄僑如)'라고 불렀다고 한다. 《春秋左氏傳 文公11年》 초요국(僬僥國)은 난쟁이들이 산다는 전설 속의 나라로, 《열자(列子)》〈탕문(湯問)〉에 "중주(中州)로부터 동쪽으로 40만 리 떨어진 곳에 초요국이 있는데 사람의 키가 1척 5촌이다.〔從中州以東四十萬里, 得僬僥國, 人長一尺五寸.〕"라고 하였다.

137 장부국(丈夫國)이……있으며 : 《산해경》 권7 〈해외서경(海外西經)〉에, 옷과 갓을 쓰고 칼을 차고 다니는 사람들이 사는 장부국과 두 여자가 사방이 물로 둘러싸인 곳에서 사는 여자국(女子國)이 있다고 하였다.

138 장비국(長臂國)이……있다 : 《산해경》 권7 〈해외서경〉에 긴 팔을 이용해 물고기를 잡는 사람들이 사는 장비국이 있다고 하였고, 권16 〈대황서경(大荒西經)〉에는 서북쪽 바다 밖 적수(赤水)의 동쪽에 다리 길이가 3장에 달하는 사람들이 사는 나라〔長脛之國〕가 있다고 하였다.

여자가 많이 태어나는 것[139]은, 간(艮)은 소남(少男)이고 태(兌)는 소
녀(少女)이기 때문이다.[140] 그래서 동남쪽에는 여자가 많고 남자가 적
으며, 서북쪽에는 남자가 많고 여자가 적다.

○ 춘추시대의 개갈로(介葛盧)는 소의 말을 알았고[141] 요(遼)나라의
종실(宗室)인 신속고(神速姑)는 뱀의 말을 알았으니,[142] 이는 배우지
않고서도 가능한 것이었다. 어쩌면 이적(夷狄)의 풍속이 짐승의 본성
과 통할 수 있어서인가? 그러므로 주나라 예법에 이예(夷隷)는 새의
말을 관장하게 하였고 맥예(貉隷)는 짐승의 말을 관장하게 하였다.[143]

---

139 산기운이……것 : 《회남자(淮南子)》〈지형훈(墬形訓)〉에 보인다.

140 간(艮)은……때문이다 : 《주역》〈설괘전〉에 "간은 세 번째로 구하여 남자아이를
얻었으므로 소남(少男)이라 이르고, 태는 세 번째로 구하여 여자아이를 얻었으므로
소녀(少女)라고 한다.〔艮三索而得男, 故謂之少男, 兌三索而得女, 故謂之少女.〕"라고
하였다.

141 춘추시대의……알았고 : 개갈로는 춘추시대의 동이국(東夷國)인 개(介)나라의
군주로, 노 희공(魯僖公) 29년 겨울에 노(魯)나라에 왔을 때 소의 울음소리를 듣고
그 소가 제사에 쓰일 수 있는 새끼 세 마리를 낳았다는 것을 알았다고 한다. 《春秋左氏傳
僖公29年》

142 요(遼)나라의……알았으니 : 신속고는 산소고(珊蘇庫)라고도 하는데, 요나라
종실이자 살만교(薩滿敎)의 무녀(巫女)로, 뱀의 말을 할 줄 알았다고 한다. 요 태조(遼
太祖)의 종형(從兄)인 달갈제(達噶濟)가 본장(本帳) 아래에서 뱀이 우는 소리를 듣고
신속고에게 풀이하게 하자 뱀 구멍 옆에 있는 나무의 속에 금이 있다는 말이라고 하였는
데, 가서 보니 과연 금이 있어서 이를 '용석금(龍錫金)'이라고 불렀다는 일화가 있다.
《遼史拾遺 卷23 國語解 龍錫金佩》

143 주나라……하였다 : 이예(夷隷)와 맥예(貉隷)는 주나라 때의 관직으로, 이예는
목인(牧人)을 부려 소와 말을 기르는 일과 새의 말을 알아듣고 해석하는 일을 맡았고
맥예는 복불씨(服不氏)를 부려 짐승을 기르면서 길들이는 일과 짐승의 말을 알아듣고
해석하는 일을 맡았다. 《周禮 秋官司寇》

공야장(公冶長)이 새의 말을 알고[144] 관로(管輅)가 짐승의 말을 알았던 것[145]은 방기(方技)에 가까울 것이다.

　○ 맹자(孟子)가 "만물의 이치가 모두 나에게 갖추어져 있다."[146]라고 한 것은 하나의 이치에 밝았던 것이고, 순자(荀子)가 "사람은 장차 사물을 기다려 쓴다."[147]라고 한 것은 사물과 나를 둘로 본 것이니, 이것이 맹자와 순자의 차이일 것이다.

144　공야장(公冶長)이……알고 :《논어집해의소(論語集解義疏)》권3 〈논어공야장(論語公冶長)〉에서 《논석(論釋)》이라는 책의 내용이라며 공야장의 일화를 싣고 있다. 공야장이 위(衛)나라에서 노(魯)나라로 돌아올 때 새들이 "청계(淸溪)에 시신이 있으니 가서 쪼아 먹자."라고 이야기하는 것을 들었는데, 조금 뒤에 아들의 시신을 찾지 못하여 통곡하고 있는 노파를 만났다. 공야장은 새들이 말한 시신을 노파의 아들로 생각하여 알려줬는데, 노파는 촌장에게 공야장이 자기 아들을 죽였기 때문에 시신의 위치를 알고 있었으리라고 고소했다. 감옥에 갇힌 공야장은 참새들이 "백련수(白蓮水) 근처에 수레가 엎어져 곡식이 많으니 가서 쪼아 먹자."라고 한 것을 알아듣고 촌장에게 말했는데, 촌장이 가서 살펴보니 공야장이 말한 대로였다.

145　관로(管輅)가……것 :《박물지(博物志)》권6 〈인명고(人名攷)〉에 "평원의 관로는 점을 잘 치고 새의 말을 알았다.〔平原管輅, 善卜筮, 解鳥語.〕"라고 하였다.

146　만물의……있다 :《맹자》〈진심 상(盡心上)〉에 보인다.

147　사람은……쓴다 :《순자》본문에는 보이지 않는데, 〈부국편(富國篇)〉에 "만물이 이 세상 안에 같이 존재하고 있지만 형체가 서로 다르고, 마땅함이 없지만 쓰임에 있어 사람을 위함은, 자연적인 법칙이다.〔萬物同宇而異體, 無宜而有用爲人, 數也.〕"라고 한 것을 가리키는 듯하다.

원취편

遠取篇

오충(五蟲)의 기 五蟲之氣

인충(鱗蟲)은 목(木)에 속하는데, 목은 수(水)에서 생기기 때문에 물에 의지한다. 우충(羽蟲)은 화(火)에 속하니, 화는 목에서 생기기 때문에 나무에 깃들어 산다. 개충(介蟲)은 수에 속하는데, 수는 금(金)에서 생기기 때문에 바위에 숨어 산다. 모충(毛蟲)은 금에 속하는데, 금은 토(土)에서 생기기 때문에 땅으로 다닌다. 나충(裸蟲)은 토에 속하는데, 토는 화에서 생겨 사시(四時)에 붙어 왕성하기 때문에 사람은 화식(火食)을 하며 오행(五行)을 아울러 사용한다.

　○ 사람은 토에 속하는데 토는 화에서 생기므로 화식을 하고, 모충은 금에 속하는데 금은 토에서 생기므로 육식을 하며, 우충은 화에 속하는데 화는 목에서 생기므로 날것을 먹고, 인충은 목에 속하는데 목은 수에서 생기므로 물을 마시니, 모두 태어난 바를 즐기는 것이다. 소와 말이 곡식을 먹고 노루와 사슴이 풀을 먹는 것은 본성에 서로 가까운 점이 있어서이다.

오충의 성질 五蟲之性

목의 성질은 굽기도 하고 곧기도 하므로 물고기는 움직임이 구불구불하다. 화의 성질은 불타고 위로 올라가므로 새는 움직임이 날아오른다. 금의 성질은 따르기도 하고 변하기도 하므로 모충은 사람이 부리고 탄다. 수의 성질은 적시고 아래로 내려가므로 개충은 숨고 나오

지 않기를 좋아한다. 토의 성질은 낳고 기르기 때문에 사람은 만물을
기를 수 있다.

오충의 소리 五蟲之聲

인충의 소리는 각(角)에 속하기 때문에 곧고 멀리 도달한다. 우충의
소리는 치(徵)에 속하기 때문에 가볍고 드날린다. 개충의 소리는 우
(羽)에 속하기 때문에 가라앉고 길다. 모충의 소리는 상(商)에 속하
기 때문에 복받치고 거세다. 나충의 소리는 궁(宮)에 속하기 때문에
퍼지고 씩씩하다.

오충의 모습 五蟲之形

인충의 모습이 곧은 것은 목(木)의 형상이고, 우충의 모양이 뾰족한
것은 화(火)의 형상이며, 모충의 머리가 둥근 것은 금(金)의 형상이
고, 개충의 목이 긴 것은 수(水)의 형상이며, 나충의 얼굴이 네모난
것은 토(土)의 형상이다.

오충의 숫자 五蟲之數

하늘의 1이 수를 낳고 그 숫자는 6이기 때문에 개충은 껍데기가 하나
이며 거북은 장륙(藏六)[148]한다. 땅의 2는 화를 낳고 그 숫자는 7이기
때문에 우충은 다리와 날개가 모두 두 개씩이고 여섯 개의 깃털에 꼬
리가 하나이다. 하늘의 3은 목을 낳고 그 숫자는 8이기 때문에 인충

---

148 장륙(藏六) : 거북이 위험한 상황에서 네 다리와 머리, 꼬리를 등껍질에 감추어
위기를 모면하는 것을 말한다.

은 입과 양쪽 뺨으로 함께 숨을 쉬고 여섯 개의 갈기에 둘로 갈라진 꼬리지느러미가 있다. 땅의 4는 금을 낳고 그 숫자는 9이기 때문에 모충은 모두 다리가 네 개이고 쌍제(雙蹄)[149]에 꼬리까지 아우르면 9가 된다. 하늘의 5가 토를 낳고 그 숫자는 10이기 때문에 사람에게는 오성(五性)이 있고 손가락과 발가락이 모두 10개씩이다. 곰·범·개·쥐 또한 나충이므로 발가락이 모두 10개이다.

○ 잉어 등의 비늘이 36개인 것은 육육(六六)의 숫자를 얻은 것이니 음의 동물이고, 용 등의 비늘이 81개인 것은 구구(九九)의 숫자를 얻은 것이니 양의 동물이다.[150] 거북의 등에 오행·팔괘·이십사기(二十四氣)의 형상이 있는 것[151]은 낙서(洛書)의 숫자이다.

149 쌍제(雙蹄) : 노루나 돼지 등의 둘로 갈라진 발굽을 뜻한다.

150 잉어……동물이다 : 음의 수는 6이고 양의 수는 9이기 때문에 이렇게 말한 것이다. 《주역》〈계사전 하(繫辭傳下)〉에 "옛날 포희씨가 천하에 왕 노릇 할 때 위로는 하늘에서 형상을 관찰하고 아래로는 땅에서 법을 관찰하며, 새와 짐승의 무늬와 천지의 마땅함을 관찰하며, 가깝게는 자신에게서 취하고 멀게는 사물에서 취하였다. 이에 비로소 팔괘를 만들어 신명의 덕과 통하고 만물의 정을 분류하였다.〔古者, 包犧氏之王天下也, 仰則觀象於天, 俯則觀法於地, 觀鳥獸之文與地之宜, 近取諸身, 遠取諸物. 於是, 始作八卦, 以通神明之德, 以類萬物之情.〕"라고 하였는데, 주희(朱熹)는 이를 논증하며 "무릇 초목과 금수도 음과 양을 갖고 있지 않음이 없다. 잉어의 등 위에는 36장의 비늘이 있고 용의 등 위에는 81장의 비늘이 있으니, 용은 본 적이 없지만 잉어에게는 반드시 있다.〔凡草木禽獸, 無不有陰陽. 鯉魚脊上有三十六鱗, 龍脊上有八十一鱗, 龍不曾見, 鯉魚必有之.〕"라고 하였다. 《朱子全書 卷32 易 繫辭下》

151 거북의……것 : 주희는 거북의 등껍질에 오행·팔괘·이십사기의 형상이 있음을 설명하며, "또 거북 등껍질 위의 무늬는 가운데의 한 떨기가 다섯 단의 무늬를 이루고 양변에 각 네 단이 끼어 있어 모두 여덟 단을 이룬다. 여덟 단 밖 양변의 둘레에 모두 스물네 단이 있다. 중간의 다섯 단은 오행이고, 양변에 끼인 여덟 단은 팔괘이며, 둘레의

○ 용은 양의 동물이지만 음에 숨으므로 나타날 때 그 머리를 드러내지 않는다. 〈건괘(乾卦) 용구(用九)〉에 "용의 무리에 머리가 없음을 본다."[152]라고 하였으니, 용의 형상이다.

○ 용은 하늘의 1의 정기를 얻었으므로 하늘의 쓰임이 되어 물로 신통(神通)을 부리고 사람은 땅의 2의 정기를 얻었으므로 땅의 영장이 되어 불로 신통을 부린다.

금수(禽獸)에 있는 팔괘의 형상 禽獸象八卦

말은 건(乾)의 형상이기 때문에 색이 붉고 굽이 둥글며 발걸음이 씩씩하고 잘 운다. 소는 곤(坤)의 형상이기 때문에 색이 누렇고 발굽이 갈라졌으며 성품이 순하고 무거운 짐을 진다. 용은 진(震)의 형상이기 때문에 비늘이 푸르고 음지에 숨으며 움직이기를 좋아하고 우레를 따른다. 닭은 손(巽)의 형상이기 때문에 색이 옅은 붉은색이고 성질이 들어가길 좋아하며 때를 따르고 바람에 움직인다. 돼지는 감(坎)의 형상이기 때문에 색이 검고 습한 데로 나아가며 성격이 험하고 비가 오는 것을 미리 안다. 꿩은 이(離)의 형상이기 때문에 무늬가 있고 잘 날며 안이 어둡고 물을 두려워한다. 개는 간(艮)의 형상이기 때문에 색이 누렇고 도둑을 저지하며 겉으로는 굳세지만 속으로는 겁이 많다. 양은 태(兌)의 형상이기 때문에 색이 희고 뿔이 있

스물네 단은 이십사기이다.〔又龜背上文, 中間一簇成五段文, 兩邊各揷四段, 共成八段子. 八段之外, 兩邊周圍共有二十四段. 中間五段者, 五行也, 兩邊揷八段者, 八卦也, 周圍二十四段者, 二十四氣也.〕라고 한 바 있다. 《朱子全書 卷32 易 繫辭下》

152 용의……본다 : 《주역》〈건괘(乾卦) 용구(用九)〉에 "용의 무리에 머리가 없음을 봄이니, 길하다.〔見群龍無首, 吉.〕"라고 하였다.

으며 겉으로는 기뻐하는 것처럼 보이지만 속으로는 패려궂다.

○ 음의 동물은 바깥이 굳세기 때문에 소는 뿔이 있고 들이받기를 좋아한다. 양의 동물은 안이 굳세기 때문에 말은 발 가는 대로 잘 달린다. 손(☴)은 양기가 위에서 성하기 때문에 닭은 벼슬이 붉고 새벽을 알리는 일을 맡는다. 간(☶)은 음이 아래에서 성하기 때문에 개는 밤에 경계하고 쥐는 어두울 때에 다닌다.

○ 소는 곤의 형상으로 축방(丑方)의 자리인데 축방은 간방(艮方)이므로 멈추기를 좋아하고 낮에 잠을 자며, 말은 건의 형상으로 오방(午方)의 자리인데 오방은 화방(火方 남방(南方))이므로 오르길 좋아하고 밤에 깨니, 모두 선천의 이치이다.

○ 노새와 말은 양의 부류이기 때문에 앞발 먼저 일어나고, 낙타와 소는 음의 부류이기 때문에 뒷발 먼저 일어난다.

○ 뿔이란 뼈의 나머지이다. 뼈는 금(金)에 속하므로 모충(毛蟲)은 뿔이 많다. 뿔이 난 벌레는 정기가 위에 있으므로 윗니가 없고 꼬리가 짧다. 토끼는 귀가 길기 때문에 꼬리가 짧고, 여우는 다리가 짧기 때문에 꼬리가 길다.

○ 알에서 태어나는 것들은 소음(少陰)의 동물이기 때문에 그 구멍이 여덟 개이고 바깥이 굳세기 때문에 이가 없어 먹이를 삼키며, 배에서 태어나는 것들은 노양(老陽)의 동물이기 때문에 그 구멍이 아홉 개이고 안이 굳세기 때문에 이가 있어서 먹이를 씹는다.[153]

---

153 알에서……씹는다 : 사람을 비롯한 포유류 동물의 눈 두 개, 귀 두 개, 콧구멍 두 개, 입 한 개, 생식기(요도), 항문을 아홉 개의 구멍이라고 하여 구규(九竅)라고 하는데, 알에서 태어나는 조류는 생식기가 없다고 하여 구멍이 여덟 개라고 한다. 여기

○ 사슴[鹿]은 순수한 양의 정수이기 때문에 하지(夏至)에 뿔이 떨어지고, 고라니[麋]는 순수한 음의 정수이기 때문에 동지(冬至)에 뿔이 떨어진다.[154]-청(清)나라 건륭제(乾隆帝) 때에 상림(上林)에서 많은 짐승들을 길렀는데, 동지에 사람을 보내 살펴보게 하니 고라니는 뿔이 떨어지지 않았고 오히려 큰사슴[麈]의 뿔이 떨어졌다. 그래서 큰사슴의 뿔이 떨어진다고 〈월령(月令)〉을 고쳐서 천하에 반포(頒布)해 보였다. 생각건대 고라니는 본래 사슴 중 큰 것으로서 사슴과 성질이 같은데 큰사슴은 사슴의 별종(別種)이므로 〈월령〉에서 고라니라고 잘못 일컫은 것인가?-

○ 원숭이는 나충(裸蟲)인데도 나무에 오르기를 좋아하고 귤과 유자는 노란색인데도 가지에 가시가 있으니, 모두 토(土)의 바탕에 화(火)의 기운이다. 화가 토를 낳으므로 남방에 짐승으로는 원숭이가 있고 나무로는 귤과 유자가 있다.

○ 새 중 흰 것은 금(金)의 기운을 얻은 것인데, 금은 목(木)을 이기므로 갈매기와 해오라기의 등속은 비늘 있는 동물을 먹기를 좋아한다. 새 중 검은 것은 수(水)의 기운을 얻은 것인데, 수는 화를 이기므로 까마귀와 솔개는 피 있는 동물을 먹기를 좋아한다.

○ 누에는 화의 벌레이므로 실이 위로 나온다. 거미는 수의 벌레이므로 실이 아래로 나온다. 화는 양이기 때문에 고치가 둥글고 뾰족하며

에서는 소음(少陰)의 수가 8이고 노양(老陽)의 수가 9이기 때문에 이렇게 말한 것이다.
154 사슴[鹿]은……떨어진다 : 《예기(禮記)》〈월령(月令)〉에, 중하의 달[仲夏之月]에 "사슴의 뿔이 떨어지고 매미가 처음 울며, 반하초(半夏草)가 자라나고 무궁화가 핀다.[鹿角解, 蟬始鳴, 半夏生, 木堇榮.]"라고 하였고, 중동의 달[仲冬之月]에 "운초(芸草)가 처음 나고 여정(荔挺)이 나오며, 지렁이가 몸을 굽히고 고라니의 뿔이 빠지며, 수천(水泉)이 동한다.[芸始生, 荔挺出, 蚯蚓結, 麋角解, 水泉動.]"라고 하였다.

수는 음이기 때문에 거미줄은 넓고 무늬가 있다. 양은 낳음을 주장하므로 나방이 태어나고, 음은 죽임을 주장하므로 벌레를 덮친다.

○ 〈설괘전(說卦傳)〉에 간(艮 ☶)이 검은 부리〔黔喙〕의 등속이 된다고 하였는데, 오씨(吳氏 오징(吳澄))가 "'검(黔)'자는 '검(鈐)'자와 통하니 철로 물건을 묶음이다."라고 풀이하였으니,[155] 여기에서 산에 사는 맹수라고 한 것은 아마도 틀릴 것이다. 대체로 간은 강함이 위에 있고 북쪽에 처하니, 북쪽의 색은 검은색이므로 검은 부리라고 한 것이다. 무릇 새 중 부리가 검은 것은 모두 동물을 멈출 수 있으니, 매ㆍ새매ㆍ까마귀ㆍ솔개가 이것이다.

○ 동물 중 귀한 것은 귀한 것을 먹고 천한 것은 천한 것을 먹는다. 그래서 사람은 오곡(五穀)을 먹고 소와 말은 겨와 콩깍지를 먹으며, 들짐승은 풀과 나무를 먹고 개와 돼지는 부패하고 더러운 것을 먹으며, 새는 벌레를 쪼아 먹고 물고기는 물을 먹으며 벌레는 흙을 먹는다. 대체로 하늘이 동물을 낳을 때 천한 것은 많고 귀한 것은 적게 낳았으니, 적은 것을 귀하게 대우하고 많은 것을 천하게 부리는 것이 자연스러운 이치이고 동물이 그 본성에 따르는 것이다. 이치가 그러하기 때문

---

155 설괘전(說卦傳)에……풀이하였으니 : 《주역》〈설괘전〉에 "간은 산이 되고 지름 길이 되며, 작은 돌이 되고 문이 되며, 과일과 풀 열매가 되고 내시가 되며, 손가락이 되고 개가 되며, 쥐가 되고 검은 부리의 등속이 되며, 나무에 있어서는 단단하고 마디가 많음이 된다.〔艮爲山, 爲徑路, 爲小石, 爲門闕, 爲果蓏, 爲閽寺, 爲指, 爲狗, 爲鼠, 爲黔喙之屬, 其於木也, 爲堅多節.〕"라고 하였는데, 오징(吳澄)은 이 구절에 대해 "'검(黔)'자는 응당 '검(鈐)'자와 통할 것이니, 철로 물건을 묶어서 유지하는 것이다. 검은 부리〔黔喙〕의 등속은 산에 사는 맹수의 이빨이 철처럼 튼튼하고 날카로워 살아 있는 동물을 먹을 수 있는 것이다.〔黔字當與鈐通, 以鐵持束物者. 黔喙之屬, 山居猛獸齒牙堅利如鐵, 能食生物者也.〕"라고 풀이하였다.

에 본성 또한 그러하다.

○ 무릇 동물 중에 화식을 하는 것들은 발로 다니니, 사람과 말·소·개·돼지·닭·오리의 등속이 이것이다. 선식(鮮食 날로 먹음)을 하는 것들은 몸으로 다니니, 노루·사슴·여우·토끼·제비·참새의 등속이 이것이다. 다리로 다니는 것들은 걸을 때 한 발을 먼저 드니 양의 기수(奇數 홀수)이고, 몸으로 다니는 것들은 두 발을 한꺼번에 드니 음의 우수(耦數 짝수)이다.

○ 닭은 유(酉)의 벌레로, 축(丑)과 사(巳)가 유와 짝이 되기 때문에 닭은 유시(酉時 오후 5~7시)에 쉬고 축시(丑時 오전 1~3시)에 울며 사월(巳月 음력 4월)에 태어난다. 개는 술(戌)의 벌레로, 인(寅)과 오(午)가 술과 짝이 되기 때문에 개는 술시(戌時 오후 7~9시)에 쉬고 인시(寅時 오전 3~5시)에 움직이며 오월(午月 음력 5월)에 태어난다. 고양이는 인(寅)의 벌레이기 때문에 인월(寅月 음력 1월)에 교미하고, 눈동자가 오시(午時 오전 11시~오후 1시)에는 둥글었다가 술시에는 눈이 어두워진다. 토끼는 묘(卯)의 벌레로, 달의 정기를 얻었기 때문에 보름의 전에 쓸개가 차올랐다가 보름의 뒤에 허해진다.

○ 무릇 새 중에 물에 사는 것들은 발톱이 이어져 배를 닮았으므로 물에 뜰 수 있으니, 물오리〔鳧〕·기러기〔鴈〕·거위〔鵝〕·집오리〔鴨〕가 이것이다. 짐승 중 산에 사는 것들은 발톱이 뾰족하여 돌과 닮았으므로 움킬 수 있으니, 범·표범·곰·큰곰이 이것이다.

○ 용이 뿔로 소리를 듣고 거북이 귀로 숨을 쉬는 것은 진목(震木)과 감수(坎水)의 이치이다. 뱀이 머리로 다니고 물고기가 꼬리로 움직이는 것은, 화(火)가 불타고 위로 올라가며 수(水)가 적시고 아래로 내려가는 형상이다.

○ 곤충은 목(木)의 기운을 얻었으므로 바람이 불면 곤충이 생기고 우레가 치면 놀라서 겨울잠에서 깬다. 개구리는 아마도 진목의 기운일 것이다. 그 소리가 우레와 비슷하고 여름에 운다. 매미는 아마도 손목(巽木)의 기운일 것이다. 그 소리가 바람과 비슷하고 가을에 운다.

○ 닭이 오리 알을 품어도 끝내 오리가 태어나고 매화나무에 오얏나무 가지를 접붙여도 끝내 매화나무가 되는 것은 본성이 변할 수 없기 때문이다. 명령(螟蛉)이 나나니벌이 되고 초파리가 창승(蒼蠅)이 되는 것은 기질은 옮겨갈 수 있기 때문이다.

○ 새가 봄에 우는 것은 화(火)가 목을 얻어 즐거워하는 것이고, 벌레가 가을에 우는 것은 목이 금(金)을 만나 슬퍼하는 것이다.

○ 무소의 뿔은 화의 형상이기 때문에 물을 피하고 먼지를 피하며 추위를 피할 수 있고, 화는 금을 이기기 때문에 닭을 놀라게 할 수 있다. 코끼리의 어금니는 금의 기운을 얻었기 때문에 코끼리의 상처는 별을 보면 피가 멎고[156] 쥐는 쇠를 갉아먹을 수 있기 때문에 코끼리는 쥐를 무서워한다.

○ 벌은 화의 기운을 얻었으므로 모양이 뾰족하고 침을 가지고 있으며, 화는 토(土)를 낳기 때문에 사물을 변화시켜 단맛을 만들어내고 밀랍을 내어 불을 키울 수 있다.

---

156 코끼리의……멎고 : 미신으로 생각되지만 조선 시대에는 이를 사실로 믿었으리라 생각된다. 임백연(任百淵)의 《경오유연일록(鏡浯遊燕日錄)》〈경오행권(鏡浯行卷) 초구일 정해(初九日丁亥)〉에, 코끼리를 부릴 때 갈고리로 찔러가며 제어하는데 상처가 생겨도 밤에 별빛을 보게 하면 피가 멈추고 상처가 아문다고 한 내용이 보인다.

○ 나방은 화의 벌레이므로 불에 붙기를 좋아한다. 파리는 수(水)의 벌레이므로 물에 잘 빠진다. 불에 붙는 것은 밝은 것을 지나치게 좋아해서 자기 몸을 태우리라는 것을 잊은 것이고, 물에 빠지는 것은 먹이를 탐하는 데 눈이 멀어 자기 몸을 죽이는 데에 이르는 것이니, 경계하지 않을 수 있겠는가.

○ 요충(蓼蟲 여뀌 잎을 먹는 벌레)이 매운맛을 잊고 계수나무의 좀벌레가 단맛을 잊으며 화산(火山)의 쥐가 뜨거움을 즐기고 똥거름 속의 구더기가 악취를 즐기는 것은, 기질이 익힌 것이다. 익히면 편안해지고, 편안해지면 변화한다.

○ 사람에게 눈이 앞에 있고 귀가 뒤에 있는 것은 양이 앞이고 음이 뒤여서이다. 짐승에게 귀가 위에 있고 눈이 아래에 있는 것은 음이 앞이고 양이 뒤여서이다. 새에게 귀가 없는 것은 화여서 수가 없기 때문이다. 물고기에게 코가 없는 것은 목이 토를 이겨서이다.

○ 새와 짐승은 입과 코가 합쳐져 있으므로 먼저 냄새를 맡은 뒤에 먹는다. 짐승은 입으로 먹기 때문에 이가 길고, 새는 입으로 쪼기 때문에 부리가 뾰족하다.

○ 참새가 뱀을 보면 떠들썩하게 지저귀고 말이 범을 보면 발을 굴러대는 것은 자신을 이기는 것에 놀라는 것이다. 토끼가 달을 보면 감응하고[157] 개구리가 비를 만나면 뛰는 것은 같은 기운을 좋아하는

---

157 토끼가……감응하고 : 고대 중국에는 토끼가 수컷의 털을 핥고서 달을 보면 임신한다는 속설이 있었다. 《박물지(博物志)》권4 〈물성(物性)〉에 "토끼는 터럭을 핥고서 달을 바라보면 잉태하고, 입속에서 새끼를 토해낸다. 옛날에 이런 이야기가 있었는데, 내가 눈으로는 보지 못한 바이다.〔兔舐毫望月而孕, 口中吐子. 舊有此說, 余目所未見也.〕"라고 하였다.

것이다.

○ 닭이 열 마리의 병아리를 낳았을 때 땅을 밟자마자 모두 스스로 먹을 수 있는 것은 각기 성명(性命)을 바루어서이고, 복숭아나무에 천 개의 열매가 열렸을 때 바람을 맞으면 한꺼번에 떨어지지 않는 것은 운명이 같지 않아서이다.

○ 옛 기록에 "황제(黃帝)가 치우(蚩尤)를 주륙(誅戮)하고서 뼈를 버렸는데 피가 변하여 모기가 되었기 때문에 모기가 사람의 피를 빨아먹는다."[158]라고 하였다. 이[蝨]란 땀의 기운이 변한 것이기 때문에 몸의 이는 피를 빨아먹고 머리의 이는 때를 빨아먹는데, 피는 감(坎)에 속하기 때문에 다리가 여섯이고 걸을 때 반드시 북쪽을 향한다.[159]

○ 기린은 인(仁)을 얻었기 때문에 살아 있는 풀을 밟지 않고 봉황은 예(禮)를 얻었기 때문에 덕(德)을 보고 강림하며, 용은 의(義)를 얻었기 때문에 뇌우(雷雨)를 일으키고 거북은 지(智)를 얻었기 때문에 길흉을 점친다.

○ 자하(子夏)가 "물을 마시는 것들은 헤엄을 잘 치고 추위를 견딘다. 흙을 먹는 것들은 마음이 없고 숨을 쉬지 않는다.[160] 풀을 먹는

---

158 황제(黃帝)가……빨아먹는다 : 미상이다.

159 이[蝨]란……향한다 : 남송(南宋) 유염(兪琰)의 《석상부담(席上腐談)》 권상에 "이는 음의 동물로 그 다리가 여섯이니, 북방 감수(坎水)의 숫자이다. 다닐 때 반드시 머리를 북쪽으로 두는데, 징험해보니 과연 그러했다.〔虱, 陰物, 其足六, 北方坎水之數 也, 行必北首, 驗之果然.〕"라고 하였다.

160 숨을 쉬지 않는다 : 이 칙(則)은 《공자가어(孔子家語)》 권6 〈집비(執轡)〉의 내용을 수정하여 전재(轉載)한 것으로 보인다. 이 부분의 원문은 '小息'인데, 의미가 통하지 않아 《공자가어》 권6 〈집비〉에 의거하여 '不息'으로 수정하여 번역하였다.

것들은 잘 달리고 어리석다. 고기를 먹는 것들은 용감하고 사납다. 곡식을 먹는 것들은 지혜롭고 교묘하다. 기를 먹는 것들은 신명(神明)하고 장수한다. 먹지 않는 것들은 죽지 않고 신묘하다. 본성으로 삼은 것이 다르기 때문에 기르는 데 필요한 것도 달라 각기 부류대로 응한다."라고 하였다.

○ 닭이 먼저 날갯짓을 한 뒤에 우는 것은 금(金)이 치기를 기다려 소리를 내는 것이다. 꿩이 먼저 운 뒤에 날갯짓을 하는 것은 화(火)가 타기를 기다려 소리를 내는 것이다.

○ 새 중에 비익조(比翼鳥)가 있고 물고기 중에 비목어(比目魚 넙치)가 있으며 짐승 중에 공공(蛩蛩)과 거허(蛆蘆)[161]가 있고 나무에 연리목(連理木)이 있는 것은 형체가 달라 서로를 필요로 하는 것이다. 새와 쥐가 같은 구멍에 살고 거북과 뱀이 서로 얽혀 있으며 새삼이 덩굴을 감는 것은 다른 부류끼리 사귀는 것이다.

○ 곰이 소금을 먹으면 죽고 쥐가 소금을 먹으면 날 수 있는 것[162]은 곰은 불에 능하고〔能火〕[163] 쥐는 수(水)에 속하기 때문이다.[164]

---

161 공공(蛩蛩)과 거허(蛆蘆) : 거허는 거허(距虛)라고도 한다. 전설상의 짐승인 거허와 공공은 서로 닮았고, 서로 붙어서 떨어지지 않고 산다고 한다. 또 일설에는 궐(蹶)이란 짐승이 앞발은 쥐의 발처럼 짧고 뒷발은 토끼의 다리처럼 길어서 잘 달리지 못하므로 앞다리가 길고 뒷다리가 짧아서 잘 달리는 공공거허(蛩蛩距虛)에게 늘 감초(甘草)를 구해주고 위급한 일이 생기면 등에 업혀 달아난다고도 한다. 《淮南子 道應訓》

162 곰이……것 : 옛날에 존재하던 속설이다. 《회남자(淮南子)》〈설림훈(說林訓)〉에 "곰을 사랑하여 소금을 먹이고 수달을 사랑하여 술을 마시게 하는 것은 비록 길러주고자 해서이나 제대로 된 방법이 아니다.〔愛熊而食之鹽, 愛獺而飲之酒, 雖欲養之, 非其道.〕"라고 하였고, 《유양잡조(酉陽雜俎)》 속집 권8 〈지동(支動)〉에 "쥐는 소금을 먹으면 몸이 가벼워진다.〔鼠食鹽則身輕〕"라고 하였다.

○ 풍모(風母)[165]-원숭이와 닮았다.-가 살해당했다가도 바람을 맞으면 살아나고, 거머리를 불에 말려도 물에 젖으면 살아나는 것은 기가 죽지 않기 때문이다.

○ 새는 알을 등에 붙이고 짐승은 새끼를 배 속에 품는 것은 하늘에 뿌리를 둔 것은 위를 가까이하고 땅에 뿌리를 둔 것은 아래를 가까이하는 것이다.

○ 학이 소리로 낳고 자라가 바라봄으로써 낳으며 해오라기가 눈동자를 마주쳐 새끼를 낳고 공작이 우레로 잉태하며 등사(騰蛇 나는 뱀)가 소리를 들음으로써 잉태하는 것[166]은 생식(生殖)과 화육(化育)의 이치

163 곰은 불에 능하고 : '웅(熊)'자가 '능(能)'자와 '화(火)'자가 합쳐진 형태이기 때문에 이렇게 말한 것이며, 이 때문에 곰이 화재를 불러온다는 미신이 있었다. 남송(南宋) 때 곰이 성 밑에 나타나자 사람들이 불을 조심해야 한다고 말했는데 과연 불이 나 민가(民家) 17, 8채를 태웠고, 명 효종(明孝宗) 때에도 곰이 경사(京師)에 들어오고 나서 얼마 안 가 화재가 발생했다고 한다. 《芝峯類說 卷16 語言部 雜說》

164 쥐는……때문이다 : 이수광(李睟光)의 《지봉유설(芝峯類說)》권20 〈금충부(禽蟲部) 수(獸)〉에서는 곰이 소금을 먹으면 죽고 쥐가 소금을 먹으면 날 수 있다는 속설에 대해, "내 생각에, 소금은 맛이 짜니 북방의 수(水)에 속하고 웅(熊)자에는 화(火)자가 들어가므로 곰은 화의 짐승인데, 수가 화를 이기기 때문이다. 쥐는 12진(辰) 중의 자(子)이니, 북방에 속하는 수의 짐승이다.〔余謂鹽味鹹, 屬北方水也, 熊字從火, 乃火畜, 水克火故也. 鼠十二辰爲子, 屬北方水畜也.〕"라고 해설하고 있다.

165 풍모(風母) : 전설상의 동물로 평후(平猴)라고도 한다. 모습은 원숭이와 닮았는데 털이 없고 눈이 붉으며 사람을 만나면 머리를 조아리며 사죄하는 듯한 시능을 하는데 사람이 때리면 죽었다가 바람을 맞으면 살아난다고 한다. 《太平御覽 卷908 獸部 風母》

166 학이……것 : 명(明)나라 당금(唐錦)의 《용강몽여록(龍江夢餘錄)》권2에 "공작은 천둥소리를 들음으로써 잉태하고 토끼는 달에 감응함으로써 잉태하며 구관조는 다리를 교차함으로써 잉태하고 해오라기는 눈을 마주침으로써 잉태하며, 원앙은 목을 교차함으로써 잉태하고 까마귀는 타액(唾液)을 전하여 잉태하고 학은 발자취를 밟아 잉태

이다. 돼지에게 힘줄이 없고 토끼에게 비장(脾臟)이 없으며 노루와

쥐에게 쓸개가 없고 게와 새우에게 창자가 없으며 새에게 폐가 없고

조개에게 피가 없는 것[167]은 형기(形氣)의 치우침이다.

○ 까치가 둥지를 만들 때 태세방(太歲方)[168]을 피할 줄 알고 제비가

진흙을 취할 때 무기일(戊己日)[169]을 피하는 것은 나는 새들이 건제(建

除)[170]에 대해 환히 아는 것이고, 강돈(江豚 돌고래)이 바람이 불 것을

미리 알고 영타(靈鼉 악어)가 비가 올 것을 미리 아는 것은 물에 사는

하며, 거위는 눈을 쳐서 잉태하고 백로는 서로를 좇아 잉태하고 까치는 가지를 전하여
잉태하니, 이는 새와 짐승들이 새끼를 잉태하고 기르는 것 중 특이한 경우이다.〔孔雀以
聞雷而孕, 兎以感月而孕, 鸛鶒以足交而孕, 鳩鶋以目交而孕 鴛交頸而孕, 烏傳涎而孕,
鶴履跡而孕, 鳩擊目而孕, 鷺相逐而孕, 鵲傳枝而孕, 此鳥獸孕育之異者也.〕"라고 하였
다. 이는 당시 동물들의 생식에 관한 속설로 보인다.

167 돼지에게……것 : 청(淸)나라 조길사(趙吉士)의 《기원기소기(寄園寄所寄)》 권
7 〈달제기(獺祭寄) 금수(禽獸)〉에 보이는 내용을 축약한 것이다. 이는 당시 동물들의
신체 구조에 대한 속설로 보인다.

168 태세방(太歲方) : 태세성(太歲星)은 목성(木星)으로, 고대의 술수가(術數家)들
은 목성의 신이 깃든 방향과 그 반대 방향을 향해 건물을 세우거나 이사를 가면 횡액(橫
厄)을 당한다고 믿었다.

169 무기일(戊己日) : 1순(旬) 중의 무일(戊日)과 기일(己日)이다. 송(宋)나라 오숙
(吳叔)의 《사류부(事類賦)》 권19 〈금부(禽部) 연(燕)〉에 진(晉)나라 장화(張華)의
《박물지(博物志)》를 인용하며, "제비는 무기일에 진흙을 물어와 둥지에 바르지 않으니,
이는 재지(才智)가 아니고 자연히 터득한 것이다.〔鷰戊己日不銜泥塗巢, 此非才智, 自
然得之.〕"라고 하였다.

170 건제(建除) : 천상(天象)을 보고 인사(人事)의 길흉화복을 점치는 것을 뜻한다.
고대의 술수가들이 천문학(天文學)의 12진(辰)을 살피고 인사(人事)를 건(建)·제
(除)·만(滿)·평(平)·정(定)·집(執)·파(破)·위(危)·성(成)·수(收)·개
(開)·폐(閉)의 12가지 상황으로 나누어 풀이한 데에서 유래한 말이다.

동물들이 날씨를 아는 것이다.

○ 새가 바람을 거슬러가며 날지 않고 물고기가 물살을 가로질러 다니지 않는 것은 험함을 보고 멈추는 것이다. 그러므로 가자(賈子 가의(賈誼))가 "흐름을 타면 흘러가고 구덩이를 만나면 멈춘다."[171]라고 하였으니, 이 도(道)를 쓴 것이다.

○ 사광(師曠)은 《금경(禽經)》을 저술했고 부구백(浮丘伯)은 《상학경(相鶴經)》을 지었으며 영척(甯戚)은 《상우경(相牛經)》을 지었고 백락(伯樂)은 《상마경(相馬經)》을 지었으며 범려(范蠡)는 《종어경(種魚經)》을 지었다. 공자가 "풀과 나무, 새와 짐승의 이름에 대해 많이 알 수 있다."[172]라고 하였으니, 유자(儒者)가 버리지 않는 분야이기도 하다.

○ 수컷 새의 왼쪽 날개가 오른쪽을 덮고 암컷 새의 오른쪽 날개가 왼쪽을 덮는 것[173]은 음양을 나눈 것이다.

○ 강돈의 기름으로 밝힌 등불[174]은 저포놀이나 잔치를 할 때 비추

---

171 흐름을……멈춘다 : 한(漢)나라 가의(賈誼)가 장사왕 태부(長沙王太傅)로 좌천되고서 지은 〈복조부(鵩鳥賦)〉에 보이는 말이다. 《漢書 卷48 賈誼傳》

172 풀과……있다 : 공자가 《시경》 공부의 효용에 대해, "시는 의지를 흥기시키고 당대의 정사를 관찰할 수 있게 하며, 사람들과 어울리게 하고 화를 내지 않고도 원망할 수 있게 하며, 가까이는 아비에게 효도하고 멀리는 임금에게 충성하게 하며, 새와 짐승, 풀과 나무의 이름에 대해 많이 알 수 있게 한다.〔詩, 可以興, 可以觀, 可以群, 可以怨, 邇之事父, 遠之事君, 多識於鳥獸草木之名.〕"라고 말한 바 있다. 《論語 陽貨》

173 수컷……것 : 《이아(爾雅)》〈석조(釋鳥) 원앙(鴛鴦)〉에 "무릇 새의 날개가 왼쪽이 오른쪽을 덮는 것이 수컷이고, 오른쪽이 왼쪽을 덮는 것이 암컷이다.〔凡鳥翼左掩右爲雄, 右掩左爲雌.〕"라고 하였다.

174 강돈의……등불 : 강돈은 '군침을 흘리는 물고기'라고 하여 '참어(饞魚)'라는 별칭

면 밝고 독서하거나 길쌈할 때 비추면 어두우니 사물의 이치 중 다
궁구할 수 없는 점이다. 세상에서 게으른 아낙이 변한 것이라고들 말
하는데, 정말 그렇겠는가?-《남월지(南越志)》에 "옛날에 게으른 아낙이 베틀 위
에서 잠이 들자 시어미가 노하여 쫓아냈는데, 마침내 물에 투신하여 이 동물이 되었다.
1매(枚)에서 기름 서너 곡(斛)을 얻을 수 있고, 태워서 길쌈할 때 비추면 어둡고 춤추
고 노래할 때 비추면 밝다. 모습은 멧돼지 같은데 작고, 곡물을 잘 먹는다."[175]라고
하였다.-

○ 배에서 태어나는 것들은 어미가 먹여 살리므로 젖이 나오고, 알에
서 태어나는 것들은 하늘이 먹여 살리므로 젖이 나오지 않는다.

○ 사람과 달리는 짐승은 양이 위에 있기 때문에 눈을 위에서부터
깜빡이고, 나는 새는 양이 아래에 있으므로 눈을 아래에서부터 깜빡이
며, 벌레와 물고기는 순수한 음이므로 눈을 깜빡이지 않는다.

○ 고래가 포뢰(蒲牢)-짐승의 이름이다.-를 치면 우레처럼 크게 울부짖
으므로[176] 목어(木魚)로 화종(華鐘)을 치고 촉동(蜀桐)[177]으로 석고(石

으로도 불리는데, 이 때문에 돌고래의 기름으로 밝힌 등불을 '참어등(鱠魚燈)'이라고
한다. 당(唐)나라 왕인유(王仁裕)의 《개원천보유사(開元天寶遺事)》권1 〈참어등(鱠
魚燈)〉에, 남쪽 지방에 사는 살은 적고 기름은 많은 물고기에서 취한 기름으로 밝히는
등불을 참어등이라고 부르는데 이 기름으로 길쌈할 때 등불을 밝히면 어둡지만 잔치나
음식을 할 때 밝히면 밝다는 내용이 보인다.

175 옛날에⋯⋯먹는다 : 《남월지(南越志)》는 이미 일실되었지만 이 내용이 《설부
(說郛)》권61하와 《광박물지(廣博物志)》권48 등에 전재되어 있다.

176 고래가⋯⋯울부짖으므로 : 포뢰(蒲牢)는 바닷가에 산다는 전설상의 동물이다.
반고(班固)의 〈동도부(東都賦)〉에 "이에 고래 모양 공이를 내어 화종(華鐘)을 울리
네.〔於是發鯨魚, 鏗華鐘.〕"라고 하였는데, 이선(李善)의 주석에 삼국시대 오(吳)나라
설종(薛綜)이 "바닷속에 고래라는 큰 물고기가 있고 바닷가에는 포뢰라는 이름의 짐승

鼓)를 울린다. 모습이 서로 닮은 것들은 기에 함께 감응한다.

○ 상어(鯗魚 말린 조기)가 돌을 이고 있는 것[178]은 금의 정수(精髓)를 얻어서이다. 그래서 먹으면 오이[179]를 소화시켜 물로 만든다. 오징어가 먹물을 저장하고 있는 것은 음의 기운을 얻어서이다. 그래서 글씨를 써도 해를 보면 흔적이 없어진다.

○ 선학(仙鶴 두루미)은 배에서 태어나고 우객(羽客 방사(方士))은 학이 되니, 사람과 기질이 가까울 것이다. 가마우지와 두꺼비는 입에서 새끼를 토해서 낳으니,[180] 토끼와 기질이 가까울 것이다.[181] 영기(靈氣)

이 있다. 포뢰는 천성이 고래를 무서워하여 고래가 포뢰를 칠 때마다 크게 운다. 무릇 종이란 소리를 크게 하고자 하는 것이므로 포뢰의 모습을 종의 겉면에 넣는 것이고 종을 치는 공이는 고래 모양으로 만든다.〔海中有大魚曰鯨, 海邊又有獸名蒲牢. 蒲牢素 畏鯨, 鯨魚擊蒲牢, 輒大鳴. 凡鐘欲令聲大者, 故作蒲牢於上, 所以撞之者爲鯨魚.〕"라고 한 말을 인용하였다.

177 촉동(蜀桐) : 촉(蜀) 지방에서 나는 오동나무인데, 이것으로 북채를 만들어 북을 울리면 소리가 멀리까지 울린다고 한다.

178 상어(鯗魚)가……것 : 조기는 머리에 단단한 뼈가 두 개 있어 석수어(石首魚) 혹은 석어(石魚)로도 불린다.《본초강목(本草綱目)》권44〈인(鱗) 석수어〉에 "석수어 를 말린 것을 상어라고 한다.〔乾者, 名鯗魚.〕"라고 하였고, 또 상어의 주된 효능으로 "오이를 먹고 체했을 때 구워 먹으면 오이를 소화시켜 물로 만들 수 있다.〔炙食, 能消瓜 成水.〕"라고 소개하고 있다.

179 오이 : 원문은 '爪'인데, 의미가 통하지 않아《본초강목》에 의거하여 '爪'를 '瓜'로 수정하여 번역하였다.

180 가마우지와……낳으니 :《지봉유설(芝峯類說)》권1〈재이부(災異部) 물이(物 異)〉에 "벌레와 새는 알에서 태어나는데, 가마우지는 새끼를 입에서 토하고 선학은 배에서 태어나며 내가 눈으로 본 바로는 두꺼비도 새끼를 입에서 토한다.〔蟲鳥卵生, 而鸕鷀吐子, 仙鶴化胎, 余所目見則蟾蜍亦吐子矣.〕"라고 하였다.

181 토끼와……것이다 : 고대 중국에는 토끼가 입으로 새끼를 낳는다는 속설이 존재

가 모이는 것은 같은 부류에 국한되지 않는다.

　○ 비가 오려 할 때 물고기가 입을 벌름거리고 바람이 불려고 할 때 솔개가 낮게 나는 것에서 천기(天氣)의 감응을 볼 수 있고, 구관조가 노(魯)나라에 오고[182] 두견새가 낙양(洛陽)에 들어오는 것[183]에서 지기(地氣)의 이동을 징험할 수 있다.

풀과 나무의 종류 草木之類

목(木)의 숫자는 3과 8이므로[184] 나무 한 마디에 모두 가지 셋이 뻗고 가지 하나에는 여덟 장의 잎이 나는 것이 많다.

　○ 목은 수(水)의 음기를 얻었으므로 밤에 자라고, 꽃은 화(火)의 양기를 얻었으므로 낮에 핀다.

　○ 무릇 풀과 나무의 꽃은 붉은색이 많으니, 붉은색은 화의 형상으로 목이 화를 낳은 것이다. 꽃에 꽃술이 나니, 꽃술의 노란색은 토(土)

했다. 74쪽 주157 참조.

182　구관조가 노(魯)나라에 오고 : 구관조는 본래 노나라에 살지 않는 새인데, 《춘추좌씨전(春秋左氏傳)》 소공(昭公) 25년 기사에 구관조가 노나라로 날아와 둥지를 틀자 대부(大夫)인 사기(師己)가 이를 두고 노 소공(魯昭公)이 신하들에게 국외로 쫓겨나 욕을 당할 징조라며 걱정하였다는 내용이 보인다.

183　두견새가……것 : 송(宋)나라 소옹(邵雍)이 낙양(洛陽)을 산책하다가 천진교(天津橋) 위에서 그동안 낙양에 없던 두견새 소리를 듣고, 남방의 새가 낙양에 날아온 것은 장차 남쪽의 기운이 북쪽으로 올라와 혼란을 일으킬 징조이므로 앞으로 남방의 초목이 북방에 번식하고 남방의 질병과 장학(瘴瘧)으로 북쪽 사람들이 고생할 것이라고 걱정하였는데, 희령(熙寧) 초에 와서 이 말이 징험되었다는 고사가 있다. 《聞見錄 卷19》

184　목(木)의……8이므로 : 13쪽 주5, 17쪽 주23 참조.

의 형상으로 화가 토를 낳은 것이다. 꽃술에서 열매가 생기니, 열매가 둥근 것은 금(金)의 형상으로 토가 금을 낳은 것이다. 열매는 씨앗을 감추고 있으니, 씨앗이 젖어 있는 것은 수의 형상으로 금이 수를 낳은 것이다. 씨앗은 다시 나무를 낳으니, 수가 목을 낳은 것이다.

○ 무릇 꽃 중 붉은 것들은 화의 발산하는 성질을 얻었으므로 열매가 없으니, 두견화(杜鵑花 진달래)·철쭉·홍도화(紅桃花)·모란의 등속이 이것이다. 꽃 중 흰 것들은 금의 수렴하는 성질을 얻었으므로 열매가 있으니, 오얏꽃·능금꽃·살구꽃·배꽃·매화·벚꽃의 등속이 이것이다. 꽃 중 노란 것들은 토의 견실한 성질을 얻었으므로 기장·벼·개암나무·밤나무·소나무·측백나무는 모두 알맹이가 열리고 맛이 달다.

○ 풀과 나무의 잎도 화의 기운이므로 그 모양이 뾰족하다. 화가 성하면 목이 쇠하므로 무릇 잎이 큰 것은 일찍 시드니, 풀 중의 부용(芙蓉 연꽃)·파초(芭蕉)와 나무 중의 오동나무·단풍나무·감나무의 등속이 이것이다. 잎이 가는 것은 물의 형상으로, 목은 수를 얻으면 왕성해지므로 소나무·측백나무·삼나무·노송나무·비자나무의 등속은 모두 겨울에 푸르다.

○ 소나무와 측백나무는 목의 바른 기운을 얻었으므로 사철 내내 푸르다. 치자나무는 목의 음기를 얻었으므로 꽃잎이 여섯 장이 나고 색이 희다. 연검(蓮芡 가시연)은 수의 기운을 얻었으므로 씨앗이 모두 검고 감(坎)의 형상을 얻었으므로 줄기에 가시가 있다. 감초(甘蕉 파초)는 소양(少陽)의 기운을 얻었으므로 우렛소리를 들으면 자라며 잎이 크고 일찍 시든다.

○ 풀과 나무는 모두 팔괘를 갖추고 있다. 뿌리는 간(艮)이고 줄기는

진(震)이며 잎은 손(巽)이고 꽃은 이(離)이며 꽃술은 곤(坤)이고 열매
는 태(兌)이며 알맹이는 건(乾)이고 씨는 감(坎)이다. 그 순서는 후천
(後天)의 순서이다.[185]

○ 오곡(五穀)의 맛이 단 것은 토의 기운을 얻어서이고 과실의 맛이
신 것은 목의 기운을 얻어서이며 꽃잎의 맛이 쓴 것은 화의 기운을
얻어서이고 생강과 육계(肉桂)의 맛이 매운 것은 금의 기운을 얻어서
이며 소금과 장(醬)의 맛이 짠 것은 수의 기운을 얻어서이다.

○ 풀 · 나무 · 벌레 · 물고기는 땅의 산물이므로 사방 어느 곳도 종
족(種族)이 같지 않고, 날짐승과 들짐승은 하늘의 산물이므로 해내(海
內) 어느 곳에도 다른 종족이 없다. 해외(海外)만은 풍토와 기운이
다르므로 물산도 다르다. 귤이 회수(淮水)를 건너면 탱자가 되고 구관
조가 제수(濟水)를 넘어오지 못하며 담비가 문수(汶水)를 넘어오면
죽고[186] 대량(大梁)에 반딧불과 매미가 없는 것[187]은 땅의 기운에 제한

185　그……순서이다 : 〈문왕팔괘방위지도(文王八卦方位之圖)〉에 의하면 동북쪽의
간괘로부터 시계 방향으로 진괘, 손괘, 이괘, 곤괘, 태괘, 건괘, 감괘 순으로 배열되어
있다.

186　귤이……죽고 : 《주례(周禮)》〈동관고공기(冬官考工記)〉에 "귤은 회수를 넘어
북쪽으로 오면 탱자가 되고 구관조는 제수를 넘어오지 못하며 담비는 문수를 넘어오면
죽으니, 이는 땅의 기운이 그러해서이다.〔橘踰淮而北爲枳, 鸜鵒不踰濟, 貉踰汶則死,
此地氣然也.〕"라고 하였다.

187　대량(大梁)에……것 : 이몽양(李夢陽)의 《공동집(空同集)》권65〈물리편(物理
篇)〉에 "환경(環慶)에는 맥추(麥秋)가 없고 대량(大梁)에는 반딧불과 가을 매미가 없
으나 가을 매미와 반딧불은 북경에는 있다. 땅이 달라서인가, 추위가 그렇게 만드는
것인가? 장강의 남쪽에는 가시나무가 나지 않고 산에는 상수리나무가 없는 의(義)인
가? 공림(孔林)에 가시나무가 나지 않는 인(仁)인가?〔環慶無麥秋, 大梁無螢, 無寒蟬,

이 있어서이다.

○ 대나무는 나무 중에서 이화(離火)의 기운을 얻었을 것이다. 그래서 잎은 뾰족하고 속이 비어 있다. 화(火)의 덕은 예(禮)이므로 마디가 있고 나란히 자란다. 화의 성질은 금(金)을 이기므로 서리를 버티며 오래도록 무성하다. 화의 방위는 남방에 속하므로 남쪽 토양에 맞고 북쪽 토양에 맞지 않다. 화의 모(母)는 목(木)에 있으므로 서쪽에 심어도 동쪽으로 끌려간다.

○ 오곡의 맛은 평이하고 달기 때문에 위(胃)의 기운을 기른다. 벼는 습기를 좋아하고 아래로 드리우니, 수(水)의 기운을 얻었을 것이다. 그래서 가을에 이루어진다. 보리는 건조함을 좋아하고 위를 가리키니, 화의 기운을 얻었을 것이다. 그래서 여름에 익는다.

○ 무릇 여름에 익는 풀과 나무의 열매는 맛이 대부분 시니, 목의 기운을 띤 것이다. 가을에 익는 것은 맛이 대부분 다니, 토(土)의 기운을 띤 것이다. 씀바귀의 쓴맛과 겨자와 생강의 매운맛은 금과 화의 치우친 기운을 얻은 것이다.

○ 새와 짐승 중에 검은 것이 있는데 풀과 나무에는 검은 것이 없는 것은 하늘의 산물이 하늘의 정색(正色)을 받아서이다. 바닷물은 소금을 만들어내지만 온갖 동물 중에 짠 것이 없는 것은 하늘과 땅이 수의 바른 맛을 얻어서이다.

○ 나무는 계수나무보다 귀한 것이 없으므로 줄기·가지·껍질·속살·계심(桂心)을 모두 약으로 쓸 수 있다.-늙은 그루는 육계(肉桂)가

然寒蟬螢, 北京有之矣. 地之異邪, 冷使之邪? 江之南不産荊棘, 山不産櫟柔之義邪? 孔林不産荊棘仁邪?]"라고 하였다.

되고 줄기의 껍질은 관계(官桂)가 되며 어린 가지는 계지(桂枝)가 되고 껍질과 속살은 계심(桂心)이 된다.- 풀은 연꽃보다 아름다운 것이 없으므로 뿌리·잎·꽃·열매·연밥이 모두 이름을 달리한다.-《이아(爾雅)》에 "연의 줄기를 '가(茄)'라고 하고 잎을 '하(蕸)'라고 하며 밑동을 '밀(蔤)'이라고 하고 꽃을 '함담(菡萏)'이라고 하며 열매를 '연(蓮)'이라고 하고 뿌리를 '우(藕)'라고 하며 속을 '적(菂)'이라고 하고 적의 속을 '억(薏)'이라고 하며 통틀은 이름은 '부거(芙蕖)'이다."[188]라고 하였다.-

○ 강남에는 상수리나무가 나지 않고 공림(孔林)에는 가시나무가 없는 것[189]은 땅의 기운이 중화(中和)를 얻어서이다. 매미가 소나무와 노송나무의 가지에는 깃들지 않고 개미가 곰과 표범의 가죽에는 오르지 않는 것[190]은 동물의 성질에 피하고 꺼리는 것이 있기 때문이다.

○ 황양(黃楊)은 윤년이 되면 한 치가 줄고[191] 벽우(碧藕)는 윤달이

---

188 연의……부거(芙蕖)이다 :《이아(爾雅)》권8 〈석초(釋草) 부거(芙蕖)〉에 보인다.

189 강남에는……것 : 84쪽 주187 참조.

190 매미가……것 :《공동집》권65 〈화리 상편(化理上篇)〉에 "굳센 기운을 등에 진 것은 위엄 아닌 위엄이 있다. 이 때문에 소나무와 노송나무에는 매미가 깃들지 않고 곰과 표범의 가죽에는 개미가 올라가지 않는다.〔負勁氣者, 有非威之威. 是故松檜不棲蟬, 熊豹之皮不上蟻.〕"라고 하였다.

191 황양(黃楊)은……줄고 : 소식(蘇軾)의 〈퇴포(退圃)〉에 "동산의 초목 봄이라 무수한데, 황양만은 윤년이라 액을 당하였네.〔園中草木春無數, 只有黃楊厄閏年.〕"라는 구절이 있는데, 자주(自註)에 "속설에 황양은 한 해에 한 치가 자라는데, 윤년이면 세 치가 줄어든다.〔俗說, 黃楊一歲長一寸, 遇閏退三寸.〕"라고 하였다.《東坡全集 卷6 監洞霄宮兪康直郞中所居四詠 退圃》또《비아(埤雅)》권13 〈석목(釋木) 양(楊)〉에는 "황양은 나무의 성질이 단단하고 치밀하며 잘 자라지 않는다. 세간에서는 '해마다 한 치가 자라고 윤년에는 한 치가 거꾸로 자란다.'라고 한다.〔黃楊, 木性堅緻難長. 俗云:

되면 한 마디가 는다.[192] 오동나무가 가지 하나에 잎이 12장인 것은 열두 달에 대응한 것이니, 윤달이 있으면 13장째의 잎이 난다.[193] 그래서 송(宋)나라 사람의 윤월표(閏月表)에 "오동나무 잎이 13장이 되고 황양이 한 치 액을 당한다."라고 하였다.[194] "명협(蓂莢)은 날짜를 알려주고[195] 오동은 달을 알려준다."라는 말이 있다.

○ 안석류(安石榴 석류)는 돌을 끼고 무성해지고 소철목(蘇鐵木)은 말뚝을 둘러서 사니, 금이 때때로 목을 길러주기도 한다.

○ 능화(菱花 마름꽃)가 태양을 등지고 검화(芡花 가시연꽃)가 태양을 향하는 것은 물풀에 음양이 나뉜 것이다. 규화(葵花 해바라기)가 햇볕이

"歲長一寸, 閏年倒長一寸."〕"라고 하였다.

192 벽우(碧藕)는……는다. : 벽우는 신선이 먹는다는 전설상의 연근(蓮根)으로 길이가 7자라고 한다. 《비아》 권17 〈석초(釋草) 우(藕)〉에 "우는 자라나는 것이 달에 응하여, 다달이 한 마디가 나고 윤달마다 한 마디가 더 난다.〔藕生應月, 月生一節, 閏輒益一.〕"라고 하였다.

193 오동나무가……난다 : 《비아》 권14 〈석목 오(梧)〉에 "옛이야기에 오동나무로 일월과 정윤(正閏)을 알 수 있다고 하였다. 12장의 잎이 나니 한쪽에 6장으로 아래에서부터 자라나는데, 잎 한 장이 한 달이고 윤달이 있으면 13장째의 잎이 난다고 한다. 잎 중 작은 것을 보면 어느 달이 윤달인지를 알 수 있다고 하였다.〔舊說梧桐以知日月正閏 生十二葉 一邊有六葉, 從下數, 一葉爲一月, 有閏則生十三葉. 視葉小者, 則知閏何月.〕"라고 하였다.

194 송(宋)나라……하였다 : 《역대시화(歷代詩話)》 권71 〈원시(元詩) 한취소(寒翠所) 액윤(厄閏)〉 등에 보이는데, 미상이다.

195 명협(蓂莢)은 날짜를 알려주고 : 명협은 요(堯) 임금의 대궐 섬돌에 자라났다는 상서로운 식물이다. 매달 초하루부터 15일까지 꼬투리가 하나씩 맺히고 16일부터 그믐날까지 꼬투리가 하나씩 져서 이를 통해 한 달의 주기를 알 수 있었으므로, 이를 역초(曆草)라고 불렀다고 한다. 《竹書紀年 卷上 帝堯陶唐氏》

드는 쪽으로 기울고 합환(合歡 자귀나무)이 밤에 교합(交合)하는 것은 들풀에 음양이 나뉜 것이다.

○ 동물은 머리부터 태어나고 식물은 뿌리부터 자라난다. 머리부터 태어나는 것은 목숨이 머리에 있고 뿌리부터 자라나는 것은 목숨이 뿌리에 있으니, 양은 위이고 음은 아래이기 때문이다.

○ 곡식의 종류가 갖가지인데 기장만을 사(社)에서 제사에 쓰는 것은 쉽게 자라고 빨리 익어 기운을 먼저 얻기 때문이다. 12진(辰)의 신들 중에 쥐만이 자(子)에 짝하는 것은 앞다리는 기수(奇數 홀수)이고 뒷다리는 우수(耦數 짝수)여서 음과 양을 구비하였기 때문이다.[196]

○ 〈월령(月令)〉에 "4월에 미초(靡草 냉이)가 죽는다."[197]라고 하였는데 10월에 제맥(薺麥 냉이와 보리)이 나는 것[198]은 어째서인가? 순양(純陽)의 달에는 음이 그 안에 있고 순음(純陰)의 달에는 양이 그 안에 있어서이다. 장문요(張文饒 장행성(張行成))가 "양은 비록 자월(子月 음력 11월)에 생기지만 실제로는 해월(亥月 음력 10월)에 조짐이 있으므로 제맥이 10월에 난다. 음은 비록 오월(午月 음력 5월)에 생기지만 실제로

---

196 12진(辰)의……때문이다 : 쥐는 앞발의 발톱은 다섯 개이고 뒷발의 발톱은 네 개라는 속설이 있기 때문에 앞다리는 양을 상징하는 기수(奇數), 뒷다리는 음을 상징하는 우수(耦數)라고 한 것이다. 《성호사설(星湖僿說)》 권5 〈만물문(萬物門) 축수속진(畜獸屬辰)〉에 자세히 보인다.

197 4월에 미초(靡草)가 죽는다 : 《예기(禮記)》 〈월령〉에서 맹하(孟夏)의 달에 대해 "이달에는 온갖 약을 모아서 쌓아두고 미초가 죽으며 보리를 수확할 철이 이른다.〔是月也, 聚畜百藥, 靡草死, 麥秋至.〕"라고 하였다.

198 10월에……것 : 《서경잡기(西京雜記)》 권5에, 건해지월(建亥之月 음력 10월)은 음기가 가득 찬 순음(純陰)의 달로서 양기가 없지만 음이 극에 달하면 양기가 차차 올라오기 때문에 보리와 냉이가 비로소 난다는 내용이 보인다.

는 사월(巳月 음력 4월)에 조짐이 있으므로 미초가 4월에 죽는다."¹⁹⁹라
고 하였다.

199 양은……죽는다 : 송(宋)나라 장행성(張行成)의 《황극경세서관물외편연의(皇
極經世書觀物外篇衍義)》 권7 〈관물 외편 하지상(觀物外篇下之上)〉에 보인다.

잡물편

雜物篇

갓에 천장이 하나 있는 것은 하늘을 형상한 것이고, 옷에 소매가 두 개인 것은 사람을 형상한 것이며, 치마에 네 폭이 있는 것은 땅을 형상한 것이다. 《주역》에 "옷과 치마를 드리우고 있음에 천하가 다스려지니, 이는 건괘(乾卦)와 곤괘(坤卦)에서 취한 것이다."²⁰⁰라고 하였다. 혹자는 "위를 검게 하는 것은 도(道)를 본뜬 것이고 아래를 붉게 하는 것은 일〔事〕을 본뜬 것이다."²⁰¹라고 한다.

○ 궁실(宮室)의 모양이 네모난 것은 땅을 형상한 것이고, 위에 대들보를 얹고 아래에 서까래를 얹은 것 또한 덮고 받치는 형상이다. 《주역》에 "대장괘(大壯卦)에서 취한 것이다."라고 한 것은, 그 뜻만을 말한 것이다.²⁰²

---

200 옷과……것이다 : 《주역》〈계사전 하(繫辭傳下)〉에 "황제와 요순이 의상을 드리우고 있으매 천하가 다스려졌으니, 이는 건괘와 곤괘에서 취한 것이다.〔黃帝堯舜, 垂衣裳而天下治, 蓋取諸乾坤.〕"라고 하였다.

201 위를……것이다 : 《의례(儀禮)》〈사상례(士喪禮)〉에 "검은 질(質)을 씌우되 길이가 손의 위치와 나란하게 하고, 붉은 쇄(殺)로 발을 가린다.〔冒緇質, 長與手齊, 𧝓殺掩足.〕"라고 하였는데, 질과 쇄는 상례(喪禮) 때 소렴(小殮)을 마치고 시신을 덮는 베로, 상반신을 덮는 것이 질이고 하반신을 덮는 것이 쇄이다. 정현(鄭玄)의 주석에 "위를 검게 하고 아래를 붉게 하는 것은 하늘과 땅을 본뜬 것이다.〔上玄下纁, 象天地也.〕"라고 하였다.

202 주역에……것이다 : 《주역》〈계사전 하〉에 "상고시대에는 땅굴에서 살고 들판에서 거처하였는데, 후세에 성인이 궁실로 바꾸어서 위에는 들보를 얹고 아래에는 서까래

○ 배가 둥근 것은 양의 형상이므로 물 위를 다니고 수레가 네모난 것은 음의 형상이므로 땅 위를 다니는 것이다. 그러나 돛이 네모나고 길며 바퀴가 둥글고 튼튼한 것은 각기 음양의 본체를 갖춘 것이다. 배에 지느러미와 꼬리[203]가 있는 것은 물고기를 본뜬 것이고 수레에 양쪽 날개가 있는 것은 새를 본뜬 것이다. 《주역》에 "환괘(渙卦)에서 취한 것이다."라고 한 것은 나무를 타고 내를 건넘을 말한 것이다.[204]

○ 창과 검은 모양이 뾰족하니, 금(金)의 바탕에 화(火)의 형상이다. 그래서 다른 사물을 제압할 수 있다. 방패는 모양이 네모나니, 목(木)의 바탕에 토(土)의 형상이다. 그래서 생명을 지킬 수 있다. 북과 뿔피리는 목의 소리가 나므로 이로써 군대를 움직이고, 종과 징은 금의 소리가 나므로 이로써 군대를 거둔다.

○ 거울은 해의 형상이므로 빛이 항상 가득하고, 활은 달의 형상이므로 둥글어지기도 하고 이지러지기도 한다. 거울이 밝기도 하고 어둡기도 한 것은 날이 흐리고 맑은 형상이고, 활이 당겨지기도 하고 풀어지

를 얹어 풍우에 대비하였으니, 대장괘(大壯卦)에서 취하였다.〔上古穴居而野處, 後世聖人, 易之以宮室, 上棟下宇, 以待風雨, 蓋取諸大壯.〕"라고 하였는데, 이는 대장괘(䷡)의 형태와 상관없이 튼튼하고 견고히 한다는 뜻만을 취하여 말한 것이다.

203 지느러미와 꼬리 : 배가 양쪽으로 벌어지는 것과 바닷물의 압력으로 쪼그라드는 것을 막고 배 전체의 횡강력(橫强力)을 보강해주기 위해 갑판에 가로로 설치하는 통나무인 멍에와 배의 고물 부분에 설치하는 선미옥란·키 등을 가리켜 말한 듯하다.

204 주역에……것이다 :《주역》〈계사전 하〉 제2장에 "나무를 파내어 배를 만들고 나무를 깎아서 노를 만들어, 배와 노의 이로움으로 통하지 못하는 것을 건너게 하여 먼 곳까지 도달함으로써 천하를 이롭게 하였다.〔刳木爲舟, 剡木爲楫, 舟楫之利, 以濟不通, 致遠以利天下, 蓋取諸渙.〕"라고 하였다. 환괘(䷺)는 물을 상징하는 감(坎 ☵) 위에 나무를 상징하는 손(巽 ☴)이 올라간 형태이므로 이렇게 말한 것이다.

기도 하는 것은 초승달과 보름달의 형상이다.

○ 구슬은 달의 정수이므로 물이 적시지 않아도 밤에 빛을 낸다. 옥은 해의 정수이므로 불을 지피지 않아도 기운이 무지개와 같다.

○ 쟁기와 보습으로 땅을 갈고 도끼와 자귀로 나무를 베며 풀무로 쇠를 녹이는 것은 상극(相克)을 제압하는 이치이다. 한 자짜리 둑이 산을 에워쌀 만한 물결을 막지 못하고 한 구기의 물이 들판에 번진 불을 끄지 못하는 것은 강약(强弱)의 형세이다.

○ 소는 곤토(坤土)인데 코가 토에 속하므로 코를 꿰고, 말은 건(乾)의 동물인데 건은 머리가 되므로 머리를 맨다.[205]《주역》에 "수괘(隨卦)에서 취하였다."[206]라고 한 것은 그 성질을 따랐다는 것이다.

○ 푸른색은 쪽풀에서 나오지만 쪽풀보다 푸르고 얼음은 물에서 생기지만 물보다 차다는 것[207]은 순자(荀子)의 말이니, 어찌 이 경우뿐이겠는가. 쇠는 돌에서 나오지만 돌보다 단단하고 먹은 재에서 나오지만 재보다 검으며 엿은 쌀에서 나오지만 쌀보다 달고 식초는 술에서 나오지만 술보다 신 것은 사물의 정수(精髓)이기 때문이니, 정밀하게 하고 또 정밀하게 하여 그보다 더할 수가 없는 것이다. 물건도 그러한데 하물며 학문은 어떻겠는가.

○《예기(禮記)》에 "단맛은 온갖 맛의 조화를 받아들이고 흰색은 모

---

205 소는……맨다 : 17쪽 주24 참조.

206 수괘(隨卦)에서 취하였다 :《주역》〈계사전 하〉에 "소에겐 짐을 싣고 말은 타서 무거운 것을 끌고 먼 데에 이름으로써 천하를 이롭게 하니, 이는 수괘에서 취한 것이다.〔服牛乘馬, 引重致遠, 以利天下, 蓋取諸隨.〕"라고 하였다.

207 푸른색은……것 :《순자(荀子)》〈권학(勸學)〉에 보인다.

든 채색을 받아들인다."[208]라고 하였다. 단맛은 토의 기운이니 토는 오미(五味)를 거느릴 수 있지만 흰색은 금의 색인데 금이 어떻게 오채(五彩)를 받아들일 수 있는가? 무릇 맛은 바탕에서 나오는데 바탕이 두터운 것은 단맛만한 것이 없고, 색은 기운에서 나오는데 기운이 맑은 것은 백색만한 것이 없다. 바탕이 두터운 뒤에야 여러 맛들을 조화시킬 수 있고 기운이 맑은 뒤에야 여러 채색을 베풀 수 있다.

○ 파촉(巴蜀)은 바다에서 멀기 때문에 우물에서 소금이 나고,[209] 한문(寒門)은 해에서 멀기 때문에 용이 불을 머금고 있다.[210] 삭방(朔方)은 매우 춥기 때문에 여우와 담비가 많고, 남쪽 지방은 장기(瘴氣)가 성하기 때문에 생강과 계피가 많이 난다. 하늘과 땅이 사물을 낳는 어짊이 지극하도다.

○ 엽전은 바깥 테두리는 둥글고 안의 구멍은 네모나니, 선천도(先

---

208 단맛은……받아들인다 : 《예기(禮記)》〈예기(禮器)〉에 "단맛은 온갖 맛의 조화를 받아들이고 흰색은 모든 채색을 받아들이니, 충실하고 신실한 사람이어야 예를 배울 수가 있다.〔甘受和, 白受采, 忠信之人, 可以學禮.〕"라고 하였다.

209 파촉(巴蜀)은……나고 : 염정(鹽井)이란 소금기 있는 물이 나오는 우물로 이곳에서 채취한 물을 소금을 만드는 데 쓰는데, 중국 사천성(四川省)과 운남성(雲南省) 일대에 매우 많다고 한다.

210 한문(寒門)은……있다 : 한문은 전설상 북방의 극한지(極寒地)이다. 《회남자(淮南子)》〈지형훈(墜形訓)〉의 "북극(北極)의 산을 한문(寒門)이라 한다.〔北極之山, 曰寒門.〕"라는 구절에 대한 고유(高誘)의 주석에 "적한(積寒)이 있는 곳이기 때문에 한문이라 한다.〔積寒所在. 故曰寒門.〕"라고 하였다. 용이 불을 머금고 있다는 것은 전설상의 신인 촉룡(燭龍)을 가리켜 말한 것이다. 촉룡은 얼굴은 사람이고 몸은 붉은색의 뱀인 신으로 서북해(西北海) 밖 적수(赤水) 북쪽에 있는 장미산(章尾山)에 사는데, 눈을 감으면 세상이 어두워지고 눈을 뜨면 세상이 밝아진다고 한다. 《산해경(山海經)》 권17 〈대황북경(大荒北經)〉에 보인다.

天圖)를 본떴을 것이다. 둥글기 때문에 막히지 않고 굴러가고 네모나기 때문에 물건에 맞추어 값을 정한다. 가운데가 비어 하나로 꿰는 것은 태극의 이치를 본떴을 것이다. 고금에 걸치고 화이(華夷)에 통하여 변하지 않으니, 이 물건을 만들어낸 지혜는 조화(造化)에 참여할 수 있을 것이다. 이를 만들어낸 이는 거의 성인에 가까울 것이다. 역사서에 태공(太公)이 구부(九府)를 만들었다고 하였다.[211]

○ 공자가 "수레는 궤도를 공통으로 하고 글은 문자를 공통으로 한다."[212]라고 하였고, 맹자가 "발의 모양을 모르고 신발을 만들어도 나는 그가 삼태기를 만들지 않을 것을 안다."[213]라고 하였다. 넓은 사해(四海)와 머나먼 구주(九州)가 서로 꾀하지 않아도 합치하고 서로 배우지 않아도 능한 것은 이(理)와 기(氣)는 둘이 아니기 때문이다.

○ 천하의 의관(衣冠)이 한가지인데 이적(夷狄)들이 북상투를 하는 것은 어째서인가? 북쪽을 숭상하기 때문이다. 왼쪽으로 옷깃을 여미는 것은 어째서인가? 음(陰)을 숭상하기 때문이다. 중국은 양이고 이적은 음이므로 풍속이 자연히 다른 것이니, 사람이 그렇게 만든 것이 아니다.

○ 물은 오래 고여 있으면 썩고 불은 오래 시들어 있으면 꺼지며, 우물은 긷지 않으면 마르고 아궁이는 때지 않으면 막히며, 북은 치지

---

211 역사서에……하였다 : 구부(九府)는 주(周)나라 때에 재물과 화폐를 관리하던 아홉 개의 관청으로, 대부(大府)·옥부(玉府)·내부(內府)·외부(外府)·천부(泉府)·천부(天府)·직내(職內)·직금(職金)·직폐(職幣)를 가리킨다. 《漢書 卷24下 殖貨志》

212 수레는……한다 : 《중용장구(中庸章句)》 제28장에 보인다.

213 발의……안다 : 《맹자》 〈고자 상(告子上)〉에 보인다.

않으면 소리가 나지 않게 되고 칼은 쓰지 않으면 무뎌진다. 그러므로 천지의 조화는 생식(生息)을 한 뒤에야 다하지 않고 운행한 뒤에야 날로 새로워진다.

○ 금속 거울이 밝으면 못생긴 아낙이 원망하고 신귀(神龜)가 영험하면 간사한 이가 꺼리니, 지나치게 밝아서는 안 된다. 잠수를 배운 이는 때때로 물에 빠지고 검술을 좋아하는 이는 때때로 다치니, 술업(術業)은 잘 고르지 않으면 안 된다.

○ 금가루가 귀하다고는 해도 눈에 들어가면 티끌이나 다름없고 말똥이 천하다고는 해도 모래를 달구기에 좋은 것은 성질에 어긋남과 합함이 있어서이다. 한로(韓盧)[214]가 사슴은 잡아내도 쥐는 잘 못 잡고 주나라 구정(九鼎)에 소 한 마리가 들어가지만 닭을 삶기는 불편한 것은 쓰임에 대소(大小)의 차이가 있기 때문이다. 그래서 밝은 임금이 사람을 쓸 때 그 능력에 따라 임무를 주면 천하에 버려지는 재주가 없게 되거니와, 잘 못하는 것을 해내라고 요구하면 천하에 온전한 그릇이 없는 것이다.

○ 서한(西漢) 무고(武庫)의 화재를 두고 식자(識者)가 "기름 만 곡(斛)이 쌓이면 저절로 불이 붙는다."라고 하였다.[215] 대체로 기름이란 불의 매개이고, 만이란 숫자의 끝이다. 사물이 끝에 이르면 변하고

---

214 한로(韓盧) : 전국시대 한(韓)나라에서 나던 사냥개로, 한자로(韓子盧)라고도 한다.

215 서한(西漢)……하였다 : 《박물지(博物志)》 권4 〈물리(物理)〉에 "기름이 만 섬까지 쌓이면 자연히 불이 난다. 한 무제(漢武帝) 태시(泰始) 연간에 있었던 무고(武庫)의 화재는 기름이 쌓인 소치이다.〔積油滿萬石, 則自然生火. 武帝泰始中武庫火, 積油所致也.〕"라고 하였다.

기가 쌓이면 변화하는 법이다. 그래서 병사를 만 명에 이르기까지 양성하는 것은 도둑을 불러들이는 것이고 재화를 만금(萬金)에 이르기까지 쌓아두는 것은 화를 부르는 것이며, 만수(萬壽)까지 목숨을 보존하는 것은 복을 받는 것이고 만 권에 이르도록 책을 읽는 것은 지혜를 만드는 것이다.

○ 석비(石脾)는 물에 넣으면 마르고 물에서 꺼내면 젖으니 물의 성질을 변화시킨 것이고, 독활(獨活 땅두릅)은 바람이 불면 가만히 있다가 바람이 안 불면 절로 흔들리니, 바람의 기운과 반대이다.[216] 그래서 오행의 변화는 다 궁구할 수가 없다고 하는 것이다.

○ 거북이 불에 구운 뒤에야 길흉을 알려주고 오동이 마른 뒤에야 율려(律呂)에 맞는 것[217]은 사물이 죽고 나서야 비로소 영험해지는 것이다. 송진이 땅에 들어가 천 년이 지나면 호박(琥珀)이 되고 고목(古木)이 물에 들어가 천 년이 지나면 침향(沈香)이 되는 것은 사물이 오래되어 보물이 되는 것이다. 그래서 성현(聖賢)이 세상에 나오면 죽은 뒤에야 사람들이 비로소 믿고 오래된 뒤에야 명성이 더욱 높아진다.

○ 토정(兔精 달의 정기)이 땅에 들어가 공청(空靑)이 되는 것은 소양(少陽)이 지극히 서늘한 기운으로 변화했기 때문이고 금의 기운이 산에서 피어올라 웅황(雄黃)을 낳는 것은 소음(少陰)이 큰 열기로 변한

---

216 석비(石脾)는……반대이다 : 석비는 광물질(鑛物質)을 다량 함유하고 있는 함수(鹹水)가 증발하고 난 뒤에 남는 응결된 돌 모양의 물질이다. 여기에서 말한 석비와 독활의 신기한 성질은 왕희지(王羲之)의 〈석비첩(石脾帖)〉에 처음 보인다.

217 거북이……것 : 고대에 거북 등을 불에 쬐어 갈라진 금을 보고 점을 치고, 오동나무는 악기, 특히 거문고의 재료로 쓰였기 때문에 이렇게 말한 것이다.

것이다. 뱀의 오줌이 진금(眞金)을 낳고 귀혈(鬼血)이 마노(瑪瑙)가 되는 것[218]은 썩고 냄새나는 것이 신령하고 기이한 것이 되는 것이다.[219]

○ 비취석(翡翠石)이 금을 가루 낼 수 있고[220] 백고(白䓘)는 옥을 핏빛으로 물들일 수 있으니,[221] 사물이 서로를 제압하는 성질은 신농(神農)과 기백(岐伯)도 다 알지 못한 바였다. 그래서 맹자가 "요(堯) 임금과 순(舜) 임금의 지혜로도 만물을 두루 알 수 없었다."[222]라고 하였다.

○ 석연(石燕)이 비가 오면 날고[223] 석안(石雁)이 가을이 되면 우는

218 귀혈(鬼血)이……것 : 《습유기(拾遺記)》 권1에 "단구의 들판에 귀혈이 많아 붉은 돌이 되니, 이것이 마노이다.〔丹丘之野, 多鬼血, 化爲丹石, 則瑪瑙也.〕"라고 한 것이 보인다.

219 썩고……것이다 : 《장자(莊子)》 〈지북유(知北遊)〉에 "아름답게 여기는 것을 신령하고 기이하다 하고, 싫어하는 것을 냄새나고 썩었다고 하는데, 냄새나고 썩은 것이 다시 변하여 신령하고 기이한 것이 되고, 신령하고 기이한 것이 다시 변하여 냄새나고 썩은 것이 된다.〔是其所美者爲神奇, 其所惡者爲臭腐. 臭腐復化爲神奇, 神奇復化爲臭腐.〕"라고 하였다.

220 비취석(翡翠石)이……있고 : 송(宋)나라 구양수(歐陽脩)의 《귀전록(歸田錄)》 권하에, 우연히 비취석으로 만든 양병(洋瓶)에 금가락지를 문질러봤더니 금가루가 어지러이 날리며 갈리는 것이 마치 벼루에 먹을 가는 것과 같았다는 경험담이 보인다.

221 백고(白䓘)는……있으니 : 《산해경(山海經)》 권1 〈남산경(南山經)〉에, 윤자산(侖者山)에 있는 백고라는 나무는 모습은 닥나무와 같은데 결이 붉고 수액은 옻처럼 검으며, 맛은 엿처럼 달고 먹으면 배가 고프지 않고 피로가 풀리며, 옥을 핏빛으로 물들일 수 있다고 하였다.

222 요(堯) 임금과……없었다 : 《맹자》 〈진심 상(盡心上)〉에 "요 임금과 순 임금의 지혜로도 만물을 두루 알지 못한 것은 먼저 해야 할 일을 서둘렀기 때문이다.〔堯舜之知而不徧物, 急先務也.〕"라고 하였다.

223 석연(石燕)이……날고 : 《초학기(初學記)》 권1 〈천부(天部) 풍(風) 석연(石

것[224]은 돌의 영험함이요, 인삼(人蔘)이 동자(童子)로 변하고[225] 구기(枸杞)가 개가 되는 것[226]은 풀의 영험함이다. 그 형상이 있는 것은 반드시 그 기운을 얻는 것인가.

○ 박만(撲滿 벙어리저금통)은 넣을 수는 있고 빼낼 수는 없으며 속을 비워서 받아들이고 가득 차면 깨부순다. 만약 가득 차지 않았다면 어찌 깰 일이 있겠는가. 《주역》에 "천도(天道)는 차서 넘치면 허물어뜨리고 겸허하면 더해주며, 지도(地道)는 차서 넘치면 변화시키고 겸허하면 계속 흘러가게 한다."[227]라고 하였으니, 이 기물에서 볼 수 있다.

燕)〉에 《상주기(湘州記)》의 말을 인용하여 "영릉산에 석연이 있는데 비를 만나면 살아 있는 제비처럼 날고, 비가 그치면 도로 돌과 같아진다.〔零陵山有石燕, 遇雨則飛如生燕, 雨止則還如石.〕"라고 하였다.

224 석안(石雁)이……것 : 《예문유취(藝文類聚)》 권91 〈조부(鳥部) 안(雁)〉에 등명덕(鄧明德)이 저술한 《남강기(南康記)》의 내용을 인용하며, 평고현(平固縣)의 복사산(覆笥山) 위에 있는 호수에 석안이 떠 있는데 매년 가을이 되면 절후(節候)를 알리려는 듯이 날아오르며 운다고 하였다.

225 인삼(人蔘)이 동자(童子)로 변하고 : 인삼이 사람의 모양과 닮았다 하여 동자로 변신한다는 설화가 있으므로 이렇게 말한 듯하다.

226 구기(枸杞)가……것 : 전설에 천 년 묵은 구기자나무는 모습이 개와 같고 개로 변한다고 한다. 《묵장만록(墨莊漫錄)》 권9, 《시주소시(施註蘇詩)》 권42 〈도화원(桃花源)〉의 주석에, 나부산(羅浮山)의 마고단(麻姑壇)에 높이 2장(丈), 둘레 3, 4아름에 달하는 거대한 구기자나무가 있는데 때때로 나무 밑에 개가 나타나 맑은 날이면 개 짖는 소리가 들린다는 내용이 보인다.

227 천도(天道)는……한다 : 《주역》 〈겸괘(謙卦) 단(彖)〉에 "천도는 차서 넘치면 허물어뜨리고 겸허하면 더해주며, 지도는 차서 넘치면 변화시키고 겸허하면 계속 흘러가게 하며, 귀신은 차고 넘치면 재앙을 내리고 겸허하면 복을 주며, 인도는 차고 넘치면 싫어하고 겸허하면 좋아한다.〔天道虧盈而益謙, 地道變盈而流謙, 鬼神害盈而福謙, 人道惡盈而好謙.〕"라고 하였다.

○ 금(琴)은 양(陽)을 다스리고 슬(瑟)은 음(陰)을 다스린다. 옛말에 "금은 소리를 높이 떨치고자 하고 슬은 소리를 낮추고자 한다."라고 하였다. 양은 생(生)을 주관하므로 그 정(情)이 기쁘고, 음은 살(殺)을 주관하기 때문에 그 정이 슬프다.

○ 궁(宮)이 토(土)가 되고 상(商)이 금(金)이 되며 각(角)이 목(木)이 되고 치(徵)가 화(火)가 되며 우(羽)가 수(水)가 되는 것은 오성(五聲)을 오행(五行)에 짝지은 것이다. 토제(土製) 악기가 감(坎)의 음(音)이 되고 죽제(竹製) 악기가 간(艮)의 음이 되며 혁제(革製) 악기가 진(震)의 음이 되고 포제(匏製) 악기가 손(巽)의 음이 되며 사제(絲製) 악기가 이(離)의 음이 되고 금제(金製) 악기가 태(兌)의 음이 되며 목제(木製) 악기가 건(乾)의 음이 되고 석제(石製) 악기가 곤(坤)의 음이 되는 것은 팔음(八音)을 팔괘(八卦)에 맞춘 것이다. 소리[聲]는 날줄이고 음(音)은 씨줄이니, 이로써 만물의 소리를 다 낼 수 있다.

○[228] 천하의 지극히 단단한 것으로는 돌만한 것이 없는데, 용화(龍火)가 산을 태우고[229] 학의 똥이 섬돌을 말라 부스러지게 하며[230] 금염

---

228 이 칙(則)은 명말청초(明末淸初)의 학자 주량공(周亮工)이 저술한 《인수옥서영(因樹屋書影)》 권9의 내용을 전사, 편집한 것이다.

229 용화(龍火)가 산을 태우고 : 《인수옥서영》 권9에 왕칭(王偁)의 말을 인용하며 "사석(砂石)을 태우는 것이 용화이고, 금철(金鐵)을 태우는 것이 불화(佛火)이며, 사람을 태우는 불이 욕화(慾火)이다.〔焚砂石爲龍火, 焚金鐵爲佛火, 焚人之火, 是爲慾火.〕"라고 하였다.

230 학의……하며 : 명(明)나라 섭자기(葉子奇)의 《초목자(草木子)》 권1 〈관규편(管窺篇)〉에 "학의 똥이 돌을 변화시켜 먼지로 만들 수 있다.〔鶴糞可以化石成塵〕"라고

(金鹽)이 벽옥(璧玉)을 굽고[231] 섬수(蟾酥 두꺼비진액)가 옥을 무르게 하니,[232] 제압하고 이기는 이치가 있을 것이다. 천하의 지극히 공허한 것으로는 소리만한 것이 없는데, 두꺼비가 시끄럽게 울면 올챙이가 알을 깨고 나오고[233] 사표조(謝豹鳥 두견새)가 울면 흙벌레들이 찢기며[234] 백로(伯勞 때까치)가 울면 지렁이가 머리를 구부리니,[235] 감응의 이치가 있을 것이다. 그러므로 재에 그림을 그리면 달무리가 이지러지고[236] 풀을 베면 무지개가 끊어지는 것[237]에서 바람과 우레를 부를

한 것이 보인다.

231 금염(金鹽)이 벽옥(璧玉)을 굽고 : 금염은 오가피로, 돌을 구워서 무르게 만들 수 있다고 한다. 《금루자(金樓子)》 권5 〈지괴편(志怪篇)〉에 "오가(五茄)는 일명 금염이고 지유(地楡)는 일명 옥고(玉鼓)인데, 이 두 물건만이 돌을 구울 수 있다.[五茄, 一名金鹽, 地楡, 一名玉鼓, 唯二物可以煮石.]"라고 하였다. 금염과 지유에 대한 내용은 명대(明代)의 의서(醫書)와 유서(類書)에도 자주 보인다.

232 섬수(蟾酥)가……하니 : 《의림촬요(醫林撮要)》 권13 〈제법(諸法) 연옥법(軟玉法)〉에 "두꺼비기름을 옥(玉)에 바르고 깎으면 밀랍처럼 부드럽게 깎인다. 다만 두꺼비기름을 많이 얻을 수가 없으므로 살찐 놈을 잡아 썰어서 달여 만든 고(膏)를 옥에 바르면 역시 부드러워져서 자르기가 쉽다.[蟾蜍肪塗玉, 則刻之如蠟. 但不可多得, 取肥者, 剉煎膏以塗玉, 亦軟滑易截.]"라고 하였다.

233 두꺼비가……나오고 : 《본초강목(本草綱目)》 권42 〈충(蟲) 과두(蝌斗)〉에 "봄물이 불었을 때 두꺼비가 울어서 시끄럽게 하면 올챙이들이 모두 알을 깨고 나오니, 괄자(䶃子)라고 한다. 이른바 두꺼비는 소리로 알을 밴다는 것이 이것이다.[春水時鳴以䶃之, 則蝌斗皆出, 謂之䶃子, 所謂蝦蟆聲抱, 是矣.]"라고 하였다.

234 사표조(謝豹鳥)가……찢기며 : 괵주(虢州)에 사표(謝豹)라는 벌레가 있는데, 흙 속에 굴을 파서 살고 모습은 두꺼비와 비슷한데 공처럼 둥글며 혹 지상에 나와 두견새의 소리를 들으면 뇌가 찢긴다고 한다. 《酉陽雜俎 卷17 廣動植 鱗介篇》

235 백로(伯勞)가……구부리니 : 미상이다.

236 재에……이지러지고 : 《회남자(淮南子)》 〈남명훈(覽冥訓)〉에 "재에 그림을 그

수 있음을 알 수 있고, 웅황(雄黃)을 태워 물벌레를 모으고[238] 쇠를
갈아 땅강아지를 모으는 것[239]을 보면 날짐승과 벌레를 부릴 수 있다는
것을 알 수 있으며, 올방개가 구리를 녹이고[240] 조협(皂莢)이 쇠를 부
식시키는 것[241]을 보면 황백술(黃白術 연금술(鍊金術))이 있음을 알 수
있고, 재에서 파리가 태어나고[242] 비름이 자라를 살리는 것[243]을 보면

리면 달무리가 이지러진다.〔晝隨灰而月運闕〕"라고 하였는데, 고유(高誘)의 주석에 "'운
(運)'은 '군(軍)'이니, 장차 군대가 서로 포위하고 지킬 일이 있으면 달무리가 생긴다.
갈대의 재로 들창 아래 달빛 비치는 곳에 원을 그려놓고 한쪽을 이지러뜨리면 하늘
위의 달무리도 이지러진다.〔運者軍也, 將有軍事相圍守, 則月運出也. 以蘆草灰隨牖下
月光中, 令圜畫, 缺其一面, 則月運亦缺於上也.〕"라고 하였다.

237 풀을……것 : 미상이다.

238 웅황(雄黃)을……모으고 :《태평어람(太平御覽)》권988〈약부(藥部) 웅황〉에
《회남만필술(淮南萬畢術)》의 내용을 인용하며 "밤에 웅황을 태우면 물벌레가 줄을 지
어 오고, 물벌레가 웅황을 태우는 냄새를 맡으면 모두 불에 뛰어들어 죽는다.〔夜燒雄黃
水蟲成列來, 水蟲聞燒雄黃氣, 皆趨火死.〕"라고 하였다.

239 쇠를……것 :《비아(埤雅)》권11〈석충(釋蟲) 누고(螻蛄)〉에 "쇠를 갈면 땅강아
지가 오고 땀에 젖은 언치가 토끼를 끌어내는 것은 사물들이 서로 감응하는 것이다.〔磨
鐵致蛄, 汗韉引兔, 物相感也.〕"라고 하였다.

240 올방개가 구리를 녹이고 :《설부(說郛)》권22〈물류상감지(物類相感志) 총론
(總論)〉에 "올방개로 구리를 삶으면 연해지고, 감초로 구리를 삶으면 단단해진다.〔荸薺
煮銅則軟, 甘草煮銅則硬.〕"라고 하였다.

241 조협(皂莢)이……것 : 조협은 쥐엄나무의 열매이다.《물리소지(物理小識)》권7
〈금석류(金石類) 화철법(化鐵法)〉에 아이가 쇳조각〔碎鐵〕을 삼켰을 때 조협과 요사
(硇砂)를 개기름이나 돼지기름에 소금과 함께 타서 먹이라고 한 내용이 보이고, 금과
은을 여러 해 단련한 망치도 쥐엄나무 열매를 치면 금방 부서진다고 한 내용이 보인다.

242 재에서 파리가 태어나고 :《회남자》〈설산훈(說山訓)〉에 "기름이 자라를 죽이고
까치의 똥이 고슴도치를 죽이며, 썩은 재에서 파리가 생겨나고 옻에 게가 나타나면
마르지 않는 것은 부류를 미루어 알 수 없는 것들이다.〔膏之殺鱉, 鵲矢中蝟, 爛灰生蠅,

비등(飛騰 변화하여 날아감)의 약이 있음을 알 수 있으며, 가는 소리가 달걀을 곯게 하고[244] 새끼줄을 꼬면 거위의 목이 졸리는 것[245]을 보면 염승(厭勝 저주)의 술법이 있음을 알 수 있다. 이것들은 군자가 익히지 않는 바이나, 그 이치가 없다고도 할 수 없다.

○ 융염(戎鹽 암염(巖鹽))으로 달걀을 쌓고[246] 달담(獺膽 수달의 쓸개)으로 술잔을 나누며[247] 사람의 기운으로 무소뿔을 빨을 수 있고[248] 비마자(萆麻子)가 호리병박을 매며 복어 가시가 나무를 해치는 것은 모두 오행이 서로를 제압하는 것에서 연유하였다. 아! 사물의 이치를 다

漆見蟹而不乾, 此類之不推者也.〕"라고 하였다.

243 비름이……것 : 《비아》권17 〈인개부(鱗介部) 별(鼈)〉에 《회남만필술》의 내용을 인용하며 "푸른 진흙이 자라를 죽이고, 비름을 얻으면 다시 살아난다.〔青泥殺鼈, 得莧復生.〕"라고 한 것이 보인다.

244 가는……하고 : 《광박물지(廣博物志)》권50 〈충어(蟲魚)〉에 "닭과 집오리가 가는 소리를 들으면 알이 곯는다.〔鷄鶩聞磨聲則瞶〕"라고 하였다.

245 새끼줄을……것 : 《물리소지》권11 〈조수류(鳥獸類) 조수통리(鳥獸通理)〉에 "거위의 둥지 곁에서 새끼줄을 꼬지 말라.〔鵝窠邊勿絞索〕"라고 하였다.

246 융염(戎鹽)으로 달걀을 쌓고 : 《물리소지》권7 〈금석류(金石類) 융염누란법(戎鹽累卵法)〉에 "곧 청염(青鹽)과 자염(紫鹽)의 종류이니, 물에 타서 달걀에 바르면 쌓아도 떨어지지 않는다.〔即青鹽紫鹽之類, 以水化之, 塗雞子, 則累之而不墮.〕"라고 하였다.

247 달담(獺膽)으로 술잔을 나누며 : 옛날 속설에 수달의 쓸개를 넣으면 술잔의 술을 나뉘게 할 수 있다고 하였다. 《證類本草 卷2 凡藥不宜入湯酒者》

248 사람의……있고 : 무소뿔은 약재 중에 가장 빨기가 어려워 미리 조각을 낸 뒤 여러 약재와 같이 빨아도 체에 걸리는 일이 허다한데, 송(宋)나라 구양수가 우연히 의승(醫僧) 원달(元達)이 1치 반 정도로 조각을 낸 무소뿔을 매우 얇은 종이에 싸서 품속의 살 가까운 데 넣어 사람의 기운이 다 스며들 때까지 덮히고 나자 손쉽게 빨아지는 것을 보고 사람의 기운으로 무소뿔을 빨을 수 있음을 알았다고 한다. 《歸田錄 卷下》

궁구할 수 있겠는가.-젓가락 끝을 소금에 담그고서 세운 뒤에 달걀을 그 위에 얹으면 달걀이 붙어 끝내 떨어지지 않고, 비녀를 달담에 담갔다가 잔의 물을 나누면 물 사이가 갈라지며, 큰 무소뿔을 조각내어 얇은 종이로 싼 뒤 사람의 품속에 넣어두면 사람의 기운에 덥혀져 가루처럼 연하게 부서지고, 자루가 긴 호리병박을 비마자로 익히면 자루를 매어 묶을 수 있으며, 복어의 가시를 나무의 뿌리에 꽂으면 바로 죽었다가 개의 쓸개를 부어주면 다시 살아난다고 한다.[249]-

○ 숲에 사는 승냥이와 둑에 사는 수달의 제사[250]가 교체(郊禘)의 시초일 것이다. 와준(窪尊)과 번서(燔黍)[251]는 연향(燕饗)의 시초일 것이다. 삼태기와 들것,[252] 즐주(墍周)[253]는 빈장(殯葬)의 시초일 것이다.

---

249 자루가……한다 :《인수옥서영(因樹屋書影)》권9에 보인다.

250 숲에……제사 : 승냥이는 가을에 산짐승을 많이 잡아 겨울을 대비하고 수달은 얼음이 녹기 시작하면 물고기를 많이 잡아 늘어놓는데, 고대에는 이것을 두고 승냥이와 수달이 먹잇감으로 제사를 지낸다고 생각하였다.《예기》〈왕제(王制)〉에 "수달이 물고기로 제사한 뒤에 우인(虞人)이 택량(澤梁)에 들어가 물고기를 잡으며, 승냥이가 짐승으로 제사한 뒤에 우인이 산림에 들어가 사냥을 한다.〔獺祭魚, 然後虞人入澤梁. 豺祭獸, 然後田獵.〕"라고 하였다.

251 와준(窪尊)과 번서(燔黍) : 와준(窪尊)은, 와준(汚尊)의 의미로 사용한 듯하다. 이는 그릇이 발명되기 전에 웅덩이에 물을 받아 손으로 움켜 마시는 것을 말한다. 번서는 달군 돌에 올려 구운 기장쌀로, 원시적인 음식을 뜻한다.《예기》〈예운(禮運)〉에 "예의 시초는 음식에서 비롯하였다. 기장쌀을 달군 돌에 얹어 굽고 돼지고기를 찢어 익혔으며, 땅을 파서 웅덩이에 물을 담고 손으로 떠서 마셨고, 흙을 뭉쳐 북채와 북을 만들었다. 그럼에도 오히려 귀신에게 공경하는 마음을 바칠 수 있었다.〔夫禮之初, 始諸飲食. 其燔黍捭豚, 汚尊而抔飲, 蕢桴而土鼓, 猶若可以致其敬於鬼神.〕"라고 하였다.

252 삼태기와 들것 : 원문은 '유리(虆梩)'로, 원시적인 장례 제도를 가리키는 말이다. 상고시대에 죽은 어버이를 구덩이에 버린 사람이 뒷날 짐승과 파리가 어버이의 시체를 파먹는 것을 보고 마음이 아파 삼태기와 들것으로 흙을 퍼와서 시신을 덮었다는《맹자》〈등문공 상(滕文公上)〉의 이야기에서 취한 말이다.

여피(儷皮)와 치포관(緇布冠)²⁵⁴은 혼례(婚禮)와 관례(冠禮)의 시초일 것이다. 대나무를 쪼개어 흙덩이를 날린 것²⁵⁵이 전렵(田獵)의 시초일 것이다. 그래서 임방(林放)이 예의 근본을 묻자 공자께서 "사치스럽기보단 차라리 검소한 것이다."²⁵⁶라고 하신 것이다.

○ 대요(大撓)가 갑자(甲子)를 만들고 검여(黔如)가 여수(慮首)를 만들었으며 용성(容成)이 책력(冊曆)을 만들고 희화(羲和)가 해를 관

---

253 즐주(塻周) : 토주(土周)라고도 하며, 흙을 구워 만든 벽돌로 관을 넣을 못자리의 벽을 두르던 고대의 장례 제도이다. 《예기》〈단궁 상(檀弓上)〉에 "유우씨는 와관을 사용하였고, 하후씨는 즐주를 사용하였고, 은나라 사람은 관곽을 사용하였고, 주나라 사람은 장을 두르고 삽을 두었다.〔有虞氏瓦棺, 夏后氏塻周, 殷人棺槨, 周人牆置翣.〕"라고 하였다.

254 여피(儷皮)와 치포관(緇布冠) : 여피는 한 쌍의 사슴 가죽으로, 고대에 빙문(聘問)·정혼(定婚) 등에 예물로 쓰였다. 치포관은 검게 물들인 베로 만든 갓의 일종이다. 《예기》〈교특생(郊特牲)〉에 "관례(冠禮)의 의(義)에 처음으로 관을 씌워줄 적에 치포관(緇布冠)을 씌워준다. 태고시대에는 관을 베로 만들었는데, 재계하게 되면 검은색으로 물들여 관을 만들었다.〔冠義, 始冠之, 緇布之冠也. 太古冠布, 齊則緇之.〕"라고 하였다.

255 대나무를……것 : 춘추시대에 범려(范蠡)가 월왕(越王) 구천(句踐)에게 사격의 명수인 진음(陳音)을 천거하자 구천이 진음에게 사격의 이치를 물은 일이 있었다. 진음은 쇠뇌는 활에서, 활은 탄궁(彈弓)에서 유래하였으며, 탄궁은 시신(屍身)을 백모(白茅)에 싸서 들판에 버리던 옛날에 짐승들이 어버이의 시신을 먹는 것을 차마 볼 수 없었던 효자가 대나무를 쪼개어 만든 탄궁으로 흙덩이를 날려 짐승을 쫓은 데에서 유래하였다고 대답하였다. 《吳越春秋 卷5 句踐陰謀外傳 13年》

256 사치스럽기보단……것이다 : 공자의 제자 임방(林放)이 예의 근본을 묻자 공자가 "크도다, 질문이여! 예는 사치스럽기보단 차라리 검소하게 하는 것이고, 상례는 형식적으로 잘하기보다는 차라리 슬퍼해야 한다.〔大哉問! 禮, 與其奢也, 寧儉, 喪 與其易也, 寧戚.〕"라고 대답하였다. 《論語 八佾》

측하였으며 상의(尙儀)가 달을 관측하고 후익(后益)이 세성(歲星 목성(木星))을 관측하였으니,[257] 이것이 성력(星曆 천문역법(天文曆法))의 시초일 것이다.

○ 구룡(句龍)이 씨 뿌리고 거두는 것을 가르치고 수인씨(燧人氏)가 화식(火食)을 가르쳤으며 숙균(叔均)이 우경(牛耕)을 시작했고 의적(儀狄)이 술을 만들어냈으며 여와(女媧)가 비녀를 만들었고 헌원씨(軒轅氏)가 갓을 만들어냈으며 호조(胡曹)가 옷을 만들어냈으니, 이것이 음식과 의복의 시초일 것이다.

○ 고원(高元)이 집을 만들어냈고 곤(鯀)이 성곽을 만들어냈으며 백익(伯益)이 우물을 만들어냈고 적기(赤冀)가 절구를 만들어냈으며 옹문(雍文)이 방아를 만들어냈고 공수(公輸)가 맷돌을 만들어냈으며 하(夏)나라의 걸(桀) 임금이 기와를 만들어냈으니, 이것이 궁실과 기용(器用)의 시초일 것이다.

○ 신농씨(神農氏)가 도끼와 도기(陶器)를 만들어냈고 황제(黃帝)가 솥과 시루를 만들어냈으며 소강(少康)이 비와 쓰레받기를 만들어냈고 순(舜) 임금이 식기를 만들어냈으며 우(禹) 임금이 제기(祭器)를 만들어냈고 혁서(赫胥)가 빗을 만들어냈으며 무왕(武王)이 운삽(雲翣)을 만들어냈고 윤수(尹壽)가 거울을 만들어냈으니, 이것이 이용후

---

257 대요(大撓)가……관측하였으니 : 이 문장의 원출전은 《여씨춘추(呂氏春秋)》 권 17 〈물궁(勿躬)〉인데, 판본에 따라 '여수(慮首)'가 '노수(虜首)'로 되어 있기도 하다. 여수가 무엇인지는 여러 가지 설이 있는데, 명(明)나라 진사원(陳士元)의 《명의(名疑)》 권2에서는 산수(算數)로 풀이하여 황제(黃帝)의 신하 예수(隸首)가 산술을 처음 고안한 일을 가리킨다고 하였고, 현대의 진기유(陳奇猷)는 《여씨춘추교석(呂氏春秋校釋)》에서 윤달을 두어 날짜를 계산하는 방법이라고 하였다.

생(利用厚生)의 시초일 것이다.

○ 우후(虞姁)가 배를 만들어냈고 해중(奚仲)이 수레를 만들어냈으
며 승아(乘雅)가 멍에를 만들어냈고 왕빙(王氷)이 소에게 짐을 끌게
하였으며 한애(寒哀)가 말 모는 법을 발명하였고[258] 축융(祝融)이 저자
를 만들었으니, 이것이 배와 수레를 통한 교역의 시초일 것이다.-《산해
경》에 "번우(番禺)가 배를 만들어냈다."[259]라고 하였고, 《설문해자(說文解字)》에 "공
고(共鼓)와 화적(貨狄)이 배를 만들어냈다."[260]라고 하였다. '화고(化孤)'라고 되어
있는 곳도 있다.[261]-

○ 신농씨가 온갖 풀을 맛보고 무팽(巫彭)이 의술(醫術)을 만들어냈
으며 무함(巫咸)이 점술을 만들어냈으니, 이것이 의복(醫卜)의 시초일
것이다.

---

258 한애(寒哀)가……발명하였고 : 원문은 '寒哀作御'인데, 의미가 통하지 않아 원출
전인 《여씨춘추(呂氏春秋)》 권17 〈물궁(勿躬)〉에 의거하여 '衰'를 '哀'로 수정하여 번역
하였다.

259 번우(番禺)가 배를 만들어냈다 : 《산해경》 권18 〈해내경(海內經)〉에 "제준(帝
俊)이 우호(禺號)를 낳고 우호가 음량(淫梁)을 낳았으며 음량이 번우를 낳았으니, 그가
처음으로 배를 만들어냈다.〔帝俊生禺號, 禺號生淫梁, 淫梁生番禺, 是始爲舟.〕"라고 하
였다.

260 공고(共鼓)와……만들어냈다 : 《설문해자(說文解字)》 권8하의 '주(舟)'자에 대
한 설명에 "배이니, 옛날에 공고와 화적이 나무를 파내어 배를 만들고 나무를 깎아
노를 만들어 통하지 못하는 곳을 건넜다.〔船也, 古者共鼓貨狄, 刳木爲舟, 剡木爲楫,
以濟不通.〕"라고 하였다.

261 화고(化孤)라고……있다 : 원문은 '作化孤'인데, 의미가 통하지 않아 《이계전서
(耳溪傳書)》에 의거하여 '作' 앞에 '一'을 보충하여 번역하였다. 진(晉)나라 양천(楊泉)
의 《물리론(物理論)》에 "화호가 배를 만들어냈다.〔化狐作舟〕"라고 한 바, '화고'는 '화
호'의 오류인 듯하다.

○ 포희씨(庖犧氏 복희씨(伏羲氏))가 슬(瑟)을 만들어냈고 신농씨가 금(琴)을 만들어냈으며 여와(女媧)가 생황(笙簧)을 만들어냈고 황제(黃帝)가 청각(淸角)을 만들어냈으며 순(舜) 임금이 통소를 만들어냈고 고연(鼓延)이 종을 만들어냈고 모구(母句)가 경쇠를 만들어냈으며 수(倕)가 비고(鞞鼓)를 만들어냈다. 제준(帝俊)의 여덟 아들이 처음으로 가무(歌舞)를 하였고 축융의 아들 장금(長琴)이 처음으로 가곡(歌曲)을 만들어냈다. 이것이 음악의 시초일 것이다.

○ 포희씨가 용서(龍書)[262]를 만들어냈고 염제(炎帝 신농씨)가 수서(穗書)[263]를 만들어냈으며 창힐(倉頡)이 조적서(鳥跡書)[264]를 만들어냈고 전욱(顓頊)이 과두서(科斗書)[265]를 만들어냈으며 무광(務光)이 도해전(倒薤篆)[266]을 만들어냈고 사주(史籀)가 대전(大篆)을 만들어냈으며 이사(李斯)가 소전(小篆)을 만들어냈고 왕차중(王次仲)이 팔

---

262 용서(龍書) : 고대의 서체로, 복희씨가 황하(黃河)에서 용마(龍馬)가 나오자 용 모양의 문자를 만들어냈다고 전해진다.

263 수서(穗書) : 가화서(嘉禾書)라고도 한다. 신농씨가 양두산(羊頭山)에 자란 벼 한 줄기에 여덟 이삭이 난 것을 상서롭게 여겨 만든 서체라고 전해진다.

264 조적서(鳥跡書) : 황제(黃帝) 때의 창힐이 모래밭에 난 새의 발자국 모양을 보고 창제했다는 서체이다. 이것이 전서(篆書)의 시초가 되었으므로 조전(鳥篆)이라고도 한다.

265 과두서(科斗書) : 과두서(蝌蚪書)라고도 한다. 고대의 서체 중 하나로, 획의 머리 부분은 둥글고 크며 끝부분은 가늘고 길기 때문에 올챙이와 닮았다고 하여 이렇게 불린다.

266 도해전(倒薤篆) : 전서(篆書)의 일종이다. 무광(務光)이 탕(湯) 임금의 선양을 사양한 뒤 청령(淸泠)의 언덕에서 염교를 심어서 먹으며 살았는데, 이때 바람에 부추 잎이 쓰러지는 모습을 보고 창제했다고 전해진다.

분서(八分書)[267]를 만들어냈으며 정막(程邈)이 예서(隷書)를 만들어
냈고 한(漢)나라 두백도(杜伯度 두도(杜度))가 장초(章草)[268]를 만들어
냈으며 채옹(蔡邕)이 비백서(飛帛書)[269]를 만들었으니, 이것이 문자의
시초일 것이다.

　○ 휘(揮)가 활을 만들어냈고 모이(牟夷)가 화살을 만들어냈으며 치
우(蚩尤)가 오병(五兵)을 만들어냈고 범려(范蠡)가 "쇠뇌는 활에서 나
왔고 활은 탄궁에서 나왔다."라고 하였으니,[270] 이것이 병기(兵器)의
시초일 것이다.

---

267 팔분서(八分書) : 예서(隷書)의 일종인데, 오른쪽 아래로 향하는 필획인 파책(波
磔)이 굵고 힘 있는 것이 특징이다. 진(秦)나라 때 상곡(上谷)의 왕차중(王次仲)이
창제했다고 전해진다.

268 장초(章草) : 초서(草書)의 일종으로, 예서와 같은 파책이 있으며 매 글자를 잇
지 않고 하나하나 분리하여 쓰는 것이 특징이다.

269 비백서(飛帛書) : 비백서(飛白書)라고도 한다. 한 영제(漢靈帝) 때 채옹(蔡邕)
이 홍도문(鴻都門)을 장식하는 장인이 빗자루로 백분(白粉)을 바르는 것에서 영감을
얻어 창제했다고 전해지며, 마치 마른 붓으로 쓴 것처럼 필획에 종이의 하얀 부분이
실을 늘어놓은 것처럼 드러나는 것이 특징이다.

270 범려(范蠡)가……하였으니 : 104쪽 주255 참조. 이 말을 한 사람을 진음(陳音)
이 아니라 범려라고 한 것은 오류이다.

찬덕편
撰德篇

건(乾)이란 하늘의 성(性)이므로 "하늘의 운행이 굳세다."라고 하였고, 곤(坤)이란 땅의 성이므로 "땅의 형세가 곤이다."라고 하였다.[271] 만물이 자뢰(資賴)하여 시작하는 것은 하늘의 정(情)이고, 만물이 자뢰하여 생기는 것은 땅의 정이다.[272]

○ 진(震)이란 움직임이므로 우레는 항상 떨쳐 일어난다. 손(巽)이란 들어옴이므로 바람은 어디든 들어온다. 감(坎)이란 빠짐이므로 물은 아래로 나아가고 달에는 기욺이 있다. 이(離)란 걸림이므로 불은 사물에 붙고 해는 하늘에 붙어 있다. 간(艮)이란 멈춤이므로 산은 움직이지 않는다. 태(兌)란 기뻐함이므로 연못은 항상 젖어 있다. 이것이 육자(六子)[273]의 성(性)이다.

○ 진은 스스로 움직일 뿐 아니라 만물을 고무시킬 수 있고, 손은

---

271 건(乾)이란……하였다 : 《주역》〈건괘(乾卦) 상(象)〉에 "하늘의 운행이 굳세니, 군자가 이를 써서 스스로 힘쓰며 쉬지 않는다.〔天行健, 君子以, 自彊不息.〕"라고 하였고, 〈곤괘(坤卦) 상〉에 "땅의 형세가 곤이니, 군자가 이것을 써서 두터운 덕으로 만물을 싣는다.〔地勢坤, 君子以, 厚德載物.〕"라고 하였다.

272 만물이……정이다 : 《주역》〈건괘 단(彖)〉에 "위대하다, 건원(乾元)이여. 만물이 이를 자뢰하여 시작하나니, 이에 하늘을 통괄하도다.〔大哉乾元, 萬物資始, 乃統天.〕"라고 하였고, 〈곤괘 단〉에 "지극하다, 곤원(坤元)이여. 만물이 이를 자뢰하여 생기나니, 이에 하늘을 순히 받들도다.〔至哉坤元, 萬物資生, 乃順承天.〕"라고 하였다.

273 육자(六子) : 50쪽 주112 참조.

스스로 들어올 뿐 아니라 만물을 가지런히 할 수 있으며, 감은 스스로 빠질 뿐 아니라 만물을 험한 데로 빠뜨리고, 이(離)는 스스로 걸릴 뿐 아니라 만물을 밝음에 붙이며, 간은 스스로 멈출 뿐 아니라 사물을 멈출 수도 있고, 태는 스스로 기뻐할 뿐 아니라 사물을 윤기 나게 할 수도 있다. 이것이 육자의 정(情)이다.

○ 역(易)에는 태극(太極)이 있으니, 이것이 양의(兩儀)를 낳고 양의는 사상(四象)을 낳으며 사상은 팔괘(八卦)를 낳는 것은 하늘의 역이다. 사람이 태극을 얻어 본성으로 삼고 양의를 얻어 강유(剛柔)로 삼으며 사상을 얻어 사덕(四德 원형이정(元亨利貞))을 삼고 팔괘를 얻어 칠정(七情)으로 삼는 것은 사람의 역이다.

○ 인(仁)은 덕에 있어서는 원(元)이고 사시(四時)에 있어서는 봄이며 오행(五行)에 있어서는 목(木)이요, 예(禮)는 덕에 있어서는 형(亨)이고 사시에 있어서는 여름이며 오행에 있어서는 화(火)이니, 양(陽)의 펴짐이다. 의(義)는 덕에 있어서는 이(利)이고 사시에 있어서는 가을이며 오행에 있어서는 금(金)이요, 지(智)는 덕에 있어서는 정(貞)이고 사시에 있어서는 겨울이며 오행에 있어서는 수(水)이니, 음(陰)의 수렴이다. 신(信)은 실제로 덕과 기가 있으나 정해진 자리가 없으니, 오행에 있어서는 토(土)이고 사시에 있어서는 사계(四季)이며[274] 방위에 있어서는 중앙이다. 이것이 사람의 사상(四象)이다.

○ 인(仁)은 진(震)의 발생함과 같을 것이다. 예(禮)는 이(離)의 문

---

274 오행에……사계(四季)이며 : 오행은 1년 360일 중 각기 72일씩 왕성하게 작용하는데, 토(土)만은 72일을 연이어 작용하지 못하고 각 계절 끝의 18일씩 작용한다.

명(文明)과 같을 것이다. 의(義)는 태(兌)의 이룸과 같을 것이다. 지(智)는 감(坎)의 갈무리함과 같을 것이다. 손(巽)은 인과 예의 사이에 위치하여 만물을 낳고 만물을 가지런히 하며, 간(艮)은 지와 인의 사이에 위치하여 끝을 이루고 시작을 이룬다. 이것이 사람의 팔괘인데 건과 곤이 끼어 있지 않은 것은, 육자를 통어(統御)해서이다.

○ 희(喜)와 애(愛)는 목(木)에서 꽃이 피어나는 형상이니 인(仁)의 발현이다. 애(哀)와 구(懼)는 화(火)가 맹렬하게 타오르는 형상이니 예(禮)의 발현이다. 노(怒)와 오(惡)는 금(金)이 굳센 형상이니 의(義)의 발현이다. 욕(欲)은 수(水)가 깊은 형상이니 지(智)의 발현이다. 이것이 칠정에 갖추어진 오행과 오성(五性)이다.

○ 옛날에 성(性)에 대해 말한 것으로는 《서경》에 "순히 하여 떳떳한 덕을 소유하였다."[275]라고 한 것을 시작으로 《주역》에서는 "계속하는 것은 선(善)이고 이루는 것은 성이다."[276]라고 하고 《중용》에서는 "하늘의 명(命)을 성이라 한다."[277]라고 하였다. 맹자(孟子)가 사람의 성이 선하다고 한 것은 이에 근본을 두었으나 선하다고만 말하고 그 조목

---

275 순히……소유하였다 : 《서경》〈상서(商書) 탕고(湯誥)〉에 "훌륭한 상제께서 하민(下民)들에게 치우침 없는 덕을 내려주어 순히 하여 떳떳한 덕을 소유하였으니, 능히 도(道)에 편안하게 할 이는 군주이다.〔惟皇上帝, 降衷于下民, 若有恒性, 克綏厥猷, 惟后.〕"라고 하였다.

276 계속하는……성이다 : 《주역》〈계사전 상(繫辭傳上)〉에 "한 번 음이 되고 한 번 양이 되게 하는 것을 도라고 하니, 계속하는 것은 선이고 이루는 것은 성이다.〔一陰一陽之謂道, 繼之者善也, 成之者性也.〕"라고 하였다.

277 하늘의……한다 : 《중용장구(中庸章句)》 제1장에 "하늘의 명을 성이라고 하고, 성을 따르는 것을 도라고 하며, 도를 닦는 것을 교라고 한다.〔天命之謂性, 率性之謂道, 修道之謂敎.〕"라고 하였다.

을 말하지 않았으므로 악하다거나 혼재되었다거나 하는 논쟁[278]이 생겨났다. 《주역》에 "사람의 도를 세운 것이 인과 의이다."[279]라고 하였으니 이것이 성의 조목이다. 인과 의는 선하지 않음이 없으니 성이 선함을 알 수 있다. 순씨(荀氏 순자)는 성이 악하다고 말하였지만 감히 인과 의가 악하다고는 말하지 않았고, 맹자도 일찍이 사덕(四德)과 사단(四端)을 갖추어 말한 적이 있다.[280] 그런데도 사람들이 혹 믿지 못하는 것은 그것이 《주역》에 근본을 두었다는 것을 몰라서이다.

○ 유학(儒學)을 배우는 이의 도를 '성(誠)'이라 하니, 이것을 배우는 방법은 미룸[推]뿐이다. 노자(老子)를 배우는 이의 도를 '현(玄)'이라 하니, 이것을 배우는 방법은 따름[因]뿐이다. 불교를 배우는 이의 도를 '통(通)'이라 하니, 이것을 배우는 방법은 의심[疑]뿐이다.

○ 유교는 하늘에 근본을 두고, 도교는 신(神)에 뿌리를 두며, 불교는 귀(鬼)에 뿌리를 둔다. 하늘은 순전히 이(理)이고, 신은 양의 정수

---

278 악하다거나……논쟁 : 사람의 본성이 본래 악하다는 순자(荀子)의 성악설(性惡說)과 사람의 본성에는 선과 악이 혼재되어 있다는 양웅(揚雄)의 선악혼재설(善惡混在說)을 가리킨다.

279 사람의……의이다 : 《주역》〈설괘전(說卦傳)〉에 "하늘의 도(道)를 세운 것이 음과 양이요, 땅의 도를 세운 것이 유(柔)와 강(剛)이요, 사람의 도를 세운 것이 인(仁)과 의(義)이니, 삼재(三才)를 겸하여 두 번 하였기 때문에 역(易)이 여섯 번 그어서 괘(卦)가 이루어진다.〔立天之道曰陰與陽, 立地之道曰柔與剛, 立人之道曰仁與義, 兼三才而兩之, 故易六畫而成卦.〕"라고 하였다.

280 맹자도……있다 : 《맹자》〈공손추 상(公孫丑上)〉에 "측은지심은 인의 단서요, 수오지심은 의의 단서요, 사양지심은 예의 단서요, 시비지심은 지의 단서이다.〔惻隱之心, 仁之端也, 羞惡之心, 義之端也, 辭讓之心, 禮之端也, 是非之心, 智之端也.〕"라고 하였다.

(精髓)이고 귀는 음의 정수이니 도교와 불교는 모두 기(氣)이다.

○ 충(忠)이란 자신의 마음을 스스로 다함을 이른다. 마음을 다함은 임금을 섬기는 것보다 큰 것이 없기 때문에 임금에 대해 충을 말하는 것이다. 신(信)이란 진실함으로 남과 함께함을 이른다. 남과 함께함은 붕우를 사귀는 것보다 큰 것이 없기 때문에 붕우에 대해 신을 말하는 것이다. 두 가지를 합하여 말하면 성(誠)이다. 성이란 하늘의 도이므로 건괘(乾卦)에 충과 신이 덕을 나아가게 하는 방법이라고 말한 것이다.[281]

○ 한자(韓子 한유(韓愈))가 "도와 덕은 빈자리이다."라고 한 것은 도와 덕을 나누어서 그 이름을 말한 것이고, 주자(朱子)가 "덕이란 도를 행하여 마음에 얻은 것이다."라고 한 것은 도와 덕을 합하여 그 실체를 가리킨 것이다.[282] 그러나 도와 덕을 일컬은 것은 《주역》에서 "한 번 음이 되고 한 번 양이 되게 하는 것을 도라고 한다."[283]라고 한 것과 "천지의 큰 덕을 생(生)이라고 한다."[284]라고 한 것에서 시작되었

---

281 건괘(乾卦)에……것이다 : 《주역》〈건괘 문언(文言)〉에 "군자는 덕을 나아가게 하고 학업을 닦나니, 충과 신이 덕을 나아가게 하는 방법이요, 말을 함에 그 성실함을 세움이 학업을 보유(保有)하는 방법이다.〔君子進德修業, 忠信, 所以進德也, 修辭立其誠, 所以居業也.〕"라는 공자의 말이 보인다.

282 한자(韓子)가……것이다 : 한유(韓愈)의 말은 〈원도(原道)〉에 보인다. 주자(朱子)의 말은 《논어》〈위정(爲政)〉의 "덕으로써 정치를 한다.〔爲政以德〕"라는 구절에 대한 주석에 보인다.

283 한……한다 : 111쪽 주276 참조.

284 천지의……한다 : 《주역》〈계사전 하(繫辭傳下)〉에 "천지의 큰 덕을 생(生)이라고 하고 성인의 큰 보물을 위(位)라고 한다. 무엇으로 자리를 지킬 것인가? 인(仁)이다. 무엇으로 사람을 모을 것인가? 재물이다. 재물을 다스리고 말을 바르게 하며 백성들이

다. 무릇 음양의 도와 천지의 덕이 어찌 빈자리라고 말할 수 있겠는가. 덕을 말했으면 도는 이미 여기에 있는 것이다. 나는 주자를 따를 것이다.

○ 생각하고 생각하면 귀신이 통하게 해준다는 것[285]과 결단하여 행하면 귀신이 피한다는 것[286]은 사람의 정신(精神)이 귀신을 움직일 수 있음을 말한 것이다. 성(誠)이 닿는 곳에 금석 또한 뚫린다는 것[287]과 여러 사람의 말이 쇠를 녹인다는 것,[288] 범에게 화살을 쏘자 바위가

잘못된 일을 하지 않게 하는 것을 의(義)라고 한다.〔天地之大德曰生, 聖人之大寶曰位. 何以守位? 曰仁. 何以聚人? 曰財. 理財正辭, 禁民爲非, 曰義.〕라고 하였다.

285 생각하고……것 : 《관자(管子)》 권16 〈내업(內業)〉에 "생각하고 생각하며 또 거듭 생각할지니, 이렇게 생각을 해도 통하지 않으면 귀신이 통하게 해줄 것인데, 이는 귀신의 힘이 아니라 정기의 극치이다.〔思之思之, 又重思之, 思之而不通, 鬼神將通之, 非鬼神之力也, 精氣之極也.〕라고 하였는데, 뒤에 정이(程頤)가 이 말을 두고 "학문이 지극하지 않더라도 말이 지극한 사람이 있거든, 그 말을 따르면 또한 도에 들 수 있다.〔有學不至而言至者, 循其言, 亦可以入道.〕라고 하여 이 말이 덕을 닦고 학문을 연마하는 데 지침으로 삼을 만함을 인정한 바 있다. 《二程遺書 卷25 暢潛道本》

286 결단하여……것 : 송(宋)나라 허한(許翰)의 〈논삼진(論三鎭)〉에 "결단하여 반드시 행하면 귀신이 피하니, 이는 정성의 힘입니다.〔斷而必行, 鬼神避之,此精誠之力也.〕라고 하였다. 《襄陵文集 卷6 論三鎭》

287 성(誠)이……것 : 《주자어류(朱子語類)》 권8 〈학(學) 총론위학지방(總論爲學之方)〉에 "양의 기운이 발하는 곳은 금석 또한 뚫으니, 정신이 하나로 모이면 무슨 일을 못 이루겠는가.〔陽氣發處, 金石亦透, 精神一到, 何事不成?〕라고 하였다.

288 여러……것 : 여러 사람이 입을 모아서 하는 말, 그중에서도 특히 비방하는 말은 믿게 될 수밖에 없다는 말이다. 《국어(國語)》 〈주어 하(周語下) 단목공간왕주대종(單穆公諫王鑄大鐘)〉에 "여러 사람의 합심이 성을 이루고 여러 사람의 입이 쇠를 녹인다.〔衆心成城, 衆口鑠金.〕라는 속담이 보이고, 《전국책(戰國策)》 권22 〈위책(魏策) 장의위진연횡세위왕(張儀爲秦連橫說魏王)〉에는 장의(張儀)가 "신이 듣건대 깃털이 쌓이면

갈라진다는 것[289]은 사람의 정성이 금석을 뚫을 수 있음을 말한 것이다. 그 이치는 감응일 뿐이다.

○ 굽힘과 폄, 차고 기욺은 전부 감응이다. 사람이 앉고 누우며 다니고 멈추는 것, 새와 짐승이 날고 달리며 움직이고 쉬는 것은 굽힘과 폄이 서로 감응하는 것이고, 배고프면 먹을 것을 생각하고 배부르면 쏟아낼 것을 생각하며 추우면 불에 다가가고 더우면 바람 부는 곳으로 가는 것은 차고 기욺이 서로 감응하는 것이다. 《주역》에 "굽힘과 폄이 서로 감응함에 이로움이 생긴다."[290]라고 하였고, 또 "그 변(變)을 통하여 백성들을 게으르지 않게 하였다."[291]라고 하였으니, 사물은 반드시 감응한 뒤에야 이로움이 생기고 통한 뒤에야 게을러지지 않는다.

○ 대역(大易 《주역》)의 64괘를 한마디로 말하자면 '망령됨이 없는 것〔无妄〕'이다.

배를 가라앉히고 가벼운 물건들이 많이 모이면 굴대를 부러뜨리며 여러 사람의 입이 쇠를 녹입니다.〔臣聞積羽沉舟, 羣輕折軸, 衆口鑠金.〕"라고 말한 것이 보이며, 《사기(史記)》 권70 〈장의열전(張儀列傳)〉에는 "여러 사람의 입이 쇠를 녹이고, 참소가 쌓이면 뼈를 녹인다.〔衆口鑠金, 積毀銷骨.〕"라고 한 것이 보인다.

289 범에게……것 : 한(漢)나라 장군 이광(李廣)이 북평 태수(北平太守)로 있을 때 사냥을 나가 숲속에서 바위를 범으로 오인하고는 정신을 집중하여 화살을 쏘았는데, 화살이 그대로 바위에 꽂혔다고 한다. 나중에 정신을 차리고 다시 바위에 화살을 쏘아보았으나 박히지 않았다고 한다. 《史記 卷109 李將軍列傳》

290 굽힘과 폄이……생긴다 : 44쪽 주97 참조.

291 그……하였다 : 《주역》〈계사전 하〉에 "신농씨가 죽자, 황제와 요 임금·순 임금이 나오시어 그 변(變)을 통하여 백성으로 하여금 게으르지 않게 하고 신묘하게 화하여 백성으로 하여금 마땅하게 하였으니, 역은 궁하면 변하고 변하면 통하며 통하면 오래간다.〔神農氏沒, 黃帝堯舜氏作, 通其變, 使民不倦, 神而化之, 使民宜之. 易, 窮則變, 變則通, 通則久.〕"라고 하였다.

○ 대축괘(大畜卦)에서는 배움을 말하고[292] 분괘(賁卦)에서는 문채를 말하였으니,[293] 멈추어 굳세진 뒤에야 배울 수 있고 문명(文明)에 그친 뒤에야 문채가 될 수 있다. 그친다는 것은 독실함을 이름이니, 독실함을 근본으로 삼지 않으면 배움은 덕을 이루기 부족하고 문은 이치를 밝히기에 부족하다.

○ 한비자(韓非子)가 주공(周公)의 말을 인용하여 "겨울날에 얼음이 단단하게 얼지 않는다면 봄여름에 초목이 무성하게 자라지 않는다."[294]라고 하였고, 정자(程子)가 "수렴하고 모으지 않으면 발산할 수가 없고, 전일하지 않으면 곧장 이루지 못한다."[295]라고 하였다. 그러므로

---

292 대축괘(大畜卦)에서는 배움을 말하고 : 대축괘(䷙)는 간(艮 ☶)이 위, 건(乾 ☰)이 아래에 있는 형태이다. 이는 하늘이 산 가운데에 있는 형상이라는 점에서 온축(蘊蓄)을 상징하고, 간이 건을 저지하는 형상이라는 점에서 저지, 멈춤을 상징하기도 한다. 여기서 온축은 특히 학문과 덕에 해당하는 것으로, 〈대축괘 단(彖)〉에 "대축은 강건하고 독실하고 빛나서 날로 덕을 새롭게 하니, 강(剛)이 위에 있어 어진 이를 높이고 강건함을 저지함이 크게 바른 것이다.〔大畜, 剛健, 篤實, 輝光, 日新其德, 剛上而尙賢, 能止健, 大正也.〕"라고 하였고, 〈대축괘 상(象)〉에는 "하늘이 산속에 있음이 대축이니, 군자가 이것을 보고서 옛 성현들의 말씀과 지나간 행실을 많이 알아 덕을 쌓는다.〔天在山中, 大畜, 君子以, 多識前言往行, 以畜其德.〕"라고 하였다.

293 분괘(賁卦)에서는 문채를 말하였으니 : 분괘(䷕)는 간(艮 ☶)이 위, 이(離 ☲)가 아래에 있는 형태이다. 이는 아래에 있는 불이 위에 있는 산의 초목들을 밝게 비추는 형상으로, 꾸밈과 문채를 상징한다. 〈분괘 단(彖)〉에 "분이 형통하는 것은 부드러움이 와서 강함을 문식하기 때문에 형통하는 것이고 강함을 나누어 올라가 부드러움을 문식하기 때문에 가는 바를 둠이 조금 이로운 것이니 이는 천문(天文)이요, 문명에 그치니 이는 인문(人文)이다. 천문을 관찰함으로써 사철의 변화를 살피고 인문을 관찰함으로써 천하를 교화하여 이룬다.〔賁亨, 柔來而文剛故亨, 分剛, 上而文柔. 故小利有攸往, 天文也, 文明以止, 人文也, 觀乎天文, 以察時變, 觀乎人文, 以化成天下.〕"라고 하였다.

294 겨울날에……않는다 : 《한비자(韓非子)》 권6 〈해로(解老)〉에 보인다.

정(貞)은 원(元)의 근본이고, 정(靜)은 동(動)의 뿌리이다.

○ 가자(賈子 가의(賈誼))가 "항룡(亢龍 하늘 끝까지 올라간 용)은 가서 돌아오지 못하므로 뉘우침이 있는 것이고 잠룡(潛龍 연못에 잠겨 있는 용)은 들어가서 나오지 못하므로 쓰면 안 되니, 오직 비룡(蜚龍 비룡(飛龍))만이 용의 신령함을 가졌을 것이다."²⁹⁶라고 하였다. 무릇 용이 나는 것은 중정(中正)함을 얻었기 때문이니, 오직 성인으로서 지위를 얻은 자만이 이에 해당한다.²⁹⁷

○²⁹⁸ 제 환공(齊桓公)이 패자가 되자 진완(陳完)이 제(齊)나라로 망

---

295 수렴하고⋯⋯못한다 : 《이정유서(二程遺書)》 권11〈사훈(師訓)〉에 "건은 양이니, 움직이지 않으면 굳세지 못하다. 고요할 때에는 전일하고 움직일 때에는 곧장 이루니, 전일하지 못하면 곧장 이루지 못한다. 곤은 음이니, 고요하지 않으면 부드럽지 못하다. 고요할 때에는 수렴하고 움직일 때에는 열리니, 수렴하고 모으지 않으면 발산하지 못한다.〔乾陽, 不動則不剛, 其靜也專, 其動也直, 不專一則不能直遂. 坤陰也, 不靜則不柔, 其靜也翕, 其動也闢, 不翕聚則不能發散.〕"라고 하였다.

296 항룡(亢龍)은⋯⋯것이다 : 가의(賈誼)의 《신서(新書)》 권6〈병거지용(兵車之容)〉에 "항룡은 가서 돌아오지 못하므로 《주역》에 '뉘우침이 있다.'라고 하였으니, 뉘우침이란 흉함이다. 잠룡은 들어가서 나오지 못하므로 '쓰지 말라.'라고 하였으니, 쓰지 말라는 것은 불가함이다. 오직 비룡만이 용의 신령함을 갖추었을 것이다.〔亢龍徃而不返, 故易曰: "有悔." 悔者, 凶也. 潛龍入而不能出, 故曰: "勿用." 勿用者, 不可也. 龍之神也, 其惟蜚龍乎!〕"라고 하였다. 이는 군주의 행동과 몸가짐의 과불급(過不及)을 논하기 위해 《주역》〈건괘(乾卦) 초구(初九)〉에 "잠룡이니 쓰지 말라.〔潛龍, 勿用.〕"라고 한 것과 〈건괘 상구(上九)〉에 "항룡이니 뉘우침이 있으리라.〔亢龍, 有悔.〕"라고 한 것을 비유로 끌어온 것이다.

297 무릇⋯⋯해당한다 : 《주역》〈건괘(乾卦) 구오(九五)〉에 "나는 용이 하늘에 있으니, 대인을 만나봄이 이롭다.〔飛龍在天, 利見大人.〕"라고 하였다. 이는 양효(陽爻)가 강건(剛健)함과 중정(中正)함으로 높은 자리를 차지한 형상으로, 성인이 군주의 자리에 오름을 뜻한다.

명하고²⁹⁹ 주 난왕(周赧王)이 죽자 한고조(漢高祖)가 패(沛)에서 태어
났으며,³⁰⁰ 한 선제(漢宣帝)가 선우(單于)에게 조회를 받자 왕정군(王
政君)이 동궁(東宮)으로 들어가고³⁰¹ 양 무제(梁武帝)가 제나라를 멸망
시키자 후경(侯景)이 잉태되었으며,³⁰² 이건성(李建成)이 해를 당하자

298 이 칙(則)은 송나라 왕응린(王應麟)의 《곤학기문(困學紀聞)》 권1 〈역(易)〉의
내용을 요약하여 옮긴 것으로, 왕응린은 여기에서 열거한 사례들을 두고 "다섯 양이
성할 때 하나의 음이 생겨나니, 그러므로 성인은 사소한 것도 조심한다.〔五陽之盛而一
陰生, 是以聖人謹於微.〕"라고 하였다.

299 제 환공(齊桓公)이⋯⋯망명하고 : 진완(陳完)은 진 여공(陳厲公)의 아들로, 진
선공(陳宣公)의 태자(太子) 어구(御寇)가 피살되자 화를 피해 제나라로 망명하여 제
환공의 환대를 받았다. 제나라의 경(卿)이 되어 성을 전(田)으로 바꾸었고, 뒤에 그의
11세손인 전화(田和)가 제나라를 찬탈하여 제후(齊侯)가 되었다. 《史記 卷46 田敬仲完
世家》

300 주 난왕(周赧王)이⋯⋯태어났으며 : 주 난왕은 주(周)나라의 마지막 왕이다. 그
가 즉위한 지 59년째 되는 해이자 진 소왕(秦昭王) 51년인 기원전 256년에 주나라가
진나라에 합병되었고 자신도 사망하였다. 한 고조(漢高祖)의 생년(生年)은 자세하지는
않으나 황보밀(皇甫謐)의 〈고조본기(高祖本紀)〉 주석에 "고조는 진 소왕 51년에 태어
났으니, 한나라 12년에 이르러 나이가 63세였다.〔高祖以秦昭王五十一年生, 至漢十二
年, 年六十三.〕"라고 하였다. 《史記 卷4 周本紀, 卷5 秦本紀, 卷8 高祖本紀》

301 한 선제(漢宣帝)가⋯⋯들어가고 : 한 선제는 기원전 51년에 흉노(匈奴)의 호한
야 선우(呼韓邪單于)에게 항복을 받아냈는데, 이해는 왕정군(王政君)이 뒷날 한 원제
(漢元帝)가 되는 선제의 태자 유석(劉奭)의 비(妃)가 되어 황손(皇孫)을 낳은 해이기
도 하다. 뒤에 왕정군의 친정인 왕씨(王氏) 가문의 인사들이 한나라의 국정을 장악하였
고, 그의 조카인 왕망(王莽)은 제위(帝位)를 찬탈하여 신(新)나라를 세웠다. 《漢書
卷98 元后傳, 卷99 王莽傳》

302 양 무제(梁武帝)가⋯⋯잉태되었으며 : 양 무제는 501년에 남제(南齊)를 타도하
고 이듬해 4월에 즉위하였다. 뒤에 대성(臺城)에 동태사(同泰寺)를 짓고 세 번이나
사신(捨身)을 하는 등 불교에 심취하였는데, 결국 503년에 출생한 후경(侯景)이 반란

무씨(武氏 측천무후(則天武后))가 태어나고[303] 예조(藝祖)가 천명을 받은 이듬해에 여진(女眞)이 와서 조공한 것[304]은 구괘(姤卦)와 복괘(復卦)에서 음과 양이 사라지고 자라는 이치[305]이다. 그러므로 성인은 사소한 것도 조심하고 가득 차는 것을 경계한다.

○《주역》에 "무엇으로 사람을 모을 것인가? 재물이다."[306]라고 하였다. 그러므로 13괘(卦)의 형상이 사냥과 어로(漁撈)에서 시작하여 쟁기와 보습을 그다음, 교역을 그다음으로 한 것[307]은 〈홍범(洪範)〉의

을 일으켜 대성을 함락시키자 그곳에서 굶어 죽었다. 《南史 卷7 梁本紀》

303 이건성(李建成)이……태어나고 : 이건성은 당 고조(唐高祖)의 태자이자 당 태종(唐太宗) 이세민(李世民)의 형으로, 이세민이 건국에 공이 많은 것을 시기하여 그를 제거하려다가 626년에 현무문(玄武門)에서 살해당했다. 측천무후(則天武后) 무조(武曌)는 624년에 태어나 처음에는 태종의 재인(才人)이 되었다가 당 고종(唐高宗)의 눈에 들어 황후가 되었고, 고종이 죽자 그 아들인 중종(中宗)·예종(睿宗)을 차례로 폐하고 황제가 되어 국호를 주(周)로 고쳤다.

304 예조(藝祖)가……것 : 예조는 송 태조(宋太祖) 조광윤(趙匡胤)을 지칭한다. 《송사(宋史)》권1 〈태조본기(太祖本紀)〉에 건륭(乾隆) 2년(961) "여진국이 사신을 보내와서 조회하고 공물을 바쳤다.〔女直國遣使來朝獻〕"라고 하였다. 뒤에 북송(北宋)은 휘종(徽宗) 때인 선화(宣和) 연간에 여진족 왕조인 금(金)나라에 의해 멸망당하고 남송(南宋)에 의해 계승된다.

305 구괘(姤卦)와……이치 : 음이 극에 달하면 양이 생겨나고 양이 극에 달하면 음이 생겨나는 이치를 말한다. 구괘(姤卦 ䷫)는 양이 가득 찬 가운데 가장 아래에서 음효(陰爻)가 갓 하나 생긴 형상이고, 복괘(復卦 ䷖)는 음이 가득 찬 가운데 가장 아래에서 양효(陽爻)가 갓 하나 생긴 형태로, 새로 생긴 음과 양이 아직 미약하지만 점차 치성할 것을 예고하는 형상이다. 여기에서는 역대 제왕들의 기세가 극에 달했을 때 이미 패망의 조짐이 싹트고 있었음을 말한 것이다.

306 무엇으로……재물이다 : 113쪽 주284 참조.

307 13괘(卦)의……것 : 《주역》〈계사전 하〉에서, 상고시대에 삼황(三皇)과 황제

팔정(八政)에서 먹는 것을 앞에 둔 것308과 같고, 옷과 치마를 드리우고 있으면 천하가 다스려진다는 것309으로 이은 것은 부유하게 해준 뒤에 가르친다는 것310이다.

○《주역》이라는 책은 음양을 밝혔는데, 사괘(師卦) 하나에 전쟁의 기틀이 다 포괄되어 있다. 그래서 충방(种放)이《주역》에 밝아 세형(世衡), 사도(師道)가 대대로 명장이 되었고,311 곽규(郭逵)가 장수로

(黃帝)가 인류를 위해 사냥·어로·농사·시장을 비롯한 각종 도구와 제도, 문자를 발명할 때 그 원리를 이괘(離卦)·익괘(益卦)·서합괘(噬嗑卦)·건괘(乾卦)·곤괘(坤卦)·환괘(渙卦)·수괘(隨卦)·예괘(豫卦)·소과괘(小過卦)·규괘(睽卦)·대장괘(大壯卦)·대과괘(大過卦)·쾌괘(夬卦) 13개 괘의 형상에서 취했음을 말하였다.

308 홍범(洪範)의……것 : 주 무왕(周武王)이 기자(箕子)에게 천하를 다스릴 방법을 묻자 기자는 아홉 가지 대법(大法)인 홍범구주(洪範九疇), 즉 오행(五行)·오사(五事)·팔정(八政)·오기(五紀)·황극(皇極)·삼덕(三德)·계의(稽疑)·서징(庶徵)·오복(五福)과 육극(六極)을 알려주었는데, 이 중 팔정은 음식〔食〕·재물〔貨〕·제사〔祀〕·사공(司空)·사도(司徒)·사구(司寇)·사신 영접〔賓〕·군사〔師〕이다.

309 옷과……것 : 90쪽 주200 참조.

310 부유하게……것 : 염유(冉有)가 공자(孔子)를 모시고 위(衛)나라로 갈 때 공자가 위나라에 백성들이 많은 것을 칭찬하였다. 염유가 백성들이 많아지고 나면 무엇을 해야 하냐고 묻자 공자는 "부유하게 해주어야 한다.〔富之〕"라고 하였고, 염유가 다시 그다음을 묻자 "가르쳐야 한다.〔教之〕"라고 하였다.《論語 子路》

311 충방(种放)이……되었고 : 충방은 송나라의 이학가(理學家)이다. 그의 조카인 충세형(种世衡)은 강족(羌足)을 초무(招撫)하고 서하(西夏) 황제 이원호(李元昊)의 심복인 야리강랑릉(野利剛浪棱)·야리우걸(野利遇乞) 형제를 제거하여 서하를 견제하는 데 공을 세웠다. 증손인 충사도(种師道)도 서하를 막는 데 공을 세워 명장(名將)으로 이름이 났고, 뒤에 흠종(欽宗) 정강(靖康) 연간에 금(金)나라가 변경(汴京)으로 진격해오자 맞서 싸울 것을 누차 주장하였으나 그의 의견은 번번이 묵살되었고 결국 변경은 함락되었다.

서 현달하자 겸산(兼山), 백운(白雲)이 집안 대대로 역학(易學)을 닦
았다.[312]

○ 주왕(紂王)이 밤새도록 술을 마셔 온 나라가 날짜를 잊자 기자(箕
子)가 대답하지 않았고,[313] 우(禹) 임금이 나국(裸國)에 입국할 때 옷을
벗고 들어갔다가 관대(冠帶)를 갖추고 나왔으니,[314] 성인의 수(隨)[315]

---

312 곽규(郭逵)가……닦았다 : 곽규는 송나라의 명장으로 인종(仁宗) 때 계주 자사
(溪州刺史)를 세습한 팽사희(彭仕義)의 소굴을 소탕하고, 신종(神宗) 때 교지(交阯)
의 이건덕(李建德)을 토벌하였다. 그의 아들 곽충효(郭忠孝)는 호가 겸산(兼山)으로
정이(程頤)에게 《주역》을 배웠고, 손자 곽옹(郭雍)은 호가 백운(白雲)으로 부친의 역
학(易學)을 계승하여 《곽씨전가역설(郭氏傳家易說)》을 저술했다.

313 주왕(紂王)이……않았고 : 은 주왕(殷紂王)이 밤새도록 술을 마시다가 날짜를
잊는 것이 두려워 주위 사람들에게 물었으나 아무도 알지 못했다. 이에 심부름꾼을
보내어 기자(箕子)에게 묻자 기자는 자신의 무리에게 "천하의 주인이 되어 온 나라가
모두 날짜를 잊게 하였으니 천하가 위험하고, 온 나라가 모두 날짜를 모르는데 나만
알고 있으니 내가 위험하다.〔爲天下主而一國皆失日, 天下其危矣, 一國皆不知而我獨知
之, 吾其危矣.〕"라고 하고, 심부름꾼에게는 취해서 알지 못하겠다고 대답하였다. 《韓非
子 說林》

314 우(禹) 임금이……나왔으니 : 《회남자(淮南子)》〈원도훈(原道訓)〉에 "우 임금
이 나국(裸國)에 갈 때 옷을 벗고 들어가서 옷과 띠를 갖추고 나왔으니, 그 풍속을
따른 것이었다.〔禹之裸國, 解衣而入, 衣帶而出, 因之也.〕"라고 하였다.

315 수(隨) : 때와 상황에 알맞게 처신하는 것을 뜻한다. 수괘(隨卦 ䷐)는 동함을 상
징하는 진(震 ☳)이 아래에 있고 기뻐함을 상징하는 태(兌 ☱)가 위에 있는 형태인데,
괘변(卦變)의 측면에서 풀이하면 건괘(乾卦)의 상구(上九)가 곤(坤)의 아래에 와서
위치하고 곤괘(坤卦)의 초육(初六)이 건(乾)의 위에 와서 위치하였으므로, 양(陽)이
음(陰)에 와서 낮추면 음이 기뻐하며 따름을 의미한다고 한다. 〈수괘 단(彖)〉에 "수
(隨)는 강함이 와서 부드러움에게 낮추며 동하고 기뻐함이 수이니, 크게 형통하고 정
(貞)하여 허물이 없어서 천하가 때에 따라 알맞게 하니, 때에 따라 알맞게 하는 뜻이
크도다.〔隨, 剛來而下柔, 動而說, 隨, 大亨, 貞, 无咎, 而天下隨時, 隨時之義, 大矣哉.〕"

이다.

○ 의원이 숨이 붙어 있는 사람을 살릴 수는 있지만 죽은 사람을 살리지는 못하고 약이 질병을 치료할 수는 있지만 목숨을 연장하지는 못하는 것은 명(命)을 바꿀 수 없어서이니, 국운이 오래 이어지거나 짧게 끊어지는 것도 사람의 목숨과 무엇이 다르겠는가. 그러나 소공(召公)이 성왕(成王)에게 "길흉(吉凶)을 명할 것인가, 장구한 국운을 명할 것인가? 이것을 아는 것은 지금 우리가 정사를 처음으로 하는 데 달려 있습니다."316라고 하였고, 정자(程子)는 "수양하여 장수에 이르고 나라를 다스려 하늘의 영원한 명을 비는 데 이르면 사람의 힘이 조화를 이길 수 있다."317라고 하였다. 그러므로 군자는 명을 말하지 않는다.

○ 정자가 "사물의 이치를 궁구하는 것은 그 소이연(所以然)을 궁구

라고 하였다.

316 길흉(吉凶)을……있습니다 : 《서경》〈주서(周書) 소고(召誥)〉에 소공(召公)이 새로 즉위하여 정사를 펼치려는 성왕(成王)에게 "왕께서 처음 일을 시작하시니, 아, 마치 처음 자식을 낳았을 때 모든 것이 처음 낳았을 때에 달려 있어 스스로 밝은 명을 받는 것과 같으니, 지금 하늘이 밝음을 명할 것인가, 길흉을 명할 것인가, 장구한 국운을 명할 것인가? 이것을 아는 것은 지금 우리가 정사를 처음으로 하는 데 달려 있습니다. 〔王乃初服, 嗚呼! 若生子罔不在厥初生, 自貽哲命, 今天其命哲? 命吉凶? 命歷年? 知今我初服.〕"라고 한 것이 보인다.

317 수양하여……있다 : 진귀일(陳貴一)과 당체(唐棣)가 사람의 수명을 사람의 힘으로 연장할 수 있냐고 질문하자, 정이(程頤)가 "나라를 다스려 영원한 천명을 기원하는 데 이르는 것, 몸을 수양하여 장수를 누리는 데 이르는 것, 배워서 성인에 이르는 것, 이 세 가지 공부는 마찬가지이다. 사람의 힘이 조화를 이길 수 있는데, 사람이 하지 않을 뿐이다.〔爲國而至於祈天永命, 養形而至於長生, 學而至於聖人, 此三事功夫一般. 分明人力可以勝造化, 自是人不爲耳.〕"라고 대답한 바 있다. 《二程遺書 卷22上 伊川語錄》

하는 것이니, 큰 것을 이야기하자면 하늘과 땅이 높고 두터운 까닭이요 작은 것을 이야기하자면 풀 하나 나무 하나가 이러한 까닭이니, 모두 이치를 궁구하는 공부이다."라고 하였고, 또 "사물과 나는 하나의 이치이니, 이것을 밝히면 저것도 다 밝혀진다. 이것이 안팎을 아우르는 도(道)이다."라고 하였다.[318] 무릇 사물과 나는 피아(彼我)를 나눌 것이 없고 하늘과 땅, 풀과 나무는 크고 작음을 나눌 것이 없다. 그 이치가 하나로서, 하나의 사물이라도 이치를 궁구하지 못하면 하나의 이치가 다 어그러지고, 하나의 이치가 어그러지면 내 마음속의 알음알이에 가림이 생긴다. 그래서 《대학》에 "사물의 이치를 궁구한 뒤에야 알음알이가 지극해진다."[319]라고 하였다.

○ 건(乾)과 곤(坤)이 자리를 잡은 뒤에야 인도(人道)가 서므로 둔(屯)은 제후를 세움으로써 임금을 만들고 몽(蒙)은 바름을 기름으로써 스승을 만든다.[320]

---

318 정자가……하였다 : 《이정수어(二程粹語)》 권하 〈인물편(人物篇)〉에 "사물과 나는 하나의 이치이니 이것을 밝히면 저것도 다 밝혀지고 이치가 다 밝혀지면 이치가 통하니, 이것이 안팎을 아우르는 도(道)이다. 큰 것을 말하면 하늘과 땅이 높고 두터운 까닭에 이르고, 작은 것을 말하면 하나의 풀과 나무가 태어나고 죽는 것에 이르기까지 모두 이치를 궁구하는 공부이다.〔物我一理, 明此則盡彼, 盡則通, 此合內外之道也. 語其大, 至天地之所以高厚, 語其小, 至於一草木所以始終, 皆窮理之功也.〕"라고 하였고, 또 "사물의 이치를 궁구하는 것은 그 소이연(所以然)을 궁구하는 것이다. 하늘이 높고 땅이 두터우며 귀신이 은미하고 드러나는 데에는 반드시 소이연이 있다.〔窮物理者, 窮其所以然也. 天之高, 地之厚, 鬼神之微顯, 必有所以然者.〕"라고 하였다.

319 사물의……지극해진다 : 《대학장구(大學章句)》 경(經) 1장에 보인다.

320 건(乾)과……만든다 : 《주역》 64괘의 순서는 건, 곤, 둔, 몽으로 시작한다. 둔괘(屯卦)는 천지가 생긴 뒤에 만물이 처음 나와 통창하지 못하고 꽉 막혀 있는 것을 뜻하

○《대학》의 모양이 네모난 것은 땅을 본뜬 것이니 곤도(坤道)의 학문일 것이고,《중용》의 본체가 둥근 것은 하늘을 형상한 것이니 건도(乾道)의 학문일 것이다. 무엇을 가지고 말한 것인가? 격물치지(格物致知)로부터 성의정심(誠意正心)에 이르기까지, 수신제가(修身齊家)에서 치국평천하(治國平天下)에 이르기까지 미루어 넓히며[321] 그 극공(極功)을 '혈구(絜矩)'라고 하였으니,[322] 구(矩 곱자)는 땅의 모양이다.

는 괘로, 〈둔괘 괘사(卦辭)〉에 "둔은 크게 형통하고 정(貞)함이 이로우니, 갈 바를 두지 말고 제후를 세움이 이롭다.〔屯, 元亨, 利貞, 勿用有攸往, 利建侯.〕라고 하였다. 몽괘(蒙卦)는 천지 사이에 만물이 갓 생겨나 어린 상태를 뜻하는 괘로, 〈몽괘 괘사〉에 "몽은 형통하니, 내가 동몽(童蒙)에게 구하는 것이 아니라 동몽이 나에게 구하는 것이다. 처음 묻거든 일러주고 두 번 세 번 물으면 번독하다. 번독하면 고해주지 않을 것이니, 정(貞)함이 이롭다.〔蒙, 亨, 匪我求童蒙, 童蒙求我, 初筮告, 再三瀆, 瀆則不告, 利貞.〕"라고 하였고, 〈몽괘 단(彖)〉에서는 "어릴 때 바름을 기르는 것이 성인이 되는 공부이다.〔蒙以養正, 聖功也.〕"라고 하였다.

321 격물치지(格物致知)로부터……넓히며 :《대학장구》경 1장에 "사물의 이치가 궁구되어야 앎이 지극해지고, 앎이 지극해져야 생각이 진실해지며, 생각이 진실해져야 마음이 바르게 되고, 마음이 바르게 되어야 몸이 닦이며, 몸이 닦여야 집안이 가지런해지고, 집안이 가지런해져야 나라가 다스려지며, 나라가 다스려져야 천하가 평안해진다.〔物格而后知至, 知至而后意誠, 意誠而后心正, 心正而后身修, 身修而后家齊, 家齊而后國治, 國治而后天下平.〕"라고 하였다.

322 그……하였으니 :《대학장구》전(傳) 10장에 "이른바 천하를 평안하게 하는 것이 자기에게 있다는 것은, 윗사람이 노인을 노인으로 대접하면 백성들이 효심을 일으키고, 윗사람이 어른을 어른으로 대접하면 백성들이 공경심을 일으키며, 윗사람이 고아를 돌보아주면 백성들이 등을 돌리지 않는다는 것이다. 이런 까닭에 군자에게는 혈구(絜矩)의 도리가 있는 것이다.〔所謂平天下在治其國者, 上老老而民興孝, 上長長而民興弟, 上恤孤而民不倍, 是以君子有絜矩之道也.〕"라고 하였다. 혈구의 도리란 마치 곱자로 물건을 재듯 자신의 마음을 척도로 남의 마음을 추측하여 피아(彼我) 사이에 알맞은 분수를 얻고 바름을 이루게 하는 것을 말한다.

오륜(五倫)에서 삼덕(三德)으로 꿰뚫고 구경(九經)에서 하나의 성(誠)으로 요약하여[323] 포괄하며 그 극공을 '잠시도 쉼이 없다.〔无息.〕'라고 하였으니,[324] 잠시도 쉼이 없는 것은 하늘의 본체이다. 그러므로 곤괘(坤卦)에서 경(敬)을 말한 것[325]은 《대학》의 정심(正心)이고, 건

323 오륜(五倫)에서……요약하여 : 《중용장구(中庸章句)》 제20장에 공자의 "천하 공통의 도(道)가 다섯 가지인데, 이것을 행할 수 있는 것은 세 가지입니다. 군신, 부자, 부부, 형제, 붕우 간의 사귐, 이 다섯 가지는 천하 공통의 도이고, 지(智), 인(仁), 용(勇) 세 가지는 천하 공통의 덕(德)입니다. 이 덕으로 이 도를 행해지게 것은 하나입니다.〔天下之達道五, 所以行之者三, 曰君臣也, 父子也, 夫婦也, 昆弟也, 朋友之交也. 五者天下之達道也, 知仁勇三者, 天下之達德也, 所以行之者, 一也.〕"라는 말과 "무릇 천하와 국가를 다스리는 데에는 아홉 가지 떳떳한 방도가 있으니, 자신을 닦는 것, 어진 이를 존중하는 것, 친족을 친애하는 것, 대신을 공경하는 것, 신하들의 입장에서 이해하는 것, 백성들을 자식처럼 사랑하는 것, 백공(百工)들을 우대하여 오게 하는 것, 먼 지방 사람들을 너그러이 대하는 것, 제후들을 따뜻하게 포용하는 것입니다. ……무릇 천하와 국가를 다스리는 데에는 아홉 가지 떳떳한 방도가 있으니, 이를 행해지 게 하는 것은 하나입니다.〔凡爲天下國家有九經, 曰修身也, 尊賢也, 親親也, 敬大臣也 體群臣也, 子庶民也, 來百工也, 柔遠人也, 懷諸侯也.……凡爲天下國家有九經, 所以行 之者, 一也.〕"라는 말이 보이는데, 여기에서 하나란 성(誠)을 가리킨다.

324 그……하였으니 : 《중용장구》 제26장에 "그러므로 지극한 성(誠)은 잠시도 쉼이 없으니, 중단되지 않으면 오래가고, 오래가면 밖으로 징험이 나타나고, 밖으로 징험이 나타나면 길고 멀리 퍼져가고, 길고 멀리 퍼져가면 넓고 깊게 쌓이고, 넓고 깊게 쌓이면 높고 밝게 빛나는 것이다.〔故至誠無息, 不息則久, 久則徵, 徵則悠遠, 悠遠則博厚, 博厚 則高明.〕"라고 하였다.

325 곤괘(坤卦)에서……것 : 《주역》〈곤괘 문언(文言)〉에 "군자는 경(敬)으로 안을 곧게 하고 의(義)로 밖을 방정하게 하여 경과 의가 확립되면 덕이 외롭지 않으니, 곧고 방정하고 커서 익히지 않아도 이롭지 않음이 없다는 것은 그 행하는 바를 의심하지 않는 것이다.〔君子敬以直內, 義以方外, 敬義立而德不孤, 直方大, 不習, 无不利, 則不疑 其所行也.〕"라고 하였다.

괘(乾卦)에서 성(誠)을 말한 것[326]은 《중용》의 치중(致中)이다.

○ 《예기(禮記)》에 "깨끗하고 고요하며 정미(精微)함은 《주역》의 가르침이다."[327]라고 하였다. 깨끗함과 고요함은 역(易)의 본체를 형상한 것이고, 정미함은 역(易)의 온축(蘊蓄)을 기린 것이다. 공자가 "성인이 이로써 마음을 씻어 은밀한 데로 물러나 감춘다."[328]라고 하였다. 마음을 씻는다는 것은 깨끗하고 고요함이고, 은밀한 데로 감추는 것은 정미함이니, 역(易)을 체득하는 도리일 것이다.

○ 하늘과 땅이 자리를 베풂에 예(禮)와 악(樂)이 그 사이에서 행해지는 것이 역(易)과 같을 것이다. 해와 달이 상(象)을 이루고 산과 못이 자리를 정하여 질서정연하게 문채가 있는 것은 하늘과 땅의 예이고, 바람과 우레로 고무하고 비와 이슬로 적셔 동탕(動盪)하고 교감(交感)하는 것은 하늘과 땅의 악이다. 그러므로 경전에 "예란 하늘과 땅의

---

326 건괘(乾卦)에서……것 : 113쪽 주281 참조.

327 깨끗하고……가르침이다 : 《예기(禮記)》〈경해(經解)〉에 "그 나라에 들어가서 교육을 알 수 있으니, 그 사람됨이 온화하고 유순하며 돈후하고 후덕함은 《시경》의 가르침이요, 소통하여 원대함을 앎은 《서경》의 가르침이요, 광박하고 평이하고 선량함은 《악경(樂經)》의 가르침이요, 깨끗하고 고요하고 정미함은 《주역》의 가르침이다. 〔入其國, 其教可知也, 其爲人也, 溫柔敦厚, 詩敎也, 疏通知遠, 書敎也, 廣博易良, 樂敎也, 潔靜精微, 易敎也.〕"라는 공자의 말이 보인다.

328 성인이……감춘다 : 《주역》〈계사전 상〉에 점을 치는 의의에 대해, "성인이 이로써 마음을 깨끗이 씻어 은밀한 데로 물러나 감추며 길흉 간에 백성과 더불어 근심을 함께하여 신(神)으로써 미래를 알고 지혜로 지난 일을 쌓아두니, 그 누가 여기에 참여하겠는가. 옛날에 총명하고 예지로우며 신무하고 죽이지 않는 자일 것이다.〔聖人以此洗心, 退藏於密, 吉凶與民同患, 神以知來, 知以藏往, 其孰能與於此哉? 古之聰明叡知神武而不殺者夫.〕"라고 하였다.

질서이고 악이란 하늘과 땅의 조화이다."[329]라고 하였다. 《주역》에 "상천하택(上天下澤)이 이(履)이고 우레가 땅에서 나와 분발함이 예(豫)이다."[330]라고 하였으니, 이(履)는 예(禮)이고 예(豫)는 악으로, 성왕(聖王)이 이를 써서 천지의 화육(化育)을 돕고 신명(神明)과 통한다.

○ 이전(二典)과 삼모(三謨)[331]는 도(道)를 행한 글이고 《중용》과 《대학》은 도를 전한 글이며, 〈홍범(洪範)〉과 《논어》는 도를 밝힌 글이고 《춘추(春秋)》와 《맹자》는 도를 지킨 글이니, 이 네 가지를 겸한 것은 오직 대역(大易)뿐일 것이다. 왕자(王者)가 이를 얻어서 도를 행하고 성인이 이를 얻어서 도를 전함에 모든 이치가 포괄되지 않음이 없으니 이는 도를 밝힌 것이고, 모든 말이 경계가 되지 않음이 없으니 이는 도를 지킨 것이다.

○ 경도(經道)와 권도(權道)는, 일에 상(常)과 변(變)이라는 차이는 있지만 도에 합치되기는 마찬가지이다. 공자가 "함께 설 수는 있으나 함께 권도를 행할 수 없는 사람이 있다."[332]라고 하였고, 맹자가 "남녀가 직접 물건을 주고받지 않는 것은 예(禮)이고, 형수가 물에 빠

---

329 예란……조화이다 : 《예기(禮記)》〈악기(樂記)〉에 보인다.

330 상천하택(上天下澤)이……예(豫)이다 : 《주역》〈이괘(履卦) 상(象)〉에 "상천하택이 이(履)이니, 군자가 이를 가지고 상하를 분별하여 백성의 뜻을 안정시킨다.〔上天下澤履, 君子以, 辨上下, 定民志.〕"라고 하였고, 〈예괘(豫卦) 상〉에 "우레가 땅에서 나와 분발함이 예(豫)이니, 선왕이 이를 가지고 악(樂)을 지어 덕을 높여서 성대하게 상제께 올려 조고(祖考)를 배향하였다.〔雷出地奮豫, 先王以作樂崇德, 殷薦之上帝, 以配祖考.〕"라고 하였다.

331 이전(二典)과 삼모(三謨) : 《서경》의 〈요전(堯典)〉·〈순전(舜典)〉과 〈대우모(大禹謨)〉·〈고요모(皐陶謨)〉·〈익직(益稷)〉을 가리킨다.

332 함께……있다 : 《논어》〈자한(子罕)〉에 보인다.

지면 손으로 구하는 것은 권도이다."333라고 하였다. 경도란 예에 입각하는 것이고 권도란 의(義)에 알맞게 하는 것이니, 의를 헤아려보지 않고 권도만을 구할 뿐이라면 소인이 거리낌 없이 행동하는 데에 가까울 것이다. 그러므로 군자는 예로써 경도를 지키고 의로써 권도를 행한다.

○ 사람들은 항상 "지금의 사람은 옛날의 사람을 따라가지 못한다."라고들 한다. 그러나 하늘과 땅이 생긴 지 오래되었어도 해가 지면 달이 뜨고 산이 치솟고 물이 흐르는 것에서 새와 짐승들이 날고 뛰어다니며 풀과 나무가 영락(榮落)하는 것은 옛날이나 지금이나 똑같다. 그렇다면 하늘과 땅이 만물을 낳는 기운은 일찍이 더 풍족해지거나 줄어든 적이 없을 것이니, 어찌 사람만이 옛날만 못하겠는가. 안연(顔淵)이 "순(舜) 임금은 어떤 사람이고 나는 어떤 사람인가?"334라고 하였다. 안연의 시대와 순 임금의 시대가 떨어진 것이 또한 멀기는 하지만 지금과 안연의 시대가 그보다 더 멀지는 않으니, 미칠 수 없다고 하는 것은 미혹된 것이고 나약한 것이다.

○ 주공(周公)이 백금(伯禽)에게 "《주역》에 있는 하나의 도리가 크게는 천하를 지키기에 족하고 중간으로는 나라와 집안을 지키기에 족하며 작게는 자신의 몸을 지킬 수 있으니, 겸손을 말한 것이다."335라고

---

333 남녀가……권도이다 : 《맹자》〈이루 상(離婁上)〉에 보인다.

334 순(舜) 임금은……사람인가 : 《맹자》〈등문공 상(滕文公上)〉에 "순 임금은 어떤 사람이고 나는 어떠한 사람인가? 훌륭한 일을 하는 자는 순 임금과도 같다.〔舜何人也, 予何人也? 有爲者亦若是.〕"라는 안연(顔淵)의 말이 보인다.

335 주역에……것이다 : 《설원(說苑)》 권10 〈경신(敬愼)〉에 주공(周公)이 노(魯)나라에 봉해져 내려가는 아들 백금(伯禽)에게 겸손할 것을 강조하며 "《주역》에 '한

경계하였다. 그래서 64괘 중에 겸괘(謙卦)만이 여섯 효(爻)가 모두 길하다.[336]

○ 노씨(老氏 노자(老子))는 하늘을 훔친 자이고 장씨(莊氏 장자(莊子))는 하늘을 업신여긴 자이며, 불씨(佛氏 불타(佛陀))는 하늘로부터 달아난 자이고 성인(聖人)은 하늘을 따른 자이며, 군자는 하늘을 배운 자이다. 하늘을 훔치는 자는 자기 마음대로 하고 하늘을 업신여기는 자는 스스로를 대단하게 여기며, 하늘로부터 도망치는 자는 스스로를 사사로이 여기고 하늘을 따르는 자는 작위(作爲)가 없으며, 하늘을 배우는 자는 쉬지 않는다.

○ 하늘은 작위가 없고 성인 또한 작위가 없다. 그래서 공씨(孔氏 공자)와 노씨가 모두 '작위 없음〔無爲〕'을 말하였으나, 노씨는 작위가 없는 듯해도 사실은 매사에 작위하여 기심(機心)을 숨긴 채 혼자 부렸고 공씨는 매사에 작위하는 듯해도 사실은 작위가 없어 이치를 따를 뿐 사사로운 마음이 없었으니, 공사(公私)가 갈린다.

○ 맹자는 "잡으면 보존되고 버리면 없어지며 나가고 들어옴에 정해진 때가 없어 향하는 곳을 알지 못하니, 오직 마음〔心〕을 두고 한 말일 것이다."[337]라고 하였으니, 마음의 본체의 오묘함을 잘 표현하여 전대

가지 도리가 있으면 크게는 천하를 지키고 중간으로는 나라와 집안을 지키며 작게는 자기 몸을 지킬 수 있다.'라고 하였으니, 겸손을 말한 것이다.〔易曰: "有一道, 大足以守天下, 中足以守國家, 小足以守其身." 謙之謂也.〕'라고 하였다. 주공이 여기에서 든 말은 현전하는 《주역》에는 보이지 않는다.

336 그래서……길하다 : 《주역》 〈겸괘(謙卦)〉의 모든 효사에는 '길하다〔吉〕' 또는 '이롭다〔利〕'라는 말이 들어 있다.

337 잡으면……것이다 : 《맹자》 〈고자 상(告子上)〉에 보인다.

(前代)의 성인이 발명하지 못한 것을 발명해냈다. 순자(荀子)는 "마음은 누우면 꿈을 꾸고 부지불식간에 놓치면 제멋대로 행해지게 되며 부리게 되면 계략을 꾸민다.[338] 놓치면 무지해지고 기울어지면 정밀하지 못하며 전일하지 못하면 의혹한다.[339] 마음이란 형체의 군주이자 신명(神明)의 주인으로 명령을 내고 명령을 받는 바 없다.[340]"라고 하였다. 맹씨(孟氏 맹자) 이후에 마음을 말한 이들이 아무도 이보다 깊게 깨닫지 못했으니, 제자(諸子)들이 미칠 바가 아니다. 나는 그래서 "순자는 본성〔性〕을 알지 못하고 마음만 알아, 그 폐단이 마음을 스승으로 삼고 본성을 따르지 않을 것이다."라고 말한다.

---

338 마음은……꾸민다 : 《순자(荀子)》〈해폐(解蔽)〉에 "마음은 누우면 꿈을 꾸고 부지불식간에 놓치면 제멋대로 행해지게 되며 부리게 되면 계략을 꾸미므로, 마음은 움직이지 않는 때가 없는 것이다. 그러나 이른바 고요함이 있으니, 꿈과 번거로움이 지각을 어지럽히지 않는 것을 고요함이라 한다.〔心臥則夢, 偸則自行, 使之則謀. 故心未嘗不動也. 然而有所謂靜, 不以夢劇亂知, 謂之靜.〕"라고 하였다.

339 놓치면……의혹한다 : 《순자》〈해폐〉에 "그러므로 '마음이 갈라지면 무지해지고 기울어지면 정밀하지 못하며 전일하지 못하면 의혹한다.'라고 하는 것이다. 마음으로 참고하고 고찰하면 만물을 아울러 알 수 있다. 몸으로 성의를 다하면 아름다워지고 모든 일은 두 가지를 한꺼번에 할 수가 없으니, 그래서 슬기로운 자는 하나를 골라 전일하게 한다.〔故曰: '心枝則無知, 傾則不精, 貳則疑惑.' 以贊稽之, 萬物可兼知也. 身盡其故則美, 類不可兩也, 故知者擇一而一焉.〕"라고 하였다. 《이계집》원문에는 '枝'가 '放'으로 되어 있다.

340 마음이란……없다 : 《순자》〈해폐〉에 보인다.

변명편
辨名篇

하도(河圖)는 모양이 네모나니, 이를 형상하여 《주역》을 이루었다. 네모난 것은 본체가 짝으로써 서는 것이기 때문에 괘(卦)가 여덟 가지이고 효(爻)가 여섯 개이다. 점을 칠 때에는 시초(蓍草)를 사용하는데, 시초는 식물이니 또한 음(陰)의 부류이다. 낙서(洛書)는 모양이 둥그니, 이를 본받아 〈홍범(洪範)〉을 서술하였다. 둥근 것은 쓰임이 홀수로 행해지므로 구주(九疇)가 있고 오행(五行)이 있다. 점을 칠 때에는 거북을 사용하는데, 거북은 동물이니 양(陽)의 부류이기도 하다.

○ 시초의 수는 7을 쓰므로 7에 7을 곱하면 49책(策)이 되고, 괘의 수는 8을 쓰기 때문에 8에 8을 곱하면 64괘가 된다. 무릇 수는 소(少)에서 시작하여 노(老)에서 이루어지므로 노는 변하고 소는 변하지 않는다. 괘는 본체를 살피기 때문에 시초는 소양(少陽)을 쓰고 괘는 소음(少陰)을 쓰니, 7과 8은 양과 음 중의 소(少)이다.[341] 효는 그 변화를 중시하기 때문에 그 수에 9와 6을 쓰니, 9와 6은 양과 음 중의 노(老)이다.[342]

---

341 시초는……소(少)이다 : 소양(少陽)을 상징하는 수가 7, 소음(少陰)을 상징하는 수가 8이기 때문에 이렇게 말한 것이다.

342 효는……노(老)이다 : 노양(老陽)을 상징하는 수가 9, 노음(老陰)을 상징하는 수가 6인데, 《주역》의 효사(爻辭)에서 양효(陽爻)는 9, 음효(陰爻)는 6으로 일컫기 때문에 이렇게 말한 것이다.

○《주역》에 "시초의 덕은 둥글어서 신묘하다."라고 하였으니 둥글다는 것은 양이고, "괘의 덕은 네모나서 지혜롭다."라고 하였으니 네모나다는 것은 음이다.[343] 이는 음과 양의 정해진 본체이므로 소(少)의 수를 쓰는 것이다. "육효(六爻)의 뜻은 변역〔易〕하여 길흉을 알려준다."[344]라고 하였으니 변역이란 변화하고 바뀌어 일정함이 없어서 음과 양에 치우치지 않으므로 노(老)의 수를 쓰는 것이다. 9와 6을 쓰는 것은 장차 그 변화를 보고자 해서이니, 세상의 《주역》을 말하는 이들이 모두 "양은 나아가고 음은 물러나므로 7과 8을 사용하지 않고 9와 6을 쓴다."라고 하는 것은 시초와 괘에 7과 8을 쓴다는 것을 전혀 모르는 것이다.

○ 하늘에 칠성(七星 북두칠성)이 있고 사람에게 칠규(七竅 얼굴의 일곱 구멍)가 있으며 본성에 칠정(七情)이 있는 것은 소양의 숫자이다. 땅에 팔방(八方)이 있고 《주역》에 팔괘가 있으며 음악에 팔풍(八風)[345]이 있는 것은 소음의 숫자이다. 무릇 음과 양의 사물이 모두 소(少)의 수를 쓰되 효만이 노(老)의 수를 쓰는 것은 그 변화를 중시해서이다.

○ 양은 기수(奇數 홀수)이고 쓰임이 온전하기 때문에 직경이 1에 둘레가 3이고, 음은 우수(耦數 짝수)이고 쓰임이 절반이기 때문에 둘레가 4에 2를 쓴다.[346] 목수의 곱자에 두 면을 쓰는 것은 절반을 쓰는

---

343 주역에……음이다 : 인용된 내용은 《주역》〈계사전 상(繫辭傳上)〉에 보인다.

344 육효(六爻)의……알려준다 : 《주역》〈계사전 상〉에 보인다.

345 팔풍(八風) : 팔음(八音), 즉 쇠〔金〕·돌〔石〕·실〔絲〕·대나무〔竹〕·박〔匏〕·흙〔土〕·가죽〔革〕·나무〔木〕 여덟 가지 재료로 만든 악기로 연주하는 음악을 뜻한다.

346 양은……쓴다 : 중국 전통 천문관(天文觀)에서는 하늘은 둥글고 땅은 네모나다고 하였는데, 원은 둘레가 직경의 약 3배이고 사각형은 둘레가 직경의 4배이다. 그래서

이치이고, 그 모양은 구고(句股 직각(直角))여서 역가(曆家)들은 이를 써서 천상(天象)을 관측하고 수가(數家)들은 이를 써서 사물을 측량하니, 천하의 어떤 현상도 구고에서 벗어나지 못한다. 《주역》에 "괘의 덕은 네모나서 지혜롭다."[347]라고 하였다. 무릇 《주역》 점에 한 괘를 다 쓰지 않고 동효(動爻 효의 변동)만을 살피는 것 또한 절반을 쓰는 이치이니, 은미하고도 오묘하도다.

○ 하늘의 1이 수(水)를 낳고 하늘의 3이 목(木)을 낳으며 하늘의 5가 토(土)를 낳으니 양의 수는 도합 9이고, 땅의 2가 화(火)를 낳고 땅의 4가 금(金)을 낳으니 음의 수는 도합 6이다.[348] 9와 6이라는 수는 대체로 여기에 근원한 것이니, 대전(大傳)에 "하늘을 3으로 하고 땅을 2로 하여 수를 의지한다."[349]라고 한 것은 이를 말한 것이리라.

○ 태(兌)는 말하지 않는 이야기〔說〕이고 간(艮)은 발이 없는 발꿈치〔跟〕이며 함(咸)은 마음이 없는 느낌〔感〕이고 쾌(夬)는 물이 아닌 터짐〔決〕이다.[350] 이야기를 말로써 하지 않으면 목소리와 웃는 모습을

하늘을 상징하는 양효는 그 숫자를 3으로 하고, 땅을 상징하는 음효는 4가 두 우수(偶數)의 합이므로 절반인 2를 그 숫자로 한다.

347 괘의……지혜롭다 : 132쪽 주343 참조.

348 하늘의……6이다 : 13쪽 주5 참조.

349 하늘을……의지한다 : 《주역》〈설괘전(說卦傳)〉에 "옛날에 성인이 역(易)을 만들 때 그윽하게 신명을 도와 시초를 내었고, 하늘을 3으로 하고 땅을 2로 하여 수를 의지하였으며, 음과 양에서 변화를 보아 괘를 세우고 강함과 부드러움에서 발휘하여 효를 낳으니, 도덕에 화순하여 의리에 맞게 하고 이치를 궁구하고 본성을 다하여 천명에 이른다.〔昔聖人之作易也, 幽贊於神明而生蓍, 參天兩地而倚數, 觀變於陰陽而立卦, 發揮於剛柔而生爻, 和順於道德而理於義, 窮理盡性以至於命.〕"라고 하였다.

350 태(兌)는……터짐〔決〕이다 : '태'자는 '설(說)'자에서 '언(言)'자가 빠진 형태이

기다릴 것이 없고, 발꿈치로 서되 발로써 하지 않는다면[351] 가난이나 부귀, 위세와 무력에 흔들리지 않으며, 마음 없이 느끼면 마음속이 비어 미쁠 것이고, 물이 아니고서 터지면 여러 굳센 것들이 부드러운 것을 이긴다.

○ 분(賁)은 문장의 형상이므로[352] 문사(文辭)는 광명(光明)하고 독실함을 중시하며, 쾌(夬)는 서계(書契)의 형상이므로[353] 자획(字劃)은 강건(剛健)하고 화열(和悅)함을 중시한다.

○《주역》에 "지(智)는 높이는 것이고 예(禮)는 낮추는 것이다."[354] 라고 하였으니, 본체로 말하자면 하늘과 땅이 자리를 정하는 것이고,

---

고, '간(艮)'자는 '근(跟)'자에서 '족(足)'자가 빠진 형태이며, '함(咸)'자는 '감(感)'자에서 '심(心)'자가 빠진 형태이고, '쾌(夬)'자는 '결(決)'자에서 '수(水)'자가 빠진 형태이기 때문에 이렇게 말한 것이다.

351　발꿈치로……않는다면 : 양발로 서는 것뿐 아니라 마음을 굳게 세워 외물에 흔들리지 않도록 한다는 말이다.

352　분(賁)은 문장의 형상이므로 : 116쪽 주293 참조.

353　쾌(夬)는 서계(書契)의 형상이므로 :《주역》〈계사전 하(繫辭傳下)〉에 "상고시대에는 새끼로 매듭을 지어 다스렸는데 후세에 성인이 서계로 바꾸어 백관은 이로써 다스리고 만민은 이로써 살폈으니 쾌괘(夬卦)에서 취한 것이다.〔上古, 結繩而治, 後世聖人, 易之以書契, 百官以治, 萬民以察, 蓋取諸夬.〕라고 하였다.

354　지(智)는……것이다 :《주역》〈계사전 상〉에 "주역은 지극한 것이로다. 대체로 주역은 성인이 덕을 높이고 사업을 넓히는 바이니, 지(智)는 높이는 것이요 예(禮)는 낮추는 것이라, 높이는 것은 하늘을 본뜬 것이요 낮추는 것은 땅을 본뜬 것이다. 하늘과 땅이 위치를 베풀어놓음으로써 주역이 그 가운데 행해지는 것이니, 이루어진 본성을 잘 보존하는 것이 도의의 문이다.〔易其至矣乎! 夫易, 聖人所以崇德而廣業也, 知崇禮卑, 崇效天, 卑法地, 天地設位, 而易行乎其中矣, 成性存存, 道義之門.〕"라는 공자의 말이 보인다.

작용으로 말하자면 수화기제(水火旣濟)이다.[355] 그래서 심화(心火)가 위에 있고 신수(腎水)가 아래에 있는 것은 사람과 동물의 본체이고, 수(水)를 올리려 하고 화(火)를 내리고자 하는 것[356]은 양생(養生)의 오묘한 작용이다.

○ 천지 사이에 양(陽)이 없는 날이 하루도 없고, 군자가 없는 날 또한 하루도 없다. 그래서 10월이 양월(陽月)이 되고[357] 순곤(純坤)을 용이라고 일컫는다.[358] 주자(朱子)가 "복괘(復卦)의 일양(一陽)은 곤괘(坤卦)로부터 온 것으로, 하루에 1분이 생겨 30일이 쌓이면 괘 하나가 이루어진다. 그래서 11월에 이르러 일양이 비로소 이루어진

---

355 작용으로 말하면 수화기제(水火旣濟)이다 : 기제괘(旣濟卦 ䷾)는 아래로 내려가는 성질의 물인 감(坎 ☵)이 위에 있고, 위로 올라가는 성질의 불인 이(離 ☲)가 아래에 위치한 형태로, 물과 불이 각각 제 위치를 찾고 서로 사귀어 작용을 일으킴을 의미하는 괘이다.

356 수(水)를……것 : 중국 전통 의학에 수승화강(水升火降)이라는 원리가 있다. 이는 심장에서 나오는 뜨거운 기운[心火]을 내리고 신장에서 나오는 차가운 기운[腎水]을 올려야 체내의 순환이 잘 이루어져 음양의 균형이 맞고 건강을 유지할 수 있다는 것이다.

357 10월이 양월(陽月)이 되고 : 《이아(爾雅)》〈석천(釋天)〉에 보이는 말이다. 동짓달인 음력 11월은 처음 일양(一陽)이 생기는 달이라 하여 그 전달인 10월을 순음(純陰)의 달인 곤월(坤月)이라고 하는데, 10월의 소설(小雪)로부터 동지까지의 30일 동안 하루에 양(陽)이 1분(分)씩 생겨 30분이 채워지면서 일양이 이루어지기 때문에 순음인 10월에도 양이 조금씩 생겨나고 있다고 하여 양월이라고 부른다.

358 순곤(純坤)을 용이라고 일컫는다 : 《주역》〈곤괘(坤卦) 상육(上六)〉에 "용이 들판에서 싸우니, 그 피가 검고 누렇다.[龍戰于野, 其血玄黃.]"라고 하였는데, 공자가 〈곤괘 문언(文言)〉에서 순음(純陰)의 괘인 곤괘에서 양의 동물인 용을 일컬은 이유에 대해, "음이 양과 대등해지면 반드시 싸우니, 양이 없다고 혐의할까 염려하였으므로 용이라고 일컬었다.[陰疑於陽, 必戰, 爲其嫌於无陽也. 故稱龍焉.]"라고 해설하였다.

다."[359]라고 하였다.

○ 양획(陽劃 양효(陽爻))은 가운데가 차 있으므로 3분 중의 전부를 얻고, 음획(陰劃 음효(陰爻))은 가운데가 터져 있으므로 4분 중의 2를 얻는다. 건(乾 ☰)의 기수(奇數) 셋이 각각 3을 얻어 9가 되므로 노양(老陽)의 수가 9이다. 곤(坤 ☷)의 우수(耦數) 셋이 각각 2를 얻어 6이 되므로 노음(老陰)의 수가 6이다.

○《주역》은 상(象)을 주로 삼고〈홍범(洪範)〉은 숫자를 주로 삼는다. 상은 짝수로 성립하고 숫자는 홀수로 행해지니, 짝수는 날줄이고 홀수는 씨줄이다. 날줄과 씨줄이 교차함에 변화가 무궁하여 천하에서 할 수 있는 일을 모두 마칠 수 있다.

○ 문왕(文王)은 구금되어《주역》을 부연하였고 기자(箕子)는 갇혀서 홍범구주(洪範九疇)를 서술하였다. 용회(用晦)[360]는 도를 밝히기 위함이니, 그래서 공자가 명이괘(明夷卦)에 대해 문왕과 기자만을 말

---

359 복괘(復卦)의……이루어진다 : 주희(朱熹)는 10월을 양월이라고 일컫는 까닭에 대한 제자들의 질문에 "박괘(剝卦 ☶)가 완전히 곤괘(☷), 복괘(☷)가 되면 일양이 생긴다. 복괘의 일양은 갑자기 생긴 것이 아니고 곤괘 속에서 축적되어온 것이다. 또 한 달 30일 복괘의 일양을 나누어 30분(分)으로 만들면 소설(小雪) 뒤로부터 하루에 1분씩 생겨 윗면에서는 1분씩 달아나고 아래에서는 1분씩 생기니, 11월 절반에 이르러서야 일양이 비로소 이루어진다.〔剝盡爲坤復, 則一陽生也. 復之一陽, 不是頓然便生, 乃是自坤卦中積來. 且一月三十日, 以復之一陽, 分作三十分, 從小雪後, 便一日生一分, 上面趲得一分, 下面便生一分, 到十一月半, 一陽始成也.〕"라고 대답한 바 있다.《朱子全書 卷29 易 復》

360 용회(用晦) : 재주를 드러내지 않고 남을 따른다는 뜻이다.《주역》〈명이괘(明夷卦) 상(象)〉에 "밝음이 땅속으로 들어가는 것이 명이(明夷)이니, 군자가 이를 보고서 무리를 대할 때 어둠을 써서 밝게 한다.〔明入地中, 明夷, 君子以, 莅衆, 用晦而明.〕"라고 하였다.

하였다.³⁶¹

○《주역》은 시초로 점을 치고 〈홍범(洪範)〉은 거북으로 점을 친다. 《주역》의 도가 흩어지자 시초점이 버려졌고, 〈홍범〉의 학문이 끊어지자 거북점이 없어졌다. 한(漢)나라 이래로 일체(一切)가 간략하고 빠른 데로 흘러가서 척전(擲錢)³⁶²·관매(觀梅)³⁶³·절초(折草)³⁶⁴·작계(灼鷄)³⁶⁵의 점법(占法)이 흥하여 성인이 역상(易象)을 세우고 수를 의지시킨 묘리(妙理)를 끝내 볼 수 없게 되었다.

○《주역》에 "옛날에 성인이 역(易)을 만들 때 그윽하게 신명을 도와 시초를 내었다."³⁶⁶라고 하였다. 무릇 시초가 나온 것은 복희씨(伏

361　공자가⋯⋯말하였다 :《주역》〈명이괘 단(彖)〉에 "밝음이 땅속으로 들어가는 것이 명이이니, 안은 문명(文明)하고 밖은 유순(柔順)하여 큰 환난을 무릅썼으니, 문왕이 이것을 쓰셨다. 어려울 때에 정(貞)함이 이로움은 그 밝음을 감춘 것이다. 안에 처하여 어려우나 그 뜻을 바르게 하였으니, 기자가 이것을 쓰셨다.〔彖明入地中, 明夷, 內文明而外柔順, 以蒙大難, 文王以之. 利艱貞, 晦其明也, 內難而能正其志, 箕子以之.〕"라고 한 것을 가리킨다.

362　척전(擲錢) : 동전을 던져서 점을 치던 방법이다. 시초를 나누어 효(爻)를 얻는 대신 한 번에 동전 세 개를 던져 나온 뒷면과 앞면의 숫자에 따라 효를 얻는 방식이다.

363　관매(觀梅) : 송(宋)나라의 소옹(邵雍)이 창안한 점법으로, 매화수(梅花數)라고도 한다. 소옹이 매화나무 위에서 참새 두 마리가 싸우다가 땅에 떨어지는 것을 보고 점을 쳐 이튿날 저녁에 이웃집 여자가 나무에 올라 꽃을 꺾다 떨어져서 다칠 것을 맞춘 데에서 유래하였다. 임의로 한 글자의 획수를 취하여 8획을 제하고 남은 수로 괘(卦)를 얻고, 또 한 글자의 획수를 취하여 6획을 제하고 남은 수로 효(爻)를 얻은 다음, 이것을 역리(易理)에 의거하여 길흉을 판단하는 방식이다.

364　절초(折草) : 고대 초(楚)나라에서 행해지던 점법으로, 풀이나 나뭇가지 등을 손 가는 대로 배열하여 괘를 완성함으로써 길흉을 점쳤다.

365　작계(灼鷄) : 고대 중국에서 닭 뼈를 불에 구워 갈라진 모양을 가지고 길흉을 점치던 점법이다.

義氏)의 시대일 것이다. 〈귀책열전(龜筴列傳)〉에 "천하가 화평하고
왕도가 행해지면 시초가 열 자 길이로 자라고 그 떨기에 백 줄기가
돋는다."[367]라고 하였다. 《설문해자(說文解字)》에 "시초는 쑥의 등속
으로, 《주역》에서 이를 가지고 셈하니 천자는 9자, 제후는 7자, 대부
는 5자, 사(士)는 3자이다."[368]라고 하였으니, 모두 기수(奇數 홀수)를
쓴다. 기수란 둥긂이니, 그래서 "시초의 덕은 둥글어서 신묘하다."[369]
라고 하는 것이다.

○ 연산역(連山易 하(河)나라의 역(易))은 첫 괘가 간괘(艮卦)이니,
간괘란 만물을 시작하고 끝낸다. 귀장역(歸藏易 은(殷)나라의 역)은 첫
괘가 곤괘(坤卦)이니, 곤괘란 만물이 이를 자뢰하여 생긴다. 《주역》
은 첫 괘가 건괘(乾卦)이니, 건괘란 만물이 이를 자뢰하여 시작한다.
간괘는 인방(寅方)에 속하고 땅은 축시(丑時)에 열렸으며 하늘은 자
시(子時)에 열렸으니, 삼정(三正)을 번갈아 세운 것[370]과 같을 것이
다. 환담(桓譚)의 《신론(新論)》에 "연산역은 8만 자(字)이고 귀장역

---

366 옛날에……내었다 : 133쪽 주349 참조.

367 천하가……돋는다 : 《사기(史記)》 권128 〈귀책열전(龜筴列傳)〉에 보인다.

368 시초는……3자이다 : 《설문해자(說文解字)》 권1하의 '시(蓍)'자에 대한 설명에
"쑥의 등속이니, 천 년을 살면 300줄기가 된다. 《주역》에서 이를 가지고 셈을 하니,
천자는 시초가 9자, 제후는 7자, 대부는 5자, 사는 3자이다.〔蒿屬, 生千歲, 三百莖.
易以爲數, 天子蓍九尺, 諸侯七尺, 大夫五尺, 士三尺.〕"라고 하였다.

369 시초의……신묘하다 : 《주역》 〈계사전 상〉에 보인다.

370 삼정(三正)을……것 : 삼정은 하(夏)나라·은(殷)나라·주(周)나라 삼대(三代)
의 정삭(正朔)이다. 하나라는 지금의 음력 정월(正月)인 인월(寅月)을, 은나라는 지
금의 음력 12월인 축월(丑月)을, 주나라는 지금의 음력 11월인 자월(子月)을 정월로
삼았다.

은 4만 자이니, 하(夏)나라의 역은 상세했고 상(商)나라의 역은 간략
했다."[371]라고 하였다. 대체로 역의 도(道)는 주(周)나라에 이르러 크
게 갖추어졌으므로 하나라와 상나라의 역이 전해지지 않게 되었다.
그러나 《주역》은 2만 4,107자에 불과하니, 상나라의 역에 비해서도
더욱 간략하다.

○ 팔색(八索)이란 무엇인가? 〈상서서(尚書序)〉에 "팔괘에 대한 해
설을 팔색이라고 하니, 그 의미를 구한 것이다."[372]라고 하였다. 《국어
(國語)》에서 사백(史伯)[373]이 "팔색을 평안하게 하여 사람의 외모를 이
룬다."[374]라고 하였는데, 위소(韋昭)의 주석에 "팔체(八體)로써 팔괘에

---

371 연산역은……간략했다 : 《곤학기문(困學紀聞)》 권1 〈역(易)〉에 "환담(桓譚)의
《신론(新論)》에 '연산역은 8만 자이고 귀장역은 4,300자이니, 하나라의 역은 상세했고
은(殷)나라의 역은 간략했다.'라고 하였는데, 근거한 바가 자세하지 않다.〔桓譚新論云:
'連山八萬言, 歸藏四千三百言, 夏易詳而殷易簡.' 未詳所據.〕"라고 하였다. 본문에서 이
계가 귀장역을 4만 자라고 한 것은 착오로 생각된다.

372 팔괘에……것이다 : 한(漢)나라 공안국(孔安國)이 "팔괘에 대한 해설을 팔색(八
索)이라 하니, 그 의미를 구한 것이다. 구주(九州)에 대한 기록을 기록을 구구(九丘)라
고 하니, 구는 모은다는 뜻이다. 구주의 범위, 토지에서 나는 산물, 풍기의 마땅함을
모두 이 책에 모았다.〔八卦之說, 謂之八索, 求其義也. 九州之志, 謂之九丘, 丘, 聚也.
言九州所有, 土地所生, 風氣所宜, 皆聚此書也.〕"라고 하였다. 《尙書注疏 尙書序》

373 사백(史伯) : 원문은 '士伯'인데, 《국어(國語)》에 의거하여 '士'를 '史'로 바로잡아
번역하였다.

374 팔색을……이룬다 : 정 환공(鄭桓公)이 주(周)나라의 사도(司徒)가 되었을 때
태사(太史)인 사백에게 주나라의 장래를 묻자 사백이 선왕들이 백성들을 건강하게 하
고 사회를 조화시키기 위해 행한 책무를 거론하며 한 말이다. 《國語 鄭語 史伯爲桓公
論興衰》 팔색에 대한 위소(韋昭)의 주석에 "팔체로써 팔괘에 대응시킨 것이니, 건이
머리, 곤이 배, 진이 다리, 손이 허벅지, 이가 눈, 태가 입, 감이 귀, 간이 손임을 이른
다.〔八體以應八卦也, 謂乾爲首, 坤爲腹, 震爲足, 巽爲股, 離爲目, 兌爲口, 坎爲耳, 艮

대응하니 이를테면 건은 머리, 곤은 배라는 종류이다."라고 하였다. 가규(賈逵)는 "팔왕(八王)의 법이다."라고 하였고, 장형(張衡)은 "팔의(八議)의 형벌이다."라고 하였으며, 두예(杜預)는 옛날의 책 이름이라고만 하였다.[375] 제유(諸儒)의 논의가 정해진 것이 없지만 《주역》에 "깊은 것을 더듬고 은미한 것을 구해 천하의 길흉을 정한다."[376]라고 하였으니 〈상서서〉가 이치에 가까울 것이다. 그래서 마융(馬融) 또한

爲手.〕"라고 하였다.

375 가규(賈逵)는……하였다 : 팔왕(八王)의 원문은 '八工'인데, 의미가 통하지 않아 '工'을 '王'으로 바로잡아 번역하였다. 팔의(八議)의 원문은 '八儀'인데, 의미가 통하지 않아 '儀'를 '議'로 바로잡아 번역하였다. 《춘추좌씨전(春秋左氏傳)》소공(昭公) 12년에 초자(楚子)가 좌사(左史) 의상(倚相)이 빠른 걸음으로 지나가는 것을 보고 초나라로 망명해 있던 정(鄭)나라의 자혁(子革)에게 "이 사람은 훌륭한 사관이니, 그대는 잘 보아주라. 이 사람은 삼분(三墳)・오전(五典)・팔색・구구를 모두 읽었다.〔是良史也, 子善視之. 是能讀三墳五典八索九丘.〕"라고 하였다. 두예(杜預)의 주석에 여기에서 열거된 책들에 대해 "모두 옛날의 책 이름이다.〔皆古書名〕"라고 하였고, 공영달(孔穎達)의 소(疏)에서는 위소의 주석을 인용하는 한편 가규(賈逵)가 "팔색은 팔왕의 법이다.〔八索, 八王之法.〕"라고 한 것을 인용하였다. 또 장형(張衡)은 이에 대해 "팔색은 《주례(周禮)》의 팔의(八議)의 형벌이다. 색(索)은 비었다는 뜻이니, 공허하게 베풀었다는 말이다.〔八索, 周禮八議之刑. 索, 空, 空設之.〕"라고 하였다. 팔의의 형벌이란 주나라 때 죄를 지어도 형벌을 감면받을 수 있었던 여덟 가지 경우, 즉 의친(議親)・의고(議故)・의공(議功)・의현(議賢)・의능(議能)・의근(議勤)・의귀(議貴)・의빈(議賓)을 가리킨다. 마융(馬融)의 경우는 삼분은 음과 양이 처음 낳은 천・지・인의 기, 오전은 오행, 팔색은 팔괘, 구구는 구주(九州)라고 풀이하였다.

376 깊은……정한다 : 《주역》〈계사전 상〉에 "심오한 것을 더듬고 은미한 것을 구하며 깊은 곳을 더듬고 먼 것을 오게 하여 천하의 길흉을 정하고 천하의 힘써야 할 일을 이루는 것은 시초와 거북보다 더 큰 것이 없다.〔探賾索隱, 鉤深致遠, 以定天下之吉凶, 成天下之亹亹者, 莫大乎蓍龜.〕"라고 하였다.

팔색을 팔괘라고 하였다.

○[377] 간괘(艮卦)는 만물이 시작하고 끝나는 바이다. 그래서 연산역에서는 간괘가 처음에 나오니, 팔풍(八風)은 부주풍(不周風)에서 시작하고[378] 괘기(卦氣)는 중부괘(中孚卦)에서 시작하며 동지(冬至)가 역원(曆元)이 되고[379] 황종(黃鍾)이 악률(樂律)의 근본이 된다.[380] 북방을 삭방(朔方)이라고 하니, 삭(朔)이란 시작이다.[381] 《태현경(太玄經)》에서는 날을 우수(牛宿)에 기록하고[382] 기(氣)를 중수(中首)에 기록하였

---

377 이 칙(則)은 《곤학기문(困學紀聞)》 권1 〈역(易)〉의 내용을 요약하여 옮긴 것이다.

378 그래서……시작하고 : 간괘(艮卦)를 1년 24절기(節氣) 72후(候)에 대입하면 순음(純陰)의 달인 곤월(坤月 음력 10월)의 입동(立冬)이 시작하는 때부터 힘을 쓰기 시작한다. 팔풍(八風)은 8종의 계절풍으로 입춘(立春)의 조풍(條風), 춘분(春分)의 명서풍(明庶風), 입하(立夏)의 청명풍(淸明風), 하지(夏至)의 경풍(景風), 입추(立秋)의 양풍(涼風), 추분(秋分)의 창합풍(閶闔風), 입동(立冬)의 부주풍(不周風), 동지(冬至)의 광막풍(廣莫風)이다.

379 괘기(卦氣)는……되고 : 괘기란 64괘를 사시(四時)·월령(月令)·기후(氣候) 등에 짝지어 나열한 것인데, 중부괘(中孚卦)는 일양(一陽)이 처음 생겨나는 달인 복월(復月 음력 11월)의 동지(冬至) 직후에 해당한다. 주(周)나라 때에는 동지에 비로소 양기(陽氣)가 생겨난다 하여 11월을 정월(正月)로 정하였다.

380 황종(黃鍾)이……된다 : 음악의 십이율(十二律)은 양성(陽聲)에 해당하는 육률(六律)과 음성(陰聲)에 해당하는 육려(六呂)가 있는데, 이는 십이진(十二辰)에 대응한다. 그중 육률 가운데 하나인 황종은 자(子)에 대응하는데, 이는 1년 열두 달로 따지면 동지가 있는 자월(子月 음력 11월)에 해당한다.

381 북방을……시작이다 : 북방을 자(子)의 방향이라 하여 자방(子方)이라고도 하는데, 자는 1년 열두 달로 따지면 양이 회복되기 시작하는 동지가 있는 음력 11월에 해당한다. 《곤학기문》 권1 〈역〉에는 이 부분이 "북방은 음을 끝내고 양을 시작하므로 삭방이라고 한다.〔北方終陰而始陽, 故謂之朔方.〕"라고 되어 있다.

으며,[383] 망(罔)과 명(冥)을 원(元)으로 삼았다.[384]《황제팔십일난경
(黃帝八十一難經)》의〈누수하백각도(漏水下百刻圖)〉에 "한 해 동안의
음양의 승강(升降)이 입춘(立春)에 모이고 하루 동안의 음양의 혼효
(昏曉)가 간시(艮時)에 모인다."[385]라고 하였으니, 그 이치가《주역》에
근본한 것이다.

○ 경방(京房)이 공자의 말을 인용하여 "역(易)에는 네 가지가 있으

---

382 태현경(太玄經)에서는……기록하고 : 양웅(揚雄)의《태현경》에서는 태양이 견
우성(牽牛星)에 머물러 동지의 기운과 응할 때 양기가 비로소 생겨나는 것으로 간주한
다.《太玄經 卷1 中首》

383 기(氣)를 중수(中首)에 기록하였으며 :《태현경》에는《주역》의 64괘에 대응하
는 3진법 체계의 획이 4개 중첩된 81수(首)가 있는데, 이 획들을 위에서부터 방(方)·
주(州)·부(部)·가(家)라고 한다. 81수의 첫 수는 방·주·부·가가 모두 1인 중수
(中首)인데, 양기가 드러나지는 않았으나 몰래 싹튼 것을 의미하는 수로서《주역》의
중부괘(中孚卦)에 대응한다.《太玄經 卷1 中首》

384 망(罔)과……삼았다 :《태현경》에서는 우주의 본체와 그 공덕인 태현(太玄)의
다섯 덕을 망·직(直)·몽(蒙)·추(酋)·명(冥)이라고 하였는데, 이는《주역》의 원
(元)·형(亨)·이(利)·정(貞)의 사덕(四德)을 본뜬 개념이다. 이 가운데 첫 번째인
망은 방위로는 북방, 계절로는 겨울로서 아직 형체가 없는 상태를 뜻하고, 마지막의
명은 가을에 만물이 이루어진 뒤에 다시 형체가 없는 상태로 돌아가는 것을 뜻한다.
《太玄經 卷9 文第》

385 한……모인다 :《황제팔십일난경(黃帝八十一難經)》권1〈경맥진후(經脈診候)〉
에 의하면 사람은 하루 밤낮으로 1만 3,500번 숨을 쉬며 그동안 맥(脈)은 양맥(陽脈)이
25도(度)를 나가고 음맥(陰脈)이 25도를 들어와 도합 50도로 신체를 한 바퀴 순환한다.
이 순환의 과정을 물시계가 하루 밤낮으로 물을 떨구는 백각(百刻)에 맞추어 표로 만든
것이〈누수하백각도(漏水下百刻圖)〉이다. 본문에서 인용한 말은〈누수하백각도〉의 도
설(圖說)에 보이는 말인데, 동지(冬至)로부터 계산하여 네 번째 절기인 입춘(立春)이
되어야 비로소 한 해의 봄이 시작되고 자시(子時)로부터 넷째 시(時)인 간시(艮時)가
되어야 비로소 점점 날이 밝아오기 때문에 이렇게 말한 것이다.

니, 1세(世)와 2세가 지역(地易)이고 3세와 4세가 인역(人易)이며 5세와 6세가 천역(天易)이고 유혼(遊魂)과 귀혼(歸魂)이 귀역(鬼易)이다."[386]라고 하였는데, 이는 점가(占家)의 말이지 성인의 말이 아니다. 장문요(張文饒 장행성(張行成))가 "사역(四易)이란 본체 하나에 쓰임이 셋이니, 복희(伏羲)의 선천역(先天易)이 본체이고, 연산역이 천역, 귀장역이 지역, 《주역》이 인역으로서 쓰임이다."[387]라고 하였다.

○《주역》에 "황하(黃河)에서 하도(河圖)가 나오고 낙수(洛水)에서 낙서(洛書)가 나오자 성인이 이를 본받으셨다."[388]라고 하였는데, 선유(先儒)들이 "복희씨는 하도를 본받고 대우(大禹)는 낙서를 부연하였다."[389]라고 하였고, 양웅(揚雄)이 〈핵령부(覈靈賦)〉에서 "대역

---

386 역(易)에는……귀역(鬼易)이다 : 《경씨역전(京氏易傳)》권하에 보인다.

387 사역(四易)이란……쓰임이다 : 《역통변(易通變)》권8 〈선후천역종지(先後天易宗旨)〉에 "복희가 처음으로 팔괘를 그으니 사역(四易)의 뜻이 갖추어졌는데, 도상만 있고 글이 아직 없었다. 하나라에서는 연산(連山)이라 하였으니 천역(天易)이고, 상나라에서는 귀장(歸藏)이라 하였으니 지역(地易)인데, 또한 법수(法數)만 있고 글이 없었다. 문왕은 역(易)이라 하였으니 인역(人易)으로, 비로소 글이 있게 되었다.〔伏羲始畫八卦, 備四易之義, 有圖象而未有書. 夏曰連山, 天易也, 商曰歸藏, 地易也, 亦有法數而未有書, 文王曰易, 人易也, 始有書矣.〕"라고 하였다.

388 황하(黃河)에서……본받으셨다 : 《주역》〈계사전 상〉에 보인다.

389 복희씨는……부연하였다 : 한(漢)나라 공안국(孔安國)이 "하도(河圖)는 복희씨가 천하에 왕 노릇 할 적에 용마가 황하에서 나오자 마침내 그 무늬를 본받아 팔괘(八卦)를 그린 것이다. 낙서(洛書)는 우(禹) 임금이 홍수를 다스릴 때 등에 무늬가 있는 신귀(神龜)가 나왔는데 등에 배열된 수가 9까지 있으므로 우 임금이 마침내 이것에 따라 차례로 나열하여 구주(九疇)를 이루었다.〔河圖者, 伏羲氏王天下, 龍馬出河, 遂則其文, 以畫八卦. 洛書者, 禹治水時, 神龜負文而列於背, 有數至九, 禹遂因而第之, 以成九類.〕"라고 한 것을 가리키는 듯하다. 《周易傳義附錄 卷首下 朱子易圖說》

(大易)의 시작은 황하가 용도(龍圖)를 나열하고 낙수가 귀서(龜書)를 바칠 때였네."[390]라고 하였으며, 유목(劉牧)은 마침내 "하도와 낙서는 복희씨 때에 함께 나왔다."[391]라고 하였다. 혹 용마(龍馬)가 낙서를 지고 나오고 거북이 하도를 지고 나왔다고도 하는데, 나는 믿지 않는다.

○ 희황(羲皇 복희씨)의 역(易)은 획만 있고 글이 없었으니, 그 상(象)을 보고 길흉을 추측할 뿐이었다. 문왕(文王) 이후로 비로소 글을 달았으니, 그제야 도상을 살피고 점사(占辭)를 완미(玩味)하게 되었다. 《역위(易緯)》의 《건착도(乾鑿度)》에서는 팔괘의 획을 '천(天)'·'지(地)'·'풍(風)'·'산(山)'·'수(水)'·'화(火)'·'뇌(雷)'·'택(澤)'자라고 하였으니,[392] 이치가 혹 그럴듯하다.

○ 양의(兩儀)는 음과 양의 총칭(總稱)이니, '이(二)'라고 하지 않고 '양(兩)'이라고 한 것은 어째서인가? '이'란 중첩하여 선후가 있는 것이고 '양이란 짝이 되어 좌우를 나누는 것이니, 그래서 "음과 양은 시초가

---

390 대역(大易)의……때였네 : 양웅(揚雄)의 〈핵령부(覈靈賦)〉는 문헌에 따라 〈격령부(檄靈賦)〉라고도 하는데, 현재 전문(全文)이 전하지 않는다. 여기에서 인용한 내용은 《문선주(文選註)》 권56 〈석궐명(石闕銘)〉의 주석과 《곤학기문(困學紀聞)》 권1 등에 보인다.

391 하도와……나왔다 : 원출전은 미상이나, 《곤학기문》 권1 등에 보인다.

392 역위(易緯)의……하였으니 : 《건착도(乾鑿度)》는 《건곤착도(乾坤鑿度)》 상권(上卷)으로, 하권은 《곤착도(坤鑿度)》라고 한다. 《건곤착도》 권상 〈고문팔괘(古文八卦)〉에 건괘(乾卦 ☰)·곤괘(坤卦 ☷)·손괘(巽卦 ☴)·간괘(艮卦 ☶)·감괘(坎卦 ☵)·이괘(離卦 ☲)·진괘(震卦 ☳)·태괘(兌卦 ☱)의 괘형(卦形)이 각각 고대의 '천(天)'·'지(地)'·'풍(風)'·'산(山)'·'수(水)'·'화(火)'·'뇌(雷)'·'택(澤)'자라고 설명하였다.

없다."[393]라고 하는 것이다. 성인이 남기신 말이 은미하도다.

○ 양은 크고 음은 작은데 '음양'이라고 하는 것은 천지가 닫혔다가 열림을 말한 것이고, 삭(朔 초하루)이 먼저이고 회(晦 그믐)가 나중인데 '회삭(晦朔)'이라고 하는 것은 달의 영휴(盈虧)가 끝났다가 시작함을 말한 것이다.

○ 소자(邵子 소옹(邵雍))가 "천지의 기운이 북쪽에서 남쪽으로 이동하면 치세(治世)가 오고, 남쪽에서 북쪽으로 이동하면 혼란이 오는데, 오래되면 다시 북쪽에서 남쪽으로 이동한다."[394]라고 하였다. 장문요(張文饒)가 이를 풀이하기를, "선천도(先天圖)에서 태괘(泰卦)로부터 고괘(蠱卦)를 거쳐 비괘(否卦)에 이르는 것은 남쪽에서 북쪽으로 이동하는 것이고, 비괘로부터 수괘(隨卦)를 거쳐 태괘(泰卦)에 이르는 것은 북쪽에서 남쪽으로 이동하는 것이니, 천지의 자연스러운 운수(運數)이다."[395]라고 하였다

393 음과……없다 :《근사록(近思錄)》권1〈도체류(道體類)〉에 "움직임과 고요함은 끝이 없고 음과 양은 시초가 없으니, 도를 아는 자가 아니라면 누가 이것을 알 수 있겠는가.〔動靜無端, 陰陽無始, 非知道者, 孰能識之?〕"라는 정이(程頤)의 말이 나온다.

394 천지의……이동한다 :《황극경세서(皇極經世書)》권14〈관물 외편(觀物外篇)〉에 보인다. 82쪽 주183 참조.

395 선천도(先天圖)에서……운수(運數)이다 :《황극경세서관물외편연의(皇極經世書觀物外篇衍義)》권6〈관물 외편 중지하(觀物外篇中之下)〉에 "선천도에서 태괘(泰卦)로부터 고괘(蠱卦)를 거쳐 비괘(否卦)에 이르는 것은 남쪽에서 북쪽으로 이동하는 것이고, 비괘로부터 수괘(隨卦)를 거쳐 태괘(泰卦)에 이르는 것은 남쪽과 북쪽으로 왕래하는 운수(運數)이다.〔先天圖, 自泰歷蠱而至否, 自否歷隨而至泰, 卽南北之運數也.〕"라고 하였다.〈복희육십사괘방위지도(伏羲六十四卦方位之圖)〉를 기준으로 볼 때 태괘는 오방(午方 남방)과 묘방(卯方 동방)의 사이인 남동쪽에 위치하고 고괘는 오방

○ 천하의 형세는 북쪽이 머리이고 남쪽이 꼬리이다. 그래서 왕업(王業)을 일으키는 군주는 서쪽과 북쪽에서 많이 일어난다. 도당씨(陶唐氏)·유우씨(有虞氏)와 하(夏)·은(殷)·주(周) 3대는 모두 기주(冀州)와 옹주(雍州)에 도읍하였고, 진(秦)나라는 함곡관(函谷關)과 농서(隴西) 지역으로 산동(山東) 지역을 병탄하였다. 한(漢)나라는 형주(荊州)에서 일어나 장안(長安)에 도읍하였고, 당(唐)나라는 진양(晉陽)에서 일어나 관중(關中)에 도읍하였다. 오직 송(宋)나라만 변량(汴梁)에 도읍하여 하북(河北) 지역을 잃었다. 황명(皇明)은 처음에 금릉(金陵)에 도읍하였다가 연경(燕京)으로 도읍을 정했으니, 연경은 금(金)나라·원(元)나라로부터 청(淸)나라에 이르기까지 네 번 제도(帝都)가 되었다. 이는 천지의 자연스러운 형세이다.

○ 시(詩)란 인뢰(人籟)가 천기(天機)에 합한 것인데, 그것이 문장을 이룸이 4언(言)에서 시작하여 중간에는 5언이었다가 7언에서 끝난 것은 어째서인가? 4는 사상(四象)이고 5는 오음(五音)이며 7은 오음이 이변(二變)을 갖춘 것이니-반치(半徵)와 반상(半商)이다.- 천하의 소리가 7에서 다하기 때문에 시는 7언에 이르러 크게 이루어져 더 이상 글자 수를 더할 수가 없다. 소리는 양에 속하고, 7은 소양(少陽) 본연의 숫자이다.

○ 성탕(成湯)이 하극(夏棘)에게 "태초(太初)에도 사물이 있었는가?"라고 묻자, 하극이 "태초에 사물이 없었다면 지금 어떻게 사물을 얻겠습니까. 후세 사람들로 하여금 지금의 사물이 없다고 말하게 한다

과 유방(酉方 서방)의 사이인 남서쪽에 위치하며, 비괘는 유방과 자방(子方 북방)의 사이인 북서쪽에 위치하고 수괘는 자방과 묘방의 사이인 북동쪽에 위치한다.

면 되겠습니까?"라고 하였다.[396] 염구(冉求)가 중니(仲尼 공자)에게 "하늘과 땅이 아직 없었을 때를 알 수 있습니까?"라고 묻자, 중니가 "옛날이나 지금이나 같다. 옷을 새로 입으면 서캐와 이가 태어나고, 모래톱과 늪이 처음 생기면 벌레와 물고기가 태어나니, 일기(一氣)가 바뀜에 만물이 절로 드러난다."라고 하였다.[397] 두 이야기를 보면 하늘과 땅이 시작될 때를 추정할 수 있고, 고금의 구분을 하나로 볼 수 있을 것이다.

○ 옛 기록에 "수인씨(燧人氏)가 처음으로 남자는 서른 살에 장가가고 여자는 스무 살에 시집을 가도록 제정하였다."[398]라고 하였다.《백호통의(白虎通義)》에 "남자는 서른 살에 근육과 뼈가 튼튼해지므로 아비가 될 임무를 지우고 여자는 스무 살에 살과 피부가 충만해지므로 어미가 될 임무를 지우니, 도합 쉰 살로 대연(大衍)의 숫자에 응하여 만물을 낳는다."[399]라고 하였다. 대체로 10은 완성된 숫자로, 양은 기수(奇數 홀수)로서 둘레가 3이므로 남자는 10의 3배인 서른 살에 완성되

---

396 성탕(成湯)이……하였다 : 하극(夏棘)은 하극(夏革)이라고도 한다. 이 대화는 본래《열자(列子)》〈탕문(湯問)〉에 보이는데, 이계는 이를《노사(路史)》권2 〈전기(前紀) 구두기(九頭紀)〉에서 인용해온 듯하다.

397 염구(冉求)가……하였다 : 이 대화는《노사》권2 〈전기 구두기〉에 보인다. '모래톱'의 원문은 '川'인데, 의미가 통하지 않아《노사》에 의거하여 '州'로 바로잡아 번역하였다.

398 수인씨(燧人氏)가……제정하였다 :《광박물지(廣博物志)》권9 〈부의 상(斧扆上)〉에 보인다.

399 남자는……낳는다 :《백호통의(白虎通義)》권하 〈가취(嫁娶)〉에 보인다. 대연(大衍)의 숫자란 50이다. 천수(天數) 즉 홀수인 1, 3, 5, 7, 9와 지수(地數) 즉 짝수인 2, 4, 6, 8, 10의 도합인 55에서 그 대수(大數)만을 들어 1의 자리인 5를 버린 것이다.

고, 음은 우수(耦數 짝수)로서 절반을 쓰므로 여자는 10의 2배인 스무

살에 완성되니, 하늘을 3으로 하고 땅을 2로 하는 도(道)이다.[400]

○ 동자(董子 동중서(董仲舒))가 "도의 큰 근원은 하늘에서 나온다."[401]

라고 하였으니 선유들은 이를 높이며 도(道)에 대해 잘 알고 한 말이

라고 하였는데, 나는 홀로 아니라고 생각한다. 무릇 도란 형이상(形而

上)의 이치이고, 하늘과 땅은 크다고는 하나 또한 형이하(形而下)의

기물(器物)이다. 도가 하늘과 땅 사이에 행해지기는 하지만 형체가

존재하기 전에 이미 갖추어져 있으니, 이 도가 없으면 하늘과 땅이

생겨날 곳이 없는 것이다. 그러니 하늘이 도에 근본을 두었다고 하는

것은 괜찮지만 도가 하늘에서 나왔다고 해서는 안 된다. 그래서 공자

가 "역(易)에는 태극(太極)이 있으니 이것이 양의(兩儀)를 낳는다."[402]

라고 하였으니, 양의란 건(乾)과 곤(坤)이고 태극(太極)이란 도(道)

이다. 장자(張子 장재(張載))가 "우리 도의 거대함은 하늘과 땅도 다 덮

고 받칠 수 없다."[403]라는 말을 하였으니, 대체로 이에 대한 식견은

---

400 대체로……도(道)이다 : 132쪽 주346, 133쪽 주349 참조.

401 도의……나온다 : 동중서는 한 무제(漢武帝)에게 올린 대책(對策)에서, 천인감
응(天人感應)의 이론을 설파하며 "도의 큰 근원은 하늘에서 나오니, 하늘이 변하지
않으면 도 또한 변하지 않는 것이다.〔道之大原, 出於天, 天不變, 道亦不變.〕"라고 한
바 있다. 《漢書 卷56 董仲舒傳》

402 역(易)에는……낳는다 : 《주역》〈계사전 상〉에 "역에는 태극(太極)이 있으니 이
것이 양의(兩儀)를 낳고 양의가 사상(四象)을 낳으며 사상이 팔괘(八卦)를 낳으니,
팔괘가 길흉을 정하고 길흉이 대업(大業)을 낳는다.〔易有太極, 是生兩儀, 兩儀生四象,
四象生八卦, 八卦定吉凶, 吉凶生大業.〕"라는 공자의 말이 나온다.

403 우리……없다 : 《중용장구(中庸章句)》제12장에서, 군자의 도(道)가 광대하면
서도 은미하다는 것〔君子之道, 費而隱.〕을 말하기 위해 《시경》〈대아(大雅) 한록(旱

있었으나 말을 지나치게 고원(高遠)하게 했을 따름이다. 혹자는 "동자
(董子)가 말한 하늘은 곧 정자(程子)가 일컬은바 '하늘이란 곧 이치이
다.'의 '하늘'이다."라고 한다. 만약 이 말대로라면 "도는 이치에서 나
온다."라고 해야 하겠는가? 어떻게 해도 견해가 분명하지 않고 말이
정밀하지 않다.

麓)〉의 구절을 인용하며 "《시경》에 '솔개는 날아 하늘에 이르고, 물고기는 연못에서
뛰어오른다.'라고 하였으니, 위아래로 밝게 드러남을 말한 것이다.〔詩云: "鳶飛戾天,
魚躍于淵." 言其上下察也.〕"라고 하였는데, 장재(張載)가 이 말에 대해 "하늘에 이름은
매우 높은 것이고 연못에서 뜀은 매우 깊은 것이니, 군자의 도는 하늘과 땅도 다 덮고
받칠 수 없다.〔戾天則極高, 躍淵則極深, 君子之道, 天地不能覆載.〕"라고 하였다.

육서경위¹六書經緯

〈육서경위〉서문

六書經緯序

천지의 원기(元氣)가 나뉘어 만물이 형태를 가지게 되었다. 성인이
나타나서 위로 살펴보고 아래로 관찰하여, 불룩하게 나를 덮고 있는
것은 하늘이라 이르고 끝없이 넓어 나를 받치고 있는 것은 땅이라고
하였으며, 또 가깝게는 몸에서 취하고 멀리는 사물에서 구함으로써
무릇 형체가 있는 족속과 일 중의 비슷한 것들을 모두 좇아서 이름을
지었다. 이미 이름을 지음에 비로소 결승(結繩)으로 기록을 하였고²

---

1 육서경위 : 한자(漢字)의 자형(字形)을 살펴 의미를 풀이한 저작이다. 이계는 금문
(今文) 1,700여 자를 생성 원리에 따라 의미를 풀이하되 풀이 방식은 《이아(爾雅)》와
《석명(釋名)》을 따랐으며, 〈만물원시(萬物原始)〉와 마찬가지로 〈앙관편(仰觀篇)〉·
〈부찰편(俯察篇)〉·〈근취편(近取篇)〉·〈원취편(遠取篇)〉·〈잡물편(雜物篇)〉·
〈찬덕편(撰德篇)〉·〈변명편(辨名篇)〉의 일곱 편으로 구성하였다. 말미에는 청(淸)나
라 예부 상서(禮部尙書) 기윤(紀昀)이 지어준 후제(後題)와 한림 수찬(翰林修撰) 대구
형(戴衢亨)으로부터 받은 시가 수록되어 있다.

2 결승(結繩)으로 기록을 하였고 : 상고시대에 문자(文字)가 만들어지기 전에는 끈으
로 매듭을 지어 문자 대신 사용했던 일을 가리킨다. 《주역》〈계사전 하(繫辭傳下)〉에
"상고시대에는 새끼로 매듭을 지어 다스렸는데 후세에 성인이 서계로 바꾸었다.〔上古,

결승으로 부족해지자 그것을 글로 쓰게 되었으니, 이것이 바로 문자가 생겨나게 된 까닭이다.

　수많은 만물도 모두 하늘을 아버지로 삼고 땅을 어머니로 삼으며 번다한 만사도 모두 순하면 길하고 거스르면 흉하다. 이런 까닭에 성인께서는 상(象)을 살펴보고 이치를 밝히며 사물에 나아가 가르침을 남기셨다. 포희씨(包犧氏 복희(伏羲))가 괘를 그린 것이나 창힐씨(倉頡氏)가 글자[書]를 만든 일[3]은 모두 천지의 화육(化育)을 돕고[4] 생민(生民)의 도를 열어 밝히며[5] 천하의 힘써야 할 일을 이룬 것이다.[6] 그러나

結繩而治, 後世聖人, 易之以書契.]"라고 하였다.

3　포희씨(包犧氏)가……일 : 《주역》〈계사전 하〉에 "옛날 포희씨가 천하에 왕 노릇할 때 위로는 하늘에서 형상을 관찰하고 아래로는 땅에서 법을 관찰하며, 새와 짐승의 무늬와 천지의 마땅함을 관찰하며, 가깝게는 자신에게서 취하고 멀게는 사물에서 취하였다. 이에 비로소 팔괘를 만들어 신명의 덕과 통하고 만물의 정을 분류하였다.[古者, 包犧氏之王天下也, 仰則觀象於天, 俯則觀法於地, 觀鳥獸之文與地之宜, 近取諸身, 遠取諸物. 於是始作八卦, 以通神明之德, 以類萬物之情.]"라고 하였다. 창힐씨(倉頡氏)는 중국 고대의 제왕인 황제(黃帝)의 사관(史官)이다. 당시에는 문자가 없어서 새끼로 매듭을 지어[結繩] 사용하고 있었는데, 그가 새와 짐승의 발자국을 보고 문자를 창안하여 매듭을 대체하게 되었다고 한다. 《說文解字 序》

4　천지의 화육(化育)을 돕고 : 《중용장구(中庸章句)》 제22장에 "오직 천하에 지극히 성실한 사람이어야 본성을 다할 수 있으니……물건의 본성을 다하면 천지의 화육(化育)을 도울 수 있고, 천지의 화육을 도우면 천지에 참여할 수 있다.[惟天下至誠, 爲能盡其性,……能盡物之性, 則可以贊天地之化育, 可以贊天地之化育, 則可以與天地參矣.]"라고 하였다.

5　생민(生民)의……밝히며 : 백성들을 깨우쳐 밝게 인도해준다는 의미이다. 《시경》〈대아 판(板)〉에 "하늘이 백성을 열어 밝혀줌이 질나팔과 같고 젓대와 같으며 장(璋) 같고 규(圭) 같으며 취함과 같고 쥐는 것과 같으며 쥠에 더할 것이 없는지라 백성들을 열어줌이 매우 쉬우니라. 백성들이 사벽함이 많으니 스스로 사벽함을 세우지 말지어

괘(卦)라는 것은 만물의 형상을 본받아 뜻을 보여준 것일 뿐이요, 글자라는 것은 말로 엮어서 도를 밝히는 것이니, 글자가 아니면 괘와 상이 드러나지 못한다. 그런 까닭에 천지가 자리를 잡으면 육서(六書)와 팔괘가 나란히 그 안에서 행해지니[7] 크도다, 글자여!

《주례》에 보씨(保氏)가 육서로 국자(國子)를 가르쳤다고 하니[8] 이것이 이른바 소학(小學 자학(字學))으로, 육서가 밝아져 도가 여기에 있게 되었다. 창힐씨가 죽은 뒤로는 신성(神聖)들이 연이어 창제하시어 질(質)과 문(文)을 서로 계승하셨는데 주(周)나라에 이르러 크게 갖추어졌다. 전국(戰國)시대에 이르자 원기(元氣)는 손상되고 인사(人事)는 황폐해졌다. 순박하고 간오(簡奧)한 글[文]은 사물의 변화를 다 표현하고 당세의 쓰임새에 맞출 수 없게 되었다. 이에 진(秦)나라의 이사(李斯)는 대전(大篆)을 바꿔 소전(小篆)을 만들고[9] 정막(程邈)은

다.〔天之牖民, 如壎如篪, 如璋如圭, 如取如攜, 攜無曰益, 牖民孔易.〕"라고 하였다.

6 천하의……것이다 : 《주역》〈계사전 하〉에 "마음에 기쁘고 생각에 연구하여 천하의 길흉을 정하며 천하의 힘써야 할 일을 이룬다.〔能說諸心, 能研諸慮, 定天下之吉凶, 成天下之亹亹者.〕"라고 하였다.

7 천지가……행해지니 : 《주역》〈계사전 상(繫辭傳上)〉에 "천지가 자리를 베풀거든 주역이 그 가운데 행해지나니, 이루어진 성(性)에 마음을 항상 두는 것이 도의(道義)의 문이다.〔天地設位, 而易行乎其中矣, 成性存存, 道義之門.〕"라고 한 데서 온 말이다.

8 보씨(保氏)가……하니 : 보씨는 왕의 악한 행동에 대해 간언하고 국자(國子)를 도(道)로써 보양(輔養)하며 육예(六藝)를 가르치는 일을 맡은 관원이다. 《周禮 地官 保氏》또 《한서(漢書)》권30 〈예문지(藝文志)〉에는 소학(小學)을 두고, "옛날에는 8세에 소학에 입학하였다. 〈주관(周官)〉에 보씨(保氏)가 국자(國子)의 양성을 담당하여 육서(六書)를 가르쳤으니, 상형·상사·상의·상성·전주·가차라는 것은 글자를 만든 근본이다.〔古者八歲入小學, 故周官保氏掌養國子, 教之六書, 謂象形·象事·象意·象聲·轉注·假借, 造字之本也.〕"라고 하였다.

소전을 변화시켜 예서(隸書)를 만들었다.[10] 한(漢)나라에 이르러서는 또 다시 변화하여 해서(楷書)가 되었다.

자체(字體)가 여러 차례 변함에 육서의 의의가 전해지지 않게 되니 세상에서 자학(字學)을 한다는 이들은 오로지 해성(諧聲)만 좇아 구할 뿐이었다.[11] 그러므로 천하에 차고 넘치는 것이 저 삼운(三韻)과 사성(四聲)에 대한 계보(系譜) 같은 것[12]뿐이다. 오로지《설문해자(說文解字)》한 책만이 전적으로 자의(字義)만을 풀이하기는 했으나 어미[母]는 거론하면서 자식[子]은 빼놓아 소략하여 구비되지 못하였다.[13] 그러

9 진(秦)나라의……만들고 : 대전(大篆)은 동주(東周)의 태사(太史) 사주(史籀)가 만들어 사용하였다고 하며, 진나라에 이르러 승상인 이사가 이를 간단하게 하여 소전(小篆)을 만들었다.

10 정막(程邈)은……만들었다 : 진(秦)나라의 정막은 본래 옥리(獄吏)로 죄를 지어 감옥에 갇혔는데, 감옥에서 전서체의 둥근 필법을 가감하여 예서 3천여 자를 만들자 진 시황이 죄를 사면하고 어사로 삼았다.

11 해성(諧聲)만……뿐이었다 : 해성은 육서 중 형성(形聲)을 말한다. 글자의 반은 뜻을 나타내고 나머지 반은 음(音)을 나타내는 방법이다. 이 구절은 대개의 문자학 저술들이 글자의 본의(本義)에만 집중한다는 의미이다.

12 삼운(三韻)과……것 : 운서(韻書)를 말한다. 당시 조선에서 유행하던 운서는 평성·상성·거성·입성의 사성(四聲)을 엄격하게 구별하는 방식과 평성·상성·거성의 삼성(三聲)만 중시하고 입성을 따지지 않는 방식이 있었다. 전자로는《규장전운(奎章全韻)》이 대표적이고, 후자로는《삼운통고(三韻通考)》·《삼운보유(三韻補遺)》·《화동정음통석운고(華東正音通釋韻考)》등이 있다. 이들 운서는 간략하게나마 자해(字解)가 있었기 때문에 자서(字書)로서도 어느 정도 활용할 수 있었다.

13 어미는……못하였다 :《설문해자》는 9,353개의 소전(小篆)의 자형(字形)과 본의를, 문(文)으로서의 상형·지사와 자(字)로서의 회의·형성과 용자(用字)로서의 전주·가차로 나누어 육서(六書)의 원리로 글자를 설명한 자서이다. 고문(古文)·주문(籀文)·전문(篆文)에 의거하여 한자의 원류와 발전의 관건을 파악하였는데, 주로 소

므로 오히려 옛 성인께서 만드신 정밀한 의의와 심오한 뜻을 볼 수가 없었으니 내가 일찍이 이 점을 한탄했었다.

지난해 내가 북새(北塞)로 좌천되었을 때[14] 문을 닫고 들어앉아 외물과 접하지 않으면서 정신을 집중하고 묵묵히 사색하여 깨우친 바가 있었다. 이에 금문(今文)에서 항상 사용하는 1,700여 자를 취하여 상형(象形), 회의(會意), 지사(指事), 형성(形聲)은 각각 글자의 모양에 따라서 뜻을 풀이하니 점획(點劃)의 과(戈)와 적(趯)[15]이 모두 가리켜서 귀속되는 바가 있게 되었고, 전주(轉注)와 가차(假借)는 번갈아 나오는 것을 살펴보고 비슷한 것을 미루니 두루 통하게 되어, 천하의 문자를 다 알 수 있었다. 나누어 분류한 것은 《주역》〈계사전(繫辭傳)〉에 근본하였고,[16] 설명하는 방식은 《이아(爾雅)》와 《석명(釋名)》[17]을

전에 의거하여 자형을 분석하였으므로 오류가 많고, 또 형성자가 대부분인데 형성자는 의부(義符)에서 뜻이 도출되므로 경우에 따라 본뜻과 다르게 과장되게 해석되는 경우가 있다. 이계는 이러한 폐단을 지적하고 금문(今文)을 사용하여 자의(字意) 중심의 해석을 하였다. 《耳溪 洪良浩의 『六書經緯』에 관한 研究, 金賢美, 成均館大 敎育大學院 碩士學位論文. 14~20면 참조》이계가 말한 '擧母遺子'는 이러한 점을 지적한 것으로 판단된다.

14 북새(北塞)로 좌천되었을 때 : 1777년(정조1)부터 1779년 2월까지 이계는 홍국영(洪國榮)으로 인해 경흥 부사(慶興府使)로 좌천되었다.

15 과(戈)와 적(趯) : 서예 필법의 종류로 팔법(八法)에 속한다. 과(戈)는 과법(戈法)으로 과각(戈脚) 혹은 배적법(背趯法)이라고도 한다. 오른쪽 아래 대각선 방향으로 내려가다가 끝에서 갈고리 모양으로 위로 치켜올리는 모양을 말한다. 적(趯)은 수직으로 내려가다가 왼쪽으로 치켜 올라가는 모양의 획이다.

16 나누어……근본하였고 : 〈육서경위〉의 편명도 〈만물원시(萬物原始)〉와 마찬가지로 〈앙관편(仰觀篇)〉·〈부찰편(俯察篇)〉·〈근취편(近取篇)〉·〈원취편(遠取篇)〉·〈잡물편(雜物篇)〉·〈찬덕편(撰德篇)〉·〈변명편(辨名篇)〉의 일곱 편으로 구성되어

본떴으니, 요컨대 말은 간략하면서도 의미는 분명하여 어리석은 사람들이라 하더라도 모두 참여하여 알 수 있게 하였다. 그러고는 〈육서경위〉라고 이름하니, 경위(經緯)라는 것은 자연의 문채이다. 그러나 수천 년 뒤에 태어나서 위로 옛 성인께서 마음을 쓴 것을 구함에 아득하고 심오하니 어찌 감히 어긋나지 않았다 할 수 있겠는가.

몇 년 뒤에 서쪽으로 중국을 유람하면서[18] 육서에 관한 학문을 널리 구하다가 이른바 《육서정온(六書精蘊)》[19]을 얻었다. 이는 황명의 태상(太常) 위교(魏校)[20]가 펴낸 것으로, 수록된 글자는 천여 자이며 위로는 종(鐘)과 정(鼎)에 새겨진 흔적[21]까지 미치고 아래로는 전서와 예서

있고, 각 편의 제목은 〈계사전 하(繫辭傳下)〉에서 따온 것이다. 11쪽 주1 참조.

17 이아(爾雅)와 석명(釋名) : 《이아》는 중국에서 가장 오래된 자서(字書)로, 《시경》·《서경》·《주역》·《예기》·《춘추》에 수록된 한자들의 음과 뜻을 풀이한 책이다. 현재는 서진(西晉) 때 곽박(郭璞)이 저술한 《이아주(爾雅註)》가 전한다. 훈고학(訓詁學)이나 고증학(考證學)에서 특히 중시하였고, 13경(經) 중의 하나로 꼽힌다. 《석명》은 한(漢)나라 때 유희(劉熙)가 저술한 백과사전류의 책으로, 8권 27편으로 구성된다. 《이아》를 모방하여 1,502개 사물의 명칭을 27가지로 분류하여 풀이하였다.

18 몇……유람하면서 : 1782년(정조6) 10월 동지겸사은부사(冬至兼謝恩副使)가 되어 북경에 다녀온 것을 말한다.

19 육서정온(六書精蘊) : 위교(魏校)가 펴낸 자전(字典)으로 6권이며, 부록으로 그의 제자가 지은 《음석(音釋)》 1권이 있다. 상수(象數), 천문(天文), 지리(地理), 궁실(宮室), 인체(人體), 초목(草木) 등의 항목으로 분류되었다.

20 위교(魏校) : 1483~1543. 명나라 때의 관리이자 학자로, 호는 장거(莊渠), 자는 자재(子才)이다. 1505년(홍치18) 과거에 급제하여 진사가 되고 남경 형부 주사(南京刑部主事)에 임명되었다. 여러 관직을 거친 뒤 1528년(가정7) 태상시 소경(太常寺少卿)이 되고, 이듬해 태상시 경(太常寺卿)에 올랐다. 시호는 장간(莊簡)이다. 이승훈(李承勳)·호세녕(胡世寧)·여우선(餘祐善)과 함께 남도사군자(南都四君子)라고 일컬어졌다. 저서로 《대학지귀(大學指歸)》·《육서정온》·《춘추경세(春秋經世)》 등이 있다.

의 변화를 연구한 것이다. 스스로는 옛사람들의 심법(心法)을 터득하여 육서의 유의(遺意)를 다하였다고 했지만[22] 이 책은 오로지 고전(古篆)을 위주로 하였기에 지금 사람들은 이해할 수 없는 부분이 많다. 지금 시대에 있으면서 금문(今文)[23]을 모두 폐하고자 하는 것이 가능하겠는가, 그럴 수는 없는 일이다.

시험 삼아 내 책을 가지고 증명해보니 옛것에 합치되지 않는 것이 열 중 하나둘에 불과하므로 약간의 수정을 가하였다. 금문으로 인하여 하나의 뜻을 이루어 세교에 도움이 되는 것을 함께 실어두었으니, 또한 이사와 정막이 보태고 뺀 의도를 드러내고자 한 것이다.

혹자가 말하기를 "문자가 변한 것이 극에 달했거늘 어찌하여 모두 옛 글자로 돌이키지 않으십니까?" 하였다. 나는 다음과 같이 말하였다. "문자가 변한 것은 바로 시대가 변한 것이지요. 시대라는 것은 하늘이

---

21 종(鐘)과……흔적 : 금문(金文)을 가리킨다. 중국 은(殷)나라와 주(周)나라 때 각종 청동 기물에 새긴 명문(銘文)이다.

22 스스로는……했지만 : 위교가 쓴 〈육서정온서(六書精蘊序)〉에 "고문(古文)을 통해서 소전(小篆)이 바뀐 것을 바로잡고, 소전에서 옳은 것을 선택하여 고문에서 빠진 부분을 보충한다.〔因古文是正小篆之譌, 擇於小篆可者尙補古文之闕.〕"라고 하거나 "오직 창힐을 본받고 주문을 참고하여 기물에 새겨진 금문(金文)을 하나로 정하고, 이사의 소전 중에서 옳은 것은 취하고 옳지 못한 것은 바르게 고친다.〔惟祖頡而參諸籒, 若盤盂書定而一之, 斯篆可者取之, 其不可者釐正之.〕"라는 등의 언급이 있다. 후대의 문인들은 그의 이러한 말에 대해 복고(復古)라는 이름하에 근거 없이 주문을 이용해서 함부로 소전을 고쳤다고 비판하였다. 《莊渠遺書 卷6》《四庫全書總目提要》

23 금문(今文) : 여기에서는 예서 이후의 서체를 통틀어 말한 것으로 보인다. 한나라 때 그 당시 사용되던 예서(隷書)를 금문이라고 하여 전서(篆書) 같은 고문(古文)과 구별하였다.

하는 바입니다. 궁실(宮室)과 보불(黼黻) 무늬 예복을 다시 소거(巢居 나무 위에 짓는 원시 가옥)와 가죽옷으로 바꿀 수 없게 된 지가 오래되었으니, 유독 문자만 다시 바꿔야 하겠습니까.《역전(易傳)》에서 '때에 따라 변하여 도를 따른다.〔隨時變易以從道〕'라고 하였으니[24] 변하지 않는 것은 도(道)입니다. 주자는 '기(氣)로써 형체를 이루고 이(理) 또한 부여한다.〔氣以成形 理亦賦焉〕'라고 하였습니다.[25] 이미 형체가 있고 이(理)가 따라서 깃들어 있으니, 어찌 옛날과 지금이 다르겠습니까! 나는 형상〔象〕에 나아가 이치〔理〕를 밝혔을 뿐입니다."

당요(唐堯) 원년으로부터 69번째 갑진년에 이계거사(耳溪居士)가 서문(序文)을 쓰다.

---

24 역전(易傳)에서……하였으니 :《역전》은 1099년 송(宋)나라의 유학자 정이(程頤)가《주역》에 주석을 단 책이다. 책의 서문 첫머리에 "역은 변화하는 것이다. 때에 따라 변하여 도를 따른다.〔易, 變易也, 隨時變易以從道.〕"라는 구절이 있다.

25 주자는……하였습니다 :《중용장구》제1장에 있는 주희(朱熹)의 주에 "하늘이 음양오행으로 만물을 화생(化生)함에 기로써 형체를 이루고 이 또한 부여하니, 명령하는 것과 같다.〔天以陰陽五行, 化生萬物, 氣以成形, 而理亦賦焉, 猶命令也.〕"라는 내용이 보인다.

앙관편
仰觀篇

- 천(天) : 하나의 큰 것으로서 그보다 더 위가 없는 것〔一大無上〕이다.
- 지(地) : 흙 속에 연못을 품은 것〔土中包池〕이다.
- 인(人) : 천하 가운데에 서서 음과 양의 본체를 갖춘 것〔中天下而立 具陰陽之體〕이다.
- 양(陽) : 해가 달 위에 있는 것〔日在月上〕이다.
- 음(陰) : 구름이 하늘 아래에 있는 것〔雲在天下〕이다.
  음과 양에 모두 방(防 언덕 부〔阝〕)자가 들어가는 것은 두 기운이 서로 섞이지 않아서이다.

- 신(神) : 기가 펴지는 것〔氣之伸〕이다.
- 귀(鬼) : 땅 밑의 조화〔地下化〕이다.

- 기(氣) : 정기가 아래에 있으면서 위로 날아가는 것〔精在下而上飛〕이다.
- 정(精) : 기운의 맑은 것으로서 안에 있는 것〔氣之淸而在內〕이다.
  기와 정에 모두 미(米)자가 들어가는 것은 사물이 가진 정기와 기운은 모두 곡식을 먹는 데에서 생겨서이다.
- 혼(魂) : 운(雲 이를 운〔云〕)자가 들어가니 양의 귀〔陽之鬼〕이다.
- 백(魄) : 백(白)자가 들어가니 음의 귀〔陰之鬼〕이다.

- 일(日) : 하나인 양(陽)이 가운데에 있고 본체가 둥근 것[一陽在中而 體圓]이다.
- 월(月) : 두 개인 음(陰)이 가운데에 있고 본체가 이지러진 것[二陰 在中而體缺]이다.
- 성(星) : 해가 빛을 내는 것[日生光]이다.
- 신(辰) : 벼락의 아래 자리[震下位]이다.

- 우(雨) : 물이 하늘 가운데에 있는 것이니, 하늘의 물이다.[水在天中 天之水]
- 풍(風) : 벌레가 배 안에 있는 것이니, 바람이 벌레를 낳는다.[虫在 腹內 風生虫] 오충(五蟲)[26]이 나고 변화하는 것은 모두 바람에서 비 롯한다.

- 설(䨮)-설(雪)의 본자(本字)이다.- : 우(雨)자와 혜(彗 빗자루)자가 합쳐 진 것이니, 음기가 흩어져 깨끗하다.[雨從彗 陰氣散而淨]
- 뇌(𩇓)-뇌(雷)의 고자(古字)이다.- : 우(雨)자가 회(回)자를 품은 것이 니, 양기가 격해져 회전한다.[雨含回陽 氣激而轉]

- 운(雲) : 기운이 어지러운 것[氣紛紜]이다.
- 하(霞) : 가짜 운기[假雲氣]이다.
- 몽(霧) : 띠가 눈을 매우는 것[茅塞目]이다.

---

26 오충(五蟲) : 벌레의 다섯 종류인 인충(鱗蟲)·개충(介蟲)·모충(毛蟲)·나충 (裸蟲)·우충(羽蟲)이다.

- 산(霰) : 눈이 나부껴 흩어지는 것〔雪飄散〕이다.
- 노(露) : 다니는 길이 젖은 것〔行路濕〕이다.
- 상(霜) : 풀과 나무의 백태〔草木眚〕이다.

- ⊠ 우(雨) : 물이 하늘 아래에 있는 것이다. 운(雲) : 물이 하늘 위에 있는 것이다.

  그래서 《주역》의 대상(大象)에, 〈송괘(訟卦)〉에서는 하늘과 물을 말하였고[27] 〈수괘(需卦)〉에서는 구름과 하늘을 말하였으며[28] 〈해괘(解卦)〉에서는 우레와 물을 말하였고[29] 〈둔괘(屯卦)〉에서는 구름과 우레를 말하였다.[30]

- 전(電) : 우레의 빛이 꿰뚫는 것〔雷光穿〕이다.
- 정(霆) : 양기가 돋아나온 것〔陽氣挺〕이다.
- 포(雹) : 음이 양을 감싼 것〔陰包陽〕이다.

27 송괘(訟卦)에서는……말하였고 : 《주역》〈송괘 상(象)〉에 "하늘과 물이 어긋나게 감이 송(訟)이니, 군자가 이것을 보고서 일을 하되 처음을 잘 도모한다.〔天與水違行, 訟, 君子以, 作事謀始.〕"라고 하였다.

28 수괘(需卦)에서는……말하였으며 : 《주역》〈수괘 상〉에 "구름이 하늘로 올라감이 수(需)이니, 군자가 이것을 보고서 음식을 먹고 마시며 잔치를 열어 즐거워한다.〔雲上於天, 需, 君子以, 飲食宴樂.〕"라고 하였다.

29 해괘(解卦)에서는……말하였고 : 《주역》〈해괘 상〉에 "우레와 비가 일어남이 해괘이니, 군자가 이것을 보고서 잘못을 저지른 자를 용서하고 죄지은 자를 너그럽게 처리한다.〔雷雨作, 解, 君子以, 赦過宥罪.〕"라고 하였다.

30 둔괘(屯卦)에서는……말하였다 : 《주역》〈둔괘 상〉에 "구름과 우레가 둔(屯)이니, 군자가 이것을 보고서 경륜(經綸)한다.〔雲雷, 屯, 君子以, 經綸.〕"라고 하였다.

- 벽(霹) : 열릴 때 나는 소리〔闢有聲〕이다.
- 홍(虹) : 충기(蟲氣)가 붉은 것〔蟲氣紅〕이다.
- 예(蜺) : 무지개가 낳은 것〔虹所生〕이다.[31]

- 춘(春) : 해가 하늘 아래에 있는 것〔日在天下〕이다.
- 하(夏) : 해가 하늘 가운데에 있는 것〔日在天中〕이다.
- 추(秋) : 불이 물러가고 벼가 익는 것〔火退而禾成〕이다.
- 동(冬) : 얼음이 얼고 한 해가 끝나는 것〔氷合而歲終〕이다.

- 원(元) : 하늘의 열림이고 인(仁)의 시작〔天之開 仁之先〕이다.
- 형(亨) : 원(元)의 펴짐〔元之舒〕이다.
- 이(利) : 조화로우면서도 제어함〔和而制〕이다.
- 정(貞) : 곧고 참됨〔直而眞〕인데, 어떤 이는 "조개〔貝〕로 점을 치는 것〔卜〕"이라고도 한다.

- 한(寋)-한(寒)의 고자이다.- : 풀이 언 것〔艸氷〕이다.
- 열(爇) : 불을 잡은 것〔執火〕이다.
- 온(溫) : 해가 그릇을 비추는 것〔日照器〕이다.[32]
- 냉(冷) : 얼음의 명령〔氷之令〕이다.

31 무지개가 낳은 것이다 : 쌍무지개가 떴을 때 색이 선명한 안쪽 무지개인 수무지개가 홍(虹)이고, 바깥쪽의 옅은 무지개인 암무지개가 예(蜺)이다.

32 온(溫)……것이다 : '온(溫)'자는 '온(溫)'으로도 쓰는데, 해를 뜻하는 일(日)자와 그릇을 뜻하는 명(皿)자가 들어가므로 이렇게 말한 것이다.

- 훤(暄) : 해의 기운이 퍼지는 것[日氣宣]이다.
- 양(凉) : 얼음의 볕[氷之景]이다.
- 빙(氷) : 물이 점점이 엉기는 것[水凝點]이다.
- 동(凍) : 나무가 갑옷을 두른 것[木帶甲]이다.

- 훈(暈) : 해가 군진을 이룬 것[日成陣]이다.
- 휘(暉) : 해에 광채가 생긴 것[日生輝]이다.
- 희(曦) : 희중(羲仲)이 맞이한 바[羲仲攸賓][33]이다.
- 효(曉) : 요(堯) 임금의 백성들이 나아가는 바[堯民所就]이다.

- 비(朏) : 달이 달아나는 것[月北]이다.
- 영(昶) : 해가 긴 것[日永]이다.
- 신(晨) : 해가 진방[辰]의 앞으로 나오는 것[日出辰前]이다.
- 매(昧) : 해가 미방[未]의 뒤를 지나는 것[日過未後]이다.
- 시(時) : 날의 마디[日之寸]이다.
- 각(刻) : 획(劃)이 해(亥)에 이른 것[劃至亥]이다.
- 구(晷) : 각자 햇볕을 헤아리는 것[各占景]이다.
- 누(漏) : 처마 아래의 비[屋下雨]이다.

---

33 희중(羲仲)이 맞이한 바 : 희중은 요(堯) 임금의 신하이다. 《서경》〈우서(虞書) 요전(堯典)〉에 "희중에게 따로 명하여 우이(嵎夷)에 살게 하니 그곳이 바로 해 뜨는 양곡(暘谷)으로, 해가 뜨는 것을 공손히 맞이하여 봄 농사를 고르게 다스리도록 하였다.[分命羲仲, 宅嵎夷, 曰暘谷, 寅賓出日, 平秩東作.]"라고 하였다. 여기에서는 '희(曦)'자가 햇빛을 의미하므로 이렇게 말한 것이다.

• 순(旬) : 열 개의 날을 묶은 것〔包十日〕이다.

• 망(朢) : 달이 신하와 같은 것〔月如臣〕이다.

• 회(晦) : 날이 지나감을 후회함〔日悔過〕이다.

• 삭(朔) : 달이 날을 마중하는 것〔月逆日〕이다.

• 육(朒) : 달이 살을 줄인 것〔月縮肉〕이다.

• 패(覇) : 달이 빛을 바꾸는 것〔月變色〕이다.[34]

• 단(旦) : 해가 땅 위로 나타나는 것〔日見地上〕이다.

• 석(夕) : 달이 하늘 끝에 비낀 것〔月斜天際〕이다.

• 세(歲) : 추보(推步)가 이루어짐〔推步成〕이다.[35]

• 세(卋) : 30년〔三十年〕이다.

• 연(秊) : 벼 천 상자〔禾千箱〕이다.

• 윤(閏) : 두 달의 사이이고 3년마다 한 번이다.〔兩月之間 三年一〕[36]
  図《주례(周禮)》에 윤달에는 왕이 노침(路寢)의 문안에 있다고 하
  였다.[37]

---

34 달이……것이다 : 패(覇)자에는 초승달이 내는 흰빛이라는 뜻이 있다. '패'자에 달
을 뜻하는 월(月)자와 바꾼다는 뜻의 혁(革)자가 들어 있으므로 이렇게 말한 것이다.

35 추보(推步)가 이루어짐이다 : 세(歲)자는 보(步)자와 월(戌)자가 합쳐진 형태인
데, 여기에서는 월자가 성(成)자와 유사하게 생겼으므로 이렇게 말하였다.

36 두……번이다 : 윤(閏)자는 문(門)자와 왕(王)자가 합쳐진 형태인데, 여기에서는
'문'자가 달을 뜻하는 월(月)자 두 개와 유사하게 생기고 '왕'자가 3을 뜻하는 삼(三)자와
유사하게 생겼으므로 이렇게 말하였다.

37 주례(周禮)에……하였다 : 《주례》〈춘관 태사(春官太史)〉에 "윤달에는 왕에게 아
뢰어서 노침(路寢)의 문안에 거처하며 달을 마친다.〔閏月, 詔王居門終月.〕"라고 하였
다. 여기에서는 윤(閏)자가 문(門)자와 왕(王)자가 합쳐진 형태이므로 언급한 것이다.

- 주(晝) : 해가 세워진 것〔日之建〕이다.
- 야(夜) : 달이 별에 의지한 것〔月依辰〕이다.

- 작(昨) : 날이 막 지난 것〔日乍過〕이다.
- 조(早) : 해가 갑방〔甲〕에 있는 것〔日在甲〕이다.
- 만(晩) : 해가 피하려는 것〔日將免〕이다.
- 명(暝) : 해의 빛이 어두워지는 것〔日色冥〕이다.
- 혼(昏) : 해가 바닥으로 들어가는 것〔日入底〕이다.
- 숙(宿) : 사람이 창으로 들어가는 것〔人入囪〕이다. 囡 해가 별자리
  에 붙는 것〔日寅辰〕이다.

- 고(杲) : 해가 나무 위에 있는 것〔日在木上〕이다.
- 묘(杳) : 해가 나무 아래에 있는 것〔日在木下〕이다.
- 모(暮) : 해가 풀 밑바닥으로 들어가는 것〔日入草底〕이다.
- 답(杳) : 해가 물속으로 들어가는 것〔日入水中〕이다.

- 청(晴) : 해가 맑은 것〔日之淸〕이다.
- 암(闇) : 해가 문에 들어간 것〔日入門〕이다.
- 낭(朗) : 달이 좋은 것〔月之良〕이다.
- 몽(朦) : 달이 어두운 것〔月之蒙〕이다.

- 동(東) : 해가 나무에 있는 것〔日在木〕이다.
- 서(西) : 해가 유방〔酉〕과 나란한 것〔日並酉〕이다.
- 남(南) : 밝은 빛이 오방〔午〕에 있는 것〔丙當午〕이다.

- 북(北) : 음과 양이 나뉜 것[分陰陽]이다.

  모두 후천(後天)의 자리이다.

- 갑(甲) : 사물이 흙 안에서 나온 것[物出土中]이다.
- 을(乙) : 싹이 처음 돋은 것[勾萌始達]이다.
- 병(丙) : 불이 하늘 아래에 있는 것[火在天下]이다.
- 정(丁) : 가지와 줄기가 처음 이루어진 것[枝榦始成]이다.
- 무(戊) : 나무가 이루어져 무성한 것[木成而茂]이다.
- 기(己) : 아들이 장성하여 포용한 것[子成而包]이다.
- 경(庚) : 갑(甲)이 변하여 바뀐 것[甲變而更]이다.
- 신(辛) : 금(金)의 기운이 방패 위에 오른 것[金氣上干]이다.
- 임(壬) : 나무의 뿌리가 흙에 들어간 것[木根入土]이다.
- 계(癸) : 나무의 기운이 하늘을 향한 것[木氣向天]이다.

- 자(子) : 사물이 처음 생김이니, 세로 획 하나, 가로 획 하나로서

  음과 양이 나뉜 것[物之初生 一縱一橫 陰陽分]이다.
- 축(丑) : 손이 사물을 쥠이니, 가로 획 셋, 세로 획 둘로서 음이 양을

  머금은 것[手之握物 三橫二縱 陰含陽]이다.
- 인(寅) : 사람이 갑(甲)의 아래에 있는 것이니, 양의 시작[人在甲下

  陽之始]이다.
- 묘(卯) : 양쪽 문이 열리고 음이 오른쪽에 있는 것[兩門開而陰在右]

  이다.
- 진(辰) : 삼양(三陽)이 펼쳐지고 사람이 아래에 있는 것[三陽展而人

  在下]이다.

• 사(巳) : 뱀의 모양을 형상한 것으로, 화(火)의 기운이 치성하는 것 〔象蛇之形 火氣盛〕이다.

• 오(午) : 나무의 줄기를 본뜬 것으로, 해의 그림자가 가운데에 있는 것〔象木之干 日影中〕이다.

• 미(未) : 나무가 늙은 것을 형상한 것으로, 음이 비로소 자라는 것 〔象木之老 陰始長〕이다.

• 신(申) : 인(寅)의 절반을 얻은 것으로, 양이 극에 이르러 쇠하는 것〔得寅之半 陽極而衰〕이다.

• 유(酉) : 묘(卯)가 닫힌 것을 형상한 것으로,[38] 양이 음에 숨은 것〔象 卯之闔 陽藏於陰〕이다.

• 술(戌) : 무(戊)가 일(一)을 머금은 것이니, 토(土)의 기운이 이루 어진 것〔戊含一 土氣成〕이다.

• 해(亥) : 여자가 아이를 밴 것이니, 수(水)의 기운이 숨은 것〔女懷孕 水氣藏〕이다.

• 감(坎) : 흙에 흠(欠)이 있으면 감이 된다.〔土有欠而成坎〕

• 간(艮) : 해가 멈추면 간이 된다.〔日之止而爲艮〕

곤(坤)의 토(土)가 감(坎)의 수(水)를 얻어 간산(艮山)이 되고, 이 (離)의 화(火)가 간(艮)의 토를 얻어 진목(震木)이 된다. 이것이 바로 수와 토 두 기운이 만물을 시작하고 끝내는 근본이 되는 것이다.

---

38 묘(卯)가……것으로 : 묘(卯)자는 좌우로 열린 문(門)을 상형(象形)한 글자라는 설이 있기 때문에 이렇게 말한 듯하다.

- 간(干) : 나무의 줄기를 형상한 것[象木之幹]이다.
- 지(支) : 나무의 가지를 형상한 것[象木之枝]이다.

- 명(命) : 입이 명령하는 바[口所令]이다.
- 영(令) : 명 중의 작은 것[命之小]이다.

해와 달이 서로를 잇는 것[日月相代]이 변역(變易)이고, 해 아래에
사람이 많은 것[日下多人]이 교역(交易)이며, 해가 돌아서 가는 것
[日之旋行]이 간이(簡易)이다.[39]

---

39 해와……간이(簡易)이다 : 변역(變易)・교역(交易)・간이는 '역(易)'이라는 명
칭을 대변하는 속성들이다. 변역은 해와 달이 쉬지 않고 운행하듯 삼라만상의 멈추지
않는 변화를 말한다. 교역은 음(陰)과 양(陽)이 번갈아 자라고 줄어드는 변화를 말한
다. 간이는 역의 이치가 따르기 쉬움을 의미하는데, 주역은 건(乾)・곤(坤) 두 축으로
세상만사와 천지만물을 설명하기 때문에 이해하고 실천하기가 쉽다.

부찰편
俯察篇

- 산(山) : 위로 나오는 형상이다.
- 천(川) : 아래로 흐르는 형상이다.
- 図 천(川) : 산의 아래가 열리면 내가 된다.〔山下開而成川〕 산(山) :
  내의 아래가 막히면 산이 된다.〔川下壅而爲山〕
- 봉(峰) : 산이 서로 만난 것〔山相逢〕이다.
- 현(峴) : 산이 서로 마주보는 것〔山相見〕이다.
- 만(巒) : 산이 변한 것〔山之變〕이다.
- 영(嶺) : 산의 옷깃〔山之領〕이다.

- 숭(嵩 숭산(嵩山)) : 산 중 가장 높은 것〔山最高〕이다.
- 태(泰 태산(泰山)) : 산 중 더없이 큰 것〔山極大〕이다.
- 항(恒 항산(恒山)) : 산 중 늘 변하지 않고 오랜 것〔山之恒久〕이다.
- 화(華 화산(華山)) : 산 중 화려하고 빼어난 것〔山之華秀〕이다.
- 형(衡 형산(衡山)) : 산 중 권형〔山之權衡〕이다.

- 암(巖) : 바깥이 험하고 안이 엄한 것〔外嶮而內嚴〕이다.
- 학(壑) : 위가 골짝이고 아래가 흙인 것〔上谷而下土〕이다.
- 석(石) : 언덕 아래에 네모난 것이 있는 것〔厂下有方〕이다.
- 곡(谷) : 위가 트이고 가운데가 빈 것〔上坼中虛〕이다.

• 구(丘) : 큰 산의 작은 것[岳之小]이다.

• 강(岡) : 산의 벼리[山之綱]이다.

• 경(境) : 흙이 끝나는 곳[土之竟]이다.

• 적(磧) : 돌이 쌓인 곳[石所積]이다.

• 비(碑) : 돌로 된 패[石之牌]이다.

• 악(岳) : 언덕과 산[丘山]이다.

• 이(里) : 밭과 흙[田土]이다.

• 육(陸) : 언덕 아래의 흙[陵下土]이다.

• 능(陵) : 오를 수 있는 언덕[阜可凌]이다.

• 교(郊) : 도회와 시골의 어름[都鄙之交]이다.

• 야(野) : 밭과 흙이 펼쳐진 곳[田土之紓]이다.

• 계(界) : 두 사람이 밭을 나누는 것[二人分田]이다.

• 주(疇) : 촌토(寸土)로 밭을 경계 지으면[寸土界田] 만들어지는 것
  이다.

• 최(崔) : 참새가 산에 있는 것[雀在山]이다.

• 외(嵬) : 귀신이 숨은 곳[鬼所伏]이다.

• 쟁영(崢嶸 가파름) : 더불어 다툴 것이 없다는 것[無與爭]이다.

• 급업(岌嶪 위태로움) : 미칠 수 없다는 것[不可及]이다.

• 차아(嵯峨 높다람) : 삐쭉삐쭉함이 드러난 것[見參差]이다.

• 증릉(嶒崚 험준함) : 층이 많은 것[多層級]이다.

• 해(海) : 물의 어미[水之母]이다.

- 독(瀆) : 물의 송아지〔水之犢〕이다.
- 강(江) : 양안 사이에 낀 물 가운데에 험한 것이 있는 것〔兩岸夾水中有險〕이다.
- 하(河) : 물살이 종횡으로 일어 하나의 어구에 모이는 것〔水勢縱橫會一口〕이다.
- 혹자는 "해는 물이 매양 돌아가는 곳〔水每歸〕이고, 독은 물이 이어져 흐르는 곳〔水續流〕이다."라고 한다.

- 낙(洛 낙수(洛水)) : 황하와 각자 흐르는 것〔與河各流〕이다.
- 위(渭 위수(渭水)) : 맑은 물이 밭에 흘러드는 것〔清水灌田〕이다.
- 한(漢 한수(漢水)) : 멀어서 더위잡기 어려운 것〔邈難攀〕이다.
- 회(淮 회수(淮水)) : 물이 절반 흘러 모이는 것〔水半匯〕이다.
- 제(濟 제수(濟水)) : 물이 일제히 모이는 것〔水齊會〕이다.
- 탑(漯 탑수(漯水)) : 물이 거듭 들어오는 것〔水累入〕이다.

- 호(湖) : 한쪽을 차지하고 있어서 바다로 흘러들어가려 하지 않는 것이니, 물 중의 오랑캐〔割據一方 不肯朝宗 水中胡羌〕이다.
- 계(溪) : 항상 하류에 있어서 곧장 바다에 닿을 수 없는 것이니, 물 중의 사내아이 종〔常處下流 不能專達 水中奚僮〕이다.

- 주(洲) : 물 가운데의 살 수 있는 고을〔水中可居之州〕이다.
- 저(渚) : 물 주변에 모여 이루어진 마을〔水邊成聚之都〕이다.
- 애(涯) : 물 주변의 벼랑〔水傍崖〕이다.
- 도(島) : 산이 새와 같은 것〔山如鳥〕이다.

- 창(滄) : 물이 창망한 것[水蒼茫]이다.
- 명(溟) : 물이 아득한 것[水杳冥]이다.
- 영(瀛) : 가득 찬 것[嬴滿]이다.
- 발(渤) : 우쩍 샘솟는 것[勃潏]이다.

- 도(渡) : 물을 헤아리는 것[度水]이다.
- 섭(涉) : 물 위를 걷는 것[步水]이다.
- 익(溺) : 물의 힘이 약한 것[水力弱]이다.
- 용(湧) : 물의 기운이 용맹한 것[水氣勇]이다.
- 파(波) : 물의 거죽[水之皮]이다.
- 난(瀾) : 물의 울[水之欄]이다.
- 탄(灘) : 물의 어려움[水之難]이다.
- 단(湍) : 물의 끝[水之端]이다.

- 활(滑) : 물속의 돌[水中石]이다. 혹자는 "뼈를 물에 담그면 매끄러 워진다.[骨漬水則滑]"라고 한다.
- 간(磵) : 돌 사이를 흐르는 물[石間流]이다.
- 사(沙) : 물이 적은 곳[少水處]이다.
- 지(池) : 물이 땅 가운데에 있는 것[水在地中]이다.
- 연(淵) : 물에 양쪽 기슭이 있는 것[水有兩岸]이다.

- 천(泉) : 금(金)이 낳은 물[金生水]이다.[40]

---

40 금(金)이 낳은 물이다 : 오행(五行) 중 금은 색이 백색(白色)인데, '천(泉)'자에

- 원(源) : 물이 나오는 샘〔水出泉〕이다.

- 유(流) : 물이 내를 떠나는 것〔水去川〕이다.

- 폭(瀑) : 물이 사납게 내려오는 것〔水暴下〕이다.

- 급(汲) : 물을 빨아들이는 것〔水之吸〕이다.

- 청(清) : 물의 마음〔水之情〕이다. 図 물이 맑으면 파랗다.〔水澂則青〕

- 정(淨) : 물이 고요한 것〔水之靜〕이다.

- 탁(濁) : 물에 닿는 것이 있는 것〔水有觸〕이다.

- 설(洩) : 물에 끌림이 있는 것〔水有曳〕이다.

- 비(沸) : 물의 성질을 거스른 것〔水拂性〕이다.

- 탕(湯) : 물이 양기(陽氣)를 품은 것〔水抱陽〕이다.

- 열(涅) : 흙이 물을 어지럽힌 것〔土汨水〕이다.

- 인(酒) : 물이 동쪽으로 흐르지 않는 것〔水不東〕이다.[41]

- 몰(沒) : 물속에 던져진 것〔水中投〕이다.

- 지(漬) : 물이 쌓인 것〔水積〕이다.

- 흡(洽) : 물이 합쳐진 것〔水合〕이다.

- 만(滿) : 물에 둘을 더한 것〔水添兩〕이다.

- 체(滯) : 물이 띠를 두른 것〔水圍帶〕이다.

'백(白)'자가 들어가므로 이렇게 말한 것이다.

41　물이……것이다 : 중국은 서고동저(西高東低) 지형이기 때문에 대부분의 하천이 서쪽에서 동쪽으로 흐르는데, 이 때문에 고대 중국인들은 물에 동쪽으로 흐르는 성질이 있다고 생각했다.

- 동(洞) : 물이 함께하는 곳〔水所同〕이다.
- 회(澮) : 물이 모이는 곳〔水所會〕이다.
- 심(深) : 물을 더듬기 어려운 것〔水難探〕이다.
- 천(淺) : 걸을 수 있는 물〔水可踐〕이다.

- 군(郡) : 고을에 임금이 있는 것〔邑有君〕이다.
- 촌(邨) : 고을에 진지가 있는 것〔邑有屯〕이다.
- 방(邦) : 손수 고을을 만든 것〔手創邑〕이다.
- 국(国) : 왕이 가운데에 있는 것〔王在中〕이다.
- 국(國) : 국토의 네 둘레〔域四圍〕이다. 혹자는 "혹 얻기도 하고 잃기도 하여 천명(天命)에 일정함이 없다.〔或得或失 天命靡常〕"라고 한다.

- 성(城) : 흙으로 이루어진 것〔土所成〕이다.
- 허(墟) : 흙이 비어 있는 것〔土之虛〕이다.
- 파(坡) : 흙의 거죽〔土之皮〕이다.
- 대(臺) : 흙이 위로 높은 것〔土上高〕이다.
- 곽(鄰)-곽(郭)의 고자(古字)이다.- : 고을에 흙을 쌓은 것〔邑累土〕이다.

- 궁(宮) : 처마 아래에 몸이 모여 있는 것〔宇下聚躬〕이다.
- 가(家) : 처마 아래에 사람이 모여 있는 것〔宇下聚人〕이다.
- 실(室) : 돈대 위의 처마〔臺上宇〕이다.
- 옥(屋) : 사람이 오는 곳〔人所至〕이다.
- 방(房) : 문안의 둑〔戶內防〕이다.

- 경(扃) : 문이 향하는 곳[戶所向]이다.

- 호(戶) : 하나의 문짝[一扉]이다.

- 문(門) : 쌍으로 된 문[雙戶]이다.

- 창(窓) : 집 안의 구멍[室中穴]이다.

- 유(牖) : 쪽문을 덧댄 것[片戶補]이다.

- 양(樑) : 지붕의 교량[屋之橋梁]이다.

- 주(柱) : 지붕의 주재[屋之主宰]이다.

- 연(椽) : 지붕을 두르는 나무[緣屋之木]이다.

- 미(楣) : 문에 있는 눈썹[門有眉]이다.

- 상(相) : 나무로 된 눈[木爲目]이다.

- 첨(簷) : 우러러볼 수 있는 대나무[竹可瞻]이다.

- 누(樓) : 나무로 된 여러 층[木屢層]이다.

- 포(庖) : 문 아래에서 음식을 굽는 것[戶下炰]이다.

- 주(廚) : 손수 제기를 차린 것[手設豆]이다.

- 당(堂) : 흙에서 높인 것[尙于土]이다.

- 침(寢) : 사람이 집을 쓰는 것[人掃室]이다.

- 와(瓦) : 위는 비[雨]이고 옆은 바람[風]으로, 처마 끝에 구멍이 난 것[上雨旁風 屋尾有穴]이다.

- 청(廳) : 일을 듣고 처리하는 집[聽事之屋]이다.

- 관(官) : 군대를 다스리는 집[治師之室]이다.

- 사(寺) : 흙에 지키는 사람이 있는 것[土有守]이다.

- 부(府) : 사람이 지키는 집[人守广]이다.

- 수(守) : 척촌(尺寸)까지 살피는 것〔審尺寸〕이다.

- 체(砌) : 돌을 자른 것〔石之切〕이다.
- 제(梯) : 나무에 차례가 있는 것〔木有第〕이다.
- 장(墻) : 돛대와 같은 것〔如帆檣〕이다.
- 이(籬) : 대나무가 서로 이어진 것〔竹相麗〕이다.
- 구(廐 마구간) : 물 뿌리고 쓸어야 한다.〔宜漑掃〕
- 측(廁 측간) : 치우치고 누추한 곳에 있다.〔在側陋〕

- 경(耕) : 쟁기가 밭에 있는 것〔未在田〕이다.
- 종(種) : 벼를 거듭 뿌리는 것〔禾重播〕이다.
- 서(鋤) : 싹을 돕는 것〔助苗〕이다.
- 우(耰) : 강아지풀이 날 것을 걱정하는 것〔憂稂〕이다.
- 운(耘) : 어지러운 것을 없애는 것〔去紛紜〕이다.
- 누(耨) : 잡스러운 것을 없애는 것〔除雜蓐〕이다.
- 무(畝) : 밭 열 걸음〔田十步〕이다.
- 견(畎) : 밭을 나누는 내〔田劃川〕이다.
- 정(井) : 흙이 사방으로 열린 것〔土四開〕이다.

- 도(道) : 머리가 가는 곳〔首所之〕이다.
- 노(路) : 남녀가 각각 다니는 것〔男女各行〕이다.
- 경(京) : 높은 언덕〔高原〕이다.
- 원(原) : 집 아래에 샘이 있는 것〔广下有泉〕이다.
- 농(隴) : 언덕이 용처럼 이어진 것〔阜行如龍〕이다.

- 분(墳) : 흙이 성난 듯 일어난 것[土憤起]이다.
- 묘(墓) : 풀이 흙을 덮은 것[草覆土]이다.
- 축(築) : 대나무와 나무의 공로[竹木之功]이다.
- 탑(塔) : 흙과 풀이 합쳐진 것[土草之合]이다.
- 암(菴) : 풀이 집을 가린 것[草掩屋]이다.
- 찰(刹) : 땅의 살기를 제어하는 것[制地殺]이다.

근취편
近取篇

- 수(䭫)-수(首)의 고자(古字)이다.- : 위는 머리카락을 본뜨고 아래는 얼굴을 본떴다.
- 신(身) : 위는 머리를 본뜨고 가운데는 팔뚝을 본떴으며 아래는 다리를 본떴다.
- 면(面) : 위는 머리를 본뜨고 가운데는 눈을 본떴으며 아래는 입을 본뜨고 옆은 뺨을 본떴다.
- 목(目) : 일(日)자가 들어간다.
- 이(耳) : 월(月)자가 들어간다.
- 구(口) : 문(門)을 본떴다.
- 비(鼻) : 취(臭)자가 들어간다.
- 미(着 미(眉)) : 눈 위에 털이 있는 것〔目上有毛〕이다.
- 형(形) : 몸 밖에 털이 있는 것〔幹外有毛〕이다.

- 간(肝) : 육(肉)자에 간(干)자가 들어간 것으로, 목의 곧은 성질〔木之直〕이다.
- 폐(肺) : '육'자에 시(市)자가 들어간 것으로, 금의 바뀌는 성질〔金之革〕이다.
- 비(脾)·위(胃) : 전(田)자가 들어가니, 토의 갈무리하는 성질〔土之藏〕이다.
- 신(腎) : 견(堅)자가 들어가니, 수의 곧은 성질〔水之貞〕이다.

- 심(心) : '육'자가 들어가지 않고 불〔火〕을 본떴으니, 신명(神明)이 머무른다.〔神明舍〕

- 수(手) : 손가락을 본뜨되 끝이 안으로 구부러졌다.
- 모(毛) : 꼬리를 본뜨되 끝이 바깥으로 날렸다.
- 발(髮) : 털 중 긴 것〔毛之長〕이다.
- 빈(鬢) : 털 중의 손님〔髮之賓〕이다.
- 수(鬚) : 때를 기다려 자란다.〔須時而生〕
- 염(髥) : 조금씩 자란다.〔漸冉而長〕

- 순(脣) : 살이 떨리는 것〔肉所振〕이다.
- 설(舌) : 방패가 입에 있는 것〔干在口〕이다.
- 치(齒) : 위에서 막는 것〔在上而止〕이다.
- 족(足) : 아래에서 막는 것〔在下而止〕이다.
- 지(指) : 손이 물건을 멈추는 것〔手止物〕이다.
- 조(爪) : 손의 아래로 드리운 것〔手下垂〕이다.

- 두(頭) : 머리와 목을 아우른 것〔首脰幷〕이다.
- 경(頸) : 머리의 줄기〔頭之莖〕이다.
- 배(背) : 몸의 등진 것〔身之北〕이다.
- 경(脛) : 다리의 줄기〔脚之莖〕이다.
- 각(脚) : 살의 물러나는 것〔肉之退〕이다.

- 고(股) : 창처럼 서는 것〔立如殳〕이다.

- 둔(臀) : 뒤에 있는 살〔肉在後〕이다.[42]
- 지(趾) : 발이 멈춘 것〔足之止〕이다.
- 종(踵) : 발이 무거운 것〔足之重〕이다.

- 견(肩) : 몸의 문〔身之戶〕이다.
- 비(臂) : 어깨가 열린 것〔肩之闢〕이다.
- 흉(胸) : 뼈가 문채를 품은 것〔骨包文〕이다.
- 복(腹) : 살이 창자를 덮은 것〔肉覆腸〕이다.
- 체(體) : 피와 살이 풍부한 것〔血肉豐〕이다.
- 맥(脈) : 피가 갈래로 나뉜 것〔血分派〕이다.
- 유(乳) : 구멍에서 받는 것〔孔有受〕이다.

- 육(肉) : 사람의 속〔人之內〕이다.
- 피(皮) : 살의 지엽〔肉之支〕이다.
- 골(骨) : 살을 뒤집어쓴 것〔肉所冒〕이다.
- 혈(血) : 살이 담고 있는 것〔肉所盛〕이다.
- 근(筋) : 대나무처럼 드리운 것〔垂如竹〕이다.
- 척(脊) : 작은 등〔小背〕이다.
- 슬(膝) : 작은 등뼈〔小脊〕이다.
- 요(腰) : 몸의 중요한 곳〔身之要〕이다.
- 제(臍) : 기운이 가지런한 곳〔氣所齊〕이다.

---

42 뒤에 있는 살이다 : 둔(臀)자에 '군대의 후미(後尾)'를 뜻하는 전(殿)자가 들어가기 때문에 이렇게 말한 것이다.

- 식(息) : 심장에서 나오는 것[出自心]이다.

- 한(汗) : 간목(肝木)에서 흐르는 것[肝木流]이다.
- 액(液) : 밤의 기운이 새는 것[夜氣泄]이다.
- 누(淚) : 물이 위에 솟구친 것[水上戾]이다.
- 읍(泣) : 물이 곧바로 흐르는 것[水立注]이다.
- 체(涕) : 울음의 아우[泣之弟]이다.
- 이(洟 콧물) : 눈물의 이모[涕之姨]이다.
- 수(溲 오줌) : 늙은 물[老水]이다.[43]
- 요(溺) : 약한 물[弱水]이다.
- 타(唾) : 입 주위에 드리우는 것[口邊垂]이다.
- 요(尿) : 죽은 물[死水]이다.[44]
- 시(屎) : 죽은 쌀[死米]이다.

- 성(聲) : 경쇠를 친 소리가 귀에 들어오는 것[擊磬入耳]이다.
- 색(色) : 눈썹 위의 가는 털[眉上細毛]이다.
- 취(臭) : 개가 후각을 쓰는 것[犬用鼻知]이다.
- 미(味) : 입에 흙과 나무를 머금은 것[口含土木]이다.

---

43 늙은 물이다 : 수(溲)자에 노인을 뜻하는 수(叟)자가 들어가기 때문에 이렇게 말한 것이다.

44 죽은 물이다 : 요(尿)자에 시체를 뜻하는 시(尸)자가 들어가기 때문에 이렇게 말한 것이다. 아래의 시(屎)자도 이와 같다.

- 언(言) : 혀를 한 번 굴린 것[舌一轉]이다.

- 왈(曰) : 입에서 혀를 드러낸 것[口露舌]이다.

- 음(音) : 말이 문채를 이룬 것[言成文]이다.

- 장(章) : 소리가 열 번 이루어진 것이니, 운용하여 문장(文章)이 되
  게 하려면 빨리 세워야 한다.[音十成也 轉爲文章 宜早立也]

- 견(見) : 눈의 빛[目之光]이다.

- 청(聽) : 귀의 덕[耳之德]이다.

- 관(觀) : 기껍게 보는 것[見之懽]이다.

- 총(聰) : 공평하게 듣는 것[聽之公]이다.

- 첨(瞻) : 눈이 처마를 향하는 것[目向簷]이다.

- 조(眺) : 눈이 먼 곳을 보는 것[目視遠]이다.

- 광(光) : 불의 빛깔[火之色]이다.

- 영(影) : 형체의 빛[形之景]이다.

- 향(響) : 소리가 울리는 곳[音所鄕]이다.

- 안(眼) : 눈의 뿌리[目之根]이다.

- 정(睛) : 눈의 정수[目之精]이다.

- 첩(睫) : 눈의 부채[目之箑]이다.

- 동(瞳) : 눈 속의 아이[目中童]이다.

- 면(眠) : 눈이 흐린 것[目之昏]이다.

- 매(寐) : 어두움이 침실에 있는 것[昧在寢]이다.

- 오(寤) : 깨달음이 침실에 있는 것[悟在寢]이다.

- 맹(盲) : 그 눈을 잃은 것〔亡其目〕이다.

- 농(聾) : 그 귀를 감싼 것〔籠其耳〕인데, 혹자는 "농은, 용이 뿔로 소리를 듣기 때문에 귀에 아무 소리도 들리지 않는 것〔龍以角聽 耳無聞〕이다."라고 한다.

- 금(噤) : 그 입을 금함〔禁其口〕이다.

- 아(啞) : 입 열기를 좋아하는 것〔好開口〕이다.

- 묘(眇) : 눈 하나가 적은 것〔少一目〕이다.

- 건(蹇) : 다리가 막힌 것〔足之塞〕이다.

- 벽(躄) : 다리가 치우친 것〔足之偏〕이다.

- 부(父) : 천(天)의 획(劃)을 얻은 것으로, 손에 지팡이를 쥔 모양〔得天之畫 手執丈〕이다.

- 모(母) : 땅의 네모난 모양을 본뜬 것으로, 여자가 젖가슴을 드리운 모양〔象地之方 女垂乳〕이다.

- 자(子) : 아비의 곁에 서고 어미의 배 속에 있다.〔立父之側 在母之腹〕

- 여(女) : 아비의 아래에 있고 어미의 곁에 있다.〔居父之下 在母之傍〕 혹자는 "자는 양(陽)으로 숫자가 팔(八)·십(十)이고, 여는 음(陰)으로 숫자가 칠(七)·칠이다."[45]라고 한다.

---

45 자는……칠이다 : 자(子)자의 윗부분은 팔(八)자와 비슷하고 아랫부분은 십(十)자와 비슷하며, 여(女)자는 칠(七)자 두 개를 겹쳐놓은 모양과 비슷하기 때문에 이렇게 말한 듯한데, 8·10을 양의 숫자라고 하고 7·7을 음의 숫자라고 한 것은 미상이다.

- 형(兄) : 입이 앞에 있는 것[口在先]이다.
- 제(弟) : 순서가 있는 것[有次第]이다.
- 중(仲) : 가운데의 사람[中人]이다.
- 계(季) : 어린 아들[稺子]이다.

- 숙(叔) : 위에 있지만 작으니 종부(從父) 중 낮은 사람[居上而小 從父之下]이다.
- 서(壻) : "이에 강녀(姜女)와 와서 함께 집터를 보았다.[爰及姜女 聿來胥宇]"[46]이다.

- 조(祖) : 신이 가는 것[神之徂]이다.
- 손(孫) : 아들을 잇는 것[子之繼]이다.
- 처(妻) : 사람을 섬기는 여자[女事人]이다.
- 첩(妾) : 서서 모시는 여자[女立侍]이다.
- ☒ 처(妻) : 함께 사는 것[共棲]이다. 첩(妾) : 와서 접하는 것[來接]이다.

- 구(舅) : 사내 중 오래된 사람[男之舊]이다.
- 고(姑) : 여자 중 오래된 사람[女之古]이다.

---

46 이에……보았다 : 《시경》〈대아(大雅) 면(綿)〉에 보이는 말로, 주(周)나라의 시조 고공단보(古公亶父) 즉 태왕(太王)이 적인(狄人)들의 핍박을 피해 빈(豳) 땅에서 기산(岐山)으로 이주한 것을 노래한 말이다. 여기에서 이계는 남편을 뜻하는 '서(壻)'자가 이 말에서 여(女)자와 서(胥)자를 떼어와서 합친 글자라고 말하고 있는 것이다.

- 수(嫂) : 늙은 여자〔老女〕이다.[47]
- 매(妹) : 막내딸〔末女〕이다.
- 이(姨) : 나의 아우라는 말〔我弟〕이다.
- 남(男) : 힘으로 밭에 종사하는 것〔力從田〕이다.
- 부(婦) : 여자가 빗자루를 든 것〔女奉箒〕이다. 혹자는 "여자가 시집
  감〔女于歸〕이다."라고 한다.

- 아(兒) : 숫구멍이 아직 닫히지 않은 사람〔囟門未合〕이다.
- 동(童) : 밭의 생산물을 아직 분배받지 못하는 사람〔田産未分〕이다.
- 영(嬰) : 머리에 조개를 인 여자〔女頭戴貝〕이다.
- 유(孺) : 난쟁이 같은 아들〔子如侏儒〕이다.
- 수(叟) : 아이처럼 변한 사람〔人變如兒〕이다.
- 수(瘦) : 노인이 병든 것〔叟之病〕이다.
- 비(肥) : 살이 일어난 것〔肉之起〕이다.

- 오(吾) : 양이 위이고 음이 아래인 것〔陽上陰下〕이다.
- 아(我) : 왼쪽이 방패이고 오른쪽이 창인 것〔左干右戈〕이다.
- 여(汝) : 한수 물가에서 노는 여자〔漢濱游女〕이다.
- 이(爾) : 저자 속의 많은 사람〔市中衆人〕이다.

- 제(帝) : 천인(天人)의 주인으로, 위는 관(冠)과 같고 아래는 띠〔帶〕

---

47 늙은 여자이다 : 수(嫂)자에 노인을 뜻하는 수(叟)자가 들어가기 때문에 이렇게
말한 것이다.

와 같다.〔天人之主 上如冠下如帶〕

- 황(皇) : 하늘로부터 명을 받은 사람〔自天命〕이다.
- 왕(王) : 땅 위에서 첫 번째 사람〔土上一〕으로, 공자는 "하나가 셋을 펜 것〔一貫三〕이 왕이다."[48]라고 하였다.
- 군(君) : 한 방면을 다스리는 사람〔尹一方〕이다.
- 민(民) : 하나의 씨(氏)를 얻은 사람〔得一氏〕이다.
- 신(臣) : 위로는 임금을 따르고 아래로는 백성을 따른다.〔上從君 下從民〕 혹자는 "신은 자신을 돌이켜서 임금을 향한다.〔臣者反身而向君〕"라고 한다.
- ⊠ 왕(王) : 음과 양이 서로 사귐이니, 지천태이다.〔陰陽相交 地天泰〕[49] 군(君) : 음이 아래에 있는 것〔陰在下〕이다. 신(臣) : 음이 가운데에 있는 것〔陰在中〕이다. 민(民) : 음이 위에 있는 것〔陰在上〕이다. 각기 제자리를 얻은 것이다.

- 후(侯) : 위는 인주(人主)와 비슷하고 아래에는 궁시(弓矢)를 찼다.〔上似人主 下帶弓矢〕
- 백(伯) : 위로는 황왕(皇王)을 받들고 왼쪽에는 제후(諸侯)들을 끼고 있다.〔上戴皇王 左挾諸侯〕

---

48 하나가……왕이다 :《설문해자(說文解字)》권1상의 '왕(王)'자에 대한 설명에 보인다.

49 음과……지천태이다 : 왕(王)자가 양인 하늘과 음인 땅이 만나는 모양 같다고 하여 한 말이다. 태괘(泰卦 ䷊)는 하늘을 뜻하는 건(乾)이 위에 있고 땅을 뜻하는 곤(坤)이 아래에 있는 형태로, 천지 음양의 기운이 조화롭게 사귀어 만물이 생성됨을 의미하는 괘이다.

- 후(后) : 한 사람이 위에서 입을 열어 정령을 내니, 후왕(后王)이다.〔一人在上 開口發號 后王〕図 임금의 뒤에서 후손들을 넓히니 후비(后妃)이다.〔在君之後 以廣後胤 后妃〕
- 공(公) : 태계 이하의 팔좌〔台階之八座〕[50]이다.
- 경(卿) : 궁중에 남겨두는 훌륭한 마부〔留中之良御〕이다.
- 사(士) : 열 사람이 하나로 합쳐진 것〔十人合一〕이다. 図 하나만 얻으면 왕이 될 수 있는 사람〔得一而可王〕이다.

- 장(壯) : 사(士)가 문을 잡고 있는 것〔士持門〕이다. 図 사(士)가 장차 벼슬하려는 것〔士將仕〕이다.
- 장(將) : 벼슬 중의 장한 것〔爵之壯〕이다.
- 수(帥) : 군대에서 더 윗사람이 없는 것〔師之無上〕이다.
- 괴(魁) : 과시의 높은 자리〔科之鬼〕이다. 図 별이 두성〔斗〕과 귀성〔鬼〕 사이에 있는 것〔星在斗鬼之間〕이다.

- 비(妃) : 짝이 될 만한 여자〔女可配〕이다.
- 빈(嬪) : 여자 중의 손님〔女之賓〕이다.
- 희(姬) : 여자 중의 신하〔女之臣〕이다.
- 강(姜)[51] : 아름다운 여자〔美女〕이다.

---

50 태계 이하의 팔좌 : 태계(台階)는 삼태성(三台星)의 별칭인데, 삼공(三公)을 가리키는 말로도 쓰인다. 팔좌(八座)는 재신급(宰臣級)의 고위 관료 8인을 지칭하는 말로, 조선시대에는 육조(六曹)의 판서(判書)와 좌(左)·우찬성(右贊成)을 가리켰다.

51 강(姜) : 상(尙)나라 서기(西歧)의 제후였던 유태씨(有邰氏)가 강성(姜姓)이었는데, 이 집안 출신인 태강(太姜)이 주(周)나라의 시조 태왕(太王)과 혼인하였다. 또한

- 제(娣) : 여자가 아우를 일컫는 말[女稱弟]이다.
- 질(姪) : 여자 형제로부터 온 사람[從女至]이다.

- 부(夫) : 사(士)인 사람[士人]이다.
- 장(丈) : 큰 사람[大人]이다. 혹자는 "사람의 키가 큰 것[人身長]이다."라고 한다.
- 사(史) : 중도를 견지한 사람[持中之人]이다.
- 이(吏) : 사무를 다스리는 사람[治事之人]이다.

- 도(徒) : 사람을 따라 달리는 사람[從人而走]이다.
- 예(隷) : 일에 종사하는 무리[隷事之衆]이다.
- 복(僕) : 이바지하고 받드는[供奉之人] 사람이다.
- 비(婢) : 비천한 여자[卑賤之女]이다.

- 노(奴) : 취하는 물건대로 된다.[如取物] 그래서 손[手]이 있으면 '노(拏 붙잡음)'가 되고 마음[心]이 있으면 '노(怒 성냄)'가 되며, 입[口]이 있으면 '노(呶 지껄임)'가 되고 힘[力]이 있으면 '노(努 힘씀)'가 되며, 활[弓]을 얻으면 '노(弩 쇠뇌)'가 되고 돌[石]을 얻으면 '노(砮 돌살촉)'가 되며, 대나무[竹]를 얻으면 '노(笯 새장)'가 되고 말[馬]을 얻으면 '노(駑 둔한 말)'가 된다.

주나라 성립 이후 제공(齊公)에 봉해지는 태공망(太公望)도 본명이 강상(姜尙)으로, 이로부터 제(齊)나라 공족(公族)의 성이 되었다.

- 환(宦) : 집안의 신하〔家臣〕이다.

- 객(客) : 집안이 각자 다른 것〔各家〕이다.

- 기(妓) : 여자가 재주가 있는 것〔女有技〕이다.

- 미(媚) : 여자의 잘생긴 눈썹〔女好眉〕이다.

- 여(如) : 여자들의 입에서 같은 말이 나오는 것〔女口同〕이다.

- 사(似) : 사람의 왼쪽과 오른쪽〔人左右〕이다.

- 모(姥) : 여자가 늙은 것〔女老〕이다.

- 묘(妙) : 여자가 어린 것〔女少〕이다.

- 요(妖) : 여자가 아리따운 것〔女之夭〕이다.

- 폐(嬖) : 여자에게 치우침〔僻於女〕이다.

- 안(安) : 여자가 집에 있는 것〔女在室〕이다.

- 자(字) : 집에 아들이 있는 것〔室有子〕이다.

- 혼(婚) : 저녁에 여자를 데려오는 것〔昏取女〕이다.

- 가(嫁) : 여자에게 집이 생기는 것〔女有家〕이다.

- 매(媒) : 여자를 위해 모의함〔爲女謀〕이다.

- 작(妁) : 여자와 약속하는 것〔與女約〕이다.

- 적(嫡) : 처음 세우는 것〔立之始〕이다.

- 서(庶) : 사람을 넓히는 것〔人之廣〕이다.

- 성(姓) : 여자가 낳은 바〔女所生〕이다

- 씨(氏) : 곁으로 가지를 낸 것〔傍出枝〕이다.

- 명(名) : 많이 입에 오르는 것〔多有口〕이다.

- 실(實) : 우주를 꿰뚫는 것〔貫宇宙〕이다.

- 성(性) : 마음이 생기는 곳〔心所由生〕이다.
- 정(情) : 성(性)이 단심(丹心)을 따르는 것〔性從丹心〕이다.
- 사(思) : 마음이 정수리에 통하는 것〔心通囟〕이다.
- 의(意) : 생각이 서는 것〔思之立〕이다.
- 여(慮) : 생각이 우려스러운 것〔思之虞〕인데, 혹자는 "두려워할 만
  한 범〔虎可畏〕이다."라고 한다.

- 망(忘) : 마음을 잃는 것〔心之亡〕이다.
- 지(恖)-지(志)의 고자이다.- : 마음이 가는 곳〔心所之〕이다.
- 노(怒) : 마음 중 천한 것〔心之賤〕이다.[52]
- 희(喜) : 길함의 까닭〔吉之故〕이다. 일설에는 "북의 소리〔鼓音〕"라
  고 한다.
- 구(愳)-구(懼)의 고자이다.- : 마음과 눈이 놀라 두리번대는 것〔心目瞿
  瞿〕이다.
- 애(哀) : 입이 최의〔衰衣〕의 가운데에 있는 것〔口在衰衣之中〕이다.
- 낙(樂) : 몸이 현악기와 나무 악기 사이에 있는 것〔身居絲木之間〕
  이다.

- 애(愛) : 마음이 받아들이는 바〔心所受〕이다.

52 마음……것이다 : 노(怒)자에 종을 뜻하는 노(奴)자가 들어가기 때문에 이렇게
말한 것이다.

- 오(惡) : 두 개의 몸이 등진 것〔兩己背〕이다.

- 우(憂) : 마음을 백 가지로 나눈 것으로, 사랑이 변한 것〔百其心 愛之變〕이다.

- 환(患) : 사물이 마음을 꿰뚫은 것으로, 충(忠)이 지나친 것〔物貫心 忠之過〕이다.

- 자(慈) : 마음에서 절로 불어난 것〔由心而自滋〕이다.

- 선(羡) : 아름다운 것을 보고 침이 고이는 것〔見美而生涎〕이다.

- 어(語) : 내가 먼저 말하는 것〔吾先言〕이다.

- 화(話) : 혀 사이의 말〔舌間言〕이다.

- 설(說) : 태구(兌口)[53]가 들어간다.

- 풍(諷) : 바람이 드는 것과 같다.〔如風入〕

- 영(詠) : 길게 말하는 것〔永言〕이다.

- 사(詐) : 갑작스러운 것〔倏乍〕이다.

- 기(譏) : 기미(幾微)이다.

- 양(讓) : 말하여 물리치는 것〔言以攘〕이다.

- 겸(謙) : 말의 염치〔言之廉〕이다.

- 사(辭) : 매운 것을 받는 듯이 하는 것〔如受辛〕이다. 図 혀를 움직여서 피하는 것〔舌以辟〕이다.

- 회(誨) : 매번 남에게 말하는 것〔每言人〕이다.

53 태구(兌口) : 팔괘(八卦) 중의 태(兌)는 인체의 입〔口〕을 상징하는 괘이기 때문에 이렇게 불린다.

- 훈(訓) : 말로 남을 길들이는 것〔言馴人〕이다.
- 토(討) : 말로 촌탁(忖度 헤아림)하는 것〔言忖度〕이다.

- 참(譖) : 몰래 남에게 말하는 것〔潛語人〕이다.
- 예(譽) : 허여하는 말〔許與之言〕이다.
- 방(謗) : 곁에 말이 있는 것〔在傍有言〕이다.
- 영(佞) : 부인의 인〔婦人之仁〕[54]이다.
- 참(讒) : 토끼 두 마리가 번갈아 말하는 것〔兩兎交言〕이다.
- 수(讎) : 참새 두 마리가 시끄럽게 말하는 것〔兩雀亂言〕이다.
- 논(論) : 말에 질서가 있는 것〔言有倫〕을 말한다.
- 강(講) : 말에 화친함이 있는 것〔言有媾〕을 말한다.

- 유(誘) : 추잡한 말〔莠言〕이다.
- 만(謾) : 덩굴처럼 뻗어 나가는 말〔蔓言〕이다.
- 광(誑) : 미치광이 같은 말〔言如狂〕이다.
- 무(誣) : 무당 같은 말〔言如巫〕이다.
- 의(議) : 말에 의(義)가 있는 것〔言有義〕을 말한다.
- 증(証) : 말이 바름을 얻은 것〔言得正〕을 말한다.
- 계(計) : 말에 종횡으로 거침없는 것〔言有縱橫〕이다.

54 부인의 인 : 과단성이 없는 어짊을 말한다. 항우(項羽)는 자애롭고 인정이 많아 부하들을 아끼면서도 정작 공을 세운 부하를 봉작할 때는 인수(印綬)가 다 닳도록 아까워하며 차마 주지를 못하였는데, 한신이 이를 두고 부인의 인(仁)이라고 평가한 데에서 유래한 말이다. 《史記 卷92 淮陰侯列傳》여기에서는 영(佞)자가 어짊을 뜻하는 인(仁)자와 여자를 뜻하는 여(女)자가 합쳐진 형태이므로 이렇게 말한 것이다.

- 모(謀) : 말이 작으면서도 달콤한 것〔言小而甘〕이다.
- 조(調) : 말이 주밀하고 상세한 것〔言之周詳〕이다.
- 상(詳) : 이야기를 잘하는 것〔善爲說辭〕이다.

- 조(詔) : 말로 밝히는 것〔言之昭明〕이다.
- 칙(敕) : 글로 하는 약속〔文之約束〕이다.
- 주(奏) : 손을 하늘을 향해 받들어 올리는 것〔手向天而奉進〕이다.
- 대(對) : 짧은 혀를 움직이며 공경히 대답하는 것〔掉寸舌而敬答〕이다.

- 시(詩) : 제때가 된 후에 말하는 것〔時然後言〕이다.
- 기(記) : 이미 그렇게 된 말〔已然之言〕이다.
- 요(謠) : 요동치는 듯한 말〔言如搖〕이다.
- 독(讀) : 말이 이어지는 것〔言之續〕이다.
- 송(誦) : 읽음이 통창하는 것〔讀之通〕이다.

- 위(位) : 사람이 서는 곳〔人所立〕이다.
- 부(仆) : 사람이 누운 듯한 것〔人如臥〕이다.
- 부(赴) : 한 사람이 달리는 것〔一人走〕이다.
- 종(從) : 네 사람이 달리는 것〔四人走〕이다.
- 추(趨) : 추인(騶人 마부)이 달리는 것〔騶人走〕이다.

- 행(行) : 두 다리로 선 것〔兩脚立〕이다.
- 지(止) : 한 발을 굽힌 것〔一足屈〕이다.

- 동(動) : 힘을 무겁게 쓰려는 것〔力欲重〕이다.
- 정(靜) : 마음이 다투지 않는 것〔情不爭〕이다. 혹자는 "청정함을 싣는 것〔載淸淨〕[55]이다."라고 한다.

- 좌(坐) : 사람이 흙 위에 있는 것〔人在土上〕이다.
- 주(走) : 발이 흙 아래에 붙은 것〔足附土下〕이다. 図 발의 위가 보이지 않는 것〔足上夭夭〕이다.[56]
- 입(立) : 크고도 곧음〔大而直〕이다.
- 와(臥) : 사람이 가로로 있는 것〔人之橫〕이다.
- 기(起) : 몸이 달리는 것〔己之走〕이다.

- 진(進) : 주(走)자에 작(雀)자가 들어간 것이니, 그 빠름을 높인 것이다.
- 퇴(退) : 주(走)자에 간(艮)자가 들어간 것이니, 그 멈춤을 높인 것이다.

---

55 청정함을 싣는 것 : 번거롭지 않은 투명하고 깨끗한 정사를 뜻하는데, 여기에서는 정(靜)자가 청(靑)자와 쟁(爭)자가 합쳐진 형태이므로 이렇게 말하였다. 《팔면봉(八面峯)》 권1 〈대체가 서면 작은 폐단은 돌보지 않아도 된다〔大體立則不恤小弊〕〉에 한(漢)나라가 진(秦)나라의 뒤를 이어 백성들을 안정시킨 일을 두고, "소하는 획일의 법을 만들고 조참은 청정의 설을 실었다.〔蕭何作畫一之法, 曹參載淸淨之說.〕"라고 하였다.

56 발의……것이다 : 요요(夭夭)는 '도지요요(逃之夭夭)'에서 온 말로, 발의 형체와 자취가 보이지 않을 정도로 빠르게 달아나는 모양을 뜻한다. 본래 《시경》 〈주남(周南) 도요(桃夭)〉에 "싱그러운 복사꽃, 꽃이 활짝 피었네.〔桃之夭夭, 灼灼其華.〕"라고 하였는데, 뒤에 도(桃)자와 도(逃)자가 발음이 같으므로 한 글자를 바꾸어 쓴 것이다.

- 보(步) : 발에 멈춤이 적은 것〔足少止〕이다.
- 반(反) : 기욺이 지나친 것〔仄之過〕이다.
- 귀(歸) : 발이 섬돌을 쓰는 것〔足掃階〕이다.

- 승(升) : 사람이 나무를 오르는 것〔人上木〕이다.
- 척(陟) : 걸음이 섬돌을 오르는 것〔步上階〕이다.
- 강(降) : 섬돌 아래에서 만나는 것〔階下逢〕이다.
- 거(去) : 뛰어서 장차 멀어지려는 것〔走將遠〕이다.
- 지(至) : 거(去)를 뒤집은 것〔去之反〕이다.

- 선(先) : 소의 머리가 사람 위에 있는 것이니, 소는 나아가길 좋아
  한다.〔牛頭在人上　牛喜進〕
- 후(後) : 돼지의 꼬리가 걸음 밖에 있는 것이니, 돼지는 물러나길
  좋아한다.〔亥尾在行外　豕好退〕

- 배(琲)-배(拜)의 고자이다.- : 두 손을 나란히 내린 것〔兩手並下〕이다.
- 읍(揖) : 손을 입과 귀에 나란히 둔 것〔手齊口耳〕이다.
- 수(受) : 손톱으로 취(取)하는 바〔爪所取〕이다.
- 착(着) : 머리에 덮은 것〔首所蓋〕이다.
- 타(打) : 손에 고무래를 쥔 것〔手執丁〕이다.
- 부(拊) : 손에 물건이 붙은 것〔手附物〕이다.

- 무(舞) : 위는 어루만지는 듯하고 아래는 내려가는 듯한 것〔上如撫
  下如降〕이다.

- 도(蹈) : 발이 절구를 받아들여 장차 빠지려는 듯한 것〔足受臼 如將陷〕이다.
- 여(與) : 두 손을 서로 맞잡은 것〔兩手相交〕이다.
- 여(舁) : 두 손을 함께 든 것〔兩手同擧〕이다.

- 장(掌) : 손의 위〔手上〕이다.[57]
- 권(拳) : 손을 만 것〔手卷〕이다.
- 경(擎) : 손으로 공경하는 것〔手有敬〕이다.
- 체(掣) : 손으로 제어하는 것〔手有制〕이다.
- 반(攀) : 산기슭을 오르는 것〔登山樊〕이다.
- 격(擊) : 손으로 창을 던지는 것〔手投殳〕이다.

- 피(披) : 손에 가죽을 드는 것〔手提皮〕이다.
- 소(掃) : 손에 빗자루를 든 것〔手執箒〕이다.
- 절(折) : 손으로 도끼를 품은 것〔手抱斤〕이다.

- 수(授) : 손으로 물건을 받는 것〔手受物〕이다.
- 포(抱) : 손으로 물건을 감싸는 것〔手包物〕이다.
- 악(握) : 손을 집처럼 하는 것〔手如屋〕이다.
- 증(拯) : 손에 받든 것이 있는 것〔手有承〕이다.
- 습(拾) : 손으로 합치는 것〔手所合〕이다.

---

57 손의 위이다 : 장(掌)자가 높임을 뜻하는 상(尙)자와 손을 뜻하는 수(手)자가 합쳐진 형태이므로 이렇게 말한 것이다.

- 은(隱) : 몸을 지키는 데 평온한 것[穩於防身]이다.
- 장(藏) : 몸이 무성한 풀 안에 있는 것[身在茂草]이다.
- 위(衛) : 다님에 둘레를 도는 것[行有圍]이다.
- 서(徐) : 다님에 여유가 있는 것[行有餘]이다.
- 사(徙) : 따라가서 멈추는 것[從而止]이다.
- 이(移) : 벼가 많은 곳으로 나아가는 것[就多禾]이다.
- 여(旅) : 겨레에 의지하는 것[依於族]이다.
- 역(役) : 사람이 창을 멘 것[人荷殳]이다.

- 작(爵) : 받음에 절도가 있는 것[受有節]이다.
- 녹(祿) : 복이 구해오는 바[福所求]이다.
- 양(養) : 음식을 아름답게 하는 것[美其食]이다.
- 수(壽) : 노인이 입을 믿는 것[老恃口]이다.

- 불(佛) : 사람의 본성을 거스르는 것[拂人性]이다.
- 승(僧) : 일찍이 사람이었던 것[曾是人]이다.
- 선(仙) : 산의 사람[山人]이다.
- 사(仕) : 사(士)인 사람[士人]이다.
- 임(任) : 벼슬 중 중한 것[仕之重]이다.
- 의(倚) : 사람이 기대는 바[人所寄]이다.
- 의(依) : 사람이 옷을 입는 것[人着衣]이다.

- 배(俳) : 사람이 그르게 여기는 바[人所非]이다.
- 우(優) : 사람이 걱정하는 바[人所憂]이다.

- 협(俠) : 두 사람을 합친 듯한 기개[兼人之氣]이다.
- 준(俊) : 고상하고 기개 있는 선비[高峻之士]이다.
- 유(儒) : 세상에 필요한 재주[需世之才]이다.

- 시(侍) : 한 사람이 지키는 것[一人持]이다.
- 대(待) : 두 사람이 지키는 것[二人持]이다.
- 공(供) : 남과 함께함[與人共]이다.
- 봉(俸) : 사람이 받드는 바[人所奉]이다.
- 주(住) : 남을 주인 삼는 것[主於人]이다.
- 반(伴) : 절반을 남과 함께함[半與人]이다.
- 비(備) : 사람이 함께 씀[人共用]이다.
- 용(俑) : 사람의 형태를 만들어 처음 쓴 것[人始用]이다.[58]

- 회(會) : 사람이 일찍이 합쳐진 것[人曾合]이다.
- 합(合) : 입 하나가 모인 것[一口會]이다.
- 사(舍) : 열 개의 혀가 합쳐진 것[十舌合]이다.

- 개(个) : 사람이 홀로 서 있는 것[人獨立]이다.
- 우(偶) : 사람이 서로 마주친 것[人相遇]이다.

58 사람의……것이다 : 용(俑)이란 춘추시대에 무덤에 부장(副葬)하던 인형이다. 본
래 풀단을 묶은 허수아비인 추령(芻靈)을 부장하던 것을 중고(中古)에 용으로 대체하
였는데, 얼굴이 있고 관절이 움직이는 것이 사람과 너무 흡사하였다. 그래서 공자는
용을 부장하는 것을 두고 "처음 용을 만든 자는 그 후손이 없을 것이다.[始作俑者其無後
乎]"라고 비판한 바 있다.《孟子 梁惠王上》

- 협(夾) : 사람이 왼쪽과 오른쪽에 있는 것〔人在左右〕이다.
- 내(來) : 사람이 나무를 끼고 있는 것〔人夾木〕이다.
- 왕(往) : 걸음이 처음 생겨나는 것〔行始生〕이다.
- 화(化) : 사람이 장차 죽으려는 것〔人將死〕이다.
- 시(尸) : 사람이 누운 것〔人之臥〕이다.
- 존(存) : 아들이 있는 것〔子之在〕이다.
- 망(凵) : 들어와서 멈춘 것〔入而止〕이다.
- 상(喪) : 없음을 곡하는 것〔哭其亡〕이다.

- 거(居) : 열 개의 입이 문호를 함께하는 것〔十口同戶〕이다. 図 시동(尸童)처럼 앉은 것〔坐如尸〕이다.
- 전(田) : 네 개의 입이 동산을 공유하는 것〔四口共園〕이다. 図 천맥(阡陌)을 형상한 것이다.
- 향(鄉) : 고을에 선량한 백성이 많은 것〔邑多良民〕이다.
- 주(州) : 시내 두 개가 서로 만나는 것〔兩川相交〕이다.
- 현(縣) : 경계의 머리가 서로 이어진 것〔界皆相繫〕인데,《설문해자(說文解字)》에는 "머리를 거꾸로 놓은 것〔皆之倒〕이다."[59]라고 하였다.

---

59 머리를……것이다 :《설문해자(說文解字)》권9상의 '현(縣)'자에 대한 설명에 "머리〔皆〕를 거꾸로 놓은 것이니, 가 시중(賈侍中)은 이것을, '머리를 잘라 거꾸로 매단 것이 현(縣)자이다.'라고 해설하였다.〔到皆也, 賈侍中說此, 斷皆到縣, 縣字.〕"라고 하였다.

- 병(兵) : 사람이 도끼를 잡은 것〔人執斤〕인데, 일설에는 "언덕에서 사람이 나오는 것〔丘出人〕이다."라고 한다.
- 군(軍) : 수레로 둘러싼 것〔車以圍〕이고, 일설에는 "집에서 수레가 나오는 것〔家出車〕이다."라고 한다.
- 졸(卒) : 열 사람이 수레를 같이 타는 것〔十人同車〕이다.
- 승(乘) : 세 사람이 수레를 함께 타는 것〔三人共車〕이다.

- 허(噓) : 입에서 빈 것이 나오는 것〔口出虛〕이다.
- 희(噫) : 부는 것에 의미가 있는 것〔噓有意〕이다.
- 탄(嘆) : 고생스러운 소리〔艱難之聲〕이다.
- 제(嗁) : 범이 골짝에서 울부짖는 것〔虎嘯谷〕이다.
- 곡(哭) : 입을 이어서 큰 소리를 내는 것〔連口大聲〕인데, 《설문해자》에는 "개 여러 마리의 소리〔衆犬聲〕"[60]라고 하였다.

- 탄(呑) : 큰 입으로 한 번에 먹는 것〔大口一食〕이다.
- 철(啜) : 입을 분주히 놀려서 여러 차례 먹는 것〔傍口屢食〕이다.
- 토(吐) : 흙이 입에 들어간 것〔土入口〕이다.
- 수(嗽) : 가시가 입에 있는 것〔棘在口〕이다.
- 취(吹) : 입을 절반 모은 것〔口半斂〕이다.
- 소(嘯) : 입의 기운이 엄숙한 것〔口氣肅〕이다.
- 음(吟) : 입을 절반 머금은 것〔口半含〕이다.
- 함(含) : 지금 입안에 들어 있는 것〔今在口〕이다.

60 개……소리 : 《설문해자》에는 보이지 않는다. 출전은 미상이다.

- 호(呼) : 입으로 호호(乎乎) 소리를 내는 것〔口乎乎〕이다.

- 가(歌) : 가가(呵呵 껄껄 웃는 소리) 소리를 불어내는 것〔吹呵呵〕이다.

- 고(叩) : 나아가서 묻는 것〔卽而問〕이다.

- 구(扣) : 손으로 두드리는 것〔手以叩〕이다.

- 병(病) : 불로부터 일어난다.〔從丙起〕[61]

- 질(疾) : 기운에 잃음이 있는 것〔氣有失〕이다.

- 통(痛) : 병이 날뛰는 것〔病之踊〕이다.

- 흔(痕) : 병의 지경〔病之限〕이다.

- 벽(癖) : 병이 치우친 것〔病之僻〕이다.

- 학(瘧) : 사람을 괴롭히는 것〔虐人〕이다.

- 치(癡) : 의심이 많은 것〔多疑〕이다.

- 의(疑) : 발이 장차 멈추려는 것〔足將止〕이다.

- 의(擬) : 손이 아직 정해지지 않은 것〔手未定〕이다.

- 축(祝) : 입으로 신에게 비는 것〔以口乞神〕이다.

- 도(禱) : 신에게 장수를 바라는 것〔求壽於神〕이다.

- 청(請) : 말에 정이 있는 것〔言有情〕이다.

- 알(謁) : 말이 막히지 않는 것〔言不遏〕이다.

- 생(生) : 풀이 흙에서 나오는 것〔艸出土〕이다.

---

61 불로부터 일어난다 : 병(病)자에 불을 의미하는 병(丙)자가 들어가기 때문에 이렇게 말한 것이다.

- 노(老) : 털이 흙으로 변한 것〔毛化土〕이다.
- 사(死) : 변하여 시체가 된 것〔化爲尸〕이다.
- 구(柩) : 시체가 상자에 있는 것〔尸在匣〕이다.
- 장(葬) : 죽음이 풀과 흙 사이에 있는 것〔死在草土間〕이다.
- 훙(薨) : 죽음이 꿈과 같은 것〔死如夢〕이다.
- 몽(夢) : 저녁에 죽은 듯한 것〔夕似薨〕이다.

- 영(靈) : 우레와 비의 신〔雷雨之神〕이다.
- 무(巫) : 영(靈)을 모시는 장인〔挾靈之工〕이다.
- 의(醫) : 질병을 공격하는 무당〔攻疾之巫〕이다. 図 질병에 술을 주는 것〔投酒於疾〕이다.

- 농(農)-농(農)의 고자이다.- : 두 손을 모아 때에 맞춰 일하는 것〔兩手同而及辰〕이다.
- 상(賈) : 서서 장사하는 것〔立而賈〕이다.
- 매(買) : 그물로 재물을 취하는 것〔網取財〕이다.
- 장(匠) : 도끼를 품은 장인〔抱斤之工〕이다.
- 교(巧) : 살필 만한 성과〔功可考〕이다.
- 졸(拙) : 재주가 달리는 것〔技之屈〕이다.

- 종(宗) : 집에 신이 있는 것〔室有神〕이다.
- 묘(廟) : 집의 조회하는 곳〔屋所朝〕이다.
- 예(禰) : 신이 가까운 곳〔神之邇〕이다.
- 제(祭) : 고기를 신에게 올리는 것〔肉登神〕이다.

- 향(享) : 높은 곳에 미더운 것[孚於高]이다.

- 사(祠) : 신을 주관하는 관아[神之司]이다.

- 협(祫) : 합쳐서 제사하는 것[合而祭]이다.

- 전(奠) : 술이 대[丌] 위에 있는 것[酒在丌]이다.

- 등(登) : 제사의 그릇[祭之豆]이다.

- 풍(豐) : 예식에 쓰는 그릇[禮之器]이다.[62]

- 재(齋) : 마음을 가지런히 하여 제사하는 것[齊心以祭]이다.

- 계(戒) : 방패와 창으로 자기 몸을 살피는 것[干戈省躬]이다.[63]

- 목(沐) : 나무에서 머리털을 씻는 것[濯髮於木]이다.

- 욕(浴) : 골짜기에서 몸을 씻는 것[洗身於谷]이다.

- 세(洗) : 먼저 물을 쓰는 것[先用水]이다.

- 관(盥) : 그릇에서 물을 들어올리는 것[皿舉水]이다.

- 생(牲) : 살아 있는 소[生牛]이다.

- 희(犧) : 소와 양을 나란히 제향하는 것[牛羊並享]이다.

---

62 예식에 쓰는 그릇이다 : 풍(豐)자는 제기(祭器)에 곡식이 가득 담긴 모습을 표현한 글자로, 본래는 예(禮)를 뜻하였다. 또 약자인 풍(豊)자가 예(禮)자에 들어가기도 한다.

63 방패와……것이다 : 죄 있는 사람을 벌하듯 자신을 엄격하게 살핀다는 말이다. 부열(傅說)이 은 고종(殷高宗)에게 "옷과 치마를 상자에 보관하시고 방패와 창으로 몸을 살피실지니, 이것을 믿어 능히 밝히시면 아름답지 않음이 없을 것입니다.[惟衣裳, 在笥, 惟干戈, 省厥躬, 王惟戒茲, 允茲克明, 乃罔不休.]"라고 진언(進言)한 데에서 취한 말이다. 《書經 商書 說命》

원취편
遠取篇

- 목(木) : 가지와 뿌리를 형상한 것이다.
- 수(水) : 시냇물의 흐름을 형상한 것이다.
- 화(火) : 불꽃이 타오르는 것을 형상한 것이다.
- 토(土) : 사물을 낳는 것을 형상한 것이다.
- 금(金) : 흙[土]에서 태어남을 형상한 것이다.
- 図 목(木) : 진(震 ☳)의 일양(一陽)이 위로 두 음(陰)을 꿰뚫은 것이다. 토(土) : 간(艮 ☶)의 일양이 아래로 두 음에 꽂힌 것이다. 수(水) : 감(坎 ☵)의 일양이 음 가운데에 선 것이다. 화(火) : 이(離 ☲)의 일음(一陰)이 두 양(陽)을 끼고 있는 것이다. 금(金) : 태(兌 ☱)가 이(離 ☲) 위에 있으니 택화혁(澤火革)이다.[64]
- 図 화(火) : 이(離)의 두 양이 사귀어 일어나는 것으로 타고 올라가는 형상이다. 수(水) : 감(坎)의 두 음이 나뉘어 흩어지는 것으로 적시고 내려가는 형상이다.

- 초(艸) : 모양을 본뜬 글자이다.

---

64 태(兌)가……택화혁(澤火革)이다 : 금(金)자의 모양이 태(兌 ☱)와 이(離 ☲)를 포개어놓은 것과 유사하기 때문에 이렇게 말한 것이다. 택화혁이란 연못[澤]을 상징하는 태 아래에 불[火]을 상징하는 이가 있는 형태의 괘(卦)인 혁괘(革卦)로서 변혁(變革)을 의미하는데, 오행(五行)의 금에도 '따르기도 하고 변화하기도 하는[從革]' 성질이 있다.

• 화(花) : 풀이 변한 것〔艸之化〕이다.

• 초(草) : 꽃이 아직 피지 않은 것〔花之早〕이다.

• 훼(卉) : 풀이 떨기로 나는 것〔艸叢生〕이다.

• 화(華) : 풀이 중의 왕성한 것〔草中卉〕이다.

• 영(英) : 꽃 중의 넓적한 것〔花中央〕이다.

• 엽(葉) : 나무 위의 꽃〔木上華〕이다.

• 절(節) : 대나무의 경계〔竹之限〕이다.

• 경(莖) : 풀의 정강이〔草之脛〕이다.

• 둔(屯) : 풀이 흙을 뚫고 나온 것〔艸穿土〕이다.

• 체(蔕) : 띠처럼 이어진 것〔連如帶〕이다.

• 줄(茁) : 풀이 처음 나오는 것〔草始出〕이다.

• 발(發) : 활에 화살을 먹인 것〔弓帶矢〕이다.[65]

• 연(蓮) : 뿌리가 서로 이어졌다.〔根相連〕

• 능(菱) : 열매에 모〔稜〕가 있다.〔實有稜〕

• 난(蘭) : 향기가 난만(爛漫)하다.〔香爛漫〕

• 국(菊) : 꽃을 움킬 만하다.〔花可掬〕

• 빈(蘋) : 물가에서 난다.〔生水瀕〕

• 포(蒲) : 물가에서 난다.〔生渚浦〕

• 봉(蓬) : 날려서 서로 만난다.〔飛相逢〕

• 애(艾) : 잎을 반드시 베는데〔葉必刈〕 일설에는 “약으로 병을 다스릴

65 활에……것이다 : 발(發)자의 이체자인 발(𤼲)자에 활을 뜻하는 궁(弓)자와 화살을 뜻하는 시(矢)자가 들어가므로 이렇게 말한 것이다.

수 있다.〔藥可治〕"[66]라고도 한다.

- 위(葦) : 질기기가 가죽과 같다.〔靭如韋〕
- 갈(葛) : 갈옷을 대신할 수 있는 풀〔草代褐〕이다.

- 제(薺) : 모두 나란히 나는 것〔生皆齊〕이다.
- 도(荼) : 버려도 남는 것〔棄有餘〕이다.
- 모(茅) : 세 줄기의 창〔三脊矛〕이다.[67]
- 삼(蔘) : 세 줄기의 잎〔三椏葉〕이다.[68]
- 강(薑) : 풀의 맛이 강한 것〔草味彊〕이다.
- 복(茯) : 엎드리는 성질의 풀〔草性伏〕이다.
- 약(藥) : 병에 좋은 바〔病所樂〕이다.
- 침(鍼) : 쇠가 사람을 감응시키는 것〔金感人〕이다.

- 채(菜) : 풀로서 캘 수 있는 것〔草可採〕이다.
- 과(瓜) : 손톱으로 딸 수 있는 것〔爪可摘〕이다.
- 과(果) : 밭 아래에 나무가 있는 것〔田下有木〕이다.

---

66 약으로……있다 : 애(艾)자에 약(藥)자에 들어가는 초(艹)자와 다스린다는 의미의 예(乂)자가 들어가므로 이렇게 말한 것이다.

67 세 줄기의 창이다 : 청모(菁茅)라는 띠풀은 줄기가 세 갈래로 나뉘어 자라기 때문에 이렇게 말한 것이다. 《관자(管子)》〈봉선(封禪)〉에 "장강과 회수 사이에 띠풀 하나가 세 줄기로 자라니, 깔개를 만드는 데 쓴다.〔江淮之間, 一茅三脊, 所以爲藉也.〕"라고 하였다.

68 세 줄기의 잎이다 : 인삼을 줄기가 셋, 잎이 다섯이라 하여 삼아오엽(三椏五葉)이라고 부르므로 이렇게 말한 것이다.

• 두(豆) : 마을 가운데에 심는 것[村中所樹]이다.[69]

• 병(秉) : "저기에 있는 버려진 볏단[彼有遺秉]"[70]이니, 손으로 벼를 쥔 것[手執禾]이다.

• 과(裹) : 산의 과일을 속에 품은 것이니, 옷으로 과일을 싼 것[山果懷中 衣包果]이다.

• 화(禾) : 나무의 위가 구부러진 것[木上曲]이다.

• 서(黍) : 벼 중 작은 것[禾之小]이다. 공자가 "기장으로 술을 빚을 수 있으므로 화(禾)자에 수(水)자가 들어간다."[71]라고 하였다.

• 도(稻) : 절구에 벼를 담은 것[臼受禾]이다.

• 직(稷) : 밭의 벼가 긴 것[田禾長]이다.

• 맥(麥) : 소맥과 대맥의 종자[來牟種]이다.

• 양(梁) : 대량(大梁) 지방의 쌀[大梁之米]이다.

• 진(榛) : 전국(戰國)시대의 나무[戰國之木]이다.

• 마(麻) : 문 아래에 이루어진 숲[戶下成林]이다.

• 묘(苗) : 밭 위에 난 풀[田上出草]이다.

69 마을……것이다 : '심는다'는 뜻을 가진 수(樹)자의 가운데 부분에 두(豆)자가 들어가므로 이렇게 말한 것이다.

70 저기에……볏단 : 《시경》〈대아(大雅) 대전(大田)〉에 "저기에 있는 버려진 볏단, 여기에 있는 흘린 이삭, 이것은 과부의 이익이로다.[彼有遺秉, 此有滯穗, 伊寡婦之利.]"라고 하였다.

71 기장으로……들어간다 : 《설문해자(說文解字)》 권7상 '서(黍)'자에 대한 설명에 보인다.

- 수(穗) : 벼의 중심이 밭에 나온 것〔禾心出田〕이다.
- 수(秀) : 벼가 길어 낟알을 밸 수 있는 것〔禾長可孕〕이다.
- 곡(穀) : 벼가 껍질 속에 있는 것〔禾在殼〕이다.
- 속(粟) : 쌀이 달린 것〔米所纙〕이다.

- 미(米) : 벼의 절반〔禾之半〕이다.
- 자(粢) : 쌀의 버금〔米之次〕이다.
- 찬(飡) : 식사에 물을 곁들인 것〔食幷水〕이다.
- 미(糜) : 간 쌀〔磨米〕이다.
- 분(粉) : 나눈 쌀〔分米〕이다.
- 여(糲) : 단단하고 억센 것〔剛厲〕이다.
- 조(粗) : 거칠고 조악한 것〔觕苴〕이다.
- 석(釋) : 쌀을 네 번 물에 푼 것〔米四解〕이다.
- 국(掬) : 손으로 쌀을 안은 것〔手抱米〕이다.

- 가(稼) : 시집보내듯 씨를 심는 것〔種如嫁〕이다.
- 색(穡) : 쓸 때 아껴야 하는 것〔用當嗇〕이다.
- 풍(豐) : 풀이 무성하게 오른 것〔艸茂登〕이다.
- 근(饉) : 겨우 먹는 것〔食之僅〕이다.

- 뇌(耒) : 나무가 손에 있는 것〔木在手〕이다.
- 사(耜) : 쟁기에 시위가 있는 것〔耒有弦〕이다.
- 삽(鍤) : 쇠를 흙에 꽂는 것〔金揷土〕이다.
- 겸(鎌) : 쇠에 모가 난 것〔金有廉角〕이다.

• 구(臼) : 북(北)자가 들어가는데,[72] 밭의 가운데가 터진 것[田之中坼]을 형상하였다.
• 저(杵) : 남(南)자가 들어가는데,[73] 줄기 위의 손가락[干之上指]을 형상하였다.
• 용(舂) : 절구에 받든 것이 있는 것[臼有奉]이다.
• 파(簸) : 키질을 해서 부는 것[箕以吹]이다.

• 양(糧) : 쌀을 헤아림[量米]이다.
• 요(料) : 말에 담은 쌀[斗米]이다.
• 창(倉) : 호구(戶口)의 식량[戶口食]이다.
• 고(庫) : 수레가 곳집에 들어가는 것[車入府]다.
• 유(庾) : 곳집이 넉넉한 것[府肥腴]이다.

• 조(租) : 벼로 내는 세금[禾之助]이다.
• 세(稅) : 백성을 기쁘게 하는 것[使民悅]이다.
• 수(收) : 장차 취하려는 것[將有取]이다.
• 염(斂) : 검소하고자 하는 것[欲其儉]이다.
• 부(賦) : 재물을 내어 전쟁에 관한 일에 이바지하는 것[出財以供武事]인데, 전(轉)하여 사부(詞賦)의 뜻이 된 것은 굳세고도 풍부하

---

72 북(北)자가 들어가는데 : 구(臼)자가 북(北)자를 구성하는 인(人)자와 비(匕)자를 각각 좌우로 반전시킨 모양과 비슷하게 생겼으므로 이렇게 말한 것이다.
73 남(南)자가 들어가는데 : 남(南)자가 저(杵)자를 구성하는 목(木)자와 오(午)자를 위아래로 포개놓은 것처럼 생겼으므로 이렇게 말한 것이다.

고자해서이다.

- 영(榮) : 나무 위에 불이 나는 것〔木上生火〕이다.
- 낙(落) : 물과 풀이 각자 가는 것〔水草各行〕이다.
- 향(香) : 해가 벼를 비추어 일으키면 생긴다.〔日照禾而有〕
- 형(馨) : 향기가 퍼지면 이루어진다.〔香發聞而成〕

- 본(本) : 나무의 뿌리이기 때문에 획 하나가 아래에 있다.
- 말(末) : 나무의 끝이기 때문에 획 하나가 위에 있다.
- 미(未) : 늦여름의 달에 나무가 무성하다가 시들어가므로 획 하나가
  가운데에 있다.

- 송(松) : 나무 중의 공작〔木中之公〕이다.
- 백(柏) : 나무 중의 백작〔木中之伯〕이다.
- 이(李) : 열매가 많으므로[74] 꽃이 성하다.
- 매(梅) : 모(母)자가 들어가므로 접붙이기에 좋다.
- 행(杏) : 맛이 입을 즐겁게 한다.〔味悅口〕
- 도(桃) : 색이 곱다.〔色窈窕〕
- 풍(楓) : 바람을 좋아한다.〔好風〕
- 괴(槐) : 귀(鬼)를 좋아한다.〔好鬼〕

---

74 열매가 많으므로 : 《이아익(爾雅翼)》 권10 〈석목(釋木) 이(李)〉에 "오얏은 나무 중 열매가 많은 것이기 때문에 자(子)자가 들어간다.〔李, 木之多子者, 故從子.〕"라고 하였다.

- 유(杻) : 축방(丑方)의 나무이기 때문에 북쪽 지방에서 많이 난다.
  〔丑木故多産於北方〕
- 유(柳) : 묘방(卯方)의 나무이기 때문에 동쪽 지방에 더욱 알맞다.
  〔卯木故尤宜於東方〕

- 이(梨) : 입에 이롭다.〔利於口〕
- 감(柑) : 입에 달다.〔甘於口〕
- 시(柿) : 허파에 이롭다.〔利於肺〕
- 가(檟) : 장사에 이롭다.〔利於賈〕
- 율(栗) : 서쪽을 좋아한다.〔好西〕
- 남(楠) : 남쪽에 알맞다.〔宜南〕
- 상(桑) : 손이 많다.〔多手〕
- 삼(杉) : 털이 많다.〔多毛〕
- 계(桂) : 아름다운 나무〔佳樹〕이다.
- 비(棐) : 무늬가 있는 나무〔文木〕이다.[75]

- 동(桐) : 골짝 안의 재목〔洞中之材〕이다.
- 양(楊) : 볕을 향하는 나무〔向陽之木〕이다.
- 춘(椿) : 늘 봄빛인 나무〔長春之樹〕이다.
- 추(楸) : 맑은 가을의 숲〔淸秋之林〕이다.

75 무늬가 있는 나무이다 : 비(棐)자가 문채가 난다는 의미의 비(斐)자와 유사하게 생겼으므로 이렇게 말한 것이다.

- 고(枯) : 고목이 되는 것[成古木]이다.
- 신(薪) : 새 풀을 취하는 것[取新草]이다.
- 재(材) : 나무의 재주[木之才]이다.
- 후(朽) : 나무가 비는 것[木之朽]이다.

- 죽(竹) : 모양을 본뜬 글자이다.
- 황(篁) : 대나무 중의 황왕[竹中皇王]이다.
- 순(筍) : 난 지 열흘 된 대나무[竹生旬日]이다.
- 생(笙) : 소리가 대나무에서 나는 것[聲生竹]이다.
- 적(笛) : 소리가 대나무에서 비롯하는 것[聲由竹]이다.
- 소(簫) : 소리가 휘파람 같다.[聲如嘯]
- 우(竽) : 소리가 탄식 같다.[聲如吁]
- 황(簧) : 금엽(金葉)이 누런 것[金葉黃]이다.
- 균(筠) : 지엽이 고른 것[枝葉均]이다.
- 소(篠) : 가지가 뻗은 것[條暢]이다.
- 탕(簜) : 요동침[搖蕩]이다.
- 점(簟) : 칡넝쿨이 뻗는 것[葛之覃]이다.[76]
- 소(笑) : 복사꽃의 싱그러움[桃之夭]이다.[77]

---

76 칡넝쿨이 뻗는 것이다 : 《시경》〈주남(周南) 갈담(葛覃)〉에 "칡넝쿨의 뻗음이여
골짜기 가운데로 뻗었도다.[葛之覃兮, 施于中谷.]"라고 하였다.
77 복사꽃의 싱그러움이다 : 《시경》〈주남 도요(桃夭)〉에 "싱그러운 복사꽃, 꽃이
활짝 피었네.[桃之夭夭, 灼灼其華.]"라고 하였다.

- 조(鳥)・수(獸)・충(蟲)・어(魚)・녹(鹿)・시(豕)・견(犬)・치(豸)・조(爪)・아(牙)・우(羽)・미(尾) : 모두 모양을 본뜬 글자이다.
- 금(禽) : 사람에게서 떨어진 것〔離於人〕이다.
- 축(畜) : 돼지가 밭에 있는 것〔亥在田〕이다.

- 인(麟) : 앞은 사슴이고 뒤는 소인 동물〔鹿前而牛後〕이다.
- 귀(龜) : 뱀의 몸에 조개껍질을 한 동물〔蛇身而貝甲〕이다.
- 봉(鳳) : 머리에 바람을 이고 몸을 숨기는 동물〔頭戴風而隱身〕이다.
- 용(龍) : 살에 무늬가 있고 위로 날아오르는 동물〔肉有章而上飛〕이다.

- 호(虎) : 바람을 내뿜는 짐승〔噓風之獸〕이다.[78]
- 웅(熊) : 불에 능한 짐승〔能火之獸〕이다.[79]
- 서(犀) : 물에 사는 소〔居水之牛〕이다.
- 상(象) : 코를 인 돼지〔戴鼻之豕〕이다.

- 마(馬) : 갈기가 많고 발이 네 개인 형상이다.
- 우(牛) : 뿔 두 개에 꼬리가 하나인 형상이다.

---

78 바람을 내뿜는 짐승이다 : 허(噓)자에 범을 뜻하는 호(虎)자가 들어가고, 《주역》〈건괘(乾卦) 문언(文言)〉에 "구름은 용을 따르고 바람은 범을 따른다.〔雲從龍, 風從虎.〕"라고 하였기 때문에 호가 바람을 내뿜는다고 말한 것이다.
79 불에 능한 짐승이다 : 77쪽 주163 참조.

- 기(驥) : 기북(冀北)의 산물〔冀北之産〕이다.
- 준(駿) : 말 중의 뛰어난 것〔馬中之俊〕이다.
- 결제(駃騠 버새) : 뒷발질과 깨물기를 잘한다.〔踶齧〕
- 화류(驊騮) : 화려하고 아름답다.〔華美〕

- 역(驛) : 이어짐〔絡繹〕이다.
- 일(馹) : 날마다 달리는 것〔日馳〕이다.
- 기(騎) : 말에 붙어 있는 것〔寄於馬〕이다.
- 추(騶) : 말의 뒤를 쫓는 사람〔馬後趨〕이다.

- 구(狗) : 갈고리처럼 눕는다.〔臥如鉤〕
- 서(鼠) : 머리가 아이 같다.〔首如兒〕
- 간(羋)[80] : 소가 뿔이 작은 것〔牛小角〕이다.
- 고(羔) : 양 중 검은 것〔羊之黑〕이다.
- 독(犢) : 소가 이어지는 것〔牛之續〕이다.
- 구(駒) : 개 같은 말〔馬如狗〕이다.

- 균(麕) : 사슴의 임금〔鹿之君〕이다.
- 예(麑) : 사슴의 아이〔鹿之兒〕이다.
- 장(麞) : 털에 무늬가 있는 것〔毛有章〕이다.
- 원(猿) : 임원(林園)에 깃들어 산다.〔棲林園〕
- 달(獺) : 여울에 산다.〔居灘瀨〕

80 간(羋) : 의미로 볼 때 양이 운다는 의미의 미(羋)자의 오자(誤字)인 듯하다.

• 호(狐) : 혼자 다니기를 좋아한다.〔好孤行〕
• 이(貍) : 매복을 즐긴다.〔喜埋伏〕
• 토(兎) : 깡총깡총 다닌다.〔行跳躑〕
• 낭(狼) : 비틀거리며 달린다.〔走蹌跟〕

• 각(角) : 살 위의 뾰족한 것〔肉上尖〕이다.
• 미(尾) : 발 아래의 털〔足下毛〕이다.
• 제(蹏) : 범과 표범의 자취〔虎豹之跡〕이다.
• 엽(鬣) : 사냥할 수 있는 터럭〔髮之可獵〕이다.
• 비(飛) : 바람을 타고 날개를 등에 진 것〔乘風負羽〕이다.
• 약(躍) : 발과 날개를 함께 옮기는 것〔足羽並推〕이다.

• 난(卵) : 물고기와 새가 배는 것〔魚鳥胎〕이다.
• 태(胎) : 살의 시작〔肉之始〕이다.
• 포(胞) : 살이 품은 것〔肉之包〕이다.

• 웅(雄) : 참새가 큰 것〔雀之宏〕이다.
• 자(雌) : 참새가 작은 것〔雀之些〕이다.
• 모(牡) : 소 가운데 건장한 것〔牛之壯〕이다.
• 빈(牝) : 수컷과 나란한 것〔與牡比〕이다.
• 쌍(雙) : 암수가 사귀는 것〔雌雄交〕이다.
• 비(比) : 암수가 나란한 것〔牝牡並〕이다.

• 홍(鴻) : 강을 따라서 나는 새〔隨江之鳥〕이다.

- 안(鴈) : 양(陽)을 살피는 새[候陽之鳥]이다.[81]
- 응(鷹) : 감응하는 새[感應之鳥]이다.
- 전(鷆) : 마음대로 하는 새[專擅之鳥]이다.
- 계(鷄) : 새 중의 사내아이 종[鳥中之奚僮]이다.
- 치(鴟) : 새 중의 저족과 강족[鳥中之氐羌]이다.
- 노(鷺) : 새 중의 밖에서 거처하는 것[鳥中之露處]이다.

- 연(燕) : 꼬리가 갈라졌다.[歧尾]
- 부(鳧) : 발이 이어졌다.[連足]
- 지(鷙) : 잡아채는 새[搏執之鳥]이다.
- 준(隼) : 열 마리 새의 우두머리[十鳥之雄]이다.
- 치(雉) : 화살을 맞은 참새[帶矢之雀]이다.
- 연(鳶) : 주살을 등에 맞은 새[負弋之鳥]이다.
- 효(梟) : 나무에 걸쳐 있는 새[掛木之鳥]이다.

- 학(鶴) : 깃이 학학(翯翯 함치르르함)한 것[羽翯翯]이다.
- 앵(鸎) : 소리가 앵앵(嚶嚶 지저귀는 소리)한 것[聲嚶嚶]이다.
- 오(烏) : 울음이 오오(嗚嗚 흐느끼는 듯함)한 것[唬嗚嗚]이다.
- 작(鵲) : 소리가 차차(喈喈 짹짹거리는 소리)한 것[音喈喈]이다.

- 명(鳴) : 새의 입[鳥口]이다.

81 양(陽)을 살피는 새이다 : 기러기는 태양을 좇아 남북으로 옮겨 다니므로 양조(陽鳥)라는 별칭으로도 불린다.

- 폐(吠) : 개의 입〔犬口〕이다.
- 탁(啄) : 돼지의 입〔豕口〕이다.
- 전(嚩) : 소리가 흘러 퍼지는 것〔音流轉〕이다.
- 여(唳) : 소리가 하늘에 이르는 것〔聲戾天〕이다.

- 뇌(牢) : 소가 집에 있는 것〔牛在宇〕이다.
- 진(塵) : 사슴이 흙 위를 달리는 것〔鹿走土〕이다.
- 빙(馮) : 말이 황하를 건너는 것〔馬涉河〕이다.
- 대(隊) : 돼지가 언덕을 향하는 것〔豕向阜〕이다.
- 군(群) : 양이 고을에 있는 것〔羊在郡〕이다.
- 찬(竄) : 쥐가 구멍에 들어간 것〔鼠入穴〕이다.
- 복(伏) : 개가 사람을 따르는 것〔犬隨人〕이다.
- 두(蠹) : 벌레가 주머니에 들어간 것〔蟲入橐〕이다.
- 소(穌) : 물고기가 벼를 얻은 것〔魚得禾〕이다.
- 호(號) : 범이 숨을 내쉬는 것〔虎有呼〕이다.
- 총광(寵光) : 용(龍)을 집에 나타나게 하는 것〔令龍見家〕이다.

- 곤(鯤) : 물고기의 맏형〔魚之伯〕이다.[82]
- 경(鯨) : 고기 중 큰 것〔魚之大〕이다.[83]

82　물고기의 맏형이다 : 곤(鯤)자에 맏형을 뜻하는 곤(昆)자가 들어가므로 이렇게 말한 것이다.
83　고기⋯⋯것이다 : 경(鯨)에 들어가는 경(京)자에 크다는 뜻이 있으므로 이렇게 말한 것이다.

- 교(鮫) : 잘 사귄다.〔善交〕

- 악(鱷) : 성질이 악하다.〔性惡〕

- 복(鰒) : 배가 두텁다.〔厚腹〕

- 상(鯗 말린 조기) : 사람을 키워준다.〔養人〕

- 이(鯉) : 무늬가 있는 것〔有文理〕을 말한다.

- 오(鰲) : 거만하게 선 것〔立倨傲〕을 말한다.

- 단(象) : 코끼리처럼 큰 돼지〔大豕如象〕이다.

- 수(雖) : 벌레처럼 작은 새〔小鳥如蟲〕이다.

- 위(爲) : 발 없는 벌레를 닮은 원숭이〔猴似豸〕이다.

- 언(焉) : 솔개를 닮은 새〔鳥似鳶〕이다.

- 능(能) : 곰을 닮은 짐승〔獸似熊〕이다.

- 작(鳥) : 까치가 머리가 벗겨진 것〔鵲脫首〕이다.

- 의(蟻) : 의리가 있다.〔有義〕

- 지(蜘) : 슬기가 많다.〔多智〕

- 봉(蜂) : 침을 감춘다.〔藏鋒〕

- 형(螢) : 불을 머리에 인다.〔戴火〕

- 호접(蝴蝶 나비) : 모습이 잎과 같다.〔狀如葉〕

- 과두(蝌蚪 올챙이) : 모양이 구기와 같다.〔形如斗〕

- 사(蛇) : 구불구불 달린다.〔走逶迤〕

- 인(蚓) : 질질 끌며 다닌다.〔行牽引〕

- 와(蛙) : 왜왜(哇哇 옹알거리는 소리) 소리를 낸다.〔聲哇哇〕

- 승(蠅) : 쉬지 않고 난다.〔飛繩繩〕

- 잠(蠶) : 몰래 숨기를 좋아한다.〔好潛隱〕
- 아(蛾) : 잠깐 사이에 태어난다.〔生俄頃〕
- 준(蠢) : 벌레가 봄을 맞으면 시작하는 것〔蟲逢春而始〕이다.
- 종(螽) : 겨울에 누리 새끼가 이루는 모습〔冬有螽而成〕이다.

잡물편
雜物篇

- 촌(寸) : 손의 마디[手之節]이다.
- 척(尺) : 어깨의 길이[肩之長]이다.
- 관(冠) : 마디를 머리 위에 올린 것[寸冒元]이다.
- 이(履) : 발이 배 위를 다니는 것[足行舟]이다.[84]
- 図 무(毋) : 옛날 관의 양쪽으로 머리가 나온 것으로, 비녀가 있는 것을 형상한 것이다.

- 의(衣) : 위는 소매 같고 아래는 치마 같다.
- 대(帶) : 위는 매듭 같고 아래는 띠와 같다.
- 복(服) : 몸의 거죽[身之皮]이다.
- 건(巾) : 베를 늘어뜨린 것[布之垂]이다.
- 상(裳) : 옷으로 덧입는 것[尙以衣]이다.
- 입(笠) : 서서 대나무를 인 것[立戴竹]이다.
- 패(佩) : 바람이 띠에 부는 것[風吹帶]이다.
- 구(裘) : 털 공 같은 옷[衣如毬]이다.
- 낭(囊) : 병 같은 옷[衣如壺]이다.
- 포(袍) : 몸을 싸는 것[包身]이다.

---

84 발이……것이다 : 이(履)자를 이체로 이(履)라고도 쓰므로 이렇게 '다닌다[行]'라
고 말한 듯하다.

- 고(袴) : 다리에 걸치는 것[跨脚]이다.

- 수(褎 소매) : 손이 말미암아 나오는 것[手由出]이다.

- 메(袂) : 입이 터진 것[口有決]이다.

- 곤(袞) : 공(公)의 옷[公之衣]이다.

- 면(冕) : 관(冠) 중의 구부러진 것[冠之俛]이다.[85]

- 장(帳) : 수건 중 긴 것[巾之長]이다.

- 악(幄) : 베로 만든 집[布爲屋]이다.

- 모(帽) : 수건을 머리에 뒤집어쓴 것[巾冒頭]이다.

- 폐(幣) : 베가 앞을 가린 것[布蔽前]이다.

- 금(衿) : 옷의 오른쪽을 꿰맨 것[衣右含]이다.

- 금(衾) : 옷의 위를 꿰맨 것[衣上含]이다.

- 피(被) : 옷의 거죽[衣之皮]이다.

- 신(紳) : 실을 늘인 것[絲之伸]이다.

- 멸(幭 덮개) : 수건 중 하찮은 것[巾之賤蔑]이다.

- 혜(鞵) : 옷 중의 종복[衣之奚奴]이다.

- 포(布) : 큰 수건[大巾]이다.

85 관(冠)……것이다 : 면류관의 앞부분이 뒷부분보다 낮아서 앞으로 기울어진 모양이기 때문에 이렇게 말한 것이다. 《진씨예기집설(陳氏禮記集說)》〈예기(禮器)〉의 '면(冕)'에 대한 주석에 "면은 제복(祭服)에 쓰는 관이다. 윗면은 검은색, 아랫면은 붉은색이다. 앞뒤로 구슬을 꿴 줄이 있으며, 앞면은 뒷면보다 1촌(寸) 2분(分) 낮아서 조금 굽어 있기 때문에 면이라고 이른다.〔冕, 祭服之冠也. 上玄下纁. 前後有旒, 前低一寸二分, 以其略俛而謂之冕.〕"라고 하였다.

- 백(帛) : 아름다운 베〔美布〕이다.
- 면(緜) : 비단을 만들 수 있는 실〔絲可帛〕이다.
- 염(帘 햇빛 등을 가리는 발) : 문에 수건을 건 것〔戶掛巾〕이다.

- 사(絲) : 모양을 본뜬 글자이다.
- 서(絮) : 실과 같은 것〔如絲〕이다.
- 직(織) : 실로 무늬를 이루는 것〔絲成章〕이다.
- 적(績) : 실을 쌓아서 이루는 것〔絲積成〕이다.
- 방(紡) : 베를 짜는 것에 일정함이 있는 것〔織有方〕이다.
- 망(網) : 실로 물건을 그물질하는 것〔絲以罔物〕이다.
- 나(羅) : 실로 참새를 덮치는 것〔絲以掩雀〕이다.

- 선(線) : 실이 샘처럼 나오는 것〔絲出如泉〕이다.
- 윤(綸) : 실이 바퀴처럼 도는 것〔絲轉如輪〕이다.
- 경(經) : 실이 다니는 길〔絲之徑〕이다.
- 강(綱) : 실 중의 굳센 것〔絲之剛〕이다.
- 기(綺) : 실 중의 기이한 것〔絲之奇〕이다.
- 홍(紅) : 실 중의 공교한 것〔絲之工〕이다.

- 치(絺) : 성긴 실〔稀絲〕이다.
- 격(綌) : 씻은 실〔浴絲〕이다.
- 사(紗) : 얇고 적은 것〔薄少〕을 말한다.
- 광(纊) : 넓고 두터운 것〔廣厚〕을 말한다.

- 결(結) : 실을 절반 두른 것〔絲半周〕이다.
- 절(絶) : 실로 다 싸지 못한 것〔絲未包〕이다.
- 박(縛) : 실로 잡는 것〔搏以絲〕이다.
- 집(縶) : 실로 붙드는 것〔執以絲〕이다.

- 식(食) : 사람의 타고난 능력〔人之良能〕이다.
- 음(飮) : 불어서 먹는 것〔吹而食〕이다.
- 기(饑) : 조금 먹는 것〔少食〕이다.
- 포(飽) : 배를 가득 채우는 것〔滿胞〕이다.
- 반(飯) : 음식이 판(板)에 있는 것〔食在板〕이다.
- 죽(粥) : 쌀이 솥에 있는 것〔米在鼎〕이다.
- 전(餐 된죽) : 밥이 남은 것〔食之衍〕이다.
- 병(餠) : 밥을 아우르는 것〔食之幷〕이다.
- 갱(羹) : 양 중 아름다운 것〔羊之美〕이다.
- 적(炙) : 불 위의 고기〔火上肉〕이다.
- 지(旨) : 수저가 달게 여기는 바〔匕所甘〕이다.
- 기(嗜) : 입이 맛있게 느끼는 바〔口所旨〕이다. 図 맛〔味〕 중 맛있는
  것〔味之旨〕이다.
- 상(嘗) : 맛있는 맛을 높이는 것〔尙旨味〕이다.

- 염(鹽) : 염수(鹽水)를 삶아 그릇에 담은 것〔煮鹵入器〕이다.
- 장(醬) : 술과 식초로 장수를 위하는 것〔酒醋爲將〕이다.
- 회(鱠) : 물고기를 썬 것〔劊魚〕이다.
- 자(胾) : 고기를 자른 것〔截肉〕이다.

- 찬(饌) : 음식을 고른 것[食之選]이다.
- 선(膳) : 고기 중의 좋은 것[肉之善]이다.

- 국(麴) : 보리가 쌀을 품은 것[麥包米]이다.
- 주(酒) : 술통에 든 물[水在卣]이다.
- 배(盃) : 가득 채워서는 안 되는 것[不可盈]이다.
- 준(樽) : 나무를 높이는 것[木所尊]이다.
- 치(巵) : 위태로운 빛이 있는 것[有危色]이다.
- 상(觴) : 부딪히면 다치는 것[觸有傷]이다.
- 잔(盞) : 두 자루의 창을 담은 것[兩戈盛]이다.
- 가(斝) : 입을 많이 놀림을 경계하는 것[戒多口]이다.
- 치(觶) : 간소하고자 하는 것[欲其單]이다.
- 작(酌) : 요약되고자 하는 것[欲其約]이다.
- 예(醴) : 마시는 데에 예의가 있는 것[飲有禮]이다.
- 순(醇) : 풍속이 순후하고자 하는 것[風欲淳]이다.
- 양(釀) : 마땅히 물리쳐야 하는 것[當攘]이다.
- 후(酗) : 반드시 흉한 것[必凶]이다.
- 취(醉) : 졸렬함에 가까운 것[近卒]이다.
- 성(醒) : 생(生)자가 들어간다.

- 주(舟)·거(車) : 모양을 본뜬 글자이다.
- 여(輿) : 사람이 드는 것[人擧]이다.
- 도(棹) : 배를 움직이는 것[掉舟]이다.
- 항(航) : 갈대 하나로 건너는 것[一葦抗]이다.[86]

- 궤(軌) : 아홉 수레의 길〔九車道〕이다.
- 범(帆) : 베를 바람 부는 데에 건 것〔布挂風〕이다.
- 복(輻) : 수레에 있는 가장자리〔車有輻〕이다.
- 축(軸) : 수레가 따르는 바〔車所由〕이다.
- 윤(輪) : 바퀴살에 질서가 있는 것〔輻有倫〕이다.
- 주(輈) : 배처럼 굽은 것〔曲如舟〕이다.
- 원(轅) : 멀리 이르게 하는 것〔致遠〕이다.
- 노(輅) : 길을 다니는 것〔行路〕이다.
- 기(輢) : 뒤로 기대는 것〔後倚〕이다.
- 액(軛) : 앞으로 누르는 것〔前扼〕이다.
- 복(輹) : 수레의 배〔輿腹〕이다.
- 지(軹) : 굴대의 말단〔軸末〕이다.

- 금(錦) : 금빛 비단〔金帛〕이다.
- 보(寶) : 보배로운 조개〔珍貝〕이다.
- 감(鑑) : 쇠로 물건을 보는 것〔金監物〕이다.
- 이(珥) : 옥을 귀에 거는 것〔玉懸耳〕이다.
- 옥(玉) : 흙 속의 보배〔土中寶〕이다.
- 패(貝) : 거북의 껍질〔龜之甲〕이다.

86 갈대……것이다 : 갈대 하나는 작은 배를 비유하는 말로, 《시경》〈위풍(衛風) 하광(河廣)〉에 "누가 하수(河水)가 넓다 하느냐, 갈대 하나로 건널 수 있도다. 누가 송나라가 멀다고 하느냐, 발돋움하면 내 바라볼 수 있도다.〔誰謂河廣, 一葦杭之. 誰謂宋遠, 跂予望之.〕"라고 한 데에서 유래하였다. 여기에서는 배 혹은 건넌다는 의미의 항(航)자가 주(舟)자와 항(亢)자가 합쳐진 형태이므로 이렇게 말한 것이다.

- 각(珏) : 한 쌍의 옥〔雙玉〕이다.

- 붕(朋) : 두 개의 조개〔兩貝〕이다.

- 벽(璧) : 군주의 보배〔后辟之寶〕이다.

- 종(琮) : 종묘의 그릇〔宗廟之器〕이다.

- 무부(珷玞) : 옥 중의 무부〔玉中武夫〕이다.

- 민박(珉璞) : 옥 중의 노복〔玉中民僕〕이다.

- 구(球) : 모양이 공 같은 것〔形如毬〕이다.

- 모(瑁) : 모양이 모자 같은 것〔形如帽〕이다.

- 환(環) : 고리 모양〔圜〕의 옥〔圜玉〕이다.

- 낭(琅) : 좋은 옥〔良玉〕이다.

- 주(珠) : 옥 중 아름답고 예쁜 것〔玉之美姝〕이다.

- 장(璋) : 옥에 무늬가 있는 것〔玉有文章〕이다.

- 은(銀) : 간(艮)의 금〔艮之金〕이다.

- 동(銅) : 쇠와 같은 것〔與金同〕이다.

- 석(錫) : 구리가 바뀐 것〔銅變易〕이다.

- 철(鐵) : 두드리고 부어서 만드는 것〔鼓鑄成〕이다.

- 전(錢) : 두 자루의 창이 금을 놓고 다투는 것〔兩戈爭金〕이다.

- 기(器) : 여러 개의 입이 함께 먹는 것〔衆口共食〕이다.

- 새(璽) : 한 사람이 위에 있고 뭇사람이 아래에 있으니, 하늘 아래의 왕〔一人在上 衆人在下 天下王〕이다.

- 인(印) : 윗사람이 명하는 바이고 아랫사람이 우러르는 바이니, 손톱에 부절이 있는 것〔上之人所命 下之人所仰 爪有節〕이다.

- 절(節) : 대나무가 도장과 비슷한 것[竹之似印]이다.
- 부(符) : 짧은 대나무가 사람을 따르는 것[寸竹隨人]이다.

- 종(鍾) : 쇠로 만든 무거운 기물[金之重器]이다.
- 경(磬) : 소리가 나는 돌[石之有聲]이다.
- 고(鼓) : 흙에 입이 있고 칠 수 있는 것[土有口而可擊]이다.
- 약(籥) : 대나무에 구멍이 많으면서도 질서가 있는 것[竹多孔而有倫]이다.

- 궤(机) : 사람이 기대는 나무[人倚木]이다.
- 석(席) : 문 아래의 넓게 깐 베[戶下廣布]이다.
- 염(簾) : 문 사이를 겸하는 대나무[戶間兼竹]이다.
- 상(床) : 문 아래의 나무[戶下木]이다.
- 안(案) : 나무에서 편안히 있는 것[安於木]이다.

- 침(枕) : 수건을 책상에 비낀 것[巾斜机]이다.
- 소(梳) : 나무로 머리카락을 제거하는 것[木去髮]이다.
- 図 침(枕) : 기운이 가라앉는 것[氣所沈]이다. 소(梳) : 머리가 흐르는 것[髮所流]이다.
- 잠(簪) : 대나무가 몰래 들어가는 것[竹之潛入]이다.
- 영(纓) : 맬 수 있는 실[絲之可攖]이다.
- 선(扇) : 열리고 닫히는 깃[羽有開闔]이다.[87]

87 열리고 닫히는 깃이다 : 선(扇)자에 문을 의미하는 호(戶)자가 들어가므로 이렇게

- 경(鏡) : 쇠의 빛이 해와 나란한 것[金光竝日]이다.

- 연(研) : 돌이 대[丌] 위에 있는 것[石在丌]이다.
- 간(簡) : 대나무의 사이를 자른 것[竹截間]이다.
- 필(筆) : 손에 대나무를 올린 것[手載竹]이다.
- 묵(墨) : 흙이 검은 것을 인 것[土戴黑]이다.
- 서(書) : 붓 아래의 말[筆下言]이다.
- 획(畫) : 글이 첫 번째로 시작하는 것[書始一]이다. 図 붓이 문(文)
  을 이루는 것[筆成文]이다.
- 문(文) : 씨줄과 날줄이 교차하는 것[經緯交]이다.
- 점(點) : 검은 것이 자리를 차지하는 것[黑占位]이다.
- 적(籍) : 대나무를 빌려서 적는 것[借竹書]이다.
- 책(冊) : 대나무 묶음을 엮은 것[編竹束]이다.
- 지(紙) : 숫돌 같은 실[絲如砥]이다.
- 견(繭) : 벌레가 풀을 먹고서 실로 껍질을 만드는 것[蟲食草而絲成
  甲]이다. 혹자는 "《주역》에서 '서계(書契)는 대체로 쾌괘(夬卦 ䷪)에
  서 취하였다.'[88]라고 하였으므로 필(筆)과 서(書)는 모두 쾌(夬)의
  획을 얻었고 '쾌'자가 들어간다."라고 한다.

- 등(燈) : 불이 올라오는 곳[火所登]이다.
- 거(炬) : 불 중의 큰 것[火之巨]이다.

말한 것이다.

88 서계(書契)는……취하였다 : 134쪽 주353 참조.

- 노(爐) : 불이 임시로 거처하는 곳〔火所廬〕이다.
- 탄(炭) : 산 아래의 재〔山下灰〕이다.

- 궁(弓) : 반달의 가운데가 굽은 것〔半月而中曲〕이다.
- 시(矢) : 대나무를 반으로 자르되 끝이 큰 것〔半竹而末大〕이다.
- 전(箭) : 대나무가 앞에 있는 것〔竹在前〕이다.
- 현(弦) : 실 오른쪽에 있는 것〔絲在右〕이다.
- 후(侯) : 사람이 화살을 끼고 있는 것〔人挾矢〕이다.
- 순(盾) : 대나무가 눈을 가린 것〔竹掩目〕이다.
- 사(躲)-사(射)의 본자(本字)이다.- : 몸에 화살을 붙든 것〔身執矢〕이다.
- 어(御) : 왼쪽에서 수레를 모는 것〔左執御〕이다.
- 적(的) : 흰 곳에 맞추기로 약속하는 것〔約以中白〕이다.
- 곡(鵠) : 새를 맞혔다고 알리는 것〔告以中鳥〕이다.
- 탄(彈) : 하나의 시위로 쏘는 것〔射以單弦〕이다. 図 활로 짐승을 겨누는 것〔弓向獸〕이다.

- 간(干) : 가지가 없는 나무로 앞을 막는 것〔木無枝而防前〕이다.
- 과(戈) : 손에 비껴드는 날이 있는 물건〔手橫擧而有刃〕이다.
- 극(戟) : 창이 높이 선 것〔戈卓立〕이다.
- 벌(伐) : 창을 남에게 대는 것〔戈加人〕이다.
- 전(戰) : 창으로 짐승을 치는 것〔戈伐獸〕이다.
- 금(擒) : 손으로 새를 잡는 것〔手執禽〕이다.
- 수(戍) : 사람이 창을 멘 것〔人荷戈〕이다.

- 도(刀) : 날이 앞에 있는 것〔刃在前〕이다.
- 인(刃) : 칼의 뾰족한 끝〔刀之鋒〕이다.
- 검(劍) : 칼 중 험한 것〔刀之險〕이다.
- 창(槍) : 나무로 찌르는 것〔木之創〕이다.
- 갑(甲) : 위를 싸고 아래를 가리는 것〔裹上而掩下〕이다.
- 주(冑) : 몸에 갑옷을 인 것〔身戴甲〕이다.
- 진(陣) : 수레가 언덕에 있는 것〔車在阜〕이다.

- 근(斤) : 칼을 뒤집은 것〔刀之反〕이다.
- 석(析) : 도끼를 나무에 대는 것〔斤加木〕이다.
- 작(斫) : 도끼를 돌에 대는 것〔斤加石〕이다.
- 단(斷) : 도끼가 실에 있는 것〔斤在絲〕이다.
- 참(斬) : 도끼가 수레에 있는 것〔斤在車〕이다.

- 안(鞍) : 가죽이 몸을 편안하게 하는 것〔革之安身〕이다.
- 비(轡) : 실로 수레를 끄는 것〔絲之引車〕이다.
- 늑(勒) : 가죽으로 힘을 쓰는 것〔革之用力〕이다.
- 편(鞭) : 가죽 중에서 민첩한 것〔革之便捷〕이다.
- 기(旗) : 모양이 키를 닮은 것〔形似箕〕이다.
- 모(旄) : 깃발에 털을 꽂은 것〔旗揷毛〕이다.
- 패(旆) : 깃발에 베를 드리운 것〔旗垂布〕이다.
- 유(旒) : 흐르는 듯한 깃발〔旗似流〕이다.

- 장(杖) : 한 길 길이의 나무〔一丈之木〕이다.

- 태(笞) : 사람을 다스리는 대나무〔治人之竹〕이다.
- 형(荊) : "형과 서를 징벌함〔荊舒是懲〕"[89]이니, 매를 칠 때에 쓰는 풀〔刑杖之草〕이다.
- 극(棘) : "극인이 수척함〔棘人欒欒〕"[90]이니, 아프게 찌르는 나무〔痛刺之木〕이다.

- 관(棺) : 나무로 사람을 싸는 것〔木管人〕이다.
- 츤(櫬) : 나무로 몸에 가까이 대는 것〔木親身〕이다.
- 곽(槨) : 나무로 된 외성〔木之郭〕이다.
- 곽(鞹) : 가죽으로 만든 외성〔革之郭〕이다.

- 공(工) : 기(奇)와 우(耦)가 합쳐진 것〔奇耦合〕이다.
- 공(功) : 장인이 힘을 쓰는 것〔工用力〕이다.
- 공(攻) : 장인이 문양을 내는 것에 치력하는 것〔工致文〕이다.
- 공(貢) : 장인이 조개를 가지고 있는 것〔工帶貝〕이다.

- 지(贄) : 조개를 잡고 있는 것〔執貝〕이다.

---

89 형과 서를 징벌함 : 《시경》〈노송(魯頌) 비궁(閟宮)〉에 "융적을 막고 형과 서를 징벌하니, 우리를 감히 막지 못하도다.〔戎狄是膺, 荊舒是懲, 則莫我敢承.〕"라고 하였다. '형'은 초(楚)나라의 별칭이고 '서'는 초나라의 동맹국 이름이다.

90 극인이 수척함 : 극인(棘人)은 슬픔에 경황이 없는 사람이란 뜻으로, 부모의 상을 당한 사람을 가리킨다. 《시경》〈회풍(檜風) 소관(素冠)〉에 "행여나 흰 관을 쓴 극인의 수척함을 볼 수 있을까. 수고로운 마음으로 노심초사하노라.〔庶見素冠兮, 棘人欒欒兮, 勞心慱慱兮.〕"라고 하였다.

- 재(財) : 손안의 조개[手貝]이다.

- 회(賄) : 그 조개를 소유하는 것[有其貝]이다.

- 뇌(賂) : 손님의 조개[客之貝]이다.

- 화(貨) : 재물을 화거(化居)[91]하는 것[財化居]이다.

- 대(貸) : 남의 재화를 빌리는 것[代人貨]이다.

- 비(費) : 재화를 남겨두지 않는 것[弗居貨]이다.

---

91 화거(化居) : 각 지역에 있고 없는 물자를 교역하여 축적시켜놓은 재화를 변화시키는 것이다. 《서경》〈우서(虞書) 익직(益稷)〉에 "힘써 있는 것을 없는 곳에 교역하여 쌓아놓은 것을 변화시키니, 많은 백성들이 곡식을 먹게 되어서 만방이 다스려졌다.〔懋遷有無化居, 烝民乃粒, 萬邦作乂.〕"라고 한 데에서 유래하였다.

찬덕편

撰德篇

- 인(仁) : 원(元)을 회전시킨 것이니, 사람이 하늘과 땅 사이에 참여하는 것〔元之轉 人參兩〕이다.
- 의(義) : 선함이 나에게 있는 것〔善在我〕이다.
- 예(禮) : 몸으로 보여주는 것〔示以體〕이다.
- 지(智) : 해처럼 환하게 아는 것〔知如日〕이다.
- 신(信) : 남과 말하는 것〔與人言〕이다.

- 효(孝) : 아들이 노인을 섬기는 것〔子事老〕이다.
- 충(忠) : 마음과 입이 일치하는 것〔心口一〕이다.
- 성(誠) : 말을 닦아 이루는 것〔修辭以成〕이다.[92]
- 경(敬) : 진실로 날마다 스스로 신칙하는 것〔苟日自敕〕이다.
- 공(恭) : 조심하여 직분을 맡는 것〔小心供職〕이다.
- 각(恪) : 오롯한 마음으로 윗사람을 감동시키는 것〔專心格上〕이다.
- 신(愼) : 망령됨이 없는 참된 마음〔眞心无妄〕이다.
- 근(謹) : 말이 겨우 입에서 나오는 것〔言僅出口〕이다.

- 양(良) : 자신에게 돌이켜 그치는 것〔反身而止〕이다.
- 덕(德) : 마음이 곧음을 얻은 것〔心得其直〕이다.

92 말을……것이다 : 113쪽 주281 참조.

- 재(才) : 몸으로 삼재(三才 천지인(天地人))를 본뜬 것[身象三才]이다.
- 지(知) : 사람과 하늘이 합쳐지는 것[人與天合]이다.

- 성(聖) : 총명함이 걸출한 왕[聰明首出之王]이다.
- 현(賢) : 문채와 바탕을 구비한 신하[文質具備之臣]이다.
- 예(睿) : 밝으면서도 포용력이 있는 것[明而有容]이다.
- 사(師) : 한 사람이 이끄는 바[一人所帥]이다.

- 교(教) : 효(孝)를 먼저 하고 글을 나중에 배우는 것[先孝而後文]이다.
- 학(學) : 아들을 서로 본받으라고 가르치는 것[教子以相效]이다.
- 붕(朋) : 같은 문하끼리 서로 친한 것[同門相比]이다.
- 우(友) : 두 사람이 서로 사귀는 것[兩人相交]이다.
- 윤(倫) : 수레의 바퀴와 같은 것[如車輪]이다.
- 당(黨) : 마음이 검은 것을 숭상하는 것[心尙黑]이다.

- 직(直) : 윗부분에 수(首)자가 들어가니 "머리의 모양은 곧아야 한다."[93]이다.

---

93 머리의……한다 :《예기(禮記)》〈옥조(玉藻)〉에 군자가 지켜야 할 아홉 가지 자세인 구용(九容)을 다음과 같이 제시하였다. "걷는 모양은 무게가 있어야 하고, 손의 모양은 공손해야 하고, 눈의 모양은 단정해야 하고, 입의 모양은 멈춰 있어야 하고, 목소리는 고요해야 하고, 머리 모양은 곧아야 하고, 숨 쉬는 모양은 엄숙해야 하고, 서 있는 모양은 덕스러워야 하고, 얼굴빛은 장엄해야 한다.[足容重, 手容恭, 目容端, 口容止, 聲容靜, 頭容直, 氣容肅, 立容德, 色容莊.]"

• 정(正) : 아랫부분에 족(足)자가 들어가니 다닐 때 멈추고자 하는 것〔行欲止〕이다.

• ☒ 직(直) : 열 눈이 보는 것이다.〔十目所視〕[94] 정(正) : 하나를 얻고서 멈추는 것〔得一而止〕이다."

• 장(莊) : 풀이 굳센 것〔草之壯〕이다.

• 맹(猛) : 짐승 중의 큰 것〔獸中孟〕이다.

• 은(恩) : 사람의 마음을 따르는 것〔因人心〕이다.

• 혜(惠) : 그 마음을 오롯이 하는 것〔專其心〕이다.

• 원(怨) : 꺼리는 바가 많은 것〔多所忌〕이다.

• 위(威) : 여자에게서 이루어지는 것〔成於女〕이다.[95]

• 상(賞) : 재화로써 높이는 것〔尙以貨〕이다.

• 엄(嚴) : 입이 감히 말하지 못하는 것〔口不敢言〕이다.

• 숙(肅) :《설문해자(說文解字)》에 "연못에 임한 듯이 일을 맡는 것〔持事如臨淵〕이다."[96]라고 하였다.

94 열……것이다 :《대학장구(大學章句)》전(傳) 6장에 "열 눈이 보는 바이고 열 손이 가리키는 바이니, 두렵도다!〔十目所視, 十手所指, 其嚴乎!〕"라는 증자의 말이 보인다. 여기에서는 직(直)자에 열을 뜻하는 십(十)자와 눈을 뜻하는 목(目)자가 들어가기 때문에 이렇게 말한 것이다.

95 여자에게서 이루어지는 것이다 : 위(威)자는 본래 여자를 의미하는 여(女)자와 도끼를 의미하는 월(戉)자가 합쳐진 형태로, 고대 모계 사회에서 권력과 위엄을 가진 '시어머니'를 뜻하는 글자였기 때문에 이렇게 말한 듯하다.

96 연못에……것이다 :《설문해자(說文解字)》권3하의 '숙(肅)자'에 대한 설명에 "일

- 훈(勳) : 공로에서 향내가 나는 것〔功有薰〕이다.
- 노(勞) : 힘에 영화가 있는 것〔力有榮〕이다.
- 업(業) : 선함이 모인 것〔善之叢〕이다.
- 하(賀) : 공물에 더하는 것이 있는 것〔貢有加〕이다.
- 가(嘉) : 기뻐함에 더하는 것이 있는 것〔喜有加〕이다.
- 봉(封) : 손으로 홀을 잡는 것〔手執圭〕이다.
- 증(贈) : 내리는 것에 더하는 것이 있는 것〔賜有增〕이다.
- 사(賜) : 조개를 내리는 것〔貝之錫〕이다.

- 선(善) : 상서롭고 길한 것〔祥吉〕이다.
- 악(惡) : 큰 사특함〔亘慝〕이다.
- 후(厚) : 효(孝)에 근원한 것〔原於孝〕이다.
- 박(薄) : 물 위의 순채〔水上蓴〕이다.
- 연(姸) : 여자의 모습〔女之形〕이다.
- 추(醜) : 귀(鬼)의 얼굴〔鬼之面〕이다.
- 미(美) : 양 중의 큰 것〔羊之大〕이다.
- 염(艷) : 낯빛에 풍채가 있는 것〔色之豐〕이다.

- 각(覺) : 배워서 식견이 생기는 것〔學有見〕이다.
- 오(悟) : 나의 마음을 얻는 것〔得吾心〕이다.
- 민(敏) : 매양 글을 좋아하는 것〔每好文〕이다.

을 맡음에 경건하게 하는 것이다. 율(聿 붓)자가 연(㶜 연못)자 위에 있으니, 전전긍긍
함이다.〔持事振敬也. 從聿在㶜上, 戰戰兢兢也.〕"라고 하였다.

- 둔(鈍) : 칼끝이 꺾인 것[芒刃頓]이다.

- 근(勤) : 힘을 쓰는 데에 부지런한 것[謹於用力]이다.

- 권(勸) : 힘을 쓰는 것을 기뻐하는 것[歡於用力]이다.

- 길(吉) : 선비들의 입이 합치되어 길(吉)함이니, 남들의 말이 적은 것[士合口吉 人之辭寡]이다.

- 흉(凶) : 사람이 입을 열어 소란스러워짐이니, 남들의 말이 많은 것[人開口躁 人之辭多]이다.

- 구(咎) : 입을 밖으로 하는 것[外其口]이다.

- 인(吝) : 입을 꾸미는 것[文其口]이다.

- 회(悔) : 매양 마음에 두는 것[每在心]이다. 혹자는 "마음에 모욕감이 있으면 후회할 만하다.[心有侮則可悔]"라고 한다.

- 한(恨) : 뿌리가 마음에 박혀 있는 것[根在心]이다.

- 기(忌) : 증오가 자기를 이긴 것[惡勝己]이다.

- 분(忿) : 마음이 나뉘고 어그러지는 것[心分戾]이다.

- 광(狂) : 성품이 굽은 것[性之枉]이다. 혹자는 "개가 빠르게 가는 것[犬疾往]이다."라고 한다.

- 인(忍) : 칼날을 받아내는 듯한 마음[心如受刃]이다.

- 홀(忽) : 마음이 사물에 있지 않은 것[心不在物]이다.

- 염(念) : 마음이 지금을 생각하고 있는 것[心思今]이다.

- 상(想) : 사모하여 보고자 하는 것[思欲見]이다.[97]

97 사모하여⋯⋯것이다 : 상(想)자에 본다는 의미의 상(相)자가 들어가므로 이렇게

- 송(悚) : 마음이 묶인 듯한 것[心如束]이다.
- 척(惕) : 마음이 바뀌는 것[心變易]이다.
- 혹(惑) : 혹여 그럴까 여기는 것[或然]이다.
- 척(慼) : 슬퍼하는 것[哀戚]이다.

- 용(勇) : 힘이 샘솟는 것[力之涌]이다.
- 겁(怯) : 마음이 절로 떠나는 것[心自去]이다.
- 우(愚) : 나무 인형 같은 것[如木偶]이다.
- 혜(慧) : 별빛과 같은 것[如星芒]이다.
- 탐(貪) : 뜻에 보배를 품은 것[志含寶貝]이다.
- 염(廉) : 겸손하게 집안을 지키는 것[謙持門戶]이다.

- 특(慝) : 마음에 감추는 것[匿於心]이다.
- 에(恚) : 마음에 걸어두는 것[挂於心]이다.
- 욕(欲) : 골짜기처럼 거둬들이는 것[斂如谷]이다.
- 수(愁) : 가을처럼 슬픈 것[悲如秋]이다.

- 허(許) : 남과 함께 헤아리는 것[與人計]이다.
- 낙(諾) : 남의 말대로 하는 것[若人言]이다.
- 고(告) : 입으로 먼저 말하는 것[口先言]이다. 혹자는 "말할 때에 희생을 쓰는 것[言用牲]이다."[98]라고 한다.

말한 것이다.

98 말할……것이다 : 《예기(禮器)》〈증자문(曾子問)〉에 제후가 천자국에 갈 때의 규

- 답(答) : 대쪽이 서로 부합하는 것〔簡相合〕이다.
- 사(謝) : 몸과 손으로 함께 말하는 것〔身手並言〕이다.
- 공(拱) : 두 손으로 함께 잡는 것〔兩手共持〕이다.
- 서(誓) : 말하여 결단하는 것〔言以決折〕이다.
- 맹(盟) : 삽혈하여 밝히는 것〔歃血以明〕이다.

- 열(悅) : 마음의 태〔心之兌〕이다.[99]
- 쾌(快) : 마음의 쾌〔心之夬〕이다.[100]
- 시(恃) : 마음에 견지한 것이 있는 것〔心有持〕이다.
- 치(恥) : 소리가 마음을 움직이는 것〔聲動心〕이다.
- 공(恐) : 마음에 공격해오는 것이 있는 것〔心有攻〕이다.
- 외(畏) : 생각이 자라나는 것〔思之長〕이다.
- 육(恧) : 머리를 늘어뜨린 것〔頭之垂〕이다.

  고전(古篆)에서, 외는 귀신의 얼굴을 본 것〔見鬼面〕이고[101] 육은 머리를 깎이는 듯한 것〔如髡首〕이다.[102]

정에 대해, 공자가 "무릇 고할 적에는 희생과 폐백을 사용하는데 돌아와서도 또한 이와 같이 한다.〔凡告用牲幣, 反亦如之.〕"라고 한 것이 보인다. 여기에서는 고(告)자가 우(牛)자와 구(口)자를 합친 듯한 형태이기 때문에 이렇게 말한 것이다.

99 마음의 태이다 : 《주역》 64괘(卦) 중 태괘(兌卦)는 기뻐함을 의미하는 괘이기 때문에 이렇게 말한 것이다.

100 마음의 쾌이다 : 《주역》 64괘(卦) 중 쾌괘(夬卦)는 터짐, 시원하게 결단함 등을 의미하는 괘이기 때문에 이렇게 말한 것이다.

101 외는……것이고 : 《설문해자》 권9상 '외(畏)'자에 대한 설명에 "미워함이다. 불(甶 귀신의 머리)자에, 호(虎)자를 줄여 쓴 것이다. 귀신의 머리에 범의 발톱이니, 두려워할 만하다.〔惡也. 從甶虎省, 鬼頭而虎爪, 可畏也.〕"라고 하였다.

- 화(和) : 벼가 입에 있는 것[禾在口]이다.
- 사(私) : 화평함이 치우친 것[和之偏]이다.
- 공(公) : 사사로움에서 치우친 것을 보완하는 것[私補偏]이다.
- 송(訟) : 공소에서 말하는 것[言於公]이다.
- 송(頌) : 송사를 이치에 따르는 것[訟順理]이다.

- 치(治) : 법의 공정함[法之公]이다. 혹자는 "살아 있는 법[活法]"이라고 한다.
- 법(法) : 사사로움을 없애도록 다스리는 것[治以去私]이다.
- 정(政) : 글로 사람을 바로잡는 것[文以正人]이다.
- 정(征) : 가서 사람을 바로잡는 것[往以正人]이다.
- 제(制) : 칼로 베를 마름질하는 것[刀裁布]이다.
- 형(刑) : 칼을 몸에 대는 것[刀加形]이다.
- 수(囚) : 사람이 울타리 안에 있는 것[人在圍]이다.
- 계(械) : 나무로 사람을 경계하는 것[木戒人]이다.
- 옥(獄) : 개 두 마리가 다투는 것[兩犬爭]이다.
- 발(跋) : 개가 발을 끄는 것[犬曳足]이다.
- 면(免) : 토끼가 머리를 빼낸 것[兔脫首]이다.
- 학(虐) : 범이 발톱으로 움켜쥔 것[虎爪攫]이다.

- 죄(罪) : 잘못된 일에 걸린 것[非之罹]이다.

102 육은……것이다 : 육(悪)자에 들어가는 이(而)자는 본래 수염의 모양을 본뜬 상형자로 수염을 깎는다는 뜻이 있으므로 이렇게 말한 것이다.

- 벌(罰) : 말로 하는 형벌〔言之刑〕이다.
- 이(詈) : 말로 하는 벌〔言之罰〕이다.
- 매(罵) : 꾸짖음 중의 천한 것〔詈之賤〕이다.

- 감(感) : 마음과 입이 합치되는 것〔心口合〕이다.
- 응(應) : 기러기가 서로 화답하는 것〔鴈相和〕이다.
- 속(俗) : 많은 사람들의 모습〔衆人容〕이다. 일설에는 "사람이 하고
  싶은 것〔人所欲〕"이라고도 한다.
- 태(態) : 마음이 잘하는 것〔心所能〕이다.

- 관(寬) : 견해에 포용력이 있는 것〔見有容〕이다. 《설문해자》에 "산
  양이 집을 얻은 것〔山羊得宇〕이다."[103]라고 하였다.
- 용(容) : 지붕처럼 덮고 골짜기처럼 감추는 것〔覆如宇 藏如谷〕이다.

- 헌(憲) : 마음의 해(害)를 막는 것〔防心害〕이다.
- 건(愆) : 마음이 실컷 노는 것〔心遊衍〕이다.

---

103 산양이……것이다 : 《설문해자》 권10상의 '환(㺩)'자에 대한 설명에 "뿔이 가는
양이다.〔羊細角也〕"라고 하였다. 집을 얻었다고 한 것은 《설문해자》에 보이지 않는다.

변명편

辨名篇

일(一)은 하나인 기(奇 홀수)이고 이(二)는 둘인 우(耦 짝수)이며 삼
(三)은 세 개의 기가 쌓인 것이고 사(四)는 두 우가 네모난 것이며
오(五)는 삼천양지(三天兩地)[104]이니, 모두 생수(生數)이기 때문에
숫자의 순서대로 번갈아 획이 더해진다. 육(六)은 사(四)의 두 점을
얻었고 칠(七)은 오(五)의 두 획을 얻었으며 팔(八)은 육(六)의 두
점을 얻었고 구(九)는 칠(七)의 두 획을 얻었으며 십(十)은 구(九)의
획 하나를 뺐으니, 모두 성수(成數)이기 때문에 숫자의 순서와 반대
로 획이 줄어든다. 일(一)은 태극(太極)을 형상하였으니 숫자의 근원
이고, 오(五)는 가운데에 십(十)을 포함하고 있으니 숫자의 가운데
이며, 십(十)은 가로와 세로가 모두 일(一)이니 숫자가 이루어진 것
이다.

- 백(百) : 숫자 중의 맏형〔數之伯〕이다. 혹자는 "하루의 각분〔一日刻
  分〕[105]이다."라고 한다.
- 천(千) : 십(十)의 숫자를 다시 거듭한 것이다.[106] 혹자는 "대나무와

---

104 삼천양지(三天兩地) : 133쪽 주349 참조.

105 하루의 각분 : 고대의 물시계로 시간을 헤아리는 단위이다. 하루는 100각(刻)이
고, 1각은 100분(分)이다.

106 십(十)의……것이다 : 십진법 체계에서 두 자리 단위인 10의 단위를 중첩하면

나무의 형상[竹木象]이다."라고 한다.

- 만(萬) : 풀·물고기·새·짐승[草魚禽獸]이다.
- 억(億) : 사람[人]의 뜻[意]을 헤아릴 수 없는 것[人意不可度]이다.
- 조(兆) : 거북 등에 일정한 형상이 없는 것[龜背無定象]이다.

- 재(再) : 이(二)와 양(兩)을 합친 것[二兩幷]이다.
- 삼(參) : 세 사람이 참여하는 것[三人參]이다.
- 첨(僉) : 여러 개의 입을 모은 것[衆口合]이다.
- 겸(兼) : 벼 두 줄기를 잡은 것[兩禾秉]이다.

오색(五色)은 모두 꾸밈없는 바탕에서 나오므로 청(靑)·적(赤)·황(黃)·흑(黑)에는 모두 토(土)자가 들어간다. 황은 흙의 색이므로 위에 토자가 들어간다. 적은 화(火)의 색이므로 아랫부분이 불을 형상하였다. 불이 타고 나면 검어지므로 흑자에도 화자가 들어간다. 채색을 받아들이는 것은 실[絲]만한 것이 없으므로 홍(紅)·자(紫)·강(絳)·녹(綠)·치(緇)·호(縞)·소(素)에는 모두 사(絲)자가 들어간다.

- 백(白) : 일(日)자가 들어간다.
- 취(翠) : 우(羽)자가 들어간다.
- 창(蒼) : 초(草)자가 들어간다.
- 현(玄) : 운(雲)자가 들어간다.

네 자리 단위인 1000의 단위가 되기 때문에 이렇게 말한 듯하다.

각기 그 사물의 색을 본뜬 것이다.

- 산(酸) : 술이 엄한 것[酒之峻]이다.
- 함(鹹) : 염수를 느끼는 것[鹵之感]이다.
- 고(苦) : 풀이 입에 있는 것[草在口]이다.
- 신(辛) : 금이 바뀐 것[金之革]이다.
- 감(甘) : 입에 물건을 머금은 것[口含物]이다.

  오미(五味)는 모두 단맛[甘]에 근본하므로 입을 본떴다.
- 첨(甛) : 혀에 가까운 것[近舌]이다.
- 겸(鉗) : 금을 낀 것[挾金]이다.
- 감(酣) : 술과 곁들인 것[帶酒]이다.

- 내(內) : 사람이 안으로 들어가는 것[人入內]이다.
- 외(外) : 사람이 밖으로 나가는 것[人出外]이다.

  모두 육(肉)자가 들어가는 것은 가까운 곳에 있는 몸에서 취해서
  이다.
- 상(上) : 사람이 위에 있는 것[人在上]이다.
- 하(下) : 사람이 아래에 있는 것[人在下]이다.

  모두 일(一)자가 들어가는 것은 하늘을 우러러본 것이다.
- 좌(左) : 왼손으로서 3획인 것은 동방의 목(木)의 숫자이다.[107]
- 우(右) : 오른손으로서 4획인 것은 서방의 금(金)의 숫자이다.[108]

107 왼손으로서……숫자이다 : 13쪽 주5 참조.
108 오른손으로서……숫자이다 : 13쪽 주5 참조.

모두 십(十)자가 들어가는 것은 땅을 내려다본 것이다.

- 대(大) : 사람이 하늘 아래에 있는 것〔人在天下〕이다. 図 일양(一陽)
  이 일음(一陰)을 누르는 것이다.
- 소(小) : 시냇물의 흐름처럼 가느다란 것〔細如川流〕이다. 図 하나의
  우(耦)가 하나의 기(奇)를 끼고 있는 것이다.
- 장(長) : 사람의 머리털〔人之髮〕이다.
- 단(短) : 화살의 머리〔矢之頭〕이다.
- 다(多) : 달이 겹친 것〔月之重〕이다.
- 소(少) : 사람이 작은 것〔人之小〕이다.
- 강(剛) : 칼을 언덕에서 시험해보는 것〔刀試岡〕이다.
- 유(柔) : 띠풀이 나무에 붙은 것〔茅附木〕이다.

- 진(眞) : 사람이 곧은 것〔人之直〕이다.
- 위(僞) : 사람이 하는 일〔人所爲〕이다.
- 시(是) : 해가 한가운데에 있는 것〔日正中〕이다.
- 비(非) : 날개를 뒤집어서 등진 것〔羽反背〕이다.
- 가(可) : 입이 앞을 향하는 것〔口前向〕이다.
- 부(否) : 입이 허락하지 않는 것〔口不許〕이다.
- 파(叵) : 가(可)를 뒤집은 것〔可之反〕이다.
- 図 가(可) : 한 사람이 입을 여는 것〔一人開口〕이다. 향(向) : 두 사
  람이 입을 맞추어 말하는 것〔二人同口〕이다.

- 출(出) : 풀이 산 위에 더해진 것〔艸加山上〕이다.

- 입(入) : 하나가 하나의 아래에 엎드린 것〔一伏一下〕이다.
- 굴(屈) : 나가려는데 누르는 것〔出有壓〕이다.
- 곡(曲) : 두 개의 머리가 삐져나온 것〔兩頭出〕이다.
- 동(同) : 한 입에서 나온 듯한 것〔如出一口〕이다.
- 이(異) : 밭 하나를 함께 나누는 것〔共分一田〕이다.

- 사(事) : 가운데를 잡아 하나로 꿰뚫는 것〔執中而貫一〕이다.
- 물(物) : 왼쪽은 짐승이고 오른쪽은 새이다.〔左獸而右鳥〕[109]
- 시(始) : 여자가 아이를 배는 것〔女之胎〕이다.
- 종(終) : 실의 말단〔絲之末〕이다.

- 귀(貴) : 조개 중의 첫째 등급〔貝中一等〕이다.
- 천(賤) : 조개가 1전(錢) 가치인 것〔貝直一錢〕이다.
- 부(富) : 밭이 높고 두터운 것〔田高厚〕이다.
- 빈(貧) : 조개가 나뉘고 흩어진 것〔貝分散〕이다.
- 치(侈) : 사람이 스스로를 훌륭하다 여기는 것〔人自多〕이다.
- 검(儉) : 사람이 스스로를 거두는 것〔人自斂〕이다.
- 화(禍) : 복(福)이 지나친 것〔福之過〕이다.
- 복(福) : 부유하기를 비는 것〔祝其富〕이다.

109 왼쪽은……새이다 : 물(物)자가 소를 의미하는 우(牛)자와 새를 의미하는 조(鳥)자의 아랫부분과 비슷하게 생긴 물(勿)자가 합쳐진 형태이기 때문에 이렇게 말한 것이다.

- 성(盛) : 완성된 그릇〔成器〕이다.
- 쇠(衰) : 삼으로 지은 옷〔麻衣〕이다.
- 영(盈) : 그릇에 품은 것이 있는 것〔器有孕〕이다.
- 허(虛) : 북방에 처하는 것〔處於北〕이다. 혹자는 "처(處)자에 구(丘)
  자가 들어간 것이다."110라고 한다.

- 원(遠) : 시골〔丘園〕이다.
- 근(近) : 도성 주변〔郊圻〕이다.
- 이(裏) : 밭이 옷 안에 있는 것〔田在衣內〕이다.
- 표(表) : 흙이 옷 밖에 있는 것〔土在衣外〕이다.

- 고(古) : 위는 천(千)을 닮았고 아래는 백(百)을 닮았다.《설문해자
  (說文解字)》에 "고는 열 사람의 입에 이어져 내려오는 것〔十口相承〕
  이다."111라고 하였다.
- 금(今) : 위는 회(會)이고 아래는 정(丁)이다.

- 택(宅) : 몸을 맡기는 곳〔身所托〕이다.
- 처(處) : 집이 빈 것〔家之虛〕이다.
- 소(所) : 문에서 가까운 곳〔戶之近〕이다.

110 처(處)자에……것이다 : 허(虛)자를 허(虗)로도 쓰기 때문에 이렇게 말한 것
이다.

111 고는……것이다 :《설문해자(說文解字)》권3상의 '고(古)'자에 대한 설명에 "옛
날이다. 십(十)자와 구(口)자가 들어가니, 옛날의 말을 알고 있는 자이다.〔故也. 從十
口, 識前言者也.〕"라고 하였다.

- 우(寓) : 상황에 따라 집을 정하는 것〔隨遇宅〕이다.

- 궁(窮) : 몸소 궁핍을 만나는 것〔躬逢空〕이다.

- 곤(困) : 입에 나무를 문 것〔口含木〕이다.

- 구(寠) : 집에 식량이 자주 비는 것〔家屢空〕이다.

- 존(尊) : 술이 나무 위에 있는 것〔酒在木上〕이다.

- 임(臨) : 많은 사람들이 사람 아래에 있는 것〔衆在人下〕이다.

- 강(強) : 치우의 활〔蚩尤之弓〕이다.

- 약(弱) : 손계[112]의 깃〔巽鷄之羽〕이다.

- 고(高) : 정자의 위〔亭之上〕이다.

- 비(卑) : 밭의 아래〔田之下〕이다.

- 종(縱) : 실의 긴 방향을 따르는 것〔從絲之長〕이다.

- 횡(橫) : 나무의 넓이를 헤아리는 것〔量木之廣〕이다.

- 경(輕) : 수레가 흐르는 물 같은 것〔車如流水〕이다.

- 중(重) : 흙을 수레 안에 실은 것〔土載車中〕이다.

- 손(損) : 손으로 조개를 빼내는 것〔手去貝〕이다.

- 익(益) : 물이 차지 않은 것〔水不盈〕이다.

- 연(捐) : 사람이 덜어내는 것〔人所損〕이다.

---

112 손계 : 《주역》〈설괘전(說卦傳)〉에, 동물에서 팔괘의 상(象)을 취하여 "건은 말
이 되고, 곤은 소가 되고, 진은 용이 되고, 손은 닭이 되고, 감은 돼지가 되고, 이는
꿩이 되고, 간은 개가 되고, 태는 양이 된다.〔乾爲馬, 坤爲牛, 震爲龍, 巽爲鷄, 坎爲豕,
離爲雉, 艮爲狗, 兌爲羊.〕"라고 하였다.

• 일(溢) : 보태기를 멈추지 않으면 반드시 넘친다.〔益不已必溢〕

• 승(勝) : 힘이 오르는 것〔力之騰〕이다.
• 부(負) : 사람이 조개를 가진 것〔人持貝〕이다.
• 성(成) : 손으로 창을 잡은 것〔手執戈〕이다.
• 패(敗) : 조개가 흩어지는 것〔貝之散〕이다. 혹자는 "그럴듯하게 꾸미기만 하면 무너진다.〔文具則敗〕"라고 한다.
• 취(聚) : 사람을 많이 뽑는 것〔取人之衆〕이다.
• 산〔散 산(散)〕 : 숲에 비치는 달의 그림자〔林月之影〕이다.

• 환(歡) : 서로 보며 좋아하는 것〔相觀而欣〕이다.
• 흔(欣) : 서로 가까이하며 기뻐하는 것〔相近而歡〕이다.
• 친(親) : 볼수록 새로워지는 것〔見愈新〕이다.
• 소(疎) : 달아나기를 반드시 빠르게 하는 것〔走必速〕이다.
• 모(侮) : 사람에게 뉘우침이 있는 것〔人有悔〕이다.
• 경(徹) : 사람이 반드시 공경하는 것〔人必敬〕이다.
• 신(新) : 친하고 가깝게 여길 만한 것〔可親近〕이다.
• 고(故) : 글이 옛 모습을 이룬 것〔文成古〕이다.
• 구(舊) : 새가 절구를 쪼아대는 것〔鳥啄臼〕이다.

• 권(權) : 나무를 잡고서 물건을 살피는 것〔執木以觀物〕이다.
• 세(勢) : 힘이 있어서 권력을 잡는 것〔有力以執權〕이다.
• 호(豪) : 집에 있는 고사〔在家之高士〕이다.
• 걸(傑) : 사람 중의 사나운 자〔人中之桀驁〕이다.

- 쟁(爭) : 두 손이 교차하는 것〔兩手交〕이다.

- 탈(奪) : 손으로 사람을 미는 것〔手推人〕이다.

- 투(投) : 손으로 창을 던지는 것〔手擲殳〕이다.

- 기(棄) : 잎처럼 버리는 것〔去似葉〕이다.

- 독(毒) : 벌이 배를 뚫는 듯한 것〔如蜂貫腹〕이다.

- 기(欺) : 키로 사람을 까부르는 듯한 것〔如箕簸人〕이다.

- 이(利) : 칼로 벼를 취하는 것〔刀取禾〕이다.

- 해(害) : 집에 식구가 많은 것〔家多口〕이다.

- 비(否) : 서로 맞지 않는 것〔不相合〕이다.

- 태(泰) : 봄에 물이 가득 찬 것〔春水滿〕이다. 혹자는 "태는 작은 것이 가고 큰 것이 오는 것〔小去大來〕이다."라고 한다.

- 급(急) : 마음이 미치지 못할 듯이 여기는 것〔心如不及〕이다.

- 완(緩) : 실을 당길 수 있게 하려는 것〔絲欲可援〕이다.

- 수(羞) : 조금 부끄러워할 만한 것〔差可忸〕이다.

- 욕(辱) : 손으로 남에게 해를 입히는 것〔手厄人〕이다.

- 휘(諱) : 말에 피함이 있는 것〔言有違〕이다.

- 금(禁) : 나무로 한계를 보여주는 것〔木示限〕이다.

- 전(顚) : 머리가 곧음을 잃은 것〔頭失直〕이다.

- 경(傾) : 머리를 반만 올려보는 것〔頭半仰〕이다.

- 도(倒) : 사람이 아래를 두려워하는 것〔人下惕〕이다.

- 질(跌) : 실족(失足)이다.

- 소(甦) : 갱생(更生)이다.

• 평(平) : 기(奇)와 우(耦)가 각각 열인 것[奇耦各十]이다.
• 측(仄) : 가로와 세로가 가지런하지 못한 것[縱橫不齊]이다.

• 득(得) : 해가 한 치를 가는 것[日行一寸]이다.
• 실(失) : 화살의 머리가 바깥으로 빠지는 것[矢頭出外]이다.
  고문(古文)인 득(㝵)은 손에 조개를 가진 것[手持貝]이고 실(㚘)은
  손에서 물건이 빠지는 것[手脫物]이다.

• 작(勺) : 손으로 사물을 가지는 것[手取物]이다.
• 여(與) : 물건을 남에게 주는 것[物授人]이다.
  모두 일(一)자가 들어가는 것은 너무 많이 가지지 않고자 해서이다.

• 불(不) : 정(正)이 이지러진 것이고 나무가 꺾인 것[正之缺 木之折]
  이다.
• 핍(乏) : 정(正)을 뒤집은 것이고 음식이 부족한 것[正之反 食不足]
  이다.

• 분(分) : 두 사람의 칼[二人刀]이다.
• 각(各) : 두 사람의 입[二人口]이다.
• 격(格) : 나무 두 그루가 서로 가까이 붙어 있는 것[二木相薄]이다.
• 낙(絡) : 실 두 가닥이 서로 이어진 것[絲相聯]이다.

• 명(明) : 왼쪽이 해이고 오른쪽이 달인 것[左日右月]이다.
• 첨(尖) : 위가 작고 아래가 큰 것[上小下大]이다.

- 병(竝) : 짝을 지어 선 것[雙立]이다.
- 방(㫄 방(旁)) : 양쪽의 방위[兩方]이다.

- 이(夷) : 큰 활[大弓]이다.
- 융(戎) : 열 자루의 창[十戈]이다.
- 갑(甲) : 열흘[十日]이다.
- 두(斗) : 열 되[十升]이다.
- 승(升) : 열 구기[十勺]이다.

- 종(从 종(從)) : 사람 둘[二人]이다.
- 중(众 중(衆)) : 사람 셋[三人]이다.
- 임(林) : 나무 둘[二木]이다.
- 삼(森) : 나무 셋[三木]이다.
- 염(炎) : 불 둘[二火]이다.
- 혁(焱) : 불 셋[三火]이다.
- 훤(吅) : 입 둘[二口]이다.
- 품(品) : 입 셋[三口]이다.
- 정(晶) : 해 셋[三日]이다.
- 묘(淼) : 물 셋[三水]이다.
- 간(姦) : 여자 셋[三女]이다.
- 선(鱻) : 물고기 셋[三魚]이다.
- 추(麤) : 사슴 셋[三鹿]이다.
- 분(犇 분(奔)) : 소 셋[三牛]이다.
- 표(猋) : 개 셋[三犬]이다.

- 취(毳) : 털 셋〔三毛〕이다.

- 효(晶) : 하얀 것 셋〔三白〕이다.

- 뇌(磊) : 돌 셋〔三石〕이다.

- 굉(轟) : 수레 셋〔三車〕이다.

- 호(好) : 남자와 여자〔男女〕이다.

- 무(武) : 창을 멈추게 하는〔戈止〕 것이다.

- 전(典) : 대의 서책〔丌冊〕이다.

- 충(忠) : 가운데에 있는 마음〔中心〕이다.

- 서(恕) : 내 마음과 똑같이 하는 것〔如心〕이다.

- 습(習) : 새가 나는 것〔鳥飛〕이다.

- 고(蠱) : 그릇에 담긴 벌레〔皿蟲〕이다.

  이는 모두 고어(古語)이다.

- 전(全) : 쇠가 아직 불에 들어가지 않은 것〔金未入火〕이다.

- 반(半) : 나무가 조금 흙에서 나온 것〔木小出土〕이다.

- 편(片) : 언덕 아래의 흙〔岸下土〕이다.

- 거(巨) : 톱의 앞 날〔鉅前刃〕이다.

- 시(示) : 깃발을 늘어뜨린 것〔旗之垂〕이다.

- 물(勿) : 깃발이 비낀 것〔旗之斜〕이다.

- 간(間) : 해가 문의 틈을 비추는 것〔日照門隙〕이다.

- 한(閒) : 달이 문안으로 들어오는 것〔月入門內〕이다.

- 한(閑) : 문에 나무를 가로로 댄 것〔門橫木〕이다.

- 섬(閃) : 사람이 문에 숨는 것〔人藏門〕이다.
- 틈(闖) : 말이 문을 나가는 것〔馬出門〕이다.
- 궐(闕) : 말뚝이 문에 있는 것〔橜在門〕이다.
- 혼(閽) : 저녁에 문을 지키는 것〔昏守門〕을 말한다.
- 여(閭) : 문에 입이 많은 것〔門多口〕을 말한다.
- 관(關) : 문에 실이 있는 것〔門有絲〕을 말한다.
- 개(開) : 문을 우물처럼 하는 것〔門如井〕이다.
- 폐(閉) : 문에 손이 있는 것〔門有手〕이다.
- 합(閤) : 문에 덮개가 있는 것〔門有盍〕이다.
- 벽(闢) : 문이 벽에 기댄 것〔門倚壁〕이다.
- 문(問) : 문에 대고 말하는 것〔臨門而言〕이다.
- 문(聞) : 문으로부터 듣는 것〔從門而聽〕이다.

- 도(都) : 고을 중 호화로운 것〔邑之奢〕이다.
- 도(堵) : 흙 중 호화로운 것〔土之奢〕이다.
- 도(闍) : 문 중 호화로운 것〔門之奢〕이다.
- 저(楮) : 나무 중 호화로운 것〔木之奢〕이다.
- 저(箸) : 대나무 중 호화로운 것〔竹之奢〕이다.
- 저(翥) : 깃 중 호화로운 것〔羽之奢〕이다.
- 도(賭) : 조개 중 호화로운 것〔貝之奢〕이다.
- 자(煮) : 불의 기운이 호화로운 것〔火氣奢〕이다.
- 서(暑) : 해의 빛이 호화로운 것〔日光奢〕이다.
- 서(署) : 무리가 사는 곳 중 호화로운 것〔衆居奢〕이다.

- 수(垂) : 산 위의 화려한 풀〔山上華卉〕이다.

- 추(錘) : 쇠를 드리운 것〔金之垂〕이다.

- 추(箠) : 대나무를 드리운 것〔竹之垂〕이다.

- 수(陲) : 땅이 드리운 것〔地之垂〕이다.[113]

- 추(捶) : 손을 드리운 것〔手之垂〕이다.

- 수(睡) : 눈을 드리운 것〔目之垂〕이다.

- 취(炊) : 불을 부는 것〔吹火〕이다.

- 연(烟) : 불에 기인한 것〔因火〕이다.

- 회(灰) : 죽은 불〔死火〕이다.

- 신(燼) : 불이 다한 것〔火盡〕이다.

- 분(焚) : 불이 숲에 있는 것〔火在林〕이다.

- 재(灾 재(災)) : 불이 집에 들어간 것〔火入家〕이다.

- 치(熾) : 불이 베를 짜는 듯한 것〔火如織〕이다.

- 봉(烽) : 불이 서로 만나는 것〔火相逢〕이다.

- 비(霏) : 비인 듯한데 아닌 것〔似雨而非〕이다.

- 비(菲) : 풀인 듯한데 아닌 것〔似草而非〕이다.

- 비(悲) : 마음이 바르지 않은 것〔心非正〕이다.

- 비(斐) : 빛깔이 바르지 않은 것〔色非正〕이다.[114]

---

113 땅이 드리운 것이다 : 수(陲)자에 언덕을 의미하는 부(阝)자가 들어가기 때문에 이렇게 말한 것이다. 실제로도 '수'자는 땅끝에 늘어진 위험한 변경 지역을 뜻하는 글자이다.

- 비(蜚) : 날 듯한 벌레〔蟲似飛〕이다.
- 비(騛) : 날 듯한 말〔馬似飛〕이다.

- 연(連) : 수레가 서로 닿은 것〔車相接〕이다.
- 운(運) : 군대가 나르는 것〔軍所輸〕이다.
- 영(迎) : 우러러 받드는 것〔仰而承〕이다.
- 송(送) : 웃으며 헤어지는 것〔笑而別〕이다.
- 환(還) : 고리처럼 도는 것〔如環轉〕이다.
- 피(避) : 벽에 기대는 것〔從壁倚〕이다.
- 조(遭) : 무리를 만나는 것〔羣曹逢〕이다.
- 우(遇) : 두 짝이 만나는 것〔兩耦值〕이다.
- 준(遵) : 높은 것을 따르는 것〔從其尊〕이다.
- 술(述) : 학술을 따르는 것〔遵其術〕이다.
- 축(逐) : 돼지가 달아난 것을 따라가는 것〔隨豕走〕이다.
- 지(遲) : 무소의 걸음을 본받는 것〔效犀行〕이다.
- 일(逸) : 토끼처럼 달아나는 것〔似兎逃〕이다.
- 유(遊) : 허공에 있는 하루살이와 같은 것〔如蜉蝣之在空〕이다.
- 과(過) : 달팽이가 껍질을 나오는 듯한 것〔如蝸螺之出殼〕이다.
- 하(遐) : 노을처럼 높은 것〔高如霞〕이다.
- 적(逖) : 북방 오랑캐처럼 먼 것〔遠如狄〕이다.
- 변(邊) : 사방에서 말미암는 것〔自四方〕이다.

114 빛깔이……것이다 : 비(斐)자에 무늬를 의미하는 문(文)자가 들어가기 때문에
이렇게 말한 것이다.

- 천(遷) : 신선이 너울너울 춤추는 것[僊蹁躚]이다.

- 견(遣) : 처음에는 버렸다가 끝내는 쫓는 것[始遣而終追]이다.

- 위(違) : 앞에서 세우고 뒤에서 거스르는 것[前建而後逆]이다.

- 역(逆) : 풀이 거꾸로 나는 것[艸倒生]이다.

- 달(達) : 때를 만남이 다행스러운 것[逢時幸]이다.

- 둔(遁) : 물러날 때 이치를 따르는 것[退循理]이다.

- 통(通) : 화살통 속이 빈 것[箭中虛]이다.

- 적(適) : 상려(商旅)가 다니는 것[商旅行]이다.

- 전(歬)-전(前)의 고자(古字)이다.- : 배의 행렬[舟列]이다.

- 열(列) : 구별[殊別]이다.

- 별(別) : 칼을 사물에 대는 것[刀加物]이다.

- 할(割) : 칼로 사물을 해치는 것[刀害物]이다.

- 괄(刮) : 칼에 혀가 있는 것[刀有舌]이다.

- 삭(削) : 칼로 조금 깎아내는 것[刀稍刮]이다.

- 산(刪) : 칼로 책을 깎아내는 것[刀削冊]이다.

- 간(刊) : 칼로 대나무에 새기는 것[刀刻竹]이다.

- 각(刻) : 깊이 씨앗까지 들어가는 것[深入核]이다.

- 자(刺) : 칼이 가시와 같은 것[刀如棘]이다.

- 유(劉) : 쇠칼로 깎는 것[金刀斲]이다.

- 박(剝) : 녹봉을 깎아내는 것[祿之削]이다.

- 견(堅) : 흙을 언덕에 모은 것[土聚阜]이다.

- 간(慳) : 마음이 굳은 것[心之堅]이다.

- 수(豎) : 선 것이 굳건한 것[立之堅]이다.
- 긴(緊) : 실이 굳건한 것[絲堅]이다.
- 갱(鏗) : 쇠가 굳건한 것[金堅]이다.

- 알(遏) : 해가 달을 지나는 것[日過月]이다.
- 갈(渴) : 물이 막히는 것[水之遏]이다.
- 갈(碣) : 돌로 물을 막는 것[石遏水]이다.
- 갈(喝) : 입으로 사람을 막는 것[口遏人]이다.
- 갈(褐) : 옷으로 막는 것[衣之遏]이다.
- 갈(葛) : 사물을 막는 풀[遏物之草]이다.
- 헐(歇) : 기운이 막혀 거두어지는 것[氣遏而斂]이다.

- 액(厄) : 몸이 굽은 것[己之屈]이다.
- 위(危) : 사람의 재액[人之厄]이다.
- 궤(詭) : 말이 위태로운 것[言之危]이다.
- 궤(跪) : 발이 위태로운 것[足之危]이다.
- 외(桅) : 나무가 위태로운 것[木之危]이다.
- 외(峗) : 산이 위태로운 것[山之危]이다.

- 차(借) : 옛날에 남에게 있었던 것[昔在人]이다.
- 석(惜) : 마음이 옛날을 추억하는 것[心憶昔]이다.
- 초(醋) : 옛날의 술[昔之酒]이다.
- 사(蜡) : 옛날에 벌레에게 제사 지내던 것[昔祭蟲]이다.
- 적(耤) : 사람을 빌려서 밭을 가는 것[借人耕]이다.

- 해(偕) : 사람이 모두 오는 것〔人皆至〕이다.
- 해(諧) : 말이 모두 합치하는 것〔言皆合〕이다.
- 계(堦) : 흙이 모두 이루어진 것〔土皆成〕이다.
- 해(楷) : 나무가 모두 같은 것〔木皆同〕이다.

- 기(期) : 정해진 날 없이 그달만을 따르는 것〔無定日 只隨其月〕이다.
- 모(某) : 이름을 모르고 그 나무만을 일컫는 것〔不知名 但稱其木〕이다.
- 기(基) : 그 흙에 사는 것〔居其土〕이다.
- 사(斯) : 그곳에 가까운 것〔近其所〕이다.
- 기(棊) : 두 사람이 나무를 함께하는 것〔二人共木〕이다.
- 기(箕) : 여러 사람이 대나무를 함께하는 것〔众人共竹〕이다.

- 평(枰) : 나무가 평평한 것〔木之平〕이다.
- 직(直) : 나무를 심은 것〔木之植〕이다.
- 권(棬) : 나무가 말린 것〔木之卷〕이다.
- 저(杼) : 나무가 펴진 것〔木之舒〕이다.

- 무(拇) : 손가락 중의 어미〔指之母〕이다.
- 부(斧) : 도끼 중의 아비〔斤之父〕이다.
- 추(芻) : 풀 중의 새끼〔草之雛〕이다.
- 예(輗) : 수레 중의 아이〔車之兒〕이다.

- 단(端) : 산의 꼭대기에 서는 것〔山頭立〕이다.
- 속(束) : 베로 나무를 맨 것〔布勾木〕이다.
- 차(叉) : 손을 맞잡은 것〔交手〕이다.
- 아(丫) : 갈래머리〔歧頭〕이다.

- 오(娛) : 여자가 남을 즐겁게 하는 것〔女虞人〕이니, 남을 즐겁게 하는 자는 반드시 남을 그르친다.〔娛人者 必誤人〕
- 첨(諂) : 말로 남을 속이는 것〔言啗人〕이니, 남에게 아첨하는 자는 끝내 남을 나쁜 데에 빠뜨린다.〔諂人者 終陷人〕

- 간(艱) : 사람이 진흙을 먹는 것〔人食堇〕이다.
- 난(難) : 새가 풀 위로 날아오르는 것〔鳥飛草〕이다.
- 번(蕃) : 풀을 똥 위에 덮는 것〔草加糞〕이다.
- 울(鬱) : 참새가 울에 들어가는 것〔爵入樊〕이다.
- 교(驕) : 말이 다리를 만나는 것〔馬遇橋〕이다.

- 유(維) : 실로 참새를 꿴 것〔絲綴雀〕이다.
- 초(焦) : 참새가 불에 가까이 간 것〔雀近火〕이다.
- 잡(雜) : 참새가 나뭇가지에 의지한 것〔雀依枝〕이다.
- 구(瞿) : 참새가 놀라서 보는 것〔雀驚視〕이다.
- 분(奮 분(奮)) : 참새가 절구에서 날아오르는 것〔雀飛臼〕이다.

- 괄(聒) : 혀로 귀를 어지럽히는 것〔舌擾耳〕이다.
- 착(捉) : 손으로 발을 잡은 것〔手執足〕이다.

- 하(呀) : 입에서 어금니를 드러내는 것[口露牙]이다.
- 담(聃) : 귀에 수염이 나는 것[耳生髯]이다.

- 멸(滅) : 물로 불을 끄는 것[水伐火]이다.
- 두(杜) : 흙으로 나무를 막는 것[土塞木]이다.
- 점(漸) : 수레가 물에 가까이 가는 것[車近水]이다.
- 음(淫) : 물이 간사함을 만난 것[水逢壬]이다.
- 섬(銛) : 쇠에 혀가 있는 것[金有舌]이다.
- 학(确) : 돌에 뿔이 있는 것[石有角]이다.
- 천(穿) : 구멍이 어금니를 만난 것[穴逢牙]이다.

- 혐(嫌) : 여자를 겸하는 것[女兼]을 말한다.
- 목(牧) : 소를 풀어놓는 것[牛放]을 말한다.
- 경(驚) : 말을 경계하는 것[馬警]을 말한다.

- 치(馳) : 말이 땅을 다니는 것[馬行地]이다.
- 견(牽) : 소를 실로 꿰는 것[牛穿絲]이다.
- 돌(突) : 개가 구멍에서 나오는 것[犬出穴]이다.
- 원(冤) : 토끼가 집 아래에 엎드린 것[兎伏宇]이다.

- 해(駭) : 말이 돼지와 부딪히는 것[馬觸豕]이다.
- 유(狃) : 개가 소를 보는 것[狗見牛]이다.
- 투(妒) : 여자가 문에 있는 것[女在戶]이다.
- 양(佯) : 양이 사람이 되는 것[羊化人]이다.

- 휴(休) : 사람이 나무에 기대는 것[人倚木]을 말한다.

- 독(篤) : 말이 대나무를 먹는 것[馬吃竹]을 말한다.

- 집(集) : 참새가 나무에 오르는 것[雀登木]을 말한다.

- 염(猒) : 개가 고기를 달게 먹는 것[犬甘肉]이다.

- 절(竊) : 벌레가 쌀에 구멍을 내는 것[蟲穴米]이다.

- 해(解) : 게가 딱지를 벗는 것[蟹脫甲]이다.

- 선(禪) : 매미가 허물을 벗는 것[蟬蛻殼]이다.

- 이(泥) : 물과 흙이 함께 있는 것[水土同居]이다.

- 선(鮮) : 물고기와 고기를 섞어서 늘어놓은 것[魚肉雜陳]이다.

- 건(健) : 소는 축방(丑方)을 만나 튼튼해진다.[牛逢丑而健]

- 무(茂) : 풀은 무방(戊方)을 만나 무성해진다.[草遇戊而茂]

- 핵(核) : 나무는 해방(亥方)을 만나 단단해진다.[木遇亥而核]

- 임(妊) : 여자는 임방(壬方)을 만나 아이를 밴다.[女得壬而妊]

- 소(搔) : 손으로 벼룩을 잡는 것[手逢蚤]이다.

- 소(騷) : 말에 벼룩이 있는 것[馬有蚤]이다.

- 구(寇) : 집에 오랫동안 살림이 다 갖추어져 있으면 불러온다.[家久完則致]

- 적(賊) : 조개가 열 개가 되면 불러온다.[貝成十則招]

- 도(盜) : 재물이 너무 차면 꼬인다.[資太盈則誘]

- 훼(毀) : 꾸밈이 지나치게 공교하면 만난다.[文過工則遭]

촉(蜀) 지방은 짐승이 많기 때문에 글자에 충(蟲)자가 들어간다. 촉에는 비가 많이 오기 때문에 물[水]이 촉을 따라가면 탁(濁)이 된다. 촉의 산은 험한 곳이 많기 때문에 뿔[角]이 촉을 따라가면 촉(觸)이 된다. 촉의 개는 원숭이 같기 때문에 개[犬]가 촉에서 오면 독(獨)이 된다. 촉에는 밀랍이 많이 나기 때문에 불[火]이 촉에서 오면 촉(燭)이 된다. 촉은 구주(九州) 밖에 있기 때문에 고을 이름이 익(益 익주(益州))이면 견(蠲)이 된다.

서융(西戎)에는 융(狨)자가 들어가고 남만(南蠻)에는 충(蟲)자가 들어가며 북적(北狄)에는 구(狗)자가 들어가는데, 오직 동이(東夷)에만 인(人)자가 들어가므로 공자가 구이(九夷)의 땅에서 살고자 하였고[115] 맹자가 순(舜) 임금을 일컬어 "동이(東夷)의 사람이다."라고 하였다.[116]

강(羌)은 양(羊)자가 들어가고 저(氐)는 저(羝)자가 들어가며 갈(羯)은 양(羊)자가 들어가니, 모두 강족(羌族)의 부류이다. 훈육(獯鬻)·험윤(玁狁)에는 모두 구(狗)자가 들어가고 예맥(獩貊)에는 구

115 공자가……하였고:《논어》〈자한(子罕)〉에 "공자가 구이(九夷)의 땅에서 살려고 하자, 혹자가 '그곳은 누추할 것인데 어떻게 사시려는 것입니까?'라고 말하였는데, 공자가 대답하기를 '군자가 살게 되면 어찌 누추할 것이 있겠는가.'라고 하였다.〔子欲居九夷, 或曰: "陋, 如之何?" 子曰: "君子居之, 何陋之有?"〕라고 하였다.

116 맹자가……하였다:《맹자》〈이루 하(離婁下)〉에 "순 임금은 저풍(諸馮)에서 나고 부하(負夏)로 옮겼으며 명조(鳴條)에서 졸했으니, 동이의 사람이다.〔舜生於諸馮, 遷於負夏, 卒於鳴條, 東夷之人也.〕"라고 하였다.

(狗)자와 치(豸)자가 들어가니, 모두 북적(北狄)의 부류이다. 삼묘 (三苗)에는 묘(猫)자가 들어가고 민촉(閩蜀)에는 충(蟲)자가 들어가 니, 모두 남만(南蠻)의 부류이다. 図 벌레〔蟲〕가 변한〔變〕 것이 만 (蠻)이고, 개〔狗〕가 변화한〔化〕 것이 적(狄)이며, 사람〔人〕이 시든 〔委〕 것이 왜(倭)이고, 개〔犬〕의 동료〔僚〕가 요(獠)이다.

- 율(律) : 날줄〔經〕 하나가 씨줄〔緯〕 다섯을 꿰뚫음이니 육률(六律) 을 형상한 것〔一經貫五緯 象六律〕이다. 図 세우는 것이 있어서 사람 으로 하여금 따르게 하니, 법률이다.〔有所建而使人從之 法律也〕
- 도(度) : 자로 넓이를 재는 것〔尺以量廣〕이다.
- 양(量) : 흙으로 해를 헤아리는 것〔土以揆日〕이다.
- 형(衡) : 뿔로 가는 것을 막는 것〔角以攔行〕이다.

- 괘(卦) : 사람의 손에 거는 것〔人手挂〕이다.
- 효(爻) : 기(奇)와 우(耦)가 사귀는 것〔奇耦交〕이다.
- 수(數) : 효(爻)를 여러 번 겹친 것〔爻之屢〕이다.
- 늑(扐) : 손이 다한 것〔手之屈〕이다.[117]
- 복(卜) : 점괘를 내는 사람〔卦之人〕이다.
- 점(占) : 입으로 점치는 것〔口之卜〕이다.

117 손이 다한 것이다 : 늑(扐) 혹은 늑(仂)은 나머지 숫자란 뜻인데, 시초점(蓍草占) 을 진행할 때 왼손과 오른손에 쥔 산가지를 덜어내어 남은 것을 왼손의 손가락 사이에 차례로 끼우는 것도 '늑'이라고 한다. 여기에서 '늑'을 손이 다한 것이라고 한 것은, '늑'을 반복하는 과정에서 왼손의 손가락 사이가 다 차서 더 이상 왼손에 시초를 들 수 없게 되기 때문인 듯하다.

• 서(筮) : 대나무 중 신령한 것〔竹之靈〕이다.

• 시(蓍) : 풀 중 늙은 것〔草之老〕이다.

《설문해자(說文解字)》에 "복(卜)은 거북점의 조짐이 가로로 세로로 드러나는 것〔龜兆從橫〕이다."[118]라고 하였다.

• 정(貞) : 괘의 안쪽〔卦之內〕이다.

• 회(悔) : 괘의 바깥쪽〔卦之外〕이다.

• 단(彖) : 위가 사(巳)이고 아래가 해(亥)로서 음(陰)과 양(陽)을 갖추었다.〔上巳下亥 具陰陽〕

• 상(象) : 위가 둘이고 아래가 넷으로서 양의(兩儀)와 사상(四象)을 갖추었다〔上兩下四 備儀象〕

• 기(奇) : 홀로 설 수 있는 것〔可獨立〕이다.

• 우(耦) : 쟁기가 서로 만난 것〔耒相遇〕이다.

• 중(中) : 하나로 꿰뚫는 것이니, 태극(太極)이 위아래로 통하는 것이다.〔一貫 太極徹上徹下〕

• 극(極) : 1의 수(水)가 북쪽에 있고 2의 화(火)가 남쪽에 있으며 3의 목(木)이 동쪽에 있고 4의 금(金)이 서쪽에 있으며 토(土)가 바야흐

---

118 복은……것이다 :《설문해자》권3하의 '복(卜)'자에 대한 설명에 "거북을 태워서 벗겨냄이니, 거북을 굽는 모습을 본떴다. 일설에는 거북점의 조짐이 가로로 세로로 드러나는 것을 본떴다고 한다.〔灼剝龜也, 象灸龜之形. 一曰: "象龜兆之從橫也."〕"라고 하였다.

로 중앙에 거하니, 하도(河圖)의 자리이다. 하나로 꿰뚫는 것은 태극
의 형상이다.

자화자(子華子)-성은 정(程)이고 이름은 본(本)으로, 춘추시대의 진(晉)나라 사
람이다.-가 "무릇 유(由)자가 들어가는 사물은 일이 서로 이어진다.[119]
주(宙)에 '유'자가 들어가는 것은 이로 말미암아 이치가 전해질 수 있
어서이고, 주(紬)에 '유'자가 들어가는 것은 이로 말미암아 생각이 이
어질 수 있어서이다. 벼의 윤택함[油油][120]에 '유'자가 들어가는 것은
이로 말미암아 곡식이 익어서이고, 구름이 뭉게뭉게 피어남[油油][121]
에 '유'자가 들어가는 것은 이로 말미암아 비가 내려서이다. 우심유추
(憂心有妯)[122]에 '유'자가 들어가는 것은 이로 말미암아 마음이 움직여

---

119 무릇……이어진다 : 《자화자(子華子)》 권하 〈집중(執中)〉에 "무릇 유(由)자가
들어가는 사물은 일이 서로 이어진다.〔凡物之所有由者, 事之所以相因也.〕"라고 하였
다. 이보다 뒤의 인용문도 〈집중〉의 내용을 축약한 것이다.

120 벼의 윤택함 : 여기에서 유(油)자는 곡식이 윤택한 모양을 뜻하는 글자이다. 대표
적으로 기자(箕子)가 밭으로 변해버린 옛 은(殷)나라 성터를 보고 서글픈 소회를 표현
한 〈맥수가(麥秀歌)〉에 "보리가 자라 이삭이 패었거늘, 벼와 기장 무성하고 윤택하도
다.〔麥秀漸漸兮, 禾黍油油.〕"라고 하였다. 《史記 卷38 宋微子世家》

121 구름이 뭉게뭉게 피어남 : 여기에서 유(油)자는 구름이 피어오르는 모양을 형용
하는 글자이다. 대표적으로 《맹자》 〈양혜왕 상(梁惠王上)〉에 "7월과 8월 사이에 날씨
가 가물면 볏모가 마른다. 그러다가 하늘이 구름을 뭉게뭉게 일으켜서 세차게 비를
내리면 모가 쑥쑥 자라게 된다.〔七八月之間, 旱則苗槁矣. 天油然作雲, 沛然下雨, 則苗
勃然興之矣.〕"라고 하였다.

122 우심유추(憂心有妯) : 《시경》 〈소아(小雅) 고동(鼓動)〉에 "종을 치고 큰 북을
치거늘 회수에 모래섬 셋이 있으니 마음에 근심하고 또 울렁거리노라.〔鼓鍾伐鼛, 淮有
三洲, 憂心且妯.〕"라고 하였다.

서이고, 좌선우추(左旋右抽)[123]에 '유'자가 들어가는 것은 이로 말미암아 군대가 바로잡혀서이다."라고 하였다.

자화자가 또 "원기[元]를 굳게 지켜내는[固] 것이 완(完)이고, 굳게 지키고 있는 바를 해치는 것이 구(寇)이다."[124]라고 하였다. 또 "가죽이 부드럽다고는 하나 늘리면 찢어지고 광석(礦石)이 단단하다고는 하나 다듬으면 부서지니, 옛날에 글자를 만들 때 글자를 쪼갰고 글도 마찬가지였다."[125]라고 하였다.

- 자(自) : 몸의 처음[身之初]이다.
- 차(此) : 사람이 멈춘 곳[人所止]이다.
- 지(之) : 가로로 세로로 걷는 것[步縱橫]이다.
- 타(他) : 사람이 왼쪽에 있는 것[人在左]이다.
- 하(何) : 사람이 물을 만한 것[人可問]이다.
- 기(其) : 이것의 절반[斯之半]이다.
- 태(太) : 큰 정도가 더한 것[大之尤]이다.
- 구(久) : 사람이 발로 지탱하는 것[人支足]이다.
- 유(有) : 달이 오른쪽으로 도는 것[月右旋]이다.
- 여(餘) : 사람이 아직 먹지 않은 것[人未食]이다.

123 좌선우추(左旋右抽) : 《시경》 〈정풍(鄭風) 청인(清人)〉에 "청읍 사람이 축 땅에 있으니, 네 마리 갑옷 입힌 말이 유유자적하도다. 왼쪽 사람은 수레를 돌리고 오른쪽 사람은 칼을 뽑거늘, 중군은 아름답게 있도다.〔清人在軸, 四介陶陶. 左旋右抽 中軍作好.〕"라고 하였다.

124 원기를……구(寇)이다 : 《자화자》 권상 〈북궁자사(北宮子仕)〉에 보인다.

125 가죽이……마찬가지였다 : 《자화자》 권하 〈집중〉에 보인다.

- 무(无) : 하늘이 생기기 이전[天之先]이다.

- 진(盡) : 그릇에 윤기가 없는 것[器無津]이다.

- 중(衆) : 사(四)자와 인(人)자가 들어간다.

- 이(理) : 옥의 속[玉之裏]이다.

- 필(畢) : 육십갑자[六十甲]이다.

- 구(具) : 해와 달이 큰 것[日月大]이다.

　　-이상은 마지막 장으로, 사구(四句)로 지은 명(銘)이다.[126]-

올림에 아끼고 축하할 만하니	廌可愛慶
양 날개가 모두 일어나네	雙羽具興
손수 골라서 지었으니	手自選撰
낱알의 종류별로 쌀을 나누었네	米分顆類

　　-이상은 사언(四言)의 이합체(離合體)로 지은 후제(後題)이다.[127]-

126 이상은……명(銘)이다 : 이계가 마지막 장에서 설명한 글자를 이어서 해석하면 "여기에서 저기로 감에 어쩌면 그렇게 너무 오래 걸렸나? 남음이 있어서 다함이 없으니, 많은 이치가 다 갖추어졌다네.[自此之他, 何其太久? 有餘无盡, 衆理畢具.]"가 된다.

127 이상은……후제(後題)이다 : 이합체(離合體)란 잡시(雜詩)의 한 종류로, 특정 글자를 파자(破字)하여 짓는 시체이다. 예를 들어 설명하자면 첫 구 마지막 글자인 경(慶)자를 치(廌)자와 애(愛)자로 쪼개서 치가애경(廌可愛慶)이라고 짓는 식이다. 이 네 구의 시의 마지막 글자를 이어서 풀이하면 "경흥에서 책으로 엮어 분류한다.[慶興撰類]"가 된다.

후제
後題

그대의 자설(字說)은 깊고 넓은 생각으로 백관(百官)을 다스리고 만민(萬民)을 살피는 본의(本意)[128]에 거슬러 가닿되 옛사람과 합치될 것을 구하지 않고 옛사람과 다르게 할 것을 구하지도 않아서 본래부터 있는 것을 인하여 마땅히 그러한 것을 얻었으니, 이 한 편으로 비로소 서계(書契)에 달린 의의가 크다는 것을 알게 되었습니다. 더욱 이치에 맞는 점은, 완전히 해설을 하지 않고 또 억지로 해설을 하지 않았다는 데에 있습니다. 형공(荊公 왕안석(王安石))의 《자설》은 지금 전해지는 책이 없고 오직 《주례신의(周禮新義)》 안에 드문드문 보이는데 〈고공기(考工記)〉를 주석(註釋)하지 않았기 때문에 송(宋)나라 사람들이 그 자설을 채택하여 보완하고 완성하였으니, 이 한 편에 실린 내용이 더욱 상세합니다. 반복하여 살펴보면 취할 만한 것이 전혀 없지는 않지만, 송나라 사람들이 서로 공격한 것은, 하나는 원우(元祐)의 문호(門戶)[129]여서였고 하나는 반드시 완전히 해설하고자 하여

---

128 백관(百官)을……본의(本意) : 성인이 문자를 만든 취지를 말한다. 《주역》〈계사전 하(繫辭傳下)〉에 "상고시대에는 새끼로 매듭을 지어 다스렸는데 후세에 성인이 서계로 바꾸어 백관은 이로써 다스리고 만민은 이로써 살폈으니 쾌괘(夬卦)에서 취한 것이다.〔上古, 結繩而治, 後世聖人, 易之以書契, 百官以治, 萬民以察, 蓋取諸夬.〕"라고 하였다.

129 원우(元祐)의 문호(門戶) : 송 철종(宋哲宗) 원우(元祐) 연간에 왕안석(王安石)을 중심으로 한 신법당(新法黨)과 사마광(司馬光)을 위시하여 여문저(呂文著)·문언

끝내 억지로 한 해설이 서로 어긋나버리는 것을 면하지 못해서였으니, 장점을 버려두고 단점을 전공하여 끝내는 후세 사람들의 입방아에 오르게 되었습니다. 그러나 진실로 선생의 이 책은 장점만 있고 단점은 없습니다. 이는 기질과 학문의 순수하고 잡박함이 같지 않은 데에서 말미암은 것이니, 참으로 선생께서 기르신 바가 깊습니다. 고우(高郵)의 왕 급사(王給事) 회조(懷祖)[130]는 동원(東原)[131]-한림(翰林) 대구형(戴衢亨)의 호(號)이다.-의 뛰어난 제자로, 소학(小學 자학(字學))에 있어 가장 연원(淵源)이 있습니다. 어제 보여주자 그가 깊이 탄복하였으니, 제가 선생을 좋아하여 아첨하는 것이 아님을 알 것입니다.

박(文彦博)・소식(蘇軾)・정이(程頤) 등이 뭉친 구법당(舊法黨)이 대립하였는데, 왕안석이 신법당이었기 때문에 그의 《주례신의》도 구법당 인사들에게 비판을 받았다.

130 왕급사(王給事) 회조(懷祖) : 왕염손(王念孫, 1744~1832)으로, 회조는 그의 자이다. 호는 석구(石臞)이고 강소(江蘇) 고우(高郵) 사람이다. 1775년에 진사(進士)가 되어 한림원 서길사(翰林院庶吉士)・공부 낭중(工部郎中)・이과 급사중(吏科給事中)・산동운하도(山東運河道)・직례영정하도(直隷永定河道) 등을 역임하였다. 언어학에 조예가 깊어 아들인 왕인지(王引之)와 함께 고우이왕(高郵二王)으로 일컬어지며, 저서로 《광아소증(廣雅疏證)》・《독서잡지(讀書雜志)》・《왕석구선생유문(王石臞先生遺文)》 등이 있다.

131 동원(東原) : 대진(戴震, 1724~1777)의 자이다. 호는 고계(杲溪)이고 휴녕(休寧) 융부(隆阜) 사람이다. 1762년에 거인(擧人)이 되었고, 1773년에 소집되어 《사고전서(四庫全書)》의 찬수(纂修)에 참여하였다. 1775년 회시(會試)에 여섯 번째 낙방을 하였으나 학술적 성취가 인정되어 특명으로 전시(殿試)에 참여하여 진사가 되었다. 음운(音韻)・문자(文字)・역산(曆算)・지리(地理) 등 다양한 분야에 정통하였고, 저서로 《주산(籌算)》・《구고할원기(句股割圜記)》・《육서론(六書論)》・《이아문자고(爾雅文字考)》・《맹자자의소증(孟子字義疏證)》 등이 있다. 원주(原註)에서 대구형(戴衢亨)의 호라고 한 것은 오류이다.

예부상서 겸 문연각직학사(禮部尙書兼文淵閣直學士)인 하간(河間)의 기윤(紀昀)[132]이 제(題)하다.

132 기윤(紀昀) : 기윤(紀昀)의 이름이 윤(昀)으로 표기된 것은 조선 경종(景宗)의 이름자인 윤(昀)자를 피하기 위해서 변을 생략하여 쓴 것이다. 윤(昀)자와 윤(昀)자 모두 중국어 발음이 yún으로 같다. 서호수(徐浩修)·홍양호(洪良浩)·박지원(朴趾源)·김매순(金邁淳) 등의 저술에는 '윤(昀)'으로 표기되고, 이덕무(李德懋)·유득공(柳得恭)·박제가(朴齊家)·성해응(成海應)·서유구(徐有榘)·신위(申緯)·김윤식(金允植)·강준흠(姜浚欽) 등의 저술에는 '윤(昀)'으로 표기되는 등 동시대의 저작에도 혼용된 양상이 보인다. 다만 후대의 교정 과정에서 수정된 것인지 여부를 확인할 필요가 있다.

조선의 홍 부사가 《육서경위》를 보여주었는데
이해가 정밀하고 빈틈없어 옛사람 못지않기에 삼가
장구 한 수를 지어 뒤에 적고 아울러 떠나는 길에 주다
朝鮮洪副使示六書經緯 理解精到 不讓古人 謹作長句一首題後
並以贈行

압록강 머리에 봄물이 생겨나니	鴨綠江頭春水生
공사는 날을 택해 길에 오르려 하네	貢使諏日將登程
내게 예서체 분별한 한 편을 보여주었는데	示我一編別隷體
육서에 대한 오묘한 이해 종횡무진 펼쳐져 있네	六書妙解羅縱橫
편·방·점·획 모두 심득하였으니	偏傍點劃具心得
오묘한 글자 기이한 말 사람을 놀라게 하네	奧字奇語令人驚
서체는 예로부터 대전(大篆)을 으뜸으로 치니	書體從來首篆籒
민산 아미산 적석산 원류가 맑구나[133]	岷峨積石源流淸

---

133 민산(岷山)……맑구나 : 민산과 아미산(峨眉山)은 촉(蜀) 지방의 명산이다. 이
중 민산은 장강(長江) 상류의 지류인 민강(岷江)이 발원하는 곳으로 고대에는 이곳에
서 장강이 발원한다고 알려졌다. 적석산(積石山)은 현재의 감숙성(甘肅省) 임하주(臨
夏州)와 청해성(青海省) 순화현(循化縣) 접경에 있는 산인데, 《서경》〈하서(夏書)
우공(禹貢)〉에 "황하를 인도하여 적석으로부터 용문에 이르고 남쪽으로 화음에 이르며,
동쪽으로 지주에 이르고 또 동쪽으로 맹진에 이른다.〔導河積石, 至于龍門, 南至于華陰,
東至于底柱, 又東至于孟津.〕"라고 하였듯 황하(黃河)의 발원지로 인식되었다. 이 산들
의 원류가 맑다는 것은 이계의 《육서경위》를 통해 한자(漢字)의 기원을 상고할 수
있음을 비유한 말이다.

위로는 빙사를 상고하고 창힐로 거슬러 올라가니[134]

上攷氷斯溯倉頡

산 아래에서도 푸른 바다까지 다 본 것이 귀하다오　貴從山下窮滄瀛

구루의 황폐한 비석[135] 읽을 수 없고　峋嶁荒碑不可讀

진창의 석고[136]는 화려하게 모양만 뽐낼 뿐이라　陳倉石皷徒紛呈

《급취편》과 《범장편》[137]은 훈고를 짜기워　急就凡將襍訓詁

왕왕 견강부회하여 모양과 소리 뒤섞였네　往往附會參形聲

홍공의 독서는 근원과 말단을 궁구하여　洪公讀書究源委

새로운 뜻으로 선현들을 뛰어넘고자　欲以新意超前英

갖은 노력으로 파책[138]을 탐구하여 전에 없던 뜻 찾음을 기뻐하고

强尋波磔欣創獲

134　위로는……올라가니 : 빙사(氷斯)는 전서(篆書)를 잘 썼다고 알려진 당(唐)나라의 이양빙(李陽氷)과 진(秦)나라의 이사(李斯)이다. 창힐(倉頡)은 헌원씨(軒轅氏)의 사관(史官)이었던 인물로, 새의 발자국을 보고 문자를 창안해냈다고 한다.

135　구루(峋嶁)의 황폐한 비석 : 구루는 형산(衡山)의 주봉(主峯)으로, 이곳에 우(禹) 임금이 세웠다는 비석이 있었다고 전해지나 현재는 유실되었다. 곤명(昆明)·소흥(紹興)·성도(成都)·서안(西安) 등의 비림(碑林)에 모각(模刻)이 있는데, 자체(字體)가 무전(繆篆)과도 비슷하고 부전(符篆)과도 비슷하다.

136　진창(陳倉)의 석고(石皷) : 중국 섬서성(陝西省) 진창산(陳倉山)에서 발견된 북 모양의 돌이다. 주 선왕(周宣王)의 업적을 기린 전자(篆字)가 새겨져 있으며, 현전하는 중국 최고(最古)의 각석(刻石)이다.

137　급취편(急就篇)과 범장편(凡將篇) : 《급취편》은 한(漢)나라의 사유(史游)가 편찬한 자서(字書)이다. 《범장편》은 사마상여(司馬相如)가 저술한 자서인데, 현재는 전하지 않는다.

138　파책(波磔) : 서법(書法)에서 오른쪽 아래로 긋는 필획인데, 필획을 범칭하기도 한다.

자세하게 주석에다 정밀한 연구 뽐냈네　　　　　細與注釋誇研精

마치 원객이 독견을 바치듯[139]　　　　　　　　有如園客獻獨繭

아름다운 소리 하나하나 하늘의 조화에 부합하네　　音徽一一符天成

지난번에 조정사(朝正使)들 모아놓고　　　　　　昨者朝正會諸使

화려한 등불 아래 잔치하며 천자께 나란히 화답해 올렸는데

　　　　　　　　　　　　　　　　　　　　　華鐙淸讌聯拜賡

시가 이루어지자 마침내 천자께서 기뻐하시니　　詩成竟得天子喜

멋진 일 알려지자 조정의 경상(卿相)들 찬탄하였지　勝事傳播嗟朝卿

사신의 돌아갈 기한 미룰 수가 없어　　　　　　　使歸期限不可駐

내일 아침 동쪽으로 만 리 길을 가려 하니　　　　詰朝萬里將東行

나는 비록 만나지 못하였지만 이미 심복(心服)하였고

　　　　　　　　　　　　　　　　　　　　　我雖未見已心折

더구나 아름다운 시를 보내주었음에랴[140]　　　況乃佳什投瑤瑛

---

139 마치……바치듯 : 독견(獨繭)은 누에 한 마리에서 뽑아낸 실이고, 원객(園客)은
제음(濟陰)에 살았다는 신선이다. 오색의 향초(香草)를 10년 동안 가꾸었는데 어느
날 갑자기 오색 나방[蛾]이 향초 위에 날아와 앉으므로 원객이 베[布]를 깔아주자 나방
이 베 위에 누에를 낳았다. 이날 밤 아름다운 여인이 와서 원객의 아내를 자처하며
그 누에를 향초를 먹여 길러 고치 120개를 얻었는데, 크기가 항아리만 해서 하나를
켜는 데 60일이나 걸렸다. 실을 다 켜자 여인은 원객과 함께 신선이 되어 사라졌다고
한다. 《列仙傳 卷下 園客》

140 아름다운 시를 보내주었음에랴 : 원문의 '투요영(投瑤瑛)'은 본래 옥돌을 던진다
는 뜻인데, 상대방이 훌륭한 시문(詩文)을 지어서 보내주었음을 의미한다. 《시경》〈위
풍(衛風) 목과(木瓜)〉에 "내게 목도(木桃)를 던져줌에 옥돌로 갚고도 다 갚았다고 여기
는 것은, 오래도록 우호하고자 해서라네.[投我以木桃, 報之以瓊瑤, 匪報也, 永以爲好
也.]"라고 한 것에서 유래하였다. 이계가 대구형(戴衢亨)에게 보낸 시가 본집 권6 〈연
운기행(燕雲紀行)〉에 〈한림 대구형에게 드리다[贈戴翰林衢亨]〉라는 제목으로 수록되

이제 막 성인께서 문치를 밝히시어	方今聖人煥文治
널리 네 개의 창고를 열어[141] 우뚝하게 배열하시니	宏開四庫排崢嶸
비유하자면 큰 종을 만 개의 북틀에 걸어놓고서	譬如洪鍾列萬虡
크게 치나 작게 치나 쟁쟁하게 울리는 것과 같아라[142]	
	大叩小叩鏗然鳴
원컨대 그대는 당에 올라 방에 들어가기를 힘써[143]	願子登堂勉入室
다시 태고를 미루어 함영을 더듬으소서[144]	更推太古探咸韺
이 책에서 찾고 조사한 것 또한 쉽지 않으니	此編蒐討亦不易
밤낮으로 고생한 것 얼마나 되었던가	辛勤膏晷凡幾更
책상에 두고서 열 겹으로 싸 보배처럼 간직하니	置之几案珍什襲
마치 직접 만나 논평하는 듯	有如晤對相論評
말 머리에 봄바람 부는 현도성에서	春風馬首玄菟城

어 있다.

141 네……열어 : 《사고전서(四庫全書)》를 편찬한 것을 가리킨다.

142 비유하자면……같아라 : 《예기(禮記)》〈학기(學記)〉에 "물음에 잘 대답하는 자는 종을 치는 것과 같으니, 작은 것으로 치면 작게 울리고, 큰 것으로 치면 크게 울린다. 〔善待問者如撞鐘, 叩之以小者則小鳴, 叩之以大者則大鳴.〕"라고 하였다. 여기에서는 건륭제(乾隆帝)의 문치(文治)로 문인과 학자들이 각기 제 능력을 발휘하게 되었음을 비유하였다.

143 당에……힘써 : 도(道)가 심오한 경지에 이른다는 뜻이다. 공자가 자로(子路)의 학문 수준을 두고 "유(由 자로)는 당에는 올랐으나 방에는 들어가지 못했다.〔由也, 升堂矣, 未入於室也.〕"라고 한 데에서 유래한 말이다. 《論語 先進》

144 다시……더듬으소서 : 함영(咸韺)은 함영(咸英)이라고도 하며, 요(堯) 임금이 지었다는 음악인 함지(咸池)와 제곡(帝嚳)이 지었다는 음악인 육영(六英)의 병칭으로 중국 고대의 악곡을 가리키기는 말이기도 하다. 이를 더듬으라는 것은 더욱 노력하여 상고시대(上古時代)의 문화까지도 탐구할 것을 당부한 말이다.

북경의 계문연수 바라보시리[145]　　　　　薊門煙樹瞻神京

머리 새도록 훌륭한 이름 지키기를 기약하노니　　相期白首保令名

오늘날 시 읊던 마음 잊지 마소서　　　　　　　莫忘今日歌詩情

한림 수찬(翰林修撰)인 대유(大庚)의 대구형(戴衢亨)이 쓰다.

---

145 말……바라보시리 : 현도성(玄菟城)은 지금의 요녕성(遼寧省) 신빈현(新賓縣)
서남쪽에 있던 성이다. 계문연수(薊門煙樹)는 북경(北京)의 팔경(八景) 중 하나로,
북경 덕승문(德勝門) 밖의 우거진 숲이 안개에 싸인 풍경이다. 현도성에서 계문연수를
바라보리라는 것은 이계가 귀국길에 북경이 있는 쪽을 돌아보며 북경을 그리워하는
모습을 상상한 것이다.

이계집 외집

제11권

목민대방
牧民大方

목민대방牧民大方

편제
篇題

무릇 백성을 기르는 도리로는 삼경(三經)과 육전(六典)이 있다. 무엇을 삼경이라고 하는가? 다스림[治]·기름[養]·가르침[敎]이다. 무엇을 육전이라고 하는가? 이(吏)·호(戶)·예(禮)·병(兵)·형(刑)·공(工)이다.

경(經)은 떳떳하다는 말이니 정사의 근본이고, 전(典)은 법(法)이라는 말이니 정사의 도구이다. 근본이 아니고서는 설 수가 없고, 도구가 아니고서는 행해질 수가 없다.

대체로 정사는 작거나 큰 구분이 없다. 나누면 군현(郡縣)이 되고 모으면 나라가 되니, 모두 백성을 기르는 것이다. 그러므로 고을을 다스리는 것과 나라를 다스리는 것은 그 방법이 하나이다. 우(虞)의 삼사(三事)[1]와 주(周)나라의 육관(六官)[2]이 모두 이것이다.

---

1 우(虞)의 삼사(三事) : 우(禹)가 순(舜)에게 진달한 선정(善政)의 덕목으로, 정덕(正德)·이용(利用)·후생(厚生)이다.《書經 虞書 大禹謨》

2 주(周)나라의 육관(六官) : 주나라의 국정을 담당하던 여섯 부서인 천관(天官)·

어떻게 다스릴 것인가? 원칙을 세우고 기강을 확립하며 선(善)을 권장하고 악(惡)을 징계할 뿐이다. 어떻게 기를 것인가? 이용후생(利用厚生)과 개물성무(開物成務)[3]뿐이다. 어떻게 가르칠 것인가? 자신을 바루어서 남을 이끌고 풍속을 변화시킬 뿐이다. 이·병·형은 다스림의 도구이고, 호·공은 기름의 도구이며, 예는 가르침의 도구이다. 삼경에 근본하고 육전을 행하면 천하와 국가를 가지런히 할 수 있으니, 하물며 고을이야 어떻겠는가.

다스림이 기름보다 우선인 것은 다스리지 않으면 백성들이 혼란하여 기름을 이룰 수가 없기 때문이다. 기름이 가르침보다 우선인 것은 기르지 않으면 백성들이 흩어져 가르침을 베풀 데가 없기 때문이다. 그러나 기름과 가르침은 모두 다스림을 기다린 뒤에 이루어지니, 다스림이란 시작을 이루고 끝을 이루는 도(道)일 것이다. 그래서 육전의 등속에, 다스림의 도구가 가장 상세하다.

지관(地官)·춘관(春官)·하관(夏官)·추관(秋官)·동관(冬官)으로, 이는 조선 육조(六曹)의 모태이다.

3 이용후생(利用厚生)과 개물성무(開物成務) : 이용후생은 생산과 생활에 필요한 기구를 제작, 개량하여 생산력과 삶의 질을 높이는 것을 말하고, 개물성무는 만물의 이치를 개통하여 천하의 사업을 다 이루어주는 것을 말한다.

이전(吏典)의 등속
吏典之屬

첫째. "규모(規模)를 세움"

　무릇 관아에 처음 부임했을 때 반드시 먼저 규모를 세우되 지방이 먼지 가까운지, 읍력(邑力)이 쇠잔한지 왕성한지, 백성들의 풍속이 순후한지 야박한지 따위를 묵묵히 살펴 두루 안 뒤에야 다스림을 관대하게 할지 엄하게 할지, 설시(設施)를 천천히 할지 급하게 할지가 모두 나의 헤아림 안에 있게 되어서 막힘없이 여유가 있을 것이다. 몸가짐은 반드시 엄중하게 하고 아랫사람을 만날 때에는 반드시 간묵(簡默)하게 하며, 마음가짐은 반드시 공정하게 하고 일을 처리할 때에는 반드시 상세하고 면밀하게 하며, 일을 벌일 때에는 시작을 신중하게 하는 것이 중요하고, 명령을 내고 나면 변경하지 않도록 한다.

　매일 새벽에 반드시 세수하고 의관을 갖추고서 참알(參謁)을 받고, 당일에 행할 수 있는 공사(公事)를 물어 혹시라도 지체하지 말고, 국기일(國忌日) 및 재일(齋日)이 아니면 혹시라도 폐아(廢衙 관아에 결근함)해서는 안 된다.

　둘째. "안팎을 엄히 함"

　무릇 안팎의 경계는 칼로 자른 듯 엄하게 끊어야 한다. 아노(衙奴)[4]를 염석문(簾席門)[5] 밖으로 한 발짝도 나가지 못하게 하고, 관속(官屬)

4　아노(衙奴) : 수령이 관저(官邸)에서 사적으로 부리던 사내종이다.

5　염석문(簾席門) : 옛날 각 고을의 내아(內衙)에 설치하던 바깥문이다. 바깥에서 안

들이 혹 내아(內衙)로 와서 물종(物種)을 진배(進排)하는 일이 있거든 절대 오래 서서 사사로운 말을 못 하게 한다. 이외에는 문을 열지 못하게 한다.

아객(衙客)으로 하여금 절대 외부인과 만나지 못하게 하고 관속이라도 사무(事務)로 인한 것이 아니면 책방(冊房)의 출입을 허락하지 말며, 관가(官家)의 정령(政令)에 대해서는 참여하여 듣지 못하게 한다.

읍자(邑子)[6]는 공적인 일이 아니면 관부에 들어오는 것을 허락하지 않는다. 잡인(雜人) 및 청간(請簡 청편지)은 절대 들이지 말고 문지기에게 떠나지 않고 지키도록 한다.

셋째. "직무와 통속(統屬)을 나눔"

안으로는 향임(鄕任)·군교(軍校)·이례(吏隷)에게 각기 담당하는 직무를 나누고 통속을 세워 서로 침범하고 섞이지 않게 하여 실적을 이루도록 요구한다. 밖으로는 면임(面任)·이임(里任) 외에 통(統)마다 통수(統首)와 오장(伍長)을 두어 통 안의 일을 맡게 하여 기강을 세우고 분수(分數)를 밝힌다.

넷째. "부릴 사람을 고름"

무릇 사람을 취할 때에는 반드시 착실하고 조심스러운 사람을 고르고 영리함과 공교함을 중시해서는 안 된다. 사람을 쓸 때에는 반드시 오랫동안 한자리에 머물고 있는 사람을 취하여 경쟁을 막는다.

향무(鄕武)·이노(吏奴) 각색(各色 관아의 말단 벼슬아치)은 모두 수임

쪽이 보이지 않도록 발이나 자리를 쳐서 가렸다.

6 읍자(邑子) : 고을의 자제(子弟)라는 뜻으로, 일반적으로 유생(儒生)들을 가리킨다.

(首任)으로 하여금 적합한 이를 천거하여 보증하게 하되 혹 걸맞지 않거나 일을 그르치면 추천한 이까지 함께 처벌한다.

각 면(面)의 풍약(風約 면임)은 한 면의 우두머리이니, 반드시 사인 (士人) 중 문식(文識)과 영향력이 있는 자가 하게 하여 한 면의 교령(敎 令)을 주관하게 한다.

다섯째. "글과 수리(數理)를 가르침"

이서(吏胥)는 곧 한 읍(邑)의 고사(故事)를 맡은 자이니, 글과 수리 에 통달하고 고실(故實)을 기억하고 있지 않으면 부릴 수가 없다. 반드 시 늙은 아전 중 노련한 이를 가려 훈장(訓長)으로 정하여 번(番)을 쉬는 이서들을 가르치고 과제를 주게 하여 상벌을 행한다. 지인(知印) 도 이와 같이 한다.

여섯째. "요역(徭役)을 고르게 시킴"

무릇 이례를 차출하여 역(役)을 부과하거나 출사(出使 외방으로의 출 장)를 보내는 일은 치우치거나 사사로워서는 안 된다. 모두 순서에 따 라 차례로 차견(差遣)하여 수고와 편안함을 균등하게 한다.

일곱째. "일의 전례(前例)를 살핌"

무릇 읍 안의 고사(故事)는 닦아 밝히고 준수하지 않아서는 안 된다. 각 방(房)의 색리(色吏)는 등록 문서를 하나하나 상고해내되, 없을 경우 늙은 아전에게 물어 책자(冊子)로 만듦으로써 오래도록 전하게 해야 한다. 금성(錦城)의 호장(戶長)이 일기(日記)를 작성한 법[7] 또한

---

7 금성(錦城)의……법 : 금성은 나주(羅州)의 옛 이름이고, 호장(戶長)은 지방 향리 직(鄕吏職)의 우두머리이다. 금성의 호장이 작성한 일기는 실체를 알 수는 없으나 조선 후기에 《승정원일기(承政院日記)》를 개수(改修)하는 과정에서 참고할 정도로 이전

본받아 행할 만하다.

여덟째. "폐막(弊瘼)을 바로잡음"

무릇 읍 안의 관사(官事) 및 이민(吏民)에게 혁파할 만한 폐단이 있거든 널리 민원(民願)을 조사하거나 여러 방법으로 염찰(廉察)하여 차례로 고치되, 크게 변통(變通)해야 되는 일의 경우는 반드시 먼저 감영(監營)에 알려 허제(許題)를 받은 뒤에 시행함으로써 멋대로 했다는 혐의를 피한다.

아홉째. "때에 맞게 점열(點閱)함"

창고는 때에 맞게 번열(反閱)하고, 옥수(獄囚)는 때에 맞게 적간(摘奸)하며, 이졸(吏卒)은 때에 맞게 점고(點考)한다.

면주인(面主人)[8] 또한 불시에 점고하여 촌락과 이(里)에 출몰하는 폐단을 막아야 한다. 무릇 여름과 가을의 수확하는 시기에는 더욱 엄하게 신칙하여 촌락에 나타나 구걸하지 못하도록 해야 한다.

열째. "재용(財用)을 절약함"

관가의 모든 물건은 모두 백성에게서 나왔으니, 반드시 매달 지출할 양을 정해 재용을 절약한다. 번다한 지출을 줄여 백성들이 여력(餘力)을 갖게 해주고 남는 것을 저장하여 예기치 못한 데에 대비한다.

매달 초하루와 보름 두 차례에 걸쳐 회계(會計)하여 비용을 산정(算定)해내되, 절대 다음 달 분량을 끌어 쓰지 말도록 한다. 회계는

시기의 조보(朝報) 및 고사(故事)가 상세하게 수록되어 있었던 것으로 보인다. 《日記廳謄錄 改修日記謄錄 移文秩》

8 면주인(面主人) : 조선시대에 주(州)·부(府)·군(郡)·현(縣)과 면(面) 사이를 오가며 심부름하던 사람이다.

사사로운 사람에게 맡기지 말고 좌수(座首)와 이방(吏房)에게 주관하게 한다. 대체로 관가의 재물은 사사로운 물건으로 여겨서는 안 되니, 이민들과 함께 쓰는 것이기 때문이다. 재용을 절약하지 않아서는 안 되지만, 궁핍한 친족과 가난한 친구가 멀리서 찾아와 다급한 상황을 알린 경우는 그 요구에 다 부응하지는 못하더라도 또한 낭패를 보게 해서는 안 된다. 반드시 역량을 헤아려서 도와주어 돈후한 풍속을 해치지 않도록 한다.

호전(戶典)의 등속

戶典之屬

첫째. "호구(戶口)와 장정(壯丁)을 조사함"

호구란 나라에서 중히 여기는 바이고 한 읍의 대정(大政)이다. 장적(帳籍 호적)을 만들 때가 아니더라도 매달 말에 이임(里任)으로 하여금 책으로 만들게 하여 아무개가 사망했다거나 달아나 옮겨갔다는 것과 아무 집에 아들이나 딸이 태어났다는 것을 하나하나 현록(懸錄)하여 면임(面任)에게 올리게 한다. 그러고 나면 면임에게 직접 징험하며 살펴본 뒤에 관부(官府)에 보고하게 한다. 그렇게 하여 백성들의 수가 늘었는지 줄어들었는지를 알아내고 사망자와 도망자의 수를 상세하게 파악한다.

허호(虛戶)[9]를 줄이고 양호(養戶)[10]를 혁파하며, 사실과 다르게 장적에 등록하는 것을 금하고 누락된 장정을 찾아내며 중첩된 부역을 감면한다.

호패법(戶牌法)을 행하되 도식(圖式)을 나누어주어 보여서 기한 안에 만들게 하고 직역(職役)과 성명(姓名)은 일체 원적(原籍)을 따르게

---

9 허호(虛戶) : 허위로 부풀려 호적에 올린 호구(戶口)이다. 호구를 증가시키는 것이 지방관의 치적 중 하나가 되었으므로 식년(式年)마다 호적을 개정할 때 지방관들이 실제로는 없는 호구를 기재하곤 했다.

10 양호(養戶) : 부유하고 권세 있는 자가 가난한 자의 조세를 대신 납부해주는 대가로 제 집에서 종처럼 부리는 것을 말한다. 이런 양호가 많아질수록 군정(軍丁)에 누락자가 많아진다.

한다. 백성들로 하여금 출입할 때 모두 패용하게 하고, 소장(疏狀)을 올릴 때 소장 끝에 달게 한다. 없는 이는 누적률(漏籍律)[11]을 적용한다.

승도(僧徒)들에게는 도첩법(度牒法)[12]을 행하되 따로 도식을 만든 뒤 각 사찰에 나누어주어 보이고 승적(僧籍)을 두어 출입(出入)을 파악한다. 위반하는 자는 중하게 처벌하되 일체《경국대전(經國大典)》을 따라 시행한다.

둘째. "게을리 노는 것을 금함"

옛날에 백성을 사민(四民 사농공상(士農工商))으로 나누어 각자 그 생업(生業)을 닦게 하였으니, 이 네 가지 외에는 모두 난민(亂民)이었다. 경내(境內)를 신칙(申飭)하여 농사짓지도 않고 장사하지도 않으며 하는 일 없이 놀고먹으면서 이익을 꾀하고 빌어먹는 자가 있거든 철저하게 금하고 억제함으로써 민생(民生)을 풍부하게 하고 민속(民俗)을 바로잡는다.

셋째. "농사를 권장함"

밭을 갈고 씨를 뿌리는 방법은 그 지역의 풍속에 따라 절목(節目)을 만들어 경내에 나누어주어 보여서, 밭에 거름 주고 종자를 비축하며 밭 갈고 씨 뿌리는 절기는 제때를 놓치지 않게 한다. 봄에 밭을 갈 시기마다 소가 없고 농량(農糧)이 없는 자를 추려내어 마을 이웃과

---

11 누적률(漏籍律) : 호적에 누락된 사람에게 적용하는 법률이다. 사족(士族)은 무기한 징배(定配), 평민은 충군(充軍), 공천(公賤)·사천(私賤)은 도배(島配)되었고, 나이가 60세 이상이면 속전(贖錢)을 받았다.《典律通補 卷2 戶典 戶籍》

12 도첩법(度牒法) : 도첩(度牒)은 조선시대에 국가에서 승려에게 발급하던 신분증명서이다. 중종(中宗) 이전까지 승려들은 국가의 공사 등 부역(賦役)을 지는 대가로 도첩을 발급받을 수 있었다.

서로 돕게 하고, 위반하는 자는 중하게 처벌한다.

소는 농가에서 가장 크게 쓰인다. 경내에 있는 농우(農牛)의 암수와 털 색깔까지 하나하나 장부로 만들어 관부(官府)에 두고 매매와 사망을 관아에 문서로 올려 입지(立旨)[13]를 받게 하라. 십가패법(十家牌法)[14]을 써서 한 패(牌)에 속하는 집끼리 있고 없는 물건을 서로 보태주고 날을 안배(按排)하여 나누어 밭을 갈며, 해당 패 안의 집들의 밭을 다 갈기 전에는 다른 이(里)에 빌려주는 것을 허락하지 말도록 하라.

각 면에 권농도감(勸農都監) 및 감관(監官)을 두어 관할 안의 농사 형편을 두루 살펴 빈부를 고르게 하고 근태(勤怠)를 살핀다. 밭을 갈고 씨 뿌리며 김매고 수확하는 절기에 초하루마다 관부에 보고하게 한다.

황무지를 개간하고 물을 저장하며 내를 막아 둑을 쌓고 보(洑)를 파는 등의 일을 각별히 신칙하여 지리(地利)를 다 얻을 수 있도록 한다.

넷째. "나무 심기와 가축 기르기를 가르침"

농가의 이익은 곡식 농사에만 있지 않다. 뽕나무・닥나무・대추나무・밤나무의 등속을 토질에 따라 심을 것을 권장하고 해당 이(里)에서 책자로 만들어서 관아에 보고하게 하여 근태를 파악한다. 개・돼지・닭・오리의 등속도 키우게 하여 생활에 보탬이 되게 한다.

---

13 입지(立旨) : 관아에서 판결문을 쓰고 관인을 찍어 개인이 청원한 사실을 공증해 주던 문서이다.

14 십가패법(十家牌法) : 명(明)나라 왕양명(王陽明)이 제정한 법으로, 10호(戶)를 1조(租)로 묶고 각호의 인구를 패(牌)에 기록하던 법이다. 당번(當番)이 된 집에서는 그 패를 집에 걸어두고 나머지 각 호의 출타・왕래 등 인원 변동을 조사하여 각호에 알리고 의심스러운 일이 있을 경우 관아에 신고하였다. 만일 사고가 발생하면 그 조가 공동으로 책임을 졌다.

다섯째. "재해로 인한 피해를 살핌"

각 면의 권농감관(勸農監官)은 전야(田野)를 순시하며 강수량을 때에 따라 급히 보고하고, 홍수·가뭄·서리·우박·풍해(風害)·충해(蟲害) 등의 비상(非常)한 재해가 있으면 즉시 신속하게 보고하며, 관아에서는 해당 색리(色吏)에게 맡겨 하나하나 장부에 기록함으로써 실지 답사 때 흉작 상태를 빙고(憑考)하는 데에 대비한다.

무릇 실지 답사 때 전답에 재결(災結)을 잡은 곳에는 밭 가운데에 나무쪽을 세워 아무개의 아무 밭이 어떤 재해를 몇 결이나 입었는지 상세히 적어놓았다가 불시에 적간(摘奸)함으로써 거짓인지 사실인지를 살핀다.

여섯째. "징수와 납부의 기한을 정함"

무릇 징수하는 법은 너무 느슨하면 필요한 일에 제때 쓸 수가 없고 너무 급박하면 백성들이 편안하지 못하니, 반드시 미리 기한을 세우고 백성들과 약속하여 능력에 따라 마련하게 하여 기한을 넘기지 않도록 해야 한다. 관아의 비용에 드는 것들을 규례를 어겨가며 감면해줘서 백성들의 칭송을 얻어서도 안 되지만, 경솔하게 매를 치며 독책하여 백성들의 살림을 곤궁하게 해서도 안 된다.

무릇 진공(進貢)과 상납(上納)에 관계된 것들은 더욱 삼가고 조심스럽게 직접 감봉(監捧)하여 기한을 넘기는 일이 없도록 해야 한다. 환곡(還穀)과 군포(軍布) 등의 예납(例納)은 반드시 정실(精實)하게 하여 혹시라도 작은 칭찬을 구하느라 실질적인 폐해를 받지 않게 한다.

일곱째. "말〔斗〕과 휘〔斛〕를 고르게 함"

악률(樂律)과 도량형(度量衡)은 나라에서 중히 여기는 바이다. 한 읍 안에서 휘의 용량이 고르지 않거든 반드시 안팎의 창고 및 각 장시

(場市)의 말과 휘를 호조(戶曹)에서 나누어준 유곡(鍮斛)[15]으로 바로잡고 낙인을 찍은 뒤, 분급(分給)하고 봉납(捧納)하는 모든 때에 일체이 휘를 쓰고 혹여 휘가 표준보다 작거나 말이 표준보다 큰 경우가 있으면 또한 측량 기준을 바로잡아야 하니, 바닥과 모서리를 평평하게 깎아 혹시라도 함부로 더 거두지 않도록 한다.

여덟째. "저장하는 일을 완벽하게 함"

창고는 반드시 수리하고 깨끗하게 하여 곡물이 젖고 습기를 먹거나 썩고 상하는 일이 없도록 한다. 담장은 온전하고 튼튼해야 하고 돌아가며 지키는 일은 철저하게 해서 훔쳐가는 것을 막아야 한다. 가마니는 반드시 튼튼하고 치밀해야 하며 그물은 반드시 촘촘하게 짜서 새어나가는 것을 막는다.

창고에 미곡(米穀)을 저장할 때에는 반드시 바닥에 나무판자를 설치하고 피곡(皮穀)을 저장할 때에도 벽돌을 깔아서 땅의 습기가 스미는 것에 대비해야 한다. 곡식을 노적(露積)하는 곳에는 반드시 위에는 볏짚을 덮고 아래에는 나무와 돌을 깔아서 눈과 비를 막는다.

무릇 곡식을 저장하는 방도는 땅을 파서 저장하는 것이 가장 좋다. 만약 중국의 제도를 강구하여 창고 안에 설치할 수 있다면 참으로 무궁한 이익을 볼 수 있을 것이다.

아홉째. "장부를 상세하게 기록함"

무릇 공공의 재물이 축나고 없어지는 것과 간사한 아전이 농간을 부리는 것은 오로지 장부가 분명하지 않은 데에 원인이 있다. 관장(官長)이 된 자는 크고 작은 것을 막론하고 반드시 직접 검사하여 항목마

---

15 유곡(鍮斛) : 호조에서 표준으로 삼기 위해 놋쇠로 제작한 1휘 용량의 용기이다.

다 계산하고 비교하며 수를 맞춰본 뒤에 비로소 서명하고 날인하여 농간을 부리는 폐단을 방지해야 한다.

열째. "남는 곡식을 줄임"

무릇 10분의 1만큼 이자를 받는 것은 본래 참새나 쥐가 축내는 것을 대비하고자 해서였는데, 지금은 정식 납부 항목이 되어버렸다. 또 간색미(看色米)[16] 및 낙정미(落庭米)[17]는 감색(監色)들의 생계(生計)가 되므로 완전히 금해서는 안 되지만, 또한 한도를 참작하여 정해서 절도(節度) 없이 과다해지는 일이 없도록 해야 한다. 미곡과 피곡은 그 푼수(分數)를 헤아려 각기 색락기(色落器)[18]를 만들고 이로써 덜어서 낸 뒤에, 그 나머지는 1되나 1홉 정도의 적은 양이더라도 그 백성에게 돌려준다.

---

16 간색미(看色米) : 세곡(稅穀) 또는 환곡(還穀)을 납부할 때 그 품질을 확인하기 위해 견본으로 빼내어 보던 곡식이다. 조선 후기에는 이를 감고(監考)들에게 보수로 지급하였고, 정식 세목(稅目)이 되었다.

17 낙정미(落庭米) : 본래는 세곡이나 환곡을 징수할 때 마되질하는 과정에서 땅에 떨어지는 곡식인데, 이를 보충한다는 명목하에 세목으로 편성되었다.

18 색락기(色落器) : 간색미와 낙정미를 징수하기 위해 제작한 용기(容器)이다.

예전(禮典)의 등속

禮典之屬

첫째. "풍화(風化)를 바로잡음"

풍화란 치도(治道)의 대본(大本)이다. 관아에 처음 부임했을 때 먼저 효도와 공경, 예의와 겸양, 친척 간의 화목, 벗과의 성신(誠信)과 남을 구휼(救恤)하는 도리로 방을 걸어 효유(曉諭)하고, 혹《여씨향약(呂氏鄕約)》중의 서로 돕고 구제하는 등의 일 중 간요(簡要)하여 쉽게 따를 수 있는 것으로 절목(節目)을 만들어 백성들에게 나누어주어 보이고, 점차 약속하여 따르지 않는 자가 있거든 적발되는 대로 경계하고 다스린다.

무릇 교화의 방도는 고운 목소리나 웃는 모습으로 꾸며서 할 수 있는 것이 아니고,[19] 하루아침이나 하룻저녁에 이룰 수 있는 것도 아니다. 반드시 근본과 말단을 알고서 실행에 선후를 구별하되 조금씩 감화시키고 인도하여 백성들로 하여금 날로 선(善)에 나아가면서도 스스로 깨닫지 못하게 하여야 한다.

친척 간에 서로 쟁송(爭訟)하는 경우 어느 쪽이 옳고 그른지를 막론하고 수리하지 않는다. 종계(宗系) 및 산송(山訟)의 경우는 예외이다.

연소자로서 연장자를 능멸하고 신분이 낮은 자로서 높은 자를 넘어

---

19 고운……아니고 :《맹자》〈이루 상(離婁上)〉에 "공손함과 검소함을 어찌 고운 목소리나 웃는 모습으로 꾸며서 할 수 있겠는가.〔恭儉, 豈可以聲音笑貌爲哉?〕"라고 하였다.

서며 강자로서 약자를 침해하는 모든 경우, 엄히 과조(科條)를 세우고 철저히 처벌함으로써 다른 사람들을 경계시킨다.

둘째. "나이 많은 이와 덕이 있는 자를 예우함"

나이와 덕은 한 고장 안에서 누구나 존경하는 것이다.[20] 경내(境內)의 사대부 가운데 연치가 높고 인망이 중하여 향촌에서 본보기가 되는 자를 직접 방문하여 치도를 자문하고 혹 편지로 안부를 물어 백성들이 보고 감동하게 한다. 혹 학궁(學宮)에 초빙하여 후학들을 가르치고 지도하게 한다.

세시(歲時)마다 나이가 80세 이상인 자를 추려내어 쌀과 고기를 보내어 노인을 노인으로 대접하는 뜻을 기른다.

셋째. "절행(節行)을 장려함"

풍화의 근본은 절행을 높이고 장려하는 것보다 큰 것이 없다. 경내의 효행(孝行)과 열행(烈行)이 뛰어난 이가 있으면 호역(戶役)을 감면하고 음식을 내리며, 그중 가장 현저한 자는 공의(公議)를 널리 모아 관찰사〔使司〕에게 보고한다.

한 가지 기예나 능력이 있는 선비가 있거든 반드시 표창하고 발탁하여 다른 사람들을 권면한다.

넷째. "제사를 경건하게 지냄"

사직(社稷)・문묘(文廟)・성황(城隍 서낭)・여제(厲祭) 및 경내에 있는 사묘(祠廟)의 제향 중 관아에서 지내는 것은 반드시 직접 주관하

---

20 나이와……것이다 : 《맹자》〈공손추 하(公孫丑下)〉에 "천하에 누구나 존경하는 세 가지가 있으니, 벼슬이 하나요, 나이가 하나요, 덕이 하나이다.〔天下有達尊三, 爵一 齒一德一.〕"라고 하였다.

고 제수(祭需)는 반드시 직접 검사하여 정결한 것으로 갖추며, 집사(執事)들은 반드시 경건하고 성실한 이를 각별히 선발한다. 서원(書院)에 있는 사당과 묘소의 제수도 관아에서 헤아려 보조한다.

막 부임했을 때 가장 먼저 전배(展拜)하고 청소하여 정성과 공경을 다한다.

모든 기우제(祈雨祭)와 기청제(祈晴祭)는 백성들의 목숨과 관계되었으니 더욱 경건하고 정결하게 치성(致誠)하여 신령(神靈)이 흠향하고 이르도록 하여야 한다.

교생(校生 향교(鄕校)의 학생) 중에서 총명하고 기민하며 글을 아는 이를 가려 의주(儀註) 및 호창(呼唱)[21]을 강습하여 예의(禮儀)를 어그러뜨리거나 잃어버리지 않도록 한다.

다섯째. "강독과 시험에 힘씀"

교화의 근본이 강독과 시험에만 있는 것은 아니지만, 선비를 성취시키는 방도는 강독과 시험을 제외하면 그 가르침을 시행할 곳이 없다. 경내에서 문장·식견·연치·덕망이 가장 뛰어난 이를 추천하여 도훈장(都訓長)으로 정하고 각 면에서도 면훈장(面訓長) 1원(員)을 정한 뒤, 면 안에 있는 유생들의 거안(擧案)을 추려내어 경사(經史)를 따지지 말고 각자 원하는 대로 강독에 응하게 한다. 초하루와 보름마다 각 면의 훈장이 시강(試講)하고서 관아에 보고하면, 관장(官長)과 도훈장은 그 등수와 획수(劃數 점수)를 살펴 상벌을 행한다.

---

21 의주(儀註) 및 호창(呼唱) : 의주는 의식(儀式)의 절차·인원·복장·기물·제수 등을 상세히 기록한 책이고, 호창은 의식 중간에 의식이 진행되는 과정을 외치는 일이다.

매년 가을과 겨울에는 강독(講讀)을 행하고 봄과 여름에는 제술(製述)을 행한다. 제술의 법도는 책(策)·논(論)·표(表)·시(詩)·부(賦)·경의(經義)를 원하는 대로 문체에 따라 시제(試題)를 내어준다. 매달 15제(題)를 출제하여 각 면훈장으로 하여금 지어 바치도록 권과(勸課)하게 하고, 그 등수를 살펴 높은 등수를 차지한 자를 선발하여 학궁에 들어가게 하되 그중 몇 사람을 추려내어 학궁에서 살게 하고 관아에서 식량을 지급하면서 매일 과업(課業)을 하게 하며, 혹 백일장을 개설하고 선비를 모아 잘하는지 못하는지를 시험하기도 한다. 동몽(童蒙 남자아이)은 고풍(古風)[22]과 사서(四書)의 뜻을 원하는 대로 권과한다. 모든 강독과 제술의 법은 별도로 절목을 만들어 영구히 준수하게 한다.

여섯째. "서적을 널리 보급함"

관부(官府) 및 학궁의 서책을 하나하나 점검하여 빠진 것과 손상된 것을 하나하나 보수한다. 책판(冊板)이 닳고 이지러진 것은 그때그때 추가로 판각하거나 혹 재목을 모아 목활자(木活字)를 만들어 서적을 인쇄해내서 학궁과 각 면에 나누어준다.

경내에 있는 선배(先輩)들의 문집 및 명유(名儒)의 저술을 널리 찾아내고, 채택할 만한 것이 있으면 표장(表章)하고 널리 보급한다.

혹 서방(書坊)을 창설하여 경내의 많은 선비들로 하여금 재물을 내

22　고풍(古風) : 운(韻)을 맞추지 않고 글자의 수만을 맞춘 한시(漢詩)이다. 조선시대에 아직 운을 맞출 능력이 없는 아동들이 시구를 익히는 과정에서 지었으며, 오언단편(五言短篇)을 소고풍(小古風), 칠언장편(七言長篇)을 대고풍(大古風)이라고 불렀다. 《與猶堂全書 附 雜纂集2 雅言覺非 卷2 古風》

게 하여, 이로 불린 이자로 서책을 사들인다.

일곱째. "혼인을 도움"

혼인이란 인륜(人倫)의 시작이니, 사대부의 집이 가난하거나 혹은 고아여서 배필을 구하여 혼례를 이룰 수가 없는 것은 실로 관장의 책임이다. 연초에 각 면에 명을 내려 사족(士族)과 서인(庶人)을 막론하고 혼기(婚期)가 지났는데도 혼인하지 못한 이가 있거든 책자로 만들어 관아에 보고하게 하고, 그 종족과 이웃으로 하여금 혼처(婚處)를 구하고 혼례를 이루도록 서로 도운 뒤 관아에 보고하게 하고, 관가(官家)에서도 재량껏 돕는다.

여덟째. "고아와 가족 없는 노인을 돌봄"

사민(四民)[23]이란 하소연할 데 없는 곤궁한 백성들로, 왕도정치(王道政治)에서 먼저 인(仁)을 베풀어야 할 대상이다. 각 면에 명령을 내려 모든 홀아비와 과부, 고아와 가족 없는 노인으로서 의지할 데 없는 이들의 명단을 책자로 만들어 관아에 보고하게 하고, 이웃과 친척 중에 영향력이 있는 이를 보주(保主 보증인)로 정해 힘을 합쳐 돌보게 함으로써 곤란한 지경에 이르지 않게 하며, 관아에서도 힘이 닿는 대로 구휼한다. 농사를 지을 수 있는 자라면 식량과 종자를 보태주어 생업을 잃지 않게 한다.

아홉째. "상급 관청을 존경함"

경(經)에 "윗사람의 신임을 얻지 못하면 아랫사람을 부릴 수 없다."[24]

---

23 사민(四民) : 왕도정치에서 우선적으로 인정(仁政)을 베풀어야 할 대상인 홀아비〔鰥〕, 홀어미〔寡〕, 부모 없는 어린이〔孤〕, 자식 없는 노인〔獨〕을 가리키는 말이다. 《孟子 梁惠王上》

라고 하였으니, 상관(上官)을 섬기는 예의는 삼가지 않아서는 안 된다. 무릇 감영(監營) 및 경사(京司)는 우리의 상관이니 존경을 다하여 혹여라도 체모를 손상시키지 말라. 문첩(文牒)의 수발을 혹여라도 지체시키지 말고 물종(物種)의 상납을 혹여라도 흠이 있거나 모자라게 하지 말아서 독촉을 자초하지 않도록 한다.

열째. "손님과 여행자를 편안하게 함"

무릇 사신으로서 나의 경내를 지나가는 이는 지위의 고하(高下)에 따라 잘 접대한다. 음식을 대접하는 예절 또한 신칙하여 주인과 손님으로서의 도리를 다해야 한다. 혹 벼슬이 낮고 신분이 미천한 사람이라도 별성(別星, 봉명사신)이거나 공무 때문에 왔다면 반드시 공경하고 예의를 지켜 조정을 높이는 뜻을 보인다.

행인 중에 양식이 떨어지고 병으로 머물고 있는 자는, 아는 사람이든 모르는 사람이든 모두 도와주어 나의 경내에서 굶주리고 쓰러지지 않도록 한다.

---

24 윗사람의……없다 : 미상이다. 《대학》 전(傳) 10장의 "윗사람에게 싫었던 것으로 아랫사람을 부리지 말라.〔所惡於上, 毋以使下.〕"를 염두에 두고 쓴 듯하나, 사실상 의미가 다르다.

병전(兵典)의 등속

兵典之屬

첫째. "성과 해자를 수리함"

무릇 성과 해자가 무너지고 막힌 곳은 힘닿는 대로 수리하고 성안의 각 이(里)에 자표(字標)를 배정하여 지키게 한다. 우리나라의 수령은 본래 친병(親兵 직접 거느리는 군대)이 없고 오직 이노(吏奴) 및 주민들로 대오(隊伍)를 편성하여 위급한 상황에 대비할 뿐이다. 평상시에 미리 성을 지키는 데 대한 절목(節目)을 강구하여 정함으로써 성가퀴를 나누어 파수(把守)하는 데 대비하고, 성가퀴와 옹성(甕城)이 없다면 상급 관청에 보고하여 재물을 모아 설치한다. 대체로 석성(石城)은 벽돌성만 못하고 벽돌성은 토성(土城)만 못하니, 지리적 여건에 따라 알맞은 것으로 쌓는다.

둘째. "성문의 단속을 철저히 함"

성문의 개폐(開閉)는 한결같이 관아의 문을 여닫는 것보다 조금 일찍 하되, 외방(外方)에는 물시계가 없으므로 혹 목탁(木鐸)과 북의 등속을 설치하여 시간을 알린다. 성문 열쇠의 출납은 가장 높은 장교(將校)가 주관하게 하고, 문지기가 받아갈 때에는 크게 소리를 지르며 왕래하여 온 마을이 다 듣도록 하여 통행 시간을 정하게 한다. 밤중에 불시에 문을 열 일이 있으면 반드시 관아에 알려서 영기(令旗)를 청하고 징험하여 살펴본 뒤에 거행한다.

셋째. "봉수(烽燧)를 살핌"

봉수대 및 기계는 직접 순시하고, 혹 군교(軍校)를 대신 보내어 하나

하나 수리하고 보수하기도 하고 혹 불시에 적간(摘奸)하여 일직(日直)이 비는 것을 막는다. 일기(日記) 및 강문(講問) 등의 일은 규례에 따라 신칙한다.

넷째. "군적(軍籍)을 검사함"

군병(軍兵)도 농민이니 너무 자주 모아 점고(點考)하면 농사에 방해되기 십상이다. 봄과 가을의 큰 검열 외에는 달마다 초관(哨官)을 신칙하여 각자 사사롭게 점고하고 궐원(闕員)이 있을 때마다 급히 보고하게 한다. 늙고 병들어서 군역(軍役)을 감당할 수 없는 이가 있거든 관아에 오게 하여 몸소 심사를 한 뒤에 탈면(頉免)한다.

여러 색목(色目)의 군병들에 대해 모두 요패(腰牌)를 만들고 관아에서 낙인을 찍어 나눠준 뒤, 출입할 때 모두 패용하게 하고 노제(老除 나이가 들어 제대함)된 자와 물고(物故)된 자는 모두 반납하게 하며, 어기는 자는 모두 누적률(漏籍律)[25]을 적용한다.

군병의 차첩(差帖 사령장)은 으레 소지(小紙)에 초서(草書)로 써서 발급하는데, 정식 군제(軍制)로 삼을 수도 없을뿐더러 위조를 막지도 못한다. 도식(圖式)을 만들어 목판에 새겨놓고 찍어 발급하며, 관아에 목판을 보관한다.

다섯째. "달아난 자와 누락된 자를 찾아냄"

달아난 자와 물고된 자를 바꾸어 정하는 법은 허와 실이 섞여 있어서 속임수가 갖가지로 나오니, 엄하게 살피고 막지 않으면 안 된다. 한 명을 바꾸어 정할 때마다 온 경내가 소란스러워지니, 우선 이대정(里代定)[26]의 법규를 써서 한계를 정하고, 해당 이(里)에 남은 장정이 없으면

---

25 누적률(漏籍律) : 289쪽 주11 참조.

가까운 이에서 바꾸어 정한다.

누락된 장정을 조사해 찾아내는 일은 요령을 얻지 못하면 도리어 소요만 부를 뿐이다. 적절한 방법으로 시행하면 저절로 조금씩 찾아낼 수 있으니, 한정(閑丁)을 얻기 어려울까 근심하지 말라.

여섯째. "무예를 시험함"

장교(將校)들의 시사(試射)와 고강(考講)은 법규를 세우고 한도를 정하여 잘하는지 못하는지를 살핌으로써 상을 주거나 벌을 준다. 경내의 무사(武士) 또한 유생(儒生)의 예(例)에 따라 혹 봄과 가을에 모아서 습사(習射)하고 취재(取才)한다.

일곱째. "기계를 수선함"

군읍(郡邑)에서 맡아서 지키는 것으로는 군기(軍器)보다 중한 것이 없다. 창고의 무너진 곳은 일일이 보수하고 기계가 망가진 것은 일일이 수리하며, 수직(守直)과 순라(巡邏) 등의 절차는 각별히 더욱 신칙한다.

무릇 성을 지키고 험지(險地)를 점거하는 도구로는 활과 쇠뇌보다 좋은 것이 없다. 변새(邊塞 변경)에 가까운 성과 해자가 있으면 반드시 연노(連弩)와 강노(强弩)의 제도를 강구하여 설치하고 연습한다.

여덟째. "순찰 제도를 둠"

관부(官府)는 돈과 곡식, 병기가 있는 곳이므로 평상시에도 엄히 경계하는 법이 없어서는 안 된다. 순라에 대한 절목을 강구하고 정하여

---

26 이대정(里代定) : 한 이(里)의 군정(軍丁) 총수를 정해놓고, 도망이나 사망 등의 이유로 그 총수에 부족한 인원이 생겼을 때 해당 이 안의 인원으로만 대신 충정(充定)하도록 하는 법이다.

성안의 각 이(里)에 패장(牌將) 및 순군(巡軍) 몇 명을 정하고, 야경
(夜警)의 순번을 정해 관부와 창고를 돌며 지키게 하고 또 여염을 기찰
(譏察)하여 비상사태에 대비한다. 바람이 불 때에는 각별히 불조심할
것을 신칙한다. 경(更)마다 관문(官門)에 사고가 없음을 알리면 문지
기는 북을 쳐서 응하는데, 경수(更數)만큼 북을 친다.

외창(外倉) 및 촌리(村里)에는 별도로 수직(守直)하는 법을 행한다.

무릇 변경의 관문과 고개가 좁은 곳에는 반드시 나무를 많이 심고
벌채를 엄금하여 지리를 더욱 험하게 하고 땔감으로 보탠다.

아홉째. "전마(戰馬)를 기름"

우리나라는 말을 소만큼 널리 키우지 않기 때문에 민가에서 말을
기르는 자가 매우 드물고 이른바 마병(馬兵)조차도 전마를 다 갖추지
못하여 훈련에 가야 할 때마다 어쩔 수 없이 돈을 주고 빌려서 가니,
위급할 때 어떻게 믿을 수 있겠는가. 폐단을 구제하는 방도로는 먼저
그 근본을 다스리는 것만한 것이 없다. 무릇 경내에 말이 있는 집은
반드시 장부를 만들고 대략 구승(丘乘)과 보마(保馬)의 제도[27]를 본받
아, 이와 털을 갖출 정도로 자란 말을 관가에 보고하면 땔감을 모으는
잡역(雜役)을 감면해주어 말을 기르는 데 드는 비용에 보태게 한다.
만일 말이 병들고 죽어서 다시 세워야 하는 일이 발생하면 관아에 아뢰

---

27 구승(丘乘)과 보마(保馬)의 제도 : 구승은 주(周)나라 때의 토지 구획제도로, 농
토 4정(井)을 1구(丘)로 삼고 4구를 1전(甸)으로 삼는데, 1전에서 병거(兵車) 1대에
대한 세금인 1승(乘)을 걷으므로 구승(丘乘)이라고 하였다.《周禮 地官 稍人 疏》보마
는 송(宋)나라의 왕안석(王安石)이 제정한 신법(新法)의 하나로, 군마(軍馬)를 기르
는 비용을 절약하기 위해 군마를 기르길 원하는 민호(民戶)에 군마 1필을 내어주어
대신 기르게 하고 세금을 일정 부분 감면해주는 등의 혜택을 주던 제도이다.

어 부표(付標)하고, 혹 말을 도둑맞거나 잃어버리는 일이 발생하면 장부를 근거로 하여 찾아내며, 그중에 전마로 쓰기 알맞은 것들을 마병으로 하여금 사들이게 한다. 관아에서 공적으로나 사적으로 타고 짐을 실을 일이 있으면 넉넉한 삯을 치르고 빌려 쓰며, 절대 협박하여 헐값으로 빌리지 않는다.

열째. "수레를 갖춤"

수레는 나라에서 크게 쓸 수 있고 백성들에게는 이로운 기물이다. 하늘 아래에 다니고 쓰이지 않는 곳이 없는데 유독 우리나라에서만 지형의 불편함에 구애되고 수레에 익숙하지 않은 습속에 젖어 끝내 만들어 쓸 줄을 모르니, 식견 있는 이들이 한탄해온 지가 오래이다. 전거(戰車)는 읍들이 갑자기 마련할 수 없지만, 타는 수레나 농업용 수레, 수차(水車)는 그 이익이 매우 크고 제도가 매우 간편하니 반드시 강구하여 만들어내서 점차 풍속을 이루면 부국강병(富國强兵)의 방법이 이로부터 시작될 것이다.

형전(刑典)의 등속
刑典之屬

첫째. "청송(聽訟)과 단옥(斷獄)의 길을 넓힘"

무릇 백성의 하소연이 관아에 이르면 송사(訟事)한 이로 하여금 직접 관아의 뜰에 소장(訴狀)을 바치게 하여 조금도 지체되게 하지 말라. 시급하게 원통함을 호소하는 자가 있는 경우는 관아를 열기 전이나 문을 닫은 후라도 즉시 들어오도록 허락한다.

무릇 두 백성이 서로 소송(訴訟)하는 경우, 작은 사안은 그 자리에서 판결한다. 큰 사안은 양쪽이 작성한 문안(文案)을 살펴보아 차분한 마음으로 자세히 따져보고 명백히 분석해서 옳고 그름을 가려 진 쪽으로 하여금 억울하다고 하지 못하도록 한다. 그런 뒤에 즉시 판결을 내려 혹시라도 날을 허비하지 않도록 한다. 판결을 내리기 전에 관속(官屬)이 나의 의중을 엿보고 농간을 부리는 폐단이 절대 생기지 말도록 해야 한다.

둘째. "체포를 간략하게 함"

무릇 이졸(吏卒)이 촌락이나 이(里)에 나가면 반드시 백성들을 침해하여 소요를 일으키는 폐단이 생긴다. 백성의 소장에 찾아서 잡아달라는 청이 있는 경우, 절대 차인(差人)을 보내지 말고 소장을 올린 이로 하여금 잡아오게 하여 대질심문하게 한다. 혹 관아에서 찾아서 잡아오라고 통지하는 일이 있으면 면주인(面主人)을 보내지 말고 장시(場市)가 설 때 전령(傳令)에게 부쳐 보내거나, 관문(官門)에 방을 걸어 "아무 이(里)의 아무개는 아무 날에 와서 대령하라."라고 써서 기한에 맞추어

오게 한다. 만일 관령(官令)을 거역하거나 부득이한 일이 있다면 면(面)의 차인이 반드시 기한을 정하여 돌아오게 하고, 혹 기한을 넘기면 중하게 처벌한다.

중대한 옥사와 관계된 자가 있으면 나졸(邏卒) 혹은 형리(刑吏)를 정해 봉비(封臂)[28]하고 기한 안에 잡아오게 한다.

셋째. "금법(禁法)을 알림"

무릇 소·소나무·술 세 가지는 나라의 대금(大禁)이다. 반드시 먼저 방을 걸어 방방곡곡에 효유하여 백성으로 하여금 죄를 짓지 않게 해야 한다. 향약(鄕約)에 의거하여 십가패법(十家牌法)을 써서 만일 어기는 이가 있으면 통수(統首)도 함께 처벌하여 용인하고 은폐하는 폐단을 없애도록 해야 한다.

새로 사목(事目)을 반포한 조정의 금령이 있으면 반드시 조항마다 조심스럽게 써서 관아의 벽 및 이청(吏廳)에 걸어 어기는 일 없이 준행하게 한다. 만일 민속(民俗)과 관계된 것이 있으면 또한 방방곡곡에 널리 알려야 한다.

넷째. "백성들의 실정을 남김없이 살핌"

무릇 수령의 도리는 평탄하고 간이(簡易)한 정사로 백성을 가까이하는 것보다 좋은 것이 없다. 송사를 들을 때에는 반드시 백성으로 하여금 앞으로 가까이 와서 하고자 하는 말을 다 하게 한 뒤에 그가 진실한지 거짓된지를 살피고 시비를 판단하며, 반드시 사리(事理)를 상세히

---

28 봉비(封臂) : 종에게 심부름을 보낼 때 종의 팔을 노끈으로 아프게 묶고 도장을 찍어 봉하여 돌아온 뒤에야 풀어주는 것이다. 종이 그 통증에서 빨리 벗어나고자 빨리 다녀오게 하기 위함이다.

일러주이 어리석은 백성으로 하여금 환히 알게 하여 혹시라도 이해하지 못하고 의심하게 해서는 안 된다.

다섯째. "옥송(獄訟)을 신중히 함"

무릇 중대한 옥사와 죄가 중한 죄수는 반드시 조심스럽고 신중하게 실정과 이치를 살피고 법령을 준용(準用)하여, 혹시라도 편견으로 판단해서는 안 되고 혹시라도 태만한 마음으로 소홀히 다스려서는 안 된다.

무릇 살옥(殺獄)에서 시체를 검사할 때에는 반드시 직접 살펴본다. 시장(屍帳 시체 검안서)에 현록(懸錄)할 때에는 털 한 가닥이라도 그냥 넘어가지 말고, 문안(文案)을 직접 지을 때에는 한 글자라도 범범하고 소홀하게 쓰지 말라.

옥에 갇혀 있는 죄수 중 상급 관청과 관계된 자는 더욱 신경 써서 지키고, 때때로 적간하여 태만함을 경계하고 때때로 염찰(廉察)하여 농간을 부리는 폐단을 막는다.

맹추위와 무더위에는 반드시 죄가 가벼운 죄수를 풀어주어 은혜로운 뜻을 보존한다. 소민(小民)은 죄가 있으면 즉시 판결하여 미결(未決)로 오래 가두어두어서는 안 된다.

여섯째. "억울함을 살핌"

무릇 민간에 원한을 풀지 못한 채 품고 있는 이가 있으면 때때로 조사하고 혹 염탐하기도 하여 억울함을 풀어준다. 의심스러워 판결을 내리지 못한 채 오래 가두고 있는 이는 정성을 다해 사실을 살피고 여러 방법으로 탐문하여 살릴 방도를 찾아야 한다. 그렇게 해서 조정의 덕과 은혜가 엎어진 동이[29]와 그늘진 골짜기까지 닿게 해야 한다.

일곱째. "법과 명령을 밝힘"

법과 명령은 시왕(時王 당대의 왕)의 제도이니, 관리가 된 도리로 볼 때 밝게 익혀 삼가 지키지 않을 수 없다. 《대명률(大明律)》 및 《경국대전(經國大典)》·《속대전(續大典)》을 반드시 익숙하게 봐서 환히 파악해두었다가, 죄수에게 적용할 법률을 논의하는 모든 때에 한결같이 이에 적혀 있는 법령을 따라 감히 벌을 경감하거나 가중하지 말라. 그러나 옛사람이 법을 만든 본의를 묵묵히 살피고 인정(人情)과 도리를 참작하여 반드시 사법(死法)에만 구애되지 않은 뒤에야 법률을 잘 읽었다고 할 수 있다.

---

29 엎어진 동이 : 원문은 '복분(覆盆)'으로, 드러나지 않은 억울함을 뜻한다. 《포박자(抱朴子)》 〈변문(辨問)〉에 "이는 삼광(三光)이 엎어진 동이의 안을 비추지 않은 탓이다.〔是責三光不照覆盆之內也〕"라고 한 데에서 유래하였다.

공전(工典)의 등속

工典之屬

첫째. "관아 건물을 수리함"

무릇 객사(客舍)와 관청(官廳)은 사람들이 주막처럼 여겨서 신경 써서 수리하려 하지 않으므로 끝내 쇠퇴하여 무너지는 지경에 이르니, 관아를 자기 집처럼 여기는 뜻이 전혀 아니다. 크거나 작거나를 막론하고 관청이라면 반드시 훼손되는 즉시 보수하고, 만일 크게 공사를 해야 할 곳이 있으면 반드시 역량을 헤아려서 하되 완전하고 아름답게 함으로써 보기에 위엄이 있게 해야 한다. 창고와 같은 종류는 더욱 하루라도 무너진 채로 두어서는 안 되니, 즉시 수리한다.

둘째. "제언(堤堰 둑)을 쌓고 수로(水路)를 팜"

제언으로 물을 저장하고 수로로 샘물을 끌어오는 것은 모두 농정(農政)의 근본으로, 사람의 힘으로 하늘의 재앙을 막을 수 있는 것이다. 초봄에 얼음이 녹을 때 각 면의 제언과 수로가 있는 곳에 명령을 반포하여 넓이와 길이가 큰지 작은지, 관개량(灌漑量)이 많은지 적은지를 하나하나 책자로 만들어 보고하게 하고, 면임(面任)으로 하여금 혜택을 받는 백성들에게 제때에 제언을 쌓고 수로를 파도록 통지하게 하며, 혜택을 받는 백성들의 힘이 부족할 때에는 이웃 제방의 혜택을 받는 백성들로 하여금 서로 공사를 돕게 한다. 별도로 사람을 보내 적간하고 혹 직접 가서 살피기도 함으로써 게으름을 피우지 못하도록 한다.

셋째. "교량을 수리함"

전(傳)에 "10월에 도강(徒杠 보행자용 교량)이 완성되고 11월에 여량

(興梁 수레용 교량)이 완성되면 백성들이 물을 건너는 것을 걱정하지 않았다."[30]라고 하였다. 대체로 교량은 사신이 왕래하는 곳이고 여행자가 통과하여 물을 건너는 곳이니, 수리하지 않으면 안 된다. 매년 가을에 추수를 마치고 나면 경내(境內)에 신칙하여 벌목을 허락하거나 가마니를 지급하여 하나하나 수리하게 하고, 튼튼한지 엉성한지를 살펴 상을 주거나 벌을 내린다.

넷째. "도로를 닦음"

도로는 수레와 말이 다니는 바이니, 가파른 고개, 험준한 구릉과 깊은 골짜기에 하나하나 닦아놓아서 다니기에 편리하게 해야 한다. 밭두둑을 차지하고 경작하는 것 또한 철저히 금하여 옛 법도를 회복하게 하고, 관로(官路)의 양옆에 느릅나무와 버드나무를 많이 심어 읍(邑)과 이(里)를 지킨다.

다섯째. "이정표와 역참을 밝힘"

우정(郵亭 역참의 객사)을 반드시 수리하여 다니는 이들을 편히 쉴 수 있게 하고, 길의 이정표를 반드시 튼튼하게 세워 길을 자세히 안내한다. 큰길은 5리마다 한 번씩 이정표를 세우되, 아무 읍 아무 이(里)는 관문까지의 거리가 몇 리, 아무 읍 경계까지는 몇 리인지를 하나하나

---

30 10월에……않았다 : 《맹자》〈이루 하(離婁下)〉에 자산(子産)이 겨울에 자신의 수레로 백성들이 강을 건너게 해주자, 맹자가 군주는 사소한 은혜만을 베풀 것이 아니라 공평하고 법도 있는 정사를 베풀어야 한다며 "11월에 도강이 완성되고 12월에 여량이 완성되면, 백성들이 물 건너는 것을 괴롭게 여기지 않는다. 군자가 정사를 공평히 한다면 출행할 때에 벽제(辟除)를 해도 괜찮으니, 어찌 사람마다 일일이 모두 건네줄 수 있겠는가.〔歲十一月徒杠成, 十二月興梁成, 民未病涉也. 君子平其政, 行辟人可也. 焉得人人而濟之?〕"라고 하였다. 이계가 10월과 11월이라고 한 것은 오류로 생각된다.

상세히 쓴다. 길이 교차하는 곳은 동쪽으로, 서쪽으로, 남쪽으로, 북쪽으로 아무 경계까지는 몇 리라고 반드시 삼가 기록한다. 무릇 큰 촌락 앞에도 목패(木牌)를 세우고 촌락의 이름 및 관문까지 몇 리 거리인지를 써서 지나는 이가 한눈에 알게 한다.

여섯째. "산과 숲을 기름"

산택(山澤)은 나라의 창고이고 수풀은 고을의 울타리이다. 경내의 높은 산과 큰 연못은 반드시 감관(監官)과 산지기를 정하여 지키고, 읍기(邑基)의 주산(主山)과 안산(案山) 및 수구(水口)에 수풀을 기르는 모든 곳에도 지키는 이를 정하여 땔나무를 해 가는 것을 금하게 한다.

일곱째. "장인에게 혜택을 줌"

관아에서 필요로 하는 물건들은 장인들에게서 많은 것들이 나온다. 반드시 모집하여 명단을 만들어서 세금을 감면해주어 생업에 편안히 종사할 수 있게 하고, 공적인 일이 아니면 절대로 부리지 말라. 부득이 부리게 될 경우에는 급료 외에 별도로 상급(賞給)을 주어 그 수고를 보상해준다.

열 집과 다섯 집을 서로 잇는 제도
什伍相聯之制

5가(家)마다 1통(統)을 만들고, 통마다 통수(統首) 1인(人)을 두고-
오늘날의 제도를 쓴 것이다.[31] 5가에서 일을 대강 이해하고 있는 이를 골라 한 통 안
의 일을 맡게 한다.- 2통마다 패장(牌長) 1인을 둔다.-10이(里) 안에서 중인
(中人)·서얼(庶孽) 이하의 글을 대강 아는 이를 골라 한 패(牌) 안의 일을 맡게 한
다.- 이(里)마다 이감(里監) 1인-권농유사(勸農有司)를 겸한다. 이(里) 안의
유향품관(留鄕品官)·중인·서얼 중 글을 알고 영향력이 있는 자를 골라 한 이(里)
안의 문보(文報 공문) 및 교화(敎化)·금령(禁令)·권농(勸農) 등의 일을 맡게 한
다.-, 이정(里正) 1인-서민(庶民) 중 부지런하고 건실하며 일을 이해하고 있는
사람을 골라 한 이(里) 안의 납부를 검사하는 일, 역(役)에 차출하는 일, 죄인을 찾
아서 잡아오는 일 등을 맡게 한다.-, 기찰장(譏察將) 1인-장교(將校) 중 부지런
하고 건실한 이를 골라 한 이(里) 안의 순찰과 금령 등의 일을 맡게 한다.-을 둔다.
　면(面)마다 풍헌(風憲) 1인-권농감관(勸農監官)을 겸한다. 유향품관 중 글을
알고 영향력이 있는 이를 골라 한 면 안의 문보·교화·금령·권농 등의 일을 맡게
한다.-, 부헌(副憲) 1인-지금의 약정(約正)과 같다. 대체로 약정이란 이름은 곧
옛날의 향약정(鄕約正)이니 여기에서 섞어서 부르면 안 되므로 풍헌의 버금[副]이라고

31　오늘날의……것이다 : 향촌 공동체의 단위는 고래(古來)의 십오법(什伍法)을 원
칙으로 하지만, 구체적인 시행에 있어서는 조선의 실정에 맞춘 오가작통법(五家作統
法)을 따랐다는 말이다. 오가작통법은 방(坊) 아래 5가로 이루어진 통(統)마다 통주(統
主)를 두고 방에 관령(管領)을 두는 제도로, 1485년(성종16)에 한명회(韓明澮)의 발의
로 채택되어 《경국대전(經國大典)》에 수록되었다.

고친다. 한산(閑散)·중인·서얼 중 부지런하고 건실하며 글을 알고 일을 이해하고 있는 이를 골라 한 면 안의 권농, 역에 차출하는 일, 금령 등의 일을 맡게 하고, 풍헌이 일이 있을 때에는 대신 문보를 작성하게 한다.-, 검독(檢督) 1인-중인·서얼·장교 중 부지런하고 건실한 이를 골라 면 안의 납부를 검사하는 일, 죄인을 찾아서 잡아오는 일 등을 맡게 한다.-, 도장(都將) 1인-장교 중 영향력이 있는 이를 골라 면 안의 순찰·금령 등의 일을 맡게 한다.-, 훈장(訓長) 1인-사대부 중 글을 잘 짓고 명망이 있는 이를 골라 한 면 안의 권강(勸講)·고과(考課)에 관한 일을 맡게 한다. 또 읍(邑) 안에서 조관(朝官)·생원(生員)·진사(進士)를 막론하고 문망(文望)이 있어 한 고장이 믿고 따르는 이를 골라 향교에서 천거하여 도훈장(都訓長)에 차임한 뒤, 한 읍 유생들의 고강(考講)·과제(課製)에 관한 일을 전담하여 맡게 하고 매 계절의 첫 달에 각 면의 훈장들을 다 모으면 훈장들이 휘하의 유생들을 이끌고 학궁에 와서 모여 도훈장이 단속하는 것을 듣는다.-, 향약정(鄕約正) 1인-사대부 중 연치가 높고 명망이 중한 자를 골라 한 면 안의 향약(鄕約)과 규정(糾正 감찰)에 관한 일을 맡게 한다. 또 읍 전체에서 사람들에게 신망이 있는 이를 골라 도약정(都約正)으로 추대하여 향약·교화의 정사를 전담하여 주관하게 하되, 면의 약정은 혹 훈장이 겸해도 된다.-을 둔다. 읍 안에 무학훈장(武學訓長) 1인-읍 안의 무과(武科)에 합격한 전함(前銜)이나 출신(出身) 중 무예가 뛰어나고 병학(兵學)에 익숙한 이를 골라 시키고, 혹 그 고장의 별장(別將)·천총(千摠)이 겸해도 된다. 장교와 한량(閑良)에게 활쏘기를 권장하는 일과 고강하는 일을 맡게 한다.-, 관리훈장(官吏訓長) 1인-늙은 아전 중 글과 수리(數理)에 뛰어난 자를 골라 관리(官吏)·지인(知印)·교수(敎授)의 고강에 관한 일을 맡게 한다. 경사(經史)·율문(律文)·서법(書法)·산술(算術)로 과목을 나누어 권과(勸課)하게 하고, 매 계절 첫 달에 관장(官長)에게 그 시험 기록을 올려 상과 벌을 행하게 한다.-을 둔다.

통수(統首)의 직임 統首職掌

통(統) 안 인물(人物)의 출생·물고·도망, 출가(出家)·환속(還俗), 수재(水災)·화재(火災), 도적(盜賊) 등의 모든 일을 패장(牌將)과 이감(里監)에게 아뢰면, 이감은 풍헌(風憲)에게 아뢰어 다시 관부(官府)에 보고한다.

통 안의 도축(屠畜)·양조(釀造)·송금(松禁)을 범하는 일 및 인명(人命)의 살상, 타인의 물건에 대한 절도 등 모든 일은 즉시 이감에게 고발하되, 혹여 숨기고 고발하지 않았다가 다른 일 때문에 적발되면 통수에게 법을 어긴 자보다 한 등급 낮춘 벌을 시행한다.

무릇 통 안에 부모에게 순종하지 않는 자, 연소자로서 연장자를 능멸하는 자, 남녀 간에 구별이 없는 자, 행동거지가 수상한 자가 있으면 즉시 이감에게 아뢰고 다시 풍헌 및 도약정(都約正)에게 아뢰어 연명(聯名)으로 관아에 보고한다.

가호(家戶)를 헤아리고 통을 나눌 때 만약 한 통을 다 채우지 못하고 남는 가호가 있으면 다른 이(里)와 통을 합치지 말고 남는 수를 가지고 한 통을 만들어 새 가호가 뒤에 들어오기를 기다린다.

패장(牌長)의 직임 牌長職掌

10가(家)마다 목패(木牌) 하나를 만들어 10가의 호수(戶首)의 역명(役名)과 성명(姓名)을 나열하여 쓰되 한결같이 가좌(家坐)[32]의 차례를 따른다.-양반은 이름 아래에 가호에 속한 노비들을 적고, 조관(朝官)은 이름을

---

32 가좌(家坐): '집이 앉은 자리'라는 뜻으로 집의 위치를 말하며, 이를 기록한 것을 가좌표(家坐表)라고 한다. 가좌의 순서는 작통(作統)의 기준이 되었다.

쓰지 않고 대노(代奴)[33]의 이름을 바로 쓴다.- 관아에서 낙인을 찍고 이임(里任)이 서명하여 패장의 집에 두고서 거행한다.

무릇 10이(里) 안에 금법을 범하고 명령을 어긴 자가 있는데 통수가 숨기고서 아뢰지 않은 일이 있으면 패장이 즉시 관아에 아뢴다. 만약 결탁하여 아뢰지 않으면 패장에게 통수와 같은 죄를 적용한다.

무릇 패 안에 유랑하다가 와서 사는 사람이 있거나, 노비를 사들이고 품팔이꾼을 솔양(率養)[34]하는 등의 일이 있으면 그의 내력·성명·나이·용모를 적어 이감 및 풍헌에게 아뢰고 원문건을 첨부해 관아에 보고하여, 입지(立旨)[35]가 나온 뒤에 솔양, 체류, 입적(入籍)을 허락한다.

무릇 패 안에 사흘 넘게 떠나지 않고 머무르고 있는 과객이 있으면 그의 거주지·성명·나이와 거느리고 있는 사람과 말이 몇인지, 어떤 일로 인하여 어느 곳에 가는지 등을 묻고 상세하게 써서 이감에게 보고한다. 이감은 아무 이(里)의 아무개 집에 모월(某月) 모일(某日)에 어느 곳의 사람이 며칠을 머물고 아무 지방으로 향해 갔다는 등의 내용을 상세하게 기록하여 책자로 만들어 풍헌에게 보고한다. 풍헌은 한 면에서 아뢴 것을 모두 모아 매월 초하루와 보름에 책자로 만들어 관아에 보고한다.

무릇 패 안에 전입(轉入)하거나 전출(轉出)한 사람이 있으면 아무이의 아무개가 모월 모일에 전출했다는 내용을 즉시 이감에게 아뢰고

---

33 대노(代奴) : 주인을 대신하여 관아의 서류에 이름을 올리는 노비이다.

34 솔양(率養) : 집안에 거둬들여 숙식을 제공하는 것이다.

35 입지(立旨) : 290쪽 주13 참조.

이감은 풍헌에게 보고하며, 풍헌은 매달 말에 책자로 만들어 관아에 보고한다.

무릇 패 안에 검험(檢驗 검시(檢屍))하고 조사한 일이 있으면 통수와 패상이 모두 서명한다.

무릇 한 패 안에서는 길한 일과 흉한 일에 서로 돕고, 있는 물건과 없는 물건을 서로 대주며, 수재와 화재가 있을 때 서로 구제한다. 이에 대한 약속을 지키지 않는 이가 있으면 해당 이(里)에서 경중에 따라 벌을 시행한다.

무릇 봄에 밭을 갈고 가을에 수확할 때 한 패가 힘을 합쳐 서로 돕고 품앗이를 한다. 농우(農牛)와 농기구는 한 패 안에서 순번을 정해 빌려 쓰면서 혹여라도 값을 받지 않도록 하고, 해당 패에서 경작을 끝낸 뒤에야 다른 패에 빌려주는 것을 허락한다.

무릇 패 안에 인물의 솔축(率畜), 우마(牛馬)의 매매, 문서의 분실 등의 일을 관아에 고하여 입지를 받은 것이 있으면 패장과 통수가 끝에 서명한 뒤에 시행하기를 허락한다.

이감(里監)의 직임 里監職掌

이(里) 안에 풍화(風化)와 관계되거나 금령을 어기는 자가 있으면 모두 즉시 풍헌(風憲)에게 낱낱이 보고하고, 원문건을 첨부해 관아에 보고한다.

매년 봄에 경작할 때 전야(田野)를 두루 살펴보고 개간하기를 신칙하며, 경작을 마친 뒤에 해당 이 안의 전답 몇 결(結) 몇 부(負)[36]의

---

36 전답……부(負) : 결과 부는 전지(田地)의 단위 면적(單位面積)이다. 양전척(量

경작을 마친 상황과 묵어서 버려진 곳, 새로 경작한 곳, 냇물이 터져 쓸려간 곳, 모래가 덮인 곳 등을 하나하나 책자로 만들어서 풍헌에게 바쳐 관부(官府)에 보고하게 한다. 가을에 경작할 때와 수확할 때에도 똑같이 한다. 매년 가을에 실지 답사를 할 때 면임(面任)·서원(書員) 과 회동하여 검증하고 조사한다.

매달 초하루에 각 패장을 불러 모아 직임에 대해 강론하고 토론하여 효유(曉諭)하고 신칙한다.

무릇 이(里) 안에 있는 인물의 출생과 사망과 도망, 전입과 전출, 출가와 환속, 집이 불타거나 새로 지어진 것 등의 일은 한결같이 패장 이 아뢴 것에 따라 책자로 만들어 면임에게 보고하고, 면임은 다시 관부에 보고한다.

이정(里正)의 직임 里正職掌

무릇 해당 이(里)의 환자(還上 환곡)·군포(軍布)를 검사하여 납부하 는 일 및 한정(閑丁)을 조사해 찾아내는 일, 인물을 찾아내서 잡는 등의 일을 전담하여 거행한다.

매 이(里)의 길가에 후인(堠人 장승)을 세우고, 동구(洞口)에 목패 (木牌)를 세워 아무 읍 아무 면 아무 이, 관문(官門)까지의 거리는 몇 리, 아무 창고까지의 거리는 몇 리라고 크게 쓴다.

각 이(里)에 뽕나무·닥나무·대추나무·밤나무 등의 나무를 토질 에 따라 심도록 권하고, 100그루 이상 많이 심은 자는 면임에게 아뢰고

田尺)으로 평방(平方) 1척을 1파(把 줌), 10파를 1속(束 뭇), 10속을 1부(負), 100 부를 1결(結 목)이라 하였다. 또한 이 단위는 전세(田稅) 산정의 기준이 되기도 하였다.

면임이 관아에 보고하면 시상한다.

기찰장(譏察將)의 직임 譏察將職掌

무릇 이(里) 안에 도적 및 행동거지가 수상한 사람이 있으면 기찰(譏
察)하여 풍헌에게 보고한 뒤 관아에 보고하게 한다. 강도가 겁박하는
일이 있으면 곧장 달려와 관부(官府)에 보고한다.

무릇 성부(城府)에는 밤에 순찰하는 법이 있거니와, 성 밖의 촌락은
이(里)마다 매일 밤 수졸(守卒) 2명씩을 순번을 정하여 한 이를 순찰하
게 함으로써 비상사태에 대비한다.

풍헌(風憲)의 직임 風憲職掌

면 안의 적간(摘奸)과 조사, 전령(傳令)과 통지 등의 일이 있으면 관
령(官令)을 거행한다. 조사하는 모든 일은 해당 이감(里監)과 회동하
여 서명하고 관아에 보고한다.

면 안에 풍화와 관계된 일, 인물을 살상한 일, 행동거지가 수상한
이가 있으면 한결같이 해당 이(里)에서 아뢴 대로 관아에 보고하여
감찰하고 처리하게 한다.

면 안의 태어난 이와 사망한 이, 전입한 이와 전출한 이는 매달 말에
책자로 만들어 보고하고, 수재와 화재, 도적, 변괴(變怪)에 관계된 일
은 즉시 급히 보고한다.

면 안의 우금(牛禁)·주금(酒禁)·송금(松禁)은 모두 때때로 적간
하고 신칙하여 어기는 자가 있거든 즉시 관아에 보고하고, 바람이 거셀
때마다 촌락과 이(里)를 두루 돌며 화금(火禁)을 엄하게 경계한다.

면 안의 농사에 관한 일, 묵어서 버려진 전결과 냇물이 터져 쓸려간

전결의 수효, 홍수·가뭄·해충·우박으로 인한 재해를 모두 매달 말에 책자로 만들어 관아에 보고하여 실지 답사 때 대조하는 데에 대비한다.

무릇 면 안의 제언(堤堰)·산택(山澤)·교량·도로 등을 때때로 적간하여 황폐해진 채 수리하지 않은 곳이 있으면 관아에 보고하고 엄하게 신칙한다.

후제

後題

좌명(左銘) 백성을 인도하고 풍속을 좋게 하는 근본을 통틀어
말하였다. 左銘 總說導民善俗之本

백성의 어리석음이여[37]	氓之蚩蚩
하지만 매우 신령스럽기도 하여라	亦孔之神
업신여기면 오랑캐요	慢之則夷
품어주면 사람이로다	懷之則人
아침에는 선량하였다가도	朝爲善良
저녁에는 간악하게 변하니	夕化姦頑
본성이 그러한 것이 아니라	非性則然
이끄는 대로 옮겨간다네	惟率之遷
법으로만 단속하면	治束於文
면하려고만 하고 선(善)에 이르지 못하고[38]	免而罔格
혹 은혜를 받는 데에만 익숙해지면	或藝于惠
은택이 이 때문에 말라버린다네	澤用斯涸

---

37 백성의 어리석음이여 : 《시경》〈위풍(衛風) 맹(氓)〉에 "어리석은 백성이, 베를
안고 실 사러 왔네.〔氓之蚩蚩, 抱布貿絲.〕"라고 한 것을 인용한 것이다.

38 법으로만……못하고 : 《논어》〈위정(爲政)〉에 "정사로써 인도하고 형벌로써 가지
런하게 하면 백성들이 죄를 면하려고만 하고 수치심이 없으며, 덕으로써 인도하고 예의
로써 가지런하게 하면 수치심을 알고 또 선(善)에 이르게 된다.〔道之以政, 齊之以刑,
民免而無恥, 道之以德, 齊之以禮, 有恥且格.〕"라는 공자의 말이 보인다.

각박하지도 않고 느슨하지도 않게 해야	弗刻弗縱
백성들이 이에 자득하리니	民乃自得
백성들이 자득하고 나면	民之得矣
다시 덕으로써 진작하리	又振以德
나는 백성의 어른이요 백성의 윗사람인지라[39]	我長我上
그 마음 맺혀 있는 듯해야 하니[40]	其心如結
모든 목민관들이여	凡百民牧
공경히 행하여 실추시키지 말지어다	敬哉毋失

우명(右銘) 오롯하게 자기를 단속하고 백성을 넉넉하게 하는
뜻만을 말하였다. 右銘 專言約己裕民之義

| 《주역》의 박괘(剝卦)는 | 易有剝卦 |
| 어지럽힐 수도 있고 다스릴 수도 있으니[41] | 可亂可治 |

---

39 나는……윗사람인지라 : 자신이 백성들에게 어진 정치를 베풀어야 할 주체라는
말이다. 《맹자》〈양혜왕 하(梁惠王下)〉에 맹자가 "임금이 어진 정치를 행하기만 한다
면 이 백성들이 윗사람을 친근하게 여기고 어른을 위해서 자신의 목숨을 바칠 것이다.
〔君行仁政, 斯民親其上, 死其長矣.〕"라고 하였다.

40 그……하니 : 위정자의 마음이 공평하고 한결같다는 말이다. 《시경》〈조풍(曹風)
시구(鳲鳩)〉에 "뻐꾸기가 뽕나무에 있으니, 그 새끼가 일곱이로다. 훌륭한 군자여, 그
위의가 한결같도다. 그 위의가 한결같으니, 그 마음이 맺혀 있는 듯하도다.〔鳲鳩在桑,
其子七兮. 淑人君子, 其儀一兮. 其儀一兮, 心如結兮.〕"라고 하였다.

41 주역의……있으니 : 박괘(剝卦 ䷖)는 하나의 양효(陽爻)가 다섯 음효(陰爻) 위에
올라탄 형태로, 이는 양강(陽剛)의 군자(君子)가 뭇 소인(小人)에게 떠받들어지는 형
상이지만 한편으로는 아래에서부터 자라난 음(陰)이 점차 치성(熾盛)하여 양(陽)을
없애게 될 형상이므로 이렇게 말하였다.

산은 높으나 위태롭고	山高而危
땅은 크지만 낮다네[42]	地大而卑
소인이 이를 만나면	小人遇之
그 오두막을 허물고	載剝其廬
군자가 이에 거하면	君子居之
이에 우리의 수레를 얻는다네[43]	爰得我輿
하나의 양이 위에 있고	一陽在上
다섯 음이 아래에 있으니	五陰在下
양이 음을 제압할 수 있지만	陽能伏陰
많은 음이 혹 적은 양을 이긴다네	衆或勝寡
성인이 이를 근심하여	聖人有憂
경계를 두어 상전(象傳)에 드러냈네	設戒著象
흙은 아래에서 두텁고	土厚於下
집은 위에서 편안하도다	宅安於上
너의 의복과 너의 음식은	爾衣爾食
백성들의 피요 백성들의 기름이로다	民血民脂

---

42 산은……낮다네 : 박괘(剝卦 ䷖)의 상괘(上卦)가 산을 상징하는 간(艮 ☶), 하괘 (下卦)가 땅을 상징하는 곤(坤 ☷)이기 때문에 산과 땅을 언급한 것이다. 《주역》〈박괘 상(象)〉에 "산이 땅에 붙은 것이 박(剝)이니, 윗사람이 이것을 보고서 아래를 후하게 하여 집을 편하게 하나니라.〔山附於地剝, 上以, 厚下, 安宅.〕"라고 하였다.

43 소인이……얻는다네 : 《주역》〈박괘 상구(上九)〉에 "큰 과일이 먹히지 않음이니, 군자는 수레를 얻고 소인은 오두막을 허물리라.〔碩果不食, 君子得輿, 小人剝廬.〕"라고 하였다. 이는 양효인 상구가 음효들에게 떠받들린 형상이지만 점차 박(剝)이 극에 이르 면 음효들이 자신들을 덮어주고 있는 양효를 없애버리게 됨을 비유한 것이다.

작은 백성들은 업신여기기 쉬워도　　　　　　　小民易慢

하늘은 속이기 어려우니라　　　　　　　　　　上天難欺

무술년(1778, 정조2) 정월 인일(人日 초이렛날)에 풍산(豐山) 홍양호
(洪良浩)가 제(題)하다.

북새기략北塞記略

공주풍토기
孔州風土記

마천령(磨天嶺)은 단천(端川)과 길주(吉州)의 사이를 굳게 차지하여, 함경도(咸鏡道)를 남과 북으로 나눈다. 남쪽을 남관(南關)이라 하고 북쪽을 북관(北關)이라고 한다.

북관에는 10개의 군(郡)이 있으니, 길주·명천(明川)·경성(鏡城)·부령(富寧)·회령(會寧)·종성(鍾城)·무산(茂山)·온성(穩城)·경원(慶源)·경흥(慶興)이다.

경성 이북을 육진(六鎭)이라고 하니, 여섯 고을이 두만강(豆滿江)가에 늘어서 있다. 회령·종성·무산·온성·경원·경흥이다.

경흥은 옛날의 공주(孔州) 지역이다. 옛날에 어떤 사람이 땅을 파다가 구리로 된 도장을 얻었는데 인문(印文)에 '광주방어사인(匡州防禦使印)'이라고 하였으므로 광주(匡州)로도 불렀다고 한다. 처음에 공주에 경원부(慶源府)를 설치하였다가 세종(世宗) 10년(1428)에 횟가(會叱家)[1] 지역으로 치소(治所)를 옮겼는데, 옛 공주 지역과 멀리

---

1 횟가(會叱家) : 현재의 경원부 북부에 해당하는 지역의 옛 지명이다.

떨어져 지키기가 어렵다 하여 다시 옛 공주 성을 수리하여 따로 만호(萬戶)를 두고 공주등처첨절제사(孔州等處僉節制使)를 겸임하게 하였다. 17년(1435)에 근방의 백성 300호(戶)를 떼어 귀속시키고 공성현(孔城縣)을 두고서 첨절제사에게 지현사(知縣事)를 겸임하게 하였다. 19년(1437)에 목조(穆祖 태조(太祖)의 고조부 이안사(李安社))가 기업(基業)을 시작한 곳이라고 하여 군(郡)으로 승격시키고 경흥으로 이름을 고쳤다. 25년(1443)에 다시 그 성을 확장하고 도호부(都護府)로 승격시켰다.

경내(境內)에 사진(四鎭)을 두었으니 북쪽 26리 지점에 있는 것이 무이보(撫夷堡)이고 남쪽 35리 지점에 있는 것이 조산보(造山堡)이며 서쪽 37리 지점에 있는 것이 아오지보(阿吾地堡)이고 남쪽 60리 지점에 있는 것이 서수라보(西水羅堡)인데, 모두 만호를 두었다.

경흥에 산을 따라서 성을 쌓았는데, 성이 두만강을 내려다보고 있고 남쪽으로는 창해(滄海)와 접하였다. 이는 우리나라 동북쪽 땅이 끝나는 곳으로, 부성(府城)이 가운데에 있고 사진이 둘러서 가운데를 향하고 있는 것이 마치 바둑돌이나 별이 벌려 있는 것 같다.

공주는 북쪽 끝에 있는 불모지(不毛地)이다. 삼춘(三春)에도 꽃이 피지 않고 8월에도 눈을 볼 수 있으며 솜옷을 입지 못하고 음식이라곤 기장과 조뿐이다. 지역은 너무 멀리 떨어져 있고 인민은 적으며 척박한 땅에는 축적된 것이 없으니, 중국(中國)의 상군(上郡)·북지(北地)[2]

---

2 상군(上郡) 북지(北地) : 한(漢)나라 때 화산(華山) 이서(以西)의 농서(隴西)·천수(天水)·안정(安定)·북지·상군·서하(西河) 여섯 고을은 양가(良家)의 자제로서 무예에 뛰어난 이가 많아 숙위군(宿衛軍)으로 선발하고 재주에 따라 무관(武官)으

와 풍속이 매우 유사하다. 오랫동안 여진(女眞) 야인(野人)에게 점거되어 북쪽 변방의 풍속이 많이 남아 있다. 특산물은 화피(樺皮 벚나무 껍질)·마포(麻布)·초피(貂皮)·놀피(豹皮)이다.

면(面)을 사(社)라고 하고 백성을 향도(鄕徒)라고 하며, 향족(鄕族)을 품관(品官)이라고 하고 남쪽에서 옮겨온 이를 입거(入居)라고 하며, 무당과 박수를 사(師)라고 한다. 마을 안의 공사(公事)를 풍속(風俗)이라고 하고 사노비를 토노(土奴)라고 한다.

친기위(親騎衛)는 품관(品官)·공천(公賤)·사천(私賤)을 막론하고 기마(騎馬)와 궁술(弓術)에 뛰어나 입격(入格)한 자를 선발하고, 군복(軍服)과 안마(鞍馬)는 스스로 마련한다. 매달 두 차례 거주하는 고을에서 장령(將領)을 정하여 시사(試射)하고, 병영에 보고하여 상과 벌을 내린다. 매년 겨울에 도시(都試)에서 수석을 차지한 사람은 출신(出身)[3]의 자격을 준다.

고을의 군관(軍官)을 위(衛)라고 하는데, 군관은 품관의 자제들에게 시키고 정원(定員)의 수는 고을의 크기에 따라 정하며 두 사람씩 입번(入番)한다. 마병(馬兵)을 별무사(別武士)라고 하는데, 역시 순번을 나누어 돌아가며 입직(入直)한다. 오랫동안 한자리에 머물거나 취재(取才)로 뽑힌 사람을 기패관(旗牌官)으로 승진시키고, 기패관에서 지구관(知穀官)과 기고관(旗鼓官)으로 승진시킨다. 수첩군(守堞軍)은 유생(儒生)과 무사(武士), 상인(常人)과 천인(賤人)을 막론하고 나

로 삼았기 때문에 명장(名將)을 다수 배출하였다.《漢書 卷28下 地理志下》

3 출신(出身) : 문과(文科)·무과(武科)·잡과(雜科)에 급제하고 아직 출사하지 못한 사람을 뜻한다.

이가 13세 이상인 사람은 모두 입적(入籍)시키는데, 이를 성정군(城丁軍)이라고 한다. 매년 병사(兵使)가 순행(巡行)하며 습조(習操)를 행할 때 모여서 대령하고, 각자 횃불을 가지고 성가퀴에 벌려 서서 야간 습소를 행한다. 사방의 성문에 각각 장령을 두는데, 이를 치총(雉摠)이라고 한다.

정병(正兵) 5인(人)이 순번을 나누어 관문(官門)에 서서 대기함으로써 관역(官役)을 수행하는데, '도훈도(都訓導)'·'도할(都轄)'·'여수(旅帥)'·'대정(隊正)'·'군사(軍士)'라고 한다. 내노(內奴) 5인이 번을 서서 관령(官令)을 전하는데, 이를 '배패(陪牌)'라고 이름한다.

남정(男丁)은 따로 장부를 두어, 신역(身役)이 없는 사람이 없게 한다. 매달 세 번 해당 사(社)에 모여 점호하며 출생과 사망, 전입과 전출을 관아에 아뢰고, 경계를 넘어 드나드는 자는 관아에 보고하여 첩문(牒文)을 받는다.

육진 지역은 모두 북쪽에 두만강을 접하므로 파수관(把守官)을 벌여 놓는데, 모두 위장(衛將)의 칭호를 겸하고 융복(戎服)과 활집을 착용하고 상관(上官)을 뵙는다. 매년 10월에 얼음이 얼면 달마다 한 번씩 병사들을 조련하고, 3월에 얼음이 녹으면 중지한다.

파수(把守)를 강변의 요해처(要害處)에 설치하되 10리(里)마다 서로 바라볼 수 있도록 하고 초옥(草屋) 한 칸을 두어 비바람을 막는다. 장(將) 1인과 군(軍) 2인은 정병에게 시키고, 역시 닷새마다 교대한다. 3월에 얼음이 녹으면 절반을 철거하여 바닷가를 방비하는 데에 옮겨 설치하는데, 이를 '해망(海望)'이라고 한다.

북로(北路)에 보발(步撥)을 설치하여 30리마다 교대하게 하고, 매번(番)마다 발장(撥將) 1인은 품관에게 시키고, 발군(撥軍) 5명은 호역(戶役)으로 순번을 돌려가며 정하고 닷새마다 교대한다.

강변 봉수대의 감관(監官) 1인, 무사 3인은 신향(新鄕)[4]에게 시키고, 복직(卜直) 1명은 닷새마다 교대한다. 오시(午時)에 땔나무를 태워 연기로 서로 신호를 맞추고, 눈비가 내리거나 구름이 어둑하게 끼었으면 앞의 봉수대에 말로 달려가 보고한다.

마병(馬兵)이 보인(保人)이 없어 스스로 전마(戰馬)를 마련한 경우는 발번(撥番)만 면제하고, 갑주(甲冑)를 스스로 마련한 경우는 호역을 전부 면제한다.

풍속이 기마(騎馬)와 궁술(弓術)을 중시하고 글을 업으로 삼는 이가 적다. 남자는 10세 남짓이면 곧 활을 다루고 말을 달린다.

아이가 배에서 나오자마자 바로 물동이에 넣어 피를 씻어내는데, 이를 '태열(胎熱)을 없앤다.'라고 한다.

아름다운 머리카락을 가진 사람이 많으니, 기장 뜨물로 머리를 감으며 기르기 때문이다. 그래서 온 나라 안에서 북체(北髢 북관에서 생산된 가체)를 사용한다.

사람이 죽으면 나흘 만에 성복(成服)하고 바로 장례를 치른다. 산소를 고르거나 날짜를 가려 잡지 않고 100일이면 바로 제복(除服)하며, 혹 관례(冠禮)나 혼례(婚禮)를 행하기도 한다. 오직 유생품관(儒生品官)만이 대략 상장례(喪葬禮)를 따라서 삼년상을 행한다.

---

4 신향(新鄕) : 조선 후기에 상품화폐 경제를 통해 얻은 재력으로 향안(鄕案)과 향임직(鄕任職)에 오른 서얼·부민층을 가리킨다. 재지사족(在地士族)들의 향촌 자치기구인 유향소(留鄕所) 등에 적극적으로 참여하는 한편, 납속(納粟) 혹은 수령과의 결탁을 통해 재지사족들을 견제하고 영향력을 확대해 나갔다.

집에서 아내를 끼고 고기를 먹는 산승(山僧)이 많고, 자자손손 이어서 중이 된다.

돈의 사용을 금하고 포백(布帛)을 화폐로 쓴다. 길에는 가게가 없고 여행하는 이들은 식량을 가지고 다니며 밥을 지어 먹으므로 반전(盤纏 노잣돈)을 쓰지 않는다. 남쪽에서 북쪽으로 가거나 북쪽에서 남쪽으로 가는 이는 모두 관아에서 공문(公文)을 받아 수상한 이들을 기찰(譏察)한다.

매우 춥고 바람이 많이 불며, 토양이 척박하고 곡식이 귀하며, 땅은 넓은데 사람은 적다. 마을에 100곡(斛)을 소유한 부자가 없고, 오로지 관아의 환곡에만 의지하여 식구 수에 따라 식량을 받는다. 조밥을 먹는 일조차 드물고 기장·귀리로 죽을 쑤어 먹는데도 사람들의 힘이 세고 걸음걸이가 힘차다.

바람이 많이 불어 전립(氈笠)을 즐겨 쓰는 풍속이 있으니, 품관의 자제들이 모두 착용한다. 병마절도사와 수령은 길을 다닐 때 전립 모양의 죽직립(竹織笠)을 써서 바람을 막는다.

고을에 가게가 없고 들에도 장터가 없어서, 사람들이 각자 가진 물건으로 없는 물건을 바꾼다. 이 때문에 물건에 정해진 가격이 없다.

가옥의 제도는 모두 한 지붕에 기둥을 겹으로 세우고 가운데에 겹으로 벽을 설치해 방이나 마루를 만들고,[5] 마구간과 창고를 모두 갖추고 있으며 곡아(曲阿)[6]와 연랑(連廊)[7]이 없다. 기와집에는 모두 풍첨(風

---

5 모두……만들고 : 이처럼 지붕마루(용마루) 밑을 사이로 양쪽으로 평행되게 방을 만든 집을 양통집 혹은 쌍통집이라고 한다. 우리나라 동북부 지방에서 볼 수 있는 가옥 형태로, 열 손실이 적다는 장점이 있다.

簷)을 설치하고, 기와가 없는 집은 띠를 여러 겹으로 엮고 진흙을 발라 바람에 날아가는 것을 막으며, 산간에서는 큰 돌을 사용해서 기와를 대신하기도 한다. 큰 나무를 깎아 연통을 세우되 용마루보다도 높게 하여 화재를 막는다. 담장은 없고 울타리로 두르는데, 싸리를 짜거나 버들을 엮어 만들며 문짝은 설치하지 않는다.

문을 '오라(烏喇)', 산봉우리를 '장(嶂)', 높은 언덕을 '덕(德)', 가장자리를 '역(域)', 담장 벽을 '축(築)', 얕은 여울을 '슬(膝)', 고양이를 '호양(虎樣)', 소를 빌려주는 것〔賃牛〕을 '윤도리(輪道里)',[8] 새그물을 '탄(彈)', 협호(挾戶)[9]를 '생계(生契)', 남쪽을 '앞〔前〕', 북쪽을 '뒤〔後〕'라고 한다.

소와 말에게 곡식을 먹이지 않고 들판에 방목한다. 관아와 민가에서 도축하지 않으므로 가축들이 번식한다. 무릇 밭과 집을 사고팔 때 소와 말을 쓴다.

---

6 곡아(曲阿) : 하늘에서 내려다보았을 때 ㄱ자·ㄷ자 등으로 굽게 짓는 형태의 집을 가리키는 듯하다. 함경도 지방의 가옥은 추위를 막기 위해 전자형(田字形) 겹집의 형태를 취한다.

7 연랑(連廊) : 대청마루를 가리키는 듯하다. 함경도 지방의 가옥은 추위를 막기 위해 방 사이에 대청마루를 두지 않는다.

8 윤도리(輪道里) : 소를 남에게 빌려주고 그 대가로 새끼를 그냥 가지던 풍습이다. 함경도 방언이다.

9 협호(挾戶) : 협호는 원채와 따로 떨어져 협문을 통해 드나들 수 있는 집채인데, 남의 집의 협호를 빌려 얹혀사는 살림을 뜻하기도 한다. 협호에 사는 사람은 협방인(挾房人) 혹은 차호인(次戶人)이라고 불렸는데, 이들은 협호에 무료로 사는 대신 주인의 가사 및 잡일에 노동력을 제공하였고, 주인에게 소작료를 지불하고 주인의 농지를 소작하였다.

물건을 나를 때 수레를 쓰므로 소에 가슴걸이와 언치가 없다. 수레의
제도는 바퀴가 작고 바큇살이 성기며 바퀴통의 굴대가 바깥쪽으로 길
게 나와 있고 통하여 뚫려 있지 않다. 부서진 수레의 바퀴는 불을 붙여
횃불 대신 쓴다.

'발고(跋高)'라는 작은 수레가 있는데, 바퀴가 없고 나무 두 개를
활처럼 휘어서 달아놓았다. 뒤에는 가로로 끌채를 두어 물건을 싣는다.
가볍고 빠르기가 수레보다 나으며, 특히 눈 위를 달리는 데 더 유리하
여 마치 돛단배가 물 위를 가는 것 같다.

가대기〔犁鏵〕는 날〔舌〕은 있으나 볏〔扇〕이 없다. 호미는 크기가 삽
만하고 자루가 길어 가는 풀은 매지 못한다.

토양이 삼에 알맞아서 세포(細布)를 짜고, 목화와 모시가 없으며
누에와 뽕나무를 기르지 않는다. 저고리와 바지는 개가죽으로 만들고,
버선은 소가죽으로 만드는데 길이가 정강이를 다 덮고 '다로기(多路
岐)'[10]라고 한다. 가죽신과 짚신은 신지 않는다.

나무는 개오동나무·상수리나무·느릅나무·버드나무뿐이다. 버
드나무는 붉은 것이 많고 소나무와 잣나무는 없다. 집의 재목으로는
모두 상수리나무를 쓰고, 창문에는 모두 개오동나무를 쓴다.

해당(海棠)의 열매를 '열구(悅口)'라고 하고 가시연밥을 '마방(馬
房)'이라고 하며 상수리나무 열매를 '밤〔栗〕'이라고 한다.

과실은 돌배〔酸梨〕·개암뿐이고 꽃은 두견화뿐이다. 강변에 해당이
많은데 꽃잎의 크기가 작약만하고 열매의 크기가 은행만하며 향기가

---

10 다로기(多路岐) : 가죽의 털이 안쪽으로 향하도록 지은 버선으로, 추운 지방에서
신으며 신발 대신 신기도 한다. 피말(皮襪)이라고도 한다.

짙고 강렬하다. 들판의 못에 간혹 연꽃과 마름이 있다. 약은 오미자(五味子)뿐이다. 문묘(文廟)와 사직(社稷)의 제향 때 과일로는 해당의 열매를 사용하여 대추와 밤을 대신하고 백당(白糖)과 적두(赤豆)를 쓰기도 한다. 옻과 청대가 없고 간혹 지치〔紫芝〕와 잇꽃〔紅藍〕이 나서 염색에 쓸 만하다.

곡식으로는 기장·조·차조·보리·밀·귀리가 잘 자란다. 일찍 서리가 내려 가을보리는 심지 않는다. 무논이 없어 벼농사를 짓는 일이 드물다. 누룩은 기장으로 만들고 술은 차조로 빚으므로 마을에서 술을 사고팔지 않는다. 관아에서는 화주(火酒 소주)를 쓴다.

닥나무 종이가 나지 않아 귀리 짚을 찧어서 만드니, '황마지(黃麻紙)'라고 한다. 공문서와 사문서에 모두 이것을 사용한다.

밀초가 나지 않아 삼 줄기와 쑥대에 기장 겨를 발라 불을 붙이는데, 이를 '등(燈)'이라고 한다.

들기름이 나지 않아 삼씨의 즙을 써서 국과 구이의 맛을 낸다.

경흥의 적지(赤池)에 붕어〔鯽魚〕가 많은데, 길이가 혹 2자 남짓이나 되고 온 고을에서 모두 그물로 잡아서 먹는데도 씨가 마르지 않는다. 조산포(造山浦)에서는 숭어〔秀魚〕와 황어(黃魚)가 난다.

두만강에서 송어(松魚)가 나는데, 매년 4월에 바람이 온난해지면 나오기 시작한다. 큰 입에 비늘이 매우 작고 아가미는 네 장으로, 송강(松江)의 농어[11]와 닮았다. 송어라는 이름으로 부르는 것은 이 때문일

---

11 송강(松江)의 농어 : 진(晉)나라 때 오중(吳中) 출신 장한(張翰)이 낙양(洛陽)에서 벼슬을 하다가 어느 날 가을바람이 일어나는 것을 보자 오중(吳中)의 순챗국〔蓴羹〕과 송강(松江)의 농어회〔鱸膾〕가 생각나 즉시 벼슬을 버리고 고향으로 돌아간 고사가

것이다. 여름에 물고기가 나는데 숭어와 비슷한데 작고, 민간에서는 야래(夜來)라는 이름으로 부른다. 가을에 연어(鰱魚)가 나는데, 길이가 몇 자나 되고 무리를 지어 강을 거슬러 올라간다. 그물질 한 번에 수십 마리씩 잡히기도 한다.

두만강에는 배가 다니는 것을 금하는데, 해구(海口)에는 어선(漁船)이 있다. 어선들은 모두 통나무를 이어 선저(船底)를 만들고 나무를 구유처럼 깎아 좌우의 판을 만드니, 저들이 말하는 마상(亇尙)[12]이다. 이것을 바다에 띄워 남관과 왕래하는데, 튼튼하고 치밀하여 취재(臭載)[13]되는 일이 드물다.

청어(靑魚)와 대구(大口)는 그물로 잡고 무태어(無泰魚 명태)는 낚시로 잡으며, 문어(文魚)는 작살로 잡고 담채(淡菜 홍합)와 해삼(海蔘)은 갈고리로 캔다.

다시마와 미역은 바닷속의 암초에서 나는데, 오직 명천 지방 및 경흥의 서수라곶(西水羅串)에만 있다. 매년 3, 4월에 채취하는데 파도 속으로 배를 타고 나가 수면에 생선 기름을 뿌리면 물밑까지 환히 보이니, 이때 장대로 거둬들인다. 병영(兵營)에서 먼저 채취하고, 그다음은 지방관이며, 그다음이 진장(鎭將)이다.

있다. 《晉書 卷92 文苑列傳 張翰》이 고사에서 말하는 농어는 바닷물고기인 농어가 아니라 꺽정이 혹은 거슬횟대어라고 하는 민물고기이다.

12 마상(亇尙) : '마상(馬尙)', '마상(麻尙)'으로도 쓴다. 조선시대에 함경도 지방에서 군대의 이동, 곡물의 운반 등에 쓰이던 배이다. 나무를 파내서 만들었고, 곡물 100섬을 실을 정도로 큰 것도 있었다.

13 취재(臭載) : 짐을 실은 배가 가라앉거나, 배가 제때 목적지에 닿지 못해 짐이 썩는 것을 뜻한다.

용수(龍鬚 왕골)는 명천과 경성 바다에서 나는데, 한 줄기로 곧게 자라고 길이가 몇 자나 되며, 가늘기는 힘줄 같고 단단하기는 뼈와 같다. 북방 사람들이 붓 대롱에 꽂아서 쓰는데, 이를 '용편필(龍鞭筆)'이라고 한다. 이백(李白)의 시에 "용수로 짠 자리를 걷지 말라."[14]라고 하였고, 《요사(遼史)》에 "고려(高麗)에서 용수초(龍鬚草)로 만든 자리를 바쳤다."[15]라고 하였으니, 이것으로 짠 자리일 것이다.

녹용(鹿茸)은 매년 5월에 사냥하여 7월에 진상하는데, 오직 무산의 것이 생산량이 많고 품질이 좋다.

철염(鐵鹽)은 북관의 여러 읍들이 모두 쇠동이에 바닷물을 끓여 만들어낸다. 그 방법은 쇠동이에 물 몇 섬을 받되 나무 구유로 물을 담아 쇠동이에 붓고 불로 하루 밤낮을 달이면 소금 10말 남짓을 얻을 수 있다. 색은 검고 맛이 탁하여 희고 맛이 깨끗한 토염(土鹽)만 못하지만 습기만은 걱정하지 않아도 된다. 쇠동이는 무게가 1,500근으로, 두 대의 발고에 싣고 소 열 마리로 끈다고 한다.

사철(沙鐵)은 회령·종성에서 나고, 자기(磁器)는 명천·회령에서 생산된다. 북방에는 강철이 없어 사철로만 솥과 농기구를 만든다. 부서진 솥과 농기구를 다시 녹이고 두드려 도끼와 낫 따위를 만들어내는데 날카롭기가 강철에 뒤지지 않으니, 남쪽 지방과 다르다.

서수라(西水羅) 앞바다 가운데에 섬이 있는데, 물새들이 모두 서식

14 　용수로……말라 : 이백의 〈백두음(白頭吟)〉에 "용수로 짠 자리를 걷지 말아서, 거미줄 치도록 놔두라.〔莫捲龍鬚席, 從他生網絲.〕"라고 하였다. 이는 그리운 님이 올 때까지 자리를 걷지 않고 기다리겠다는 의미이다.

15 　고려(高麗)에서……바쳤다 : 《요사》 권14 〈태조본기(太祖本紀)〉와 권115 〈이국외기(二國外紀) 고려(高麗)〉에 보인다.

한다. 풀숲 사이에 알을 낳는데 크기가 주먹만하고, 색은 흰 것, 푸른 것, 누런 것, 얼룩진 것들이 있다. 어부들이 가져다 쪼개 먹는데, 그 껍질이 잔으로 쓸 수 있을 정도로 크다. 그래서 그 섬을 '난도(卵島 알섬)'라는 이름으로 부른다.

매년 5, 6월에 물이 불었을 때 청(淸)나라 사람들이 각자 마상 한 척을 타고 두만강을 따라 내려온다. 통사(通事 역관)에게 사정을 묻게 하면 슬해(瑟海)[16]에 가서 소금을 굽고 미역을 딴다고 한다.

---

16 슬해(瑟海) : 두만강 어귀 부근의 바다를 가리킨다.

북관고적기
北關古蹟記

용당(龍堂). 경원부(慶源府)에서 동쪽으로 40리 떨어진 강가에 있는
데, 목조(穆祖 태조(太祖)의 고조부 이안사(李安社))의 옛터가 있다. 터 뒤
에 가파르게 우뚝 솟은 봉우리 꼭대기에 노송(老松) 한 그루가 있는
데, 가지가 구불구불 서리고 비늘 같은 껍질이 기이하고도 예스럽다.
세상에 전하기를 성조(聖祖 목조)께서 손수 심으신 것이며, 태조(太
祖)께서 퉁두란(佟豆蘭 이지란(李之蘭))과 궁술을 겨룰 때에도 활을 여
기에 걸었다고 전해진다. 살피건대 지리지(地理志)에 "동림성(東林
城)이 경원부에서 동쪽으로 40리 떨어진 두만강 가에 있는데, 매우
험준하고 안에는 큰 우물이 하나 있다. 태종(太宗) 1년(1401) 도순
찰사(都巡察使) 강사덕(姜思德)에게 쌓게 하였다. 민간에 전하길 목
조가 처음에 여기에서 살다가 알동(斡東)으로 이주하였다고 하니,
이곳이 용당이다. 성터가 아직 남아 있고, 우물물은 마르지 않고 졸
졸 솟아 나오고 있다. 동쪽·남쪽·북쪽에는 절벽이 깎아지른 듯이
서 있고, 서쪽에는 10리 남짓의 긴 골짝이 있으며 촌락이 즐비하게
서 있다. 동쪽으로는 후춘부락(厚春部落)[17] 여러 곳이 보인다."라고

---

17 후춘부락(厚春部落) : 여진(女眞)의 일파인 후춘호(厚春胡)들이 모여 살던 부락
이다. 본래 경흥(慶興) 건너편의 야춘(也春) 지역에 모여 살다가 점차 경원(慶原)의
후춘강(厚春江) 건너편으로 옮겨와 부락을 형성하였고, 종종 조선의 국경을 침범하고
양식을 요구하기도 하였다.

하였다.

적지(赤池). 경흥부(慶興府)에서 남쪽으로 10리 떨어진 곳에 있는 데 둘레가 10리 남짓이다. 이곳은 도조(度祖 태조의 조부 이춘(李椿))가 용을 활로 쏜 곳으로,[18] 일명 사룡연(射龍淵)이다. 연못가에 정자를 세웠는데, 이름이 사룡대(射龍臺)이다. 연못가에 옛 성이 있는데, 매우 험준하다.

적도(赤島). 경흥부에서 남쪽으로 50리 떨어진 노구산(蘆丘山) 앞 바다 10리 지점에 있는데, 둘레가 7~8리이다. 돌의 빛깔이 모두 붉고 모습은 엎드린 거북과 같다. 섬 안에 익조(翼祖 태조의 증조부 이행리(李行里))가 움막살이하던 옛터가 남아 있다. 기이한 풀이 자라는데 자줏빛 잎에 비췻빛 줄기이고 맛은 시고 향기롭다. 이름은 '지치(紫芝)'로, 저절로 자라고 싹을 틔운다. 단 샘이 암석 사이에서 나오는데, 사철 내내 마르지 않는다. 백성들이 땔감을 구하러 발을 들이면 번번이 비바람이 불어닥치므로 초목이 무성하다.

옛 덕릉(德陵). 목조의 침원(寢園)이고, 옛 안릉(安陵)은 효비(孝妃 효공왕후(孝恭王后) 이씨(李氏))의 침원이었다. 처음에는 알동 지역 향각봉(香角峰) 남쪽에 있었는데, 능의 왼쪽 산허리가 조금 낮아 쇠를 녹여 만든 용을 묻어 지맥(地脈)을 비보(裨補)하였다고 한다. 태조 4년

---

18 이곳은……곳으로 : 도조가 젊었을 때 꿈에 백룡(白龍)이 나와 자신의 연못을 차지하려는 흑룡(黑龍)을 활로 쏘아 죽여줄 것을 부탁하였는데, 다음 날 연못에 갔으나 흑룡과 백룡이 뒤엉켜 싸우는 탓에 활을 당기지 못하고 돌아왔다. 그날 꿈에 백룡이 다시 나와, 내일 먼저 오는 것이 자신이니 반드시 흑룡을 쏘아달라고 당부하였다. 다음 날 연못에서 뒤에 온 흑룡을 쏴 죽이자 흑룡의 피가 연못을 붉게 물들였다고 한다. 《燃藜室記述 卷1 太祖朝故事本末 璿系》

(1395)에 경흥부에서 남쪽으로 15리 떨어진 곳으로 옮겨 봉안(奉安)하였다. 사방의 들이 낮고 습한 진창으로 가운데에 조그마한 언덕이 솟았는데 내맥(來脈)이 없으니, 감여가(堪輿家)들이 '진흙에 빠진 거북'이라고 한다. 두 능이 몇 리쯤 거리를 두고 마주 보는데 둘 다 앞으로 두만강을 내려다보니, 이 지역 사람들이 '능평(陵坪)'이라고 한다. 태종 10년(1410)에 지역이 여진과 가깝다고 하여 다시 함흥부(咸興府)로 옮겨 봉안하였다.

알동-번호(蕃胡)의 언어로 오동(烏東)이다.-. 경흥부에서 동북쪽으로 30리 떨어진 곳에 있다. 흑각봉(黑角峰)이라는 산이 있고 흑각봉 아래에 금당(金塘)이라는 마을이 있으니, 곧 목조가 옛날에 살던 곳으로 용당에서 이곳으로 옮겨와서 살았다. 지금은 강 너머의 지역에 속해 있다.

윤 시중(尹侍中 윤관(尹瓘))이 여진을 몰아내고 옛 강역을 회복하였는데, 그 지역이 사방 300리로 동쪽으로는 대해(大海)에 이르고 서쪽과 북쪽으로는 개마산(蓋馬山)에 끼어 있으며 남쪽으로는 장주(長州)·정주(定州) 두 지역과 접한다. 새로 성 여섯 개를 두었는데, 진동군 함주 대도독부(鎭東軍咸州大都督府)[19]는 병민(兵民)이 1,548정호(丁戶)이고 안령군 영주 방어사(安寧軍英州防禦使)[20]는 병민이 1,238정호이며 영해군 웅주 방어사(寧海軍雄州防禦使)는 병민이 1,436정호이고 길주 방어사(吉州防禦使)는 병민이 680정호이며 복주 방어사(福州防

---

19 진동군 함주 대도독부(鎭東軍咸州大都督府) : 원문은 '鎭東咸州大都督府'인데, 뒤의 '안령군 영주 방어사' 등의 사례에 의거하여 '東' 뒤에 '軍'을 보충하여 번역하였다.

20 안령군 영주 방어사(安寧軍英州防禦使) : 《신증동국여지승람(新增東國輿地勝覽)》 등의 문헌에는 '寧'이 '嶺'으로 되어 있다.

禦使)는 병민이 632정호이고 공험진 방어사(公嶮鎭防禦使)는 병민이 532정호이다.

옛 웅주(雄州). 윤관이 여진을 화곶령(火串嶺)[21] 아래에서 몰아낸 뒤 성루(城樓) 992칸을 쌓고 영해군 웅주 방어사를 두었으나, 이듬해에 성을 철거하고 여진에게 그 땅을 돌려주었다. 공민왕(恭愍王) 때 수복하였다가 공양왕(恭讓王) 2년(1390)에 길주(吉州)에 병합되었다. 《고려사(高麗史)》에 "길주는 북쪽에 있고 웅주는 남쪽에 있다."[22]라고 하였는데, 지금은 그 지역이 어디인지 자세하지 않다.

옛 영주(英州). 윤관이 몽라골령(蒙羅骨嶺) 아래에 성루 990칸을 쌓고 안령군 영주 방어사를 두었으나, 이듬해에 웅주와 함께 철거하여 여진에게 돌려주었다. 뒤에 수복하여 길주에 병합되었다. 지금은 그 지역이 어디인지 자세하지 않다.

공험진(公嶮鎭). 고령진(高嶺鎭)에서 두만강을 건너고 고라이(古羅耳)를 넘어 오동참(吾童站), 영가참(英哥站)을 거쳐 소하강(蘇下江)에 이르는데, 강가에 공험진의 옛터가 있다. 남쪽으로는 패주(貝州)・탐주(探州)에 인접하고 북쪽으로는 견주(堅州)와 접한다. 살피건대《고려사》〈지리지〉에 "공험진은 예종(睿宗) 3년(1108)에 성을 쌓고 진(鎭)을 두어 방어사(防禦使)로 삼았다. 6년에 산성(山城)을 쌓았다. 공주(孔州)라고도 하고 광주(匡州)라고도 하며, 선춘령(先春嶺) 동남

---

21 화곶령(火串嶺) : 원문에는 '火'가 '大'로 되어 있는데, 사실과 맞지 않아《신증동국여지승람》등의 문헌에 의거하여 바로잡아 번역하였다.

22 길주는……있다 :《고려사(高麗史)》권58〈지리지(地理志) 동계(東界) 함주대도독부(咸州大都督府) 길주(吉州)〉에 보인다.

쪽이자 백두산 동북쪽에 있었다고도 하고 소하강 가에 있었다고도 한다."[23]라고 하였다. 지금은 경원을 공주라고 하니 아마도 선춘령 동남쪽이자 백두산 동북쪽, 소하강 가일 듯하나 상고할 수 없다.

선화진(宣化鎭)·통태진(通泰鎭)·평융진(平戎鎭)·숭녕진(崇寧鎭)·진양진(眞陽鎭). 이 진(鎭)들 또한 구성(九城)의 다섯 진이었는데, 지금은 그 지역이 강외에 있는 듯하니 상고할 수가 없다.

길주. 옛 이름이 해양(海洋)이니, 삼해양(三海洋)이 있었다. 《용비어천가(龍飛御天歌)》의 주석에 "해양에서 북쪽으로 50리를 가면 태신(兌神)에 이르고, 태신에서 60리를 가면 산성원(山城院)에 이른다."[24]라고 하였는데, 지금은 버려졌다.

다신산성(多信山城). 길주에서 남쪽으로 31리 떨어진 곳에 있는데, '강성(江城)'이라고 부른다. 성안에 연못 10개가 있고, 옛날에는 군창(軍倉)이 있어서 쌓아둔 곡식이 매우 많았는데, 이시애(李施愛)의 군대가 패하자 태우고 떠났다.[25] 또 지금은 버려진 석성(石城)이 있는데,

---

23 공험진은……한다 : 《고려사》 권58 〈지리지 동계 함주대도독부 공험진(公嶮鎭)〉에 보인다. 본문의 '동북쪽'은 원문이 '在北'인데, 의미가 통하지 않아 《고려사》에 의거하여 '在'를 '東'으로 바로잡아 번역하였다.

24 해양에서……이른다 : 《용비어천가(龍飛御天歌)》의 53장은 태조가 사방을 평정하고 개척하자 근방의 이민족들이 태조를 따르고 섬겼다는 내용이다. 그 주석에 태조를 추종한 여진족 중 해양맹안(海洋猛安) 괄아아화실첩목아(括兒牙火失帖木兒)라는 이름이 보이고, 해양은 지금의 길주로 해양(海洋)·태신(兌神)·적알발(的遏發) 세 곳에 모두 맹안(猛安 천호(千戶))이 있어 세 해양[三海洋]이라고 불렀다는 내용이 보인다.

25 이시애(李施愛)의……떠났다 : 이시애는 세조 때 경흥진 병마절제사(慶興鎭兵馬節制使)·회령 부사(會寧府使) 등을 역임하였는데, 세조가 차차 북방민들의 등용을

옛날에는 오포성(吾布城)이라고 불렀다.

사마동 구보(斜亇洞舊堡). 명천부(明川府)에서 서북쪽으로 30리 떨어진 곳에 있다. 장백산(長白山)[26]의 적이 침입하는 길과 통하고 경성(鏡城)의 귀문관(鬼門關)과 시내를 사이에 두고 있어, 저들의 경계에서 불과 4, 5일 거리이다. 번호(蕃胡)들이 있었을 때 출몰하여 문제를 일으켰기 때문에 보루를 설치하여 막았는데, 지금은 버려졌다.

대량화(大良化). 경성부(鏡城府)에서 남쪽으로 185리 떨어진 바닷가에 있으며, 폐지된 현의 터가 있다. 민간에서는 옛날에 장천 현감(長川縣監)이 있었다가 폐지된 뒤에 인장(印藏)을 본부(本府)에 보관하였는데 임진왜란 때 분실되었다고 전해진다.

부거 폐현(富居廢縣). 부령부(富寧府)에서 동쪽으로 60리 떨어진 곳에 있다. 석성이 다 무너져서 터만 겨우 남아 있다. 현의 서쪽 산에 있는 무덤 1만여 개는 모두 돌널무덤인데, 어느 때의 것인지 알지 못한다.

행성(行城). 회령부(會寧府)에서 서북쪽으로 3리 떨어진 곳에 있다. 회령부 서쪽 토산(兎山)[27]의 봉수대에서 시작되어 두만강 연안을 따라

억제하고 중앙집권을 강화해 나가자 위기감을 느껴 1467년(세조13)에 절도사(節度使) 강효문(康孝文) 등을 살해하고 단천(端川)·북청(北靑)·홍원(洪原)·함흥(咸興) 등을 점거하였다. 조정에서 관군 3만 명을 파견하여 항복을 종용하자 불복하고 북방민들의 중용을 거듭 주장하였는데, 민심의 이반과 부하들의 배반으로 체포되어 복주되었다.

26 장백산(長白山) : 《신증동국여지승람》 권50 〈함경도(咸鏡道) 경성도호부(鏡城都護府)〉에 백산(白山)이라는 산이 경성도호부로부터 서쪽으로 110리 떨어진 곳에 있고 장백산이라고도 불린다는 내용이 보인다. 중국에서 장백산이라고 부르는 백두산과는 별개의 산이다.

구불구불 이어지다가 경원부(慶源府)의 훈융진(訓戎鎭)에서 끝난다.
회령부 경내에 있는 것은 길이가 11,720자이고 높이가 15자이다. 세종
신유년(세종23, 1441) 봄에 절도사 김종서(金宗瑞)가 상소하여 체찰
사(體察使) 황보인(皇甫仁)과 출척사(黜陟使) 정갑손(鄭甲孫)이 신미
년(문종1, 1451)부터 쌓기 시작하였다. 중종 기사년(중종4, 1509)에
보을하진(甫乙下鎭)을 새로 설치하고 장성(長城)을 퇴축(退築)하였으
니, 총 31,600자였다. 지금은 버려졌다.

　오국성(五國城). 회령부에서 서쪽으로 20리 떨어진 산기슭에 있다.
두만강 가에 옛 성터가 남아 있는데 민간에서는 유단(游端)이라고 하
고 밭을 가는 이들이 종종 송(宋)나라 동전을 발견한다. 지금은 보라
첨사(甫羅僉使)를 설치하였다. 살피건대《청일통지(淸一統志)》에 "오
국두성(五國頭城)은 영고탑성(寧古塔城)의 동북쪽에 있다.《대금국지
(大金國志)》에 '천회(天會) 8년(1130)에 송나라의 두 황제(皇帝 휘종
(徽宗)과 흠종(欽宗))가 한주(韓州)에서 오국성에 갔으니, 오국성은 금
(金)나라가 도읍한 곳에서 동북쪽으로 1,000리 떨어진 곳에 있다.'라
고 하였다. 예로부터 송 휘종(宋徽宗)이 이곳에 묻혔다고 전해진다."[28]
라고 하였다. 또 살피건대《호종동순일록(扈從東巡日錄)》에 "영고탑
에서 동쪽으로 600리를 가면 강돌리갈상(羌突里噶尙)이란 곳이 있으
니, 송화강(松花江)과 흑룡강(黑龍江)이 여기에서 합류한다. 큰 토성
(土城)이 있는데, 혹자는 이것이 오국성이라고 한다."라고 하였다. 대

27　토산(兎山) :《신증동국여지승람》등의 문헌에는 '兎'가 '禿'으로 되어 있다.
28　오국두성(五國頭城)은……전해진다 :《대청일통지(大淸一統志)》권46〈길림(吉
林) 고적(古蹟)〉의 '오국두성' 조에 보인다.

체로 회령은 금나라의 상경(上京)이고 오국성은 금나라가 도읍한 곳의 동북쪽에 있으니, 이곳이 송나라 두 황제가 유폐된 곳인 듯하다.

황제총(皇帝塚). 행영(行營)에서 서북쪽으로 25리 떨어진 화풍산(花豐山)에 있다. 산골짜기 안에 언덕만큼 큰 무덤이 있다. 옆에는 잡다한 돌로 무덤 구덩이 모양을 만든 작은 무덤 100여 개가 있는데, 시신총(侍臣塚)이라고 한다. 하늘이 흐리고 비가 올 때마다 노래하고 곡하는 소리가 들린다.

동건성(童巾城). 종성부(鍾城府)에서 북쪽으로 27리 떨어진 곳에 있다. 돌로 쌓았는데 둘레는 611자에 높이는 3자, 절벽은 1,110자 남짓이다. 가운데에 큰 못이 있는데, 사면(四面)을 연석(鍊石)으로 단장하였고 못의 바닥에는 벽돌을 깔았다. 연못 언저리에 돌이 있는데 편평하고 넓기가 마치 숫돌 같다. 민간에 전하길 동건(童巾)이란 자가 그 돌에 "태정(泰定) 5년(1328, 충숙왕15)에 도적을 막고 7년에……"라고 적었으므로 동건이라는 이름이 붙었다고 한다.

마을우고성(亇乙亐古城). 무산부(茂山府)에서 북쪽으로 4리 떨어진 곳에 있다. 둘레가 1,000리 남짓에 삼면(三面)이 절벽이고 한 면은 흙을 파냈다. 약천(藥泉 남구만(南九萬))의 〈북쪽 변경의 지도에 대해 아뢴 소〔陳北邊地圖疏〕〉에 "무산에서 북쪽으로 120여 리를 가서 승상파(丞相坡), 오달(吾達), 죽돈(竹頓), 모로(毛老), 동량동(東良洞), 노토부락(老土部落) 등의 지역을 거쳐 강변에 이르자 비로소 마을우시배(亇乙亐施培) 지역이 나왔습니다. 마을우는 호추(胡酋)의 이름이고 시배(施培)는 보성(堡城)의 호어(胡語)로, 지금까지 옛 성터의 흔적이 남아 있습니다. 그 지역 수십 리에 걸쳐 펼쳐진 들판은, 북쪽에는 큰 강이 흐르고 남쪽으로는 긴 내를 끼고 있으며 사방이 산으로 둘러싸여 있는데 평평하기가 마치 거울의 표면 같습니다. 토지의 비옥함도 다른 곳에 비할 바가 아닙니다."[29]라고 한 것이 이것이다.

경원 훈융진(慶源訓戎鎭). 두만강 가의 수비명(水碑銘)에 "개척한 지 다섯 번째 갑인년에 지류가 원류와 합쳐져 물길이 안정되었다. 갑인년에 시작하여 갑인년에 막았으니 표를 세 개 세워 만세토록 징표로 삼노라. 경원 부사(慶源府使) 이유(李秞)가 쓰고 평산 부사(平山府使) 홍석귀(洪錫龜)가 전액(篆額)을 썼으며 강희(康熙) 13년(1674, 현종 15) 갑인년 3월 모일(某日)에 세우다."라고 하였다.

남경(南京). 종성부(鍾城府)의 강 북쪽 가까운 지역에 있다. 동관진(潼關鎭)에서 두만강을 건너 보청포(甫靑浦)를 지나고 사춘천(舍春川)을 건너면 옛 성이 있는데, 남경이라 부른다. 그 서북쪽에 또 산성(山城)이 있는데, 지명을 상고할 수가 없다. 살펴건대 《원지(元志)》에 "개원부(開元府) 서남쪽이 영원현(寧遠縣)이고 더 서남쪽이 남경이며 더 남쪽이 합란부(哈蘭府)이다."[30]라고 하였으니, 합란(哈蘭)은 지금의 함흥이다. 개원(開元)은 옛날의 읍루(挹婁)와 물길(勿吉 말갈)이고 개원로(開元路)와 삼만위(三萬衛)도 옛날의 부여국(扶餘國)인데,[31] 지

---

29 무산에서……아닙니다 : 《약천집(藥泉集)》 제4 〈북쪽 변경의 세 가지 일을 아뢰고 이어 지도를 올린 소〔陳北邊三事仍進地圖疏〕〉에 보인다.

30 개원부(開元府)……합란부(哈蘭府)이다 : 《대원일통지(大元一統志)》 권2 〈개원로(開元路) 고적(古蹟)〉의 '상경고성(上京古城)' 조에 "상경성(上京城) 서남쪽이 영원현이고 더 서남쪽이 남경이며, 남경에서 남쪽으로 가면 합란부이고 더 남쪽이 쌍성이니, 고려의 왕경(王京)에 바로 닿는다.〔上京城西南曰寧遠縣, 又西南曰南京, 自南京而南曰哈蘭府, 又南曰雙城, 直抵於高麗之王京.〕"라고 하였다.

31 개원로(開元路)와……부여국(扶餘國)인데 : 《대명일통지(大明一統志)》 권25 〈요

금은 영고탑(寧古塔)의 지경에 속한다. 부여는 단군(檀君)의 후예이고 읍루와 물길은 모두 그 부락이니, 그 지역이 조선에 속했음은 의심할 나위가 없다. 대체로 고려의 경계는 선춘령(先春嶺)에서 끝났으므로 남경과 거양(互陽)은 모두 경내에 있었다.

현성(縣城). 진북보(鎭北堡)에서 횟가천(會叱家川)을 건너면 넓은 들판에 현성이라는 이름의 토성(土城)이 있다. 살피건대 《용비어천가》의, 해관성(奚關城)은 동쪽으로 후춘강과 7리 떨어져 있고 서쪽으로는 두만강과 5리 떨어져 있다는 것[32]이 이것인 듯하다.

선춘령. 지금의 회령부 두만강에서 북쪽으로 700리 떨어진 곳이자 옛날의 공험진 및 거양성(互陽城)에서 서쪽으로 60리 떨어진 곳에 있으니, 바로 백두산의 동북쪽이다. 소하강이 백두산에서 나와 북쪽으로 흘러서 공험진·선춘령을 지나 거양에 이른다. 다시 동쪽으로 120리를 흘러 아민(阿敏)에 이르러서 바다로 들어간다. 공험(公嶮)은 남쪽으로 패주(貝州)·탐주(探州)와 인접하고 북쪽으로 견주(堅州)와 접하니, 이 세 주(州)는 발해(渤海) 및 요(遼)나라·금(金)나라의 옛 고을 이름인 듯하다. 우리나라의 역사로 고증하건대 삼한(三韓) 때

동도지휘사사(遼東都指揮使司)〉의 '삼만위(三萬衛)' 조에, 삼만위는 본래 옛날의 숙신(肅愼) 지역이었고 뒤에는 읍루(挹婁)라 하였으며, 원위(元魏 북위(北魏)) 때에는 물길(勿吉)이라 불렀고 원(元)나라 때에는 개원로가 되었다가 명(明)나라 홍무(洪武) 22년(1389)에 삼만위를 두었다는 내용이 보인다.

32 용비어천가의……것 : 《용비어천가》의 4장은 알동(斡東)에 살던 익조(翼祖)가 해관성(奚關城 횐잣)에 갔다가 물동이를 인 노파에게 야인(野人) 천호(千戶)들이 군대를 빌려서 해치러 오리라는 이야기를 듣고 가족들을 이끌고 적도(赤島)로 달아났다는 내용이다. 이 부분의 주석에 해관성의 위치가 기술되어 있다.

갈사왕(曷思王)이 살던 갈사수(曷思水)[33]가 지금의 소하강인 듯하다. 고려의 윤 시중이 땅을 이곳까지 개척하여 공험진에 성을 쌓고 마침내 잿마루에 비석을 세워 "고려의 경계이다.〔高麗之境〕"라고 새겼는데, 비석의 사면에 있던 글씨를 호인(胡人)들이 모두 깎아서 없앴다고 한다.

---

33 삼한(三韓)……갈사수(曷思水) : 갈사왕(曷思王)은 부여 왕 대소(帶素)의 아우이다. 대소가 고구려의 무휼(無恤)에게 살해당하자 대소를 따르던 무리 200인과 압록곡(鴨綠谷)으로 달아나 그곳의 토착 세력인 해두왕(海頭王)을 죽이고 갈사수에 도읍하여 왕이 되었다.《東史綱目 第1下 壬午》

교시잡록
交市雜錄

매년 11, 12월에 청인(淸人)과 교시(交市 호시(互市))한다. 처음에는
회령(會寧)에 개설하고 이를 단시(單市)라고 하였고, 격년으로 경원
(慶源)에 함께 개설하고 이를 쌍시(雙市)라고 하였다. 남관(南關)과
북관(北關)의 여러 고을에서 모두 소·가래·소금·해삼 등의 물건
을 가지고 시장에 오고, 청(淸)나라의 차사(差使)가 호상(胡商)들을
거느리고 와서 녹비[鹿皮]·청포(靑布) 두 가지 물건으로 우리 물건
과 교환한다. 북평사(北評事)가 감시어사(監市御史)가 되고 수령을
차원(差員)으로 정해 연향(宴享)을 베푸는데, 그에 필요한 닭·돼
지·물고기·과일은 여러 고을에서 이바지한다. 심양(瀋陽)·오라
(烏喇)·영고탑(寧古塔)·선성(鄯城)·후춘(後春)의 호인 상인들이
달마(㺚馬)[34]를 끌고 오는데 많게는 1,000여 필(匹)에 이른다. 우리
나라 사람이 소를 이것과 바꾸는데 빼어난 말은 5, 6두(頭)와 1필을
바꾸기도 한다. 물산(物産)으로는 오직 양·담비의 가죽, 청서미(靑
鼠尾), 황광미(黃獷尾 족제비 꼬리), 모단(毛緞), 석경(石鏡 유리 거울),
전도(剪刀 가위), 바늘 등을 상품으로 여긴다. 소금과 쌀을 사면 후춘
에서 되팔아 은으로 바꾸어 가기도 하는데, 이는 후춘에서 나는 은의
품질이 단천(端川)에서 나는 것보다 나아서라고 한다.
　개시(開市)할 때마다 연경(燕京 북경)의 통관(通官)과 박씨(博氏)[35]

34　달마(㺚馬) : 두만강 건너 사는 만주족들이 기른 말을 이른다.

가 관내(關內 산해관(山海關) 이남) 사람들을 거느리고 온다. 쌍시가 열리는 해에는 먼저 회령에서 시장을 벌인 다음 경원에 가서 나머지 재화를 산다. 경원에는 후춘 사람들만 와서 장사하는데, 영고탑의 장경(章京)[36]이라는 관리가 후춘에 와서 시장을 감독한다고 한다.

개시할 때 통관이 북경에서 오라로 와서 영고탑에 전(箭)[37]을 보내 할난(割難) 지방에서 만나기로 한다. 오라에서 영고탑까지 7일 거리이고 영고탑에서 할난까지 7일 거리이며 할난에서 회령부(會寧府)까지가 2일 거리이고 오라에서 바로 할난으로 나오면 9일 거리라고 한다.

통관은 나올 때 그 자제와 어린 종만 데리고 온다. 얻은 소들은 후춘·영고탑·오라 등지에서 다 팔아서 은으로 바꾸어 간다.

선성에서 경원의 개시에 오는 것은 두만강만 건너면 되므로 선성과 후춘 사람들은 회령의 개시에 가지 않는다. 회령은 북경의 통관 및 관내의 호인 상인이 모두 나온다. 북경과 심양에서 회령으로 올 때에는 북강(北江)·삼한강(三漢江)·후춘강(後春江)·퉁가강(佟家江)·벌가토강(伐加土江)·분계강(分界江)을 건너야 두만강에 다다른다.

35 박씨(博氏): 각 아문(衙門)에 소속되어 한어(漢語)와 만주어(滿洲語) 서류의 작성과 번역을 담당하던 무품관(無品官)이다. 만주어로 사무에 숙달된 사람을 뜻하는 '파극십(巴克什 Baksi)'의 음역(音譯)이며, 필첩식(筆帖式)이라고도 한다.

36 장경(章京): 청나라 때의 관명(官名)으로 '장군(將軍)'에 해당하는 만주어이다. 본래는 팔기(八旗) 휘하의 무관(武官)을 가리켰으나 후대에는 각 아문의 사무를 담당하는 문무관(文武官)을 가리키는 말이 되었다.

37 전(箭): 전령(傳令)을 뜻하는 듯하다. 고대 중국 북방민족들은 기병(起兵)할 때 화살을 전달하여 군대 간에 신호로 삼는 것을 전전(傳箭)이라 하였는데, 이는 뒤에 전령을 의미하게 되었다. 《중간회원개시정례(重刊會源開市定例)》〈통례(通例) 연접(延接)〉에는 전통(箭通)을 보낸다고 되어 있다.

저들이 우리 소를 살 때면 바로 코뚜레를 풀고 밧줄을 뿔에 묶어서 몰고 간다. 몇 년 안 되어 혹 짐을 싣고 시장에 오면 전보다 곱절이나 살쪄 있고, 뿔이 굽은 것도 모두 곧고 길어져 있다. 풍토의 차이뿐 아니라 잘 기르는 방법이 있기 때문일 것이다.

매년 개시에서 거래되는 소가 114두인데, 규례에 따라 두 통관에게 3두씩 지급하고 규례에 따라 영고탑·오라 두 곳에 20두씩, 오모소리(吾毛所里)의 장준(將俊)[38]에게 40두를 보내니, 그 지역에 성묘(聖廟)가 있으므로 관복승(館僕僧)에게 내어주어 둔전(屯田)을 경작하게 하는데 소가 늙어 죽도록 감히 다른 데 쓰지 못한다고 한다. 영고탑·오라 두 곳의 보고(甫古)[39] 18명에게 각각 2두씩을 주고, 나머지 소는 제일군(第一軍)의 욱씨(郁氏)[40]에게 1두씩을 준다고 한다.

보습 2,250구(口)와 소금 855섬을 선물로 주되, 영고탑·오라 두 곳의 보고 등에게 반씩 나누어 규례에 따라 지급한다고 한다.

교시 때 영고탑의 장차(將差) 1인, 박씨(博氏) 1인, 오라의 차장(次將) 1인, 팔품 통관(八品通官) 2인, 보고 17명, 상인 60명, 장차·박씨·차장 3인의 가정(家丁) 75명, 대통관(大通官)·부통관(副通官) 2인의 정원 안팎의 가정 도합 396명, 장차의 말 15필, 박씨의 말 7필, 차장의 말 10필, 두 통관의 말 743필과 노새 9필, 상인의 말 638필과

---

38 장준(將俊) : 중국어로 장군(將軍)을 뜻한다.《研經齋全集 外集卷50 地理類 紅島偵探記》

39 보고(甫古) : 청나라 때의 관명으로 기의 좌령(佐領) 내의 문서와 군량 등에 관한 사무를 담당하는 하급관리이다. 만주어 발십고(撥什庫 bošokū)를 한역한 말로, 보십고(甫十古)라고도 한다.

40 욱씨(郁氏) : 청나라 때의 관직명으로 보이나 자세하지 않다.

노새 2필과 개 2구와 수레 15량(輛)과 발거(撥車 물레) 68개(介)가 나오는데, 사람과 말의 수는 해마다 가감이 있기도 하다고 한다.

공시(公市) 때 길주(吉州)의 소금 138섬과 보습 307개, 명천(明川)의 소금 105섬과 보습 208개, 경성(鏡城)의 소금 136섬과 보습 357개, 부령(富寧)의 소금 66섬과 보습 182개, 무산(茂山)의 보습 62개와 소 18마리, 회령(會寧)의 소금 103섬과 보습 337개, 종성(鍾城)의 소금 98섬과 보습 312개와 소 30마리, 온성(穩城)의 소금 82섬과 보습 272개와 소 22마리, 경원(慶源)의 소금 98섬과 보습 307개와 소 29마리, 경흥(慶興)의 소금 29섬과 보습 182개와 소 15마리, 도합 소금 855섬과 보습 2,600개와 소 114마리를 선물로 준다.

저들이 주는 물명(物名)은 양구의(羊裘衣) 20령(領), 삼승포(三升布) 2,040필(疋)이다. 교역 때에는 청염(淸鹽) 1섬과 삼승포 1필은 보습 5개와 바꾸고, 일등우(一等牛) 1마리는 양구의 1령과 삼승포 2필과 바꾸며, 이등우(二等牛) 1마리는 양구의 1령과 삼승포 1필과 바꾸고, 삼등우(三等牛) 1마리는 삼승포 8필과 바꾸며, 사등우(四等牛) 1마리는 삼승포 7필과 바꾸고, 오등우(五等牛) 1마리는 삼승포 6필과 바꾼다.

장차에게는 원증급(元贈給)으로 오승포(五升布) 5필, 백지(白紙) 5권(卷), 대미(大米) 2섬, 전미(田米) 3섬, 소금 2섬, 돼지 2구, 대구 10미, 문어 2미, 남초(南草 말린 담뱃잎) 10첩(貼), 연죽(煙竹 담뱃대) 1개를 주고, 순영(巡營)에서 육승포(六升布) 10필을 가증(加贈)하고 병영(兵營)에서 해삼 90말을 가증한다. 대통관에게는 오승포 3필, 백지 3권, 대미 1섬, 소금 1섬, 남초 10첩, 연죽 1개를 주고, 순영에서 육승포 40필, 해삼 20말, 홍합(紅蛤) 10말을 가증하되 해삼 10말로 홍합을 대신하고 병영에서 해삼 14말을 가증한다. 부통관에게는 오승포 3필, 백지 3권, 대미 1섬, 소금 1섬, 남초 10첩, 연죽 1개를 주고, 순영에서 육승포 30필, 해삼 15말, 홍합 10말을 가증하되 해삼 10말로 홍합을 대신하고 병영에서 해삼 14말을 가증한다. 차장에게는 오승포 2필, 백지 2권, 대미 10말, 소금 10말, 남초 10첩, 연죽 1개를 주고, 순영에서 육승포 10필을 가증하고 병영에서 해삼 90말을 가증한다. 박씨에게는 오승포 2필, 백지 2권, 대미 10말, 소금 10말, 남초 10첩, 연죽 1개를 주고, 순영에서 육승포 10필을 가증하고 병영에서 해삼 90말을 가증한다.

강외기문
江外記聞

영고탑(寧古塔)은 토문강(土門江)에서 북쪽으로 600리 떨어진 호이합하(虎爾哈河)의 북쪽 기슭에 있다. 동쪽으로는 대해(大海)와 맞닿아 있고 서쪽으로는 오라(烏喇)와 접하며 남쪽으로는 토문(土門)과 연결되고 북쪽으로는 흑수(黑水)를 넘는다. 토지는 광활하고 산과 내는 빙 둘러 있다. 백성들의 풍속이 근검(勤儉)하고 법을 두려워하며, 승마와 궁술에 능하여 사냥을 생업으로 삼는다. 이 지역에는 시정(市井)이 없다.

영고탑은 옛날 숙신국(肅愼國)의 지역이다. 한(漢)나라・진(晉)나라 때에는 읍루국(挹婁國)의 지역이었고, 후위(後魏 북위(北魏)) 때는 물길(勿吉)이라고 하였으며, 수(隋)나라에서는 말갈(靺鞨)이라고 하였다. 당(唐)나라 때에는 속말 말갈(粟末靺鞨)이 있었으니, 대씨(大氏 대조영(大祚榮))가 이곳에 상경용천부(上京龍泉府)를 두고 국호를 발해(渤海)라 하였으며 그 동북쪽은 흑수 말갈(黑水靺鞨)에 속했다. 요(遼)나라 때에는 여직(女直 여진) 부족들의 땅이었다가 뒤에 건국하여 금(金)나라라고 하고 옛 땅에 상경회령부(上京會寧府) 및 합라로(合懶路)・휼품로(恤品路)・호리개로(胡里改路) 등을 두었다. 원(元)나라에서는 군민만호부(軍民萬戶府) 다섯 개를 설치하였으니, 도온(桃溫)・호리개(呼里改)・알타련(斡朶憐)・탈알련(脫斡憐)・패고강(孛苦江)이 모두 합란부(哈蘭府)의 수달달등로(水達達等路)에 예속되었다. 명(明)나라 초기에는 건주(建州)・모련(毛憐) 등의 위(衛)에 속하였고, 뒤에 청(淸)나라 영토에 속하게 되자 영고탑이라고 하였다.

순치(順治) 10년(1653, 효종4)에 앙방장경(昂邦章京)을 설치하였고,

강희(康熙) 원년(1662, 현종3)에 진수영고탑등처장군(鎭守寧古塔等

處將軍)으로 바꾸었으며, 15년(1676, 숙종2)에 장군(將軍)을 길림오

라성(吉林烏喇城)으로 옮기고 부도통(副都統) 등의 관리를 남겨 이곳

을 진수(鎭守)하였다.

영고탑은 성경(盛京 심양(瀋陽))에서 동북쪽으로 1,350여 리 떨어져

있고, 길림오라(吉林烏喇)에서는 동북쪽으로 540여 리 떨어져 있다.

관할하는 지역은 동서로 3,250여 리이고 남북으로 1,200리이다. 서남

쪽 330리에 위치한 늑복진하(勒福陳河)의 서쪽 기슭에 아다리성(俄多

里城)이 있는데, 청나라의 먼 선조가 삼성(三姓)의 혼란[41]을 평정하고

비로소 여기에 자리를 잡아 국호를 만주(滿洲)라고 한 곳이다.

혼춘(渾春)은 영고탑 동남쪽을 흐르는 혼춘하(渾春河)의 좌우에 있

다. 남쪽은 조선과 경계를 맞대고 있으니, 모두 고아랍(庫雅拉)[42] 등이

거주하는 곳이다. 강희 53년(1714, 숙종40)에 좌령(佐領)을 편성하고

협령(協領)과 방어(防禦)를 설치하여 관할하게 하였다. 동쪽으로 바다

---

41 삼성(三姓)의 혼란 : 삼성(三姓)은 청나라 초기 동북 지역의 주요 진영(鎭營)으
로, 만주어로는 의란합라(依蘭哈喇, ilan hala)라고 한다. 현재의 흑룡강성(黑龍江省)
의란현(依蘭縣)의 송화강(松花江)과 목단강(牧丹江)이 합류하는 곳에 있었다. 본래
삼성 지역은 극의극륵(克宜克勒)·노아륵(努雅勒)·호십합리(祜什哈哩) 세 성(姓)의
혁철족(赫哲族)이 각축(角逐)을 벌이던 곳인데, 청 태조(淸太祖)가 이를 평정하고 국
호를 만주라 칭하였다.

42 고아랍(庫雅拉) : 장백산 근처에 살던 만주족인 야인여진(野人女眞)의 일파로,
고이객(庫爾喀 Kūrka)이라고도 한다.

까지 280리이고 서쪽으로 토문강까지 20리이며 남쪽으로 바다까지 110리이고 북쪽으로 불사항산(佛思恒山)까지 120리이다.

길림오라는 영고탑에서 서남쪽으로 540여 리 떨어진 곳에 있다. 장군·부도통·협령·좌령 등의 관리를 두었고, 영고탑 장군(寧古塔將軍)도 이곳에서 진수한다.

혼춘부락(渾春部落)은 경원(慶源)에서 강 북쪽으로 10여 리 떨어진 곳에 있는데, 민간에서는 후춘(後春)이라고 부른다. 집은 분간이 안 되고 밥 짓는 연기만 바라보이는데, 모두 연통(煙筒)을 만들어놓은 것이 육진(六鎭)의 풍속과 같다. 관부(官府)는 선성(鄙城)이라고 부르는데, 후춘과 고개 하나를 사이에 두고 있고, 경원과는 70리 떨어져 있다. 협령·좌령·방어 등의 관리가 있다.

선성·후춘 등의 지역은 들판이 넓고 토지가 비옥하여 사람과 물자가 모이며, 소·말·개·돼지·나귀·노새·염소·양을 많이 기르는 것이 요양(遼陽)·심양(瀋陽)과 완전히 같다. 수십 년 전만 해도 교역하기 위해 왕래하는 것이라곤 수레 1,000량(輛), 말 400~500마리에 불과했는데, 근년에는 수레는 4,000~5,000량에 이르고 말도 마찬가지이다. 이것으로 추측하건대 인호(人戶)가 대략 5,000~6,000은 될 듯하다.

후춘부락(後春部落)에서 흥개호(興開湖)까지 길이 흑룡강 서쪽 강변으로 나 있다. 그 사이에 큰 읍락(邑落)이 많은데, 정참(程站)과 도리(道里)는 모두 미상이다.

선성은 서쪽으로 두만강과의 거리가 5리이고 동쪽으로 후춘강과의 거리가 7리이며 북쪽으로 후춘부락과의 거리가 12리이다. 성은 흙으로 쌓았고 안에 우물 여섯 개가 있다. 해관성(奚關城)이라고도 부른다.

북쪽으로 거양성(巨陽城)과의 거리가 90리이다. 산 위에 석성(石城)이 있는데, 이것이 오라손참(於羅孫站)이다. 그 북쪽 30리 거리에 허을손참(虛乙孫站)이 있고 그 북쪽 60리 거리에 유선참(留善站)이 있으며 서쪽 60리 기리에 선춘령(先春嶺)이 있다.

홍경(興京)은 성경에서 동남쪽으로 270리 떨어진 곳에 있다. 길림 오라와는 서쪽 35리에서 경계가 맞닿는다. 동서로는 225리이고 남북으로는 290리이다. 명나라 초에 건주위(建州衛)를 두었고, 청나라 초에 시조(始祖)인 조조(肇祖)[43]가 처음 여기에 살며 '흑도아라(黑圖阿喇)'라고 이름하였으며, 3대를 전하여 홍조(興祖)·경조(景祖)·현조(顯祖)[44]에 이르기까지 모두 여기에서 살았다. 태조(太祖 누르하치) 때에 이르러 성경을 건립하고, 세조(世祖) 순치(順治) 5년(1648)에 흑도아라가 왕업을 일으킨 지역이라고 하여 홍경으로 높이고 성수장경(城守章京)을 두어 지키게 하였다.

심양(瀋陽) 이북으로 신오라(新烏喇)·오모소리(吾毛所里)·삼성·칠성(七姓)·유천(柳川)·후춘 등의 고을이 흑룡강 안쪽에 있다. 팍개(愎介)에서 오라까지는 13일 거리이다.

후춘에서 오라까지는 1,300리이고 영고탑까지는 500리이며 오모소리까지는 800리이다.

회령에서 강을 건너면 서쪽으로 85리 떨어진 곳에 버려진 성터가

---

43 조조(肇祖) : 청 태조(淸太祖) 누르하치(努爾哈赤)의 6대조인 애신각라맹특목(愛新覺羅孟特穆)으로, 맹가첩목아(猛哥帖木兒)라고도 한다.

44 홍조(興祖) 경조(景祖) 현조(顯祖) : 각각 청 태조의 증조부·조부·부친인 애신각라복만(愛新覺羅福滿)·애신각라각창안(愛新覺羅覺昌安)·애신각라탑극세(愛新覺羅塔克世)이다.

있는데, 옛날에 번호(蕃胡)들이 살던 곳일 듯하다. 여기에서 분계강(分界江)까지 5리쯤이라고 한다.

회령에서 강을 건너 서쪽으로 185리를 가면 벌가토리강(伐加土里江)에 이른다. 강변에서 서남쪽으로 400여 리를 가면 오라에 이르고 서북쪽으로 300리를 가면 영고탑에 이르며 서쪽으로 160리를 가면 오모소리에 이르니, 모두 지름길이다.

북경에서 산해관까지가 700리, 산해관에서 심양까지가 700리, 심양에서 오라까지가 700리, 오라에서 오모소리까지가 500리, 오모소리에서 영고탑까지가 300리, 영고탑에서 후춘까지가 500리로 도합 3,400리이다. 말을 타고 왕래하면 40일이고, 갑절의 속도로 빨리 가면 20일이 걸린다고 한다.

선성에서 오라·영고탑으로 가는 길은 온성(穩城) 건너편으로 나 있고, 종성과의 경계에 있는 깊숙한 북쪽 지역을 지난다. 선성에서 오라까지는 7일 거리로 삼한수(三漢水)를 건너고 영고탑까지는 9일 거리로 오룡강(烏龍江)을 건넌다고 한다.

회령에서 영고탑까지의 노정
과저구(鍋底溝)까지 60리, 광비고령(光庇股嶺)까지 120리, 생격전자(生格甸子)까지 120리, 납서령(拉西嶺)까지 110리, 우집구자(寓集口子)까지 110리, 마련하가로(馬連河卡路)[45]까지 80리로 도합 600리이다.

45 마련하가로(馬連河卡路) : 가로(卡路)는 만주어 'Kälūn'을 음차 표기한 것으로, 변경의 요해처에 설치하고 군사를 두어 감시하는 초소이다.

영고탑에서 오라까지의 노정

사령참(沙嶺站)까지 80리, 필이한참(必爾漢站)까지 60리, 탑랍참(搭拉站)까지 60리, 아미소참(蛾眉所站)까지 80리, 이서참(伊西站)까지 40리, 추통침(推通站)까지 80리, 납법참(拉法站)까지 70리, 액아목참(厄阿木站)까지 80리, 오라까지 90리로 도합 640리이다.

회령에서 북경까지 3,400여 리이다.

영고탑에서 삼성까지 7일 거리이다.

후춘에서 홍기포(紅旗浦)까지 15일 거리이고, 수로로 가면 20일 거리이다.

우솔리등등기(寓率里登登磯)는 영고탑 뒤에 있다. 삼성에서 우솔리등등기까지 육로로 가면 15리이고 수로로 가면 20일인데, 모두 매우 험하다고 한다.

황산(黃山)은 무이보(撫夷堡)에서 동쪽으로 강 너머를 바라보면 겨우 10여 리 거리이다. 둥근 봉우리가 들판 가운데에 서 있는데, 빛깔이 황색이기 때문에 이런 이름이 붙었다고 한다. 매년 봄여름 어름에 산이 갑자기 허공으로 올라 누대·인마(人馬)·깃발의 모양을 이루고 바람이 불면 사라지니, 민간에서는 산유(山遊)라고 한다. 그 아래에 큰 연못이 있어 명주(明珠)가 나니, 팔지(八池)[46] 중 하나이다.

팔지는 무이보의 강 너머에 있다. 서쪽 봉수대에 올라 들판을 바라보면 팔지가 수십 리에 걸쳐 이어지며 두만강으로 들어간다. 오색 연꽃이

---

[46] 팔지(八池) : 분계강 이북의 들판에 있는 여덟 개의 호수로, 가장 서쪽의 제1지(池)부터 가장 동쪽의 제8지까지 모두 10리에 달할 정도로 거대하고 6, 7월에 오색 연꽃이 핀다고 알려졌다. 《北關紀事 興王事蹟》

피고 명주가 나니, 북방에서 유명하다. 제3지(池) 가에 흑각봉(黑角峰)이라는 산이 있고 그 아래에 금당(金塘)이라는 마을이 있으니, 목조(穆祖)가 예전에 거처하던 곳으로 곧 알동(斡東)-번음(蕃音)은 오동(烏東)이다.- 지역이다. 경흥부에서 동북쪽으로 30리 거리이다.

 덕림석(德林石)은 영고탑에서 서쪽으로 90리 떨어진 곳에 있다.《성경통지(盛京通志)》에 "아막혜지(俄漠惠池)에서 동쪽으로 사란참(沙蘭站) 남쪽을 돌아 호이합하(虎爾哈河)에 다다르면 넓이 20여 리, 길이 100여 리 되는 큰 바위가 있다. 크고 작은 구멍이 셀 수 없이 많이 나 있는데, 둥근 것도 있고 네모난 것도 있으며 6각도 있고 8각도 있으며 우물 같은 것, 동이 같은 것, 연못 같은 것도 있고 더러는 입구는 바리 같은데 내부는 깊은 동굴 같아서 한 길이나 몇 자 되는 것도 있다. 안에 샘이 있는데 맑고 짙푸른 빛이다. 물고기들이 물밑에서 헤엄치기도 하고 안에 자작나무와 느릅나무가 자라기도 하는데 여름에도 모기나 등에가 없고 사슴과 고라니가 안에 무리 지어 사니 이름하여 덕림석이다."⁴⁷라고 하였으니, 이름을 붙인 뜻을 이해할 수가 없다. 금(金)나라 사람들의 말에 "백두산 아래로 돌로는 덕림(德林)이 있고 보물로는 동주(東珠)가 있으며 사람으로는 우리 태조가 있으니, 모두 지령(地靈)이 모인 것이다."라고 한다.

47 아막혜지(俄漠惠池)에서……덕림석이다 :《성경통지(盛京通志)》권27 〈산천(山川) 길림각속(吉林各屬) 영고탑(寧古塔)〉에 이에 관한 내용이 보이는데, 자구(字句)로 볼 때 이계는《성경통지》보다는 이를 인용하여 수록한《대청일통지》권45 〈길림(吉林) 산천(山川)〉을 참고하여 저술한 듯하다.

백두산고

白頭山考

백두산(白頭山)은 무산부(茂山府)에서 서쪽으로 306리 떨어진 곳에 있다. 옛 이름은 불함산(不咸山)이다. 중국 사람은 장백산(長白山)이라 하고, 우리나라 사람은 백두산이라고 한다. 대체로 산이 매우 높고 사철 내내 얼음과 눈에 덮여 있기 때문에 이런 이름이 붙은 것이다.

《산해경(山海經)》에 "대황(大荒) 가운데에 불함(不咸)이라는 산이 있으니, 숙신씨(肅愼氏)의 나라가 있다."[48]라고 하였다.

《진서(晉書)》에 "숙신씨는 불함산 북쪽에 있다."[49]라고 하였다.

살펴건대 불함산은, 우리나라 역사에 의하면 북옥저(北沃沮)와 말갈(靺鞨)이 모두 불함산 북쪽에 있다고 하였으니, 이것으로 미루어보자면 우리나라의 경계 안에 있는 듯하다. 그러나 어느 산이 옛날의 불함산인지는 알 수 없다. 지금 백두산을 불함산이라고 일컫는 것은 어디에 근거한 것인가?

《위서(魏書)》에 "물길국(勿吉國) 남쪽에 도태산(徒太山)이 있으니, 위(魏)나라 말로 태백(太白)이다. 범·표범·곰·이리가 사람을 해치므로 사람들이 산 위에서 소변을 볼 수가 없어 산을 지나는 이들은

---

48 대황(大荒)……있다 : 《산해경(山海經)》 권17 〈대황북경(大荒北經)〉에 보인다.

49 숙신씨는……있다 : 《진서(晉書)》 권97 〈사이열전(四夷列傳) 동이(東夷) 숙신씨(肅愼氏)〉에 "숙신씨는 일명 읍루(挹婁)이니 불함산 북쪽에 있다.〔肅愼氏一名挹婁, 在不咸山北.〕"라고 하였다.

모두 물건에 담아서 간다."[50]라고 하였다.

《요지(遼志)》에 "장백산은 냉산(冷山)에서 동남쪽으로 1,000여 리 떨어진 곳에 있다. 산속의 금수가 모두 희다. 사람이 감히 들어가지 못하니, 그곳을 더럽혔다가 뱀에게 해를 입을까 두려워해서이다."[51]라고 하였다.

《금사(金史)》〈세기(世紀)〉에 "그 북쪽에 있는 것으로는 혼동강(混同江)과 장백산이 있다. 혼동강은 흑룡강(黑龍江)이라고도 불리니, 이른바 백산흑수(白山黑水)가 이것이다."[52]라고 하였다. 대정(大定) 12년(1172, 고려 명종2)에 장백산의 신을 봉하여 흥국영응왕(興國靈應王)으로 삼고 그 산 북쪽에 묘우(廟宇)를 세웠다. 명창(明昌) 연간에 다시 개천홍성제(開天弘聖帝)로 책봉하였다.[53]

《대명일통지(大明一統志)》에 "장백산은 삼만위(三萬衛)에서 동북쪽으로 1,000여 리 떨어진 곳에 있으니, 옛 회령부(會寧府)에서 남쪽으로 60리 떨어진 곳이다. 가로로 1,000리에 뻗어 있고 높이는 200리이다. 그 꼭대기에 연못이 있는데, 둘레는 80리이고 깊이를 헤아릴

---

50 물길국(勿吉國)……간다 : 《위서(魏書)》 권100 〈물길열전(勿吉列傳)〉에 보인다. '사람을 해치므로'의 원문은 '不害人'인데, 《위서》에 의거하여 '不'을 연문(衍文)으로 보아 번역하지 않았다. 이 부분이 《대청일통지(大淸一統志)》 권67 〈길림(吉林) 산천(山川)〉에는 본집과 마찬가지로 '不害人'으로 되어 있는 것으로 보아, 이계는 《위서》가 아닌 《대청일통지》를 직접적으로 참고한 것으로 보인다.

51 장백산은……두려워해서이다 : 《거란국지(契丹國志)》 권27 〈세시잡기(歲時雜記) 장백산(長白山)〉에 보인다.

52 그……이것이다 : 《금사(金史)》 권1 〈세기(世紀)〉에 보인다.

53 대정(大定)……책봉하였다 : 《금사》 권35 〈예지(禮志)〉에 보인다. 명창(明昌)은 금 장종(金章宗) 때의 연호로 1190~1196년이다.

수가 없다. 남쪽으로 흘러서는 압록강(鴨綠江)이 되고 북쪽으로 흘러서는 혼동강이 되며 동쪽으로 흘러서는 아야고하(阿也古河)가 된다."54라고 하였다. 《성경통지(盛京通志)》에 "장백산은 곧 가이민상견아린(歌爾民商堅阿隣 장백산의 만주어)이니, 선창(船廠)에서 동남쪽으로 1,300여 리 떨어진 곳에 있다."55라고 하였다. 《대명일통지》에는 "동쪽으로 흘러 아야고하가 된다."라고 하였는데 지금 살펴보면 서남쪽으로 흘러 바다로 들어가는 것은 압록강이고 동남쪽으로 흘러 바다로 들어가는 것은 토문강(土門江)이며 북쪽으로 흘러 바다로 들어가는 것은 혼동강이니, 아야고하란 이름은 아무 데에도 없다. 옛날과 지금의 이름이 달라서이다.56

《청일통지(淸一統志)》에 "장백산은 길림오라성(吉林烏喇城)의 동남쪽에 있다. 가로로 1,000여 리에 뻗어 있는데 동쪽으로 영고탑(寧古塔)에서 서쪽으로 봉천부(奉天府)에 이르기까지 산들의 줄기가 모두 여기에서 일어난다. 산꼭대기에 못이 있는데, 압록강·혼동강·토문강 세 강의 근원이 된다. 금(金)나라 때의 묘우는 훼손되었고, 본조

---

54 장백산은……된다 : 《대명일통지(大明一統志)》 권25 〈요동도지휘사사(遼東都指揮使司) 산천(山川)〉에 보이는데, 《대명일통지》에는 '아야고하(阿也古河)'가 '혼동강(混同江)'으로 되어 있다.

55 장백산은……있다 : 《성경통지(盛京通志)》 권27 〈산천(山川) 길림각속(吉林各屬) 길림(吉林)〉에 보이는데, '가이민상견아린(歌爾民商堅阿隣)'이 '과륵민산연아림(果勒敏珊延阿林)'으로 되어 있다.

56 대명일통지에는……달라서이다 : 《성경통지》 권27 〈산천 길림각속 길림〉과 《대청일통지》 권45 〈길림 산천〉에 보이는 내용인데, 《성경통지》와 《대청일통지》에는 '아야고하'가 '아아갈하(阿雅噶河)'로 되어 있다.

(本朝)에서는 장백산의 신으로 높여 성 서남쪽에 있는 온덕항산(溫德恒山)에서 망제(望祭)를 지낸다. 강희(康熙) 17년(1678, 숙종4)에 대신(大臣) 각라오목눌(覺羅吳木訥) 등을 파견하여 산에 올라 살펴보았을 때, 산기슭 한 곳에 사면(四面)이 숲으로 빽빽하게 우거졌는데 그 가운데 둥글고 평평한 곳에 초목이 나지 않는 것을 보았다. 숲을 나와 1리쯤 되는 곳에 향기로운 나무가 줄지어 있고 황화(黃花)가 무성하게 피어 있었다. 산 중턱에 구름이 자욱하게 드리워 올려다볼 수가 없었는데, 대신들이 무릎을 꿇고 칙지(勅旨)를 읽고 나자 운무(雲霧)가 싹 걷히며 산의 형체가 환히 드러났다. 오를 만한 오솔길이 있었고 그 중간에 섬돌 같은 대(臺)가 있었는데 평탄하여 사방을 조망하기에 알맞았다. 산꼭대기는 둥근 모양이고 눈이 하얗게 쌓여 있었다. 그 위에 오르자 다섯 봉우리가 관아처럼 둘러 솟았는데 남쪽의 봉우리 한 개만 조금 낮아 문과도 같았다. 가운데의 연못은 아득하여 벼랑에서 50리쯤 떨어져 있었고 둘레는 40여 리쯤이었으며 산의 사면으로 샘이 수많은 갈래로 쏟아지니, 곧 큰 세 강이 발원하는 곳이었다. 강희 23년(1684, 숙종10)에 주방협령(駐防協領) 늑출(勒出) 등을 다시 파견하여 주위를 돌며 산의 형세를 살피게 하였는데, 넓고 길게 이어진 것이 대략《명일통지》에서 말한 것과 같았다. 그 꼭대기에는 다른 나무가 자라지 않고 풀은 대부분 흰 꽃이었다. 남쪽 기슭이 끝없이 구불구불 이어져 두 줄기로 나뉜다. 그중 서남쪽으로 향하는 한 줄기는 동쪽으로 압록강, 서쪽으로 통가강(通加江 통가강(佟家江))을 접하고 기슭이 끝나는 곳에서 두 강이 만난다. 한 줄기는 산의 서쪽을 돌아 북쪽으로 수백 리나 이어지는데, 여러 하천에 의해 나뉘지므로 옛 지지(地誌)에서는 통틀어서 '분수령(分水嶺)'이라고 하였다. 지금은 서

쪽으로 흥경(興京)에 이르기까지 나무와 숲이 우거져 하늘과 해를 가리는 것을 이 지역 사람들은 납록와집(納綠窩集)이라고 부른다. 여기에서 서쪽으로 흥경의 문으로 들어가 마침내 개운산(開運山)이 된다. 납록와집에서 북쪽으로 언덕 하나가 40여 리를 뻗는데, 이 지역 사람들은 가이민주돈(歌爾民朱敦)이라고 부른다. 다시 서쪽을 향하여 영액변문(英額邊門)으로 들어가 천주산(天柱山)과 융업산(隆業山) 두 산이 된다. 산줄기가 빙빙 돌고 서려 있으므로 지역에 따라 이름을 붙여 산(山)이라고도 하고 영(嶺)이라고도 하는 등 명칭이 갖가지인데, 요컨대 모두 이 산의 지맥(支脈)이다."[57]라고 하였다. 《성경통지》에서 "선창으로부터 동남쪽으로 1,300리 떨어진 곳에 있다."라고 하였는데, 지금 살피건대 이 산은 실제로는 주(州)에서 동남쪽으로 600리 떨어진 곳에 있다.

혹자는 "개마대산(盖馬大山)이 지금의 백두산이다."라고도 한다.

백두산은 동북쪽에 우뚝하게 솟아 이적(夷狄)과 중화(中華)의 사이에 자리하고 있다. 하늘 끝까지 치솟아 1,000리가 온통 푸른데, 멀리서 보면 꼭대기가 마치 높다란 도마 위에 흰 옹기를 엎어놓은 듯하다. 대택(大澤 천지(天池)) 동쪽에 돌사자가 있는데, 색이 누렇고 꼬리와 갈기가 움직이는 듯하다. 중국 사람들은 망천후(望天犼)라고 부른다.

산세(山勢)는 경태방(庚兌方 서쪽)에서 오고, 산체(山體)는 남쪽을 등지고 북쪽을 바라본다. 그 이북은 숙신(肅愼)이고 남쪽은 요양(遼陽)과 심양(瀋陽)이다. 동남쪽은 평평하여 미미하게 맥이 이어지다가

---

57 장백산은……지맥(支脈)이다 : 《대청일통지(大淸一統志)》 권45 〈길림 산천〉의 '장백산(長白山)' 조에 보인다.

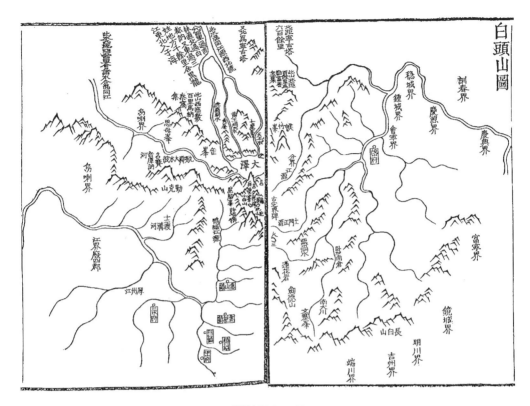

백두산도 白頭山圖

세 번 웅크려 기슭을 이루고 손사방(巽巳方 동남쪽)으로 내려와 분수령이 된다. 이것이 삼한(三韓)의 산과 내의 조종(祖宗)이다.

　백두산 꼭대기는 가운데가 푹 꺼져 못이 되었는데, 둘레는 40~50리이고 깊이는 100여 길이다. 비가 와도 넘치지 않고 비가 오지 않아도 줄지 않아 푸른 물결이 도도하니 사람들이 감히 다가가서 보지 못한다. 꼭대기의 네 모서리에 각각 봉우리가 우뚝하게 서 있는데, 정오방(正午方 정남방)의 한 줄기가 못 안으로 쑥 들어가 수구(水口)로 곧장 치닫는다. 못을 돌며 둘레를 헤아려보면 12,000보이고, 밑에서 꼭대기까지

세어보면 1,800보이며, 수구의 동서 너비는 150보쯤, 남쪽 가지가 쑥 들어간 길이는 300여 보쯤 될 만하다. 꼭대기에서 통틀어 네 모서리의 둘레를 헤아려보면 80~90리는 된다. 북쪽의 터진 곳에서 서쪽으로 흘러 압록강이 되고 북쪽으로 흘러 혼동강이 된다. 동쪽의 한 줄기는 겹겹의 봉우리와 암석 사이를 숨어서 흐르다가 비로소 토문강이 되니, 곧 두만강의 상류이다.

대택의 물은 곧 신령하고 빼어난 원기가 모인 것이다. 수구가 북쪽으로 터져 경박호(鏡泊湖)로 흘러가고 네 모서리의 큰 맥은 모두 청나라의 소유이며, 산 뒤의 작은 기슭이 면면히 이어져 와서야 우리의 소유가 된다. 저들은 오롯한 것을 얻고 우리는 치우친 것을 얻었으니, 완안씨(完顔氏 금(金)나라) 이래로 흑수(黑水)와 백산(白山) 사이에서 공업(功業)을 일으켜 번갈아가며 중국 땅의 주인이 되는 것은 이 때문일 것이다.

증봉(甑峰)·부봉(缶峰)·사모봉(思母峰)은 오라에서 700리 떨어져 있다. 호선동(虎扇洞)에는 큰 마을이 있으니, 호장(胡將) 이대재(李大才)가 살던 곳으로 백두산에서 300리 떨어져 있다. 청봉(靑峰)의 곁에 양봉(兩峯)이 있다. 일명 방명(方命)이라고도 하고 설령(雪嶺)이라고도 하는데, 무엇이 옳은지 알지 못하겠다. 모두 소나무·노송나무가 많이 자라는 곳이다.

황토동(黃土洞)과 성토동(星兔洞)은 광활하게 트여 몇백 리나 되는지 알 수 없다. 평원 가운데에 우뚝 솟은 칠성봉(七星峰)은 푸른 소나무와 노송나무가 하늘 높이 서 있고, 그 아래의 끝없이 펼쳐진 광활한 평지도 인삼과 담비가 많이 생산되는 곳이다.

대택 아래로 10여 리도 되지 않은 곳에 연지봉(臙脂峰)이 있다. 그 아래에는 소백산(小白山)이 있고 소백산 아래에는 세 개의 작은 연못[58]이 있다. 그보다 더 아래에는 침산(枕山)이 있는데, 산의 모습이 베개 같기에 이러한 이름이 붙었다. 곁에 허항령(虛項嶺)[59] 길이 있어 혜산(惠山)·운화(雲化) 등 여러 진(鎭) 및 삼수(三水)·갑산(甲山)으로 가는 길로 곧장 통하는데, 가파르고 험준하여 사람이 감히 다니지 못한다.

대택에서 서북쪽으로 10리 아래에 구항연(九項淵)이 있으니 거대한 못이다. 청나라 측의 이름으로는 새음고눌하(賽音庫訥河)이다. 구항연 곁에 학성(鶴城)이 있는데, 어느 시대에 건축한 것인지를 알지 못한다. 평원과 광야는 인삼밭, 담비 굴이다.

침산 아래에 포모산(抱慕山)이 있다. 포모산 남쪽에 큰 내가 하나 있는데, 겹겹의 봉우리와 많은 산들 사이인데도 넓게 트이고 평평하게 펼쳐져 있으며 마른 갈대와 거여목이 가장 우거진 곳이다. 이곳은 아마도 무산부를 처음 둔 곳일 듯하다.

포모산 아래에 연화암(蓮花巖)이 있다. 연화암 아래에 검덕산(劍德山)이 있고 그 아래에는 문새봉(文塞峰)이 있으며 경성·명천·길주 등의 고을 및 각 진보(鎭堡)가 그 사이에 바둑돌처럼 얼기설기 펼쳐져 있다.

대편봉(大編峰) 아래에 황산(黃山)이 있고 그 아래에 남증산(南甑山)이 있으며 그 아래에 이구산(尼丘山)이 있고 회령·종성·온성 등

---

58 세……연못 : 현재의 북한 양강도 삼지연시의 삼지연(三池淵)을 가리킨다.

59 허항령(虛項嶺) : 원문에는 '虛頂嶺'으로 되어 있는데, 《이계전서(耳溪全書)》에 의거하여 '頂'을 '項'으로 바로잡아 번역하였다.

의 고을 및 각 진보가 그 밖에 늘어서 있다고 한다.

천상수(天上水)는 흑룡강의 발원지인데, 물줄기가 넓은 들로 흘러 나오면 좌우에 깎아지른 듯한 봉우리 두 개가 서 있다. 이름이 후죽봉(帿竹峰)으로 높이가 몇천 길인지 알지 못하는데, 모두 호인(胡人)들이 채집하고 사냥하는 곳이다.

백두산 뒤의 평야에 두 가닥으로 서 있는 바위가 있는데, 모양이 후죽(帿竹)과 같고 빛깔은 옥과 같이 희며 높이는 몇 길인지를 알지 못한다. 흑룡강의 원류가 그 안에서 나온다고 한다.

백두산에서 인묘방(寅卯方 동쪽)으로 200여 리 가면 무산(茂山)의 사지촌(社地村)이니, 비로소 우리 경내로 들어온다.

북증산(北甑山)은 백두산 아래에서 곤방(坤方 남서쪽)으로 40여 리 떨어진 곳에 있다. 석성(石城)이 있는데 둘레가 크고 문루(門樓)와 관아의 터가 지금까지도 완연하다. 어느 시대에 만들어진 것인지는 알지 못하지만 버려진 것은 수십 년밖에 안 되었다고 한다.

홍흑석산(紅黑石山)은 퉁가강 북변(北邊)에 있는데, 봉우리 위에 붉은 돌과 검은 돌이 있기 때문에 이러한 이름이 붙었다. 병사봉(兵使峰) 앞에 철비(鐵碑)가 있고 서출령(西出嶺) 위에도 철비가 있는데, 옛날에 경계를 나눌 때 세운 것이라고 한다.

산에 마른 도랑이 있고 도랑의 남쪽 기슭에 돌덩이가 줄지어 늘어서 있다. 혹 10무(武)에 한 덩이, 혹 20무에 한 덩이인데, 이를 정계표석(定界標石)이라고 한다. 도랑을 따라 서쪽으로 수십 무를 가다가 평지에서 꺾어 북쪽으로 50~60무를 가면 도랑이 끝나고 비석이 있다. 비석에 "오라 총관(烏喇總管) 목극등(穆克登)이 칙지(勅旨)를 받들고 변경을 조사하였다. 여기에 이르러 살펴보니 동쪽은 토문강이고 서쪽은 압록강으로, 여기에 경계를 정한다. 강희 51년(1712, 숙종38) 5월 15일."이라고 하였다. 비석 뒤로 다시 수십 무를 올라가면 동쪽과 서쪽에 마른 도랑이 하나씩 있는데, 서쪽 도랑은 '도탄(逃灘)'으로 압록강으로 들어가고, 동쪽 도랑은 '토문(土門)'으로 선성(宣城)에서 두만강과 만난다. 목극등이 돌아간 뒤에 보낸 이문(移文)에 "비석을 세운 뒤 토문의 근원으로부터 물의 흐름을 살펴보니, 수십 리에 이르도록 물의 흔적이 보이지 않은 채 바위틈으로 흐르다가 100리에 이르러서야 비로소 큰 물길이 나타난다. 이 물 없는 곳은 어떻게 해야 사람들로 하여금 국경이 있는지 알게 하여 서로 범하지 않게 할 수 있겠는가?"라고 하였다. 우리나라에서 토문강의 근원이 끊기는 곳에 흙을 쌓거나 돌을 모으고 울타리를 세워 하류에 잇자고 회답하였다고 한다. 비석을 세운 곳에서 동쪽으로 30리 떨어진 곳에 목책과 흙 돈대를 설치하여 천평(天坪)까지 이으니, 이곳이 두만강이 솟아나는 곳이다.

장파(長坡)에서 분수령까지 지세(地勢)가 평탄하니, 통틀어 천평이라고 한다. 천평 위에서도 이미 큰 산들이 무릎 아래에 있는 것처럼 보이는데 분수령에서 꼭대기에 이르려면 또 곧장 8, 9리를 올라가야 하니, 그 높이가 이와 같다. 천평에서 우리나라 땅에 속한 부분이 무려 수백 리이고, 또 두만강·토문강 이북, 압록강·파저강(波猪江) 이서(以西), 혼동강의 좌우 지역이 모두 천평에 속하는데 천평은 모두 백두산에 속하니, 그 넓이가 또 이와 같다. 종종 큰 연못이 천평에 드문드문 퍼져 있는데, 사방을 내려다보면 별자리가 펼쳐져 있는 것처럼 찬란하다.

무산부로부터 난 한 가닥 길이 임강대(臨江臺)를 거쳐 삼산덕창(三山德倉) 및 와가창(瓦可倉)에 이른다. 대편봉 아래에 옛 객관(客館)이 있고 객관 옆에 연못 하나가 있다. 대편봉에 올라 바라보면 하나의 띠 같은 긴 산이 병풍처럼 굽어 돌고, 분계령 안에서 두만강 바깥에 이르는 평평하고 넓은 평야가 끝도 없이 아득하며, 수풀이 우거진 지역이 육진의 넓이보다도 넓다.

사모봉(思母峰)에서 서쪽으로 이어진 수백 리가 납진와집(納秦窩集)이다. 《청일통지》에 "길림오라성에서 남쪽으로 730리 떨어진 곳에 있다. 장백산 북쪽의 여러 겹 높은 산에 있는 깊고 우거진 나무숲이니, 하천들이 여기에서 많이 발원한다."[60]라고 하였다. 대체로 산에 숲이 무성한 것을 '와집(窩集)'이라고 한다. 〈기가격물편(幾暇格物編)〉에 "와집은 동쪽으로 바닷가에 이르고 오라와 흑룡강 일대에 접한다. 서쪽으로는 악라사(鄂羅斯 러시아)에 접한다. 혹은 넓게 혹은 좁게 우거지고 빽빽한 나무숲이 비늘같이 늘어서고 즐비하여 햇볕이 거의 들지 않는다. 소나무·측백나무 및 여러 가지 거목들이 모두 같은 것끼리 모여 자라서 다른 나무와 섞이지 않는다. 숲속에 낙엽이 늘 몇 자는 쌓여 있어 샘물이나 빗물도 여기에 이르러서는 흐르지 못하므로 온통 진창이 되어 사람이 다니기 매우 어렵다. 곰·멧돼지·담비·흑서(黑鼠)·백서(白鼠)·회서(灰鼠) 등의 동물이 모두 잣·도토리를 먹고 산다. 또 인삼 및 여러 가지 약재가 나는데 사람이 구분하지 못하는 것이 많다. 남방의 호광(湖廣)·사천(四川)과 비슷하다."[61]라고 하였다.

---

60 길림오라성에서⋯⋯발원한다 : 《대청일통지》 권45 〈길림 산천〉에 보인다.

61 와집은⋯⋯비슷하다 : 《성조인황제어제문집(聖祖仁皇帝御製文集)》 제4집 권26 〈강희기가격물편(康熙幾暇格物編) 와집(窩集)〉에 보인다.

후죽봉 뒤에 또 봉우리 하나가 있는데 북쪽으로 100여 리 이어져 늑부선와집(勒富善窩集)이 된다.

납녹와집(納綠窩集)은 분수령의 숲이 우거진 곳으로, 둘레가 수십 리이다. 심양성(瀋陽城) 남쪽과 흥경(興京) 경계 안의 하천들이 여기에서 많이 발원한다.

백두산 북쪽에서 영고탑과의 거리는 600여 리라고 한다.

백두산 원맥(元脈)은 동남쪽으로 30리를 달려가 연지봉(臙脂峰)이 된다. 다시 나뉘어서 소백산이 되고, 다시 서남쪽을 향하여 침봉(枕峰)이 된다. 침봉 남쪽으로 완만한 비탈이 30여 리 떨어져 나와 허항령이 되고, 남쪽을 향해 가로로 네 개의 맥으로 떨어져 그대로 네 개의 동(洞)을 이룬다. 첫째는 임련수천(臨連水川), 둘째는 자개수천(自開水川), 셋째는 비비수천(飛飛水川), 넷째는 검천(劍川)으로, 각 동의 물이 남쪽으로 흘러 압록강으로 들어가니, 사람이 살지 않는 지역이다. 또 보다회산(寶多會山)에서 떨어져 나온 맥이 남쪽에서 오씨천동(吳氏川洞)이 되는데, 동의 입구 냇가에 혜산보(惠山堡)를 설치하였다. 보다회산의 정맥(正脈)이 동쪽으로 달려 가리봉(加里峰)·완항령(緩項嶺)이 된다. 가리봉과 완항령 사이의 맥 하나가 다시 남쪽으로 떨어져 나와 허천강(虛川江)의 허봉(虛峰)에서 멈추는데, 산 동쪽 동(洞)에는 운총보(雲寵堡)를 설치하고 서쪽 동에는 동인보(同仁堡)를 설치하였다. 완항령에서 동남쪽으로 달려 또 재가 일어나고, 재에서 또 남쪽으로 맥 하나가 떨어져 나와 갑산에서 멈춰 고을의 진산(鎭山)이 된다. 설령(雪嶺)에서 그대로 동남쪽으로 달려 두리산(頭里山)을 일으키니 남쪽은 갑산이고 동쪽은 길주인데, 이 산에서 나뉘어 왼쪽으로 떨어져 나간 것은 길주의 참두령(斬頭嶺)이 되고, 오른쪽으로 떨어져 나간 것은 갑산의 감평령(甘坪嶺)이 된다. 두 재의 본줄기가 남쪽으로 달려 단천(端川)의 황토령(黃土嶺)이 되고, 참두령의 왼쪽 맥 중 하나가 수십 리 이어져 동쪽으로 응봉(鷹峯)을 일으킨다. 응봉의 꼭대기에서 맥 하나가 북쪽으로 수십 리를 달려 서북진(西北鎭)이 된다. 서북진 위 수십 리쯤 되는 곳에 양파관(陽坡關)의 이양춘(李陽春) 터[62]가 있다. 서북진의 북쪽에 옛 장군파보(將軍坡堡)가 있고, 서북진의 서북쪽에 옥천동(玉泉洞)・서대동(西大洞) 등의 두 동이 있다. 서북진에서 북쪽으로 장백산령(長白山嶺)까지의 거리는 130여 리이고, 북쪽으로는 옥천동까지 40여 리, 서쪽으로는 서대동까지 30여 리, 장군파(將軍坡)까지 10여 리, 길주까지 40리이다. 장백산령 및 서대동・옥천동・장군파 등으로 가는 길은 모두 길주에서 관할한다.

백두산의 남쪽 갈래는 갑산의 동쪽을 거쳐 두리산이 되고, 단천부(端川府)에서 북쪽으로 300여 리 떨어진 곳에 이르러 두 갈래로 나뉜다. 한 갈래는 동북쪽으로 가 장백산이 되어 우뚝이 함경북도 산들의 조종이 되고, 다른 한 갈래는 서남쪽으로 꺾여 단천부 북쪽의 경토령(慶土嶺)・천수령(天秀嶺)・후치령(厚峙嶺)・황초령(黃草嶺) 등이 되며, 남쪽에서는 철령(鐵嶺)[63]이 되어 함경남도 산들의 뿌리가 된다. 두 갈래 사이에서 뽑혀 나온 것이 토라산(吐羅山)이 되니 민간에서 검의덕산(檢義德山)이라고 부르는데, 산세가 높고 험하기론 함경도 전

---

62 이양춘(李陽春) 터 : 이양춘은 속세를 피해 이 지역으로 와 살던 사람들이 이룬 마을의 촌장으로, 그들의 마을이 서북민들에게 발견되자 무리를 이끌고 서쪽 어디론가 떠났다고 한다. 《雪海遺稿 卷2 謫明川時日記》

63 철령(鐵嶺) : 원문은 '鎭嶺'인데, 사실과 맞지 않아 《신증동국여지승람》・〈대동여지도(大東輿地圖)〉 등의 자료에 의거하여 '鎭'을 '鐵'로 바로잡아 번역하였다.

체에서 으뜸이다. 그 꼭대기에 오르면 남쪽으로는 안변(安邊)까지, 동북쪽으로는 회령과 경흥까지, 서쪽으로는 설렬한령(薛列罕嶺)에 이르기까지 산들이 눈앞에 빽빽한데, 깊은 산골 그늘진 곳은 한여름에도 쌓인 눈이 녹지 않고 중턱에는 은광(銀鑛)이 있다. 동북쪽 갈래의 남은 가지가 마천령(磨天嶺)이 되고, 서남쪽 갈래는 북청(北青)의 북쪽을 지나면 가지 하나가 다시 꺾여서 동쪽으로 이어지다가 단천부 서쪽에 이르러 마운령(磨雲嶺)과 두리산[64]이 된다. 좌우의 재와 봉우리의 꼭대기가 높고 평평하여 모두 큰 비탈을 이룬다. 북관 사람들은 완만한 비탈을 모두 '덕(德)'이라고 하는데, 북로(北路)의 산들 중에 '덕'으로 이름을 지은 산이 많은 것은 이 때문이다.

　백두산 대택의 네 면은 벽이 문처럼 서 있으니 물이 이를 통해 나간다. 북쪽 물줄기는 청나라 땅에 있는 후죽봉 사이와 북증산의 뒤로 흐르니, 곧 흑룡강의 근원이다. 백두산에서 진사방(辰巳方 동남쪽)으로 몇 리쯤 떨어진 곳에 열린 골짜기에서 샘이 솟아 나와 서남쪽으로 흘러가니, 이것이 압록강의 상류이다. 분수령 아래에 있는 정계비(定界碑) 아래에 목책을 수십 리에 걸쳐 세우고 목책 아래에 흙 돈대를 쌓아 동쪽으로 대각봉(大角峰)에 이르니, 정계비를 세운 곳부터 대각봉까지의 거리는 40리이다. 대각봉의 아래에서 샘물이 솟아 나와 동쪽으로 청나라 땅에 있는 진장산(鎭長山)과 우리 땅의 남증산 사이로 흘러드니 이것이 두만강의 상류인데, 삼산덕(三山德)을 지나 서북천

64　두리산 : 《신증동국여지승람》 권49 〈함경도(咸鏡道) 단천군(端川郡)〉에는 '두을외대령(豆乙外大嶺)'으로 기록되어 있다. 앞서 언급된 길주와 갑산 사이에 있는 두리산과는 별개의 산이다.

(西北川)과 합류한 뒤에 수세(水勢)가 자못 커지고 조금 깊어진다. 백두산 동쪽으로부터 장파 서쪽까지, 허항령 북쪽으로부터 대각봉 남쪽까지 넓게 열린 큰 들은 한 번 바라봄에 끝이 보이지 않으니, 이른바 천평이다. 천평의 북쪽으로 대가봉 아래에 감토봉(甘土峰)·입모봉(笠帽峰)·남증산·노은산(蘆隱山) 등의 산들이 있는데, 봉우리가 땅 위로 불쑥 솟아 있다. 이어지는 형세가 연지봉에서부터는 있는 듯 없는 듯하더니 산의 맥이 장파에서 그친다. 허항령 북쪽 아래에 삼지(三池)가 있고 삼지 아래로 10여 리 떨어진 곳에서 내가 또 솟아 나와 북쪽으로 흐르는데, 삼산덕을 지나 강으로 흘러든다. 허항령에서 무산부까지의 거리는 250리로, 이틀 밤을 노숙해야 도착한다. 보다회산 뒤쪽 봉우리에서 북쪽으로 달려 100리 넘게 이어지며, 중간에 진장성(眞長城) 및 연암(蓮巖) 등의 지역이 된다. 조금 동쪽을 향해 감싸듯 돌아 정맥이 곧장 강변의 삼산덕에서 그친다. 완항령과 가리봉 사이로부터 동남쪽에 추봉(錐峰)이 솟아 있다. 장백산 옥천동의 뒤쪽 봉우리로부터 또 맥 하나가 서북쪽으로 떨어져 나와 100여 리를 가서 삼봉(三峰)에서 그치며 연암과 결구(結口)하니, 그 사이가 이른바 여진평(女眞坪)이다. 보다회산·완항령 아래에서 가리봉·추봉 위까지의 거리가 몇 리인지는 알지 못한다. 삼산의 맥은 가로로 떨어져 나와 들판이 열리는데, 매우 넓다.

대택의 물이 남쪽으로 흘러 압록강이 된다. 수백 리를 복류(伏流)하다가 남쪽에서 나와 혜산강(惠山江)이 되어, 꺾여서 서북쪽으로 흘러 삼수·갑산·후주(厚州)를 지난다. 오른쪽으로는 국경 밖의 십이도구(十二道溝)-청나라 땅이다.-를 지나는데, 서쪽으로 꺾여서 남쪽으로 평안도 폐사군(廢四郡)의 강계(江界)와 위원(渭源)의 경내로 흘러들어 독로강(禿魯江)과 합류하고 초산(楚山)의 산양회(山羊會)에 이르러 국경 밖의 통가강-청나라 땅이다.-과 만난다. 왼쪽으로는 동건강(童巾江)과 만나 벽동(碧潼)과 창성(昌城)을 지나 의주(義州)에 이르러 적도(赤島)에서 동쪽으로 세 갈래로 나뉘는데, 하나는 남쪽으로 흘러 모여 구룡연(九龍淵)이 되고, 하나는 서쪽으로 흘러 서강(西江)이 되며, 하나는 가운데로 흐르는데 소서강(小西江)이라고 한다. 검동도(黔同島)에 이르러 다시 하나로 합쳐졌다가 수청량(水青梁)에 이르러 또 두 갈래로 갈라지는데, 하나는 서쪽으로 흘러 적강(狄江)과 합류한다. 다른 하나는 남쪽으로 흘러 대강(大江)이 되고, 위화도(威化島)를 돌아 암림곶(暗林串)에 이르러서 서쪽으로 흘러 미륵당(彌勒堂)에 이른 뒤에 다시 적강과 합류하여 대총강(大總江)이 되어 서해로 들어간다. 이상이 우리나라 경계 안의 것이다. 중국의 경계 안에 있는 것은 강이 영길주(永吉州)에 속하는데, 영길주에서 동남쪽으로 1,300여 리 떨어진 곳에서 서남쪽으로 흘러 바다에 들어가는 것이 압록강이다. 서쪽에서 염난수(鹽難水)와 합류하고 서남쪽에서 또 통가강과 합류하여 500여 리를 가서 봉황성의 동남쪽을 돌아 바다로 들어가는데, 강의 동남쪽이 조선의 의주(義州)와의 경계이다. 주자(朱子)가 "여진이 일어난 곳에 압록강이 있다."[65]라고 하였고,《황여고(皇輿考)》에 "천하에 큰 강이 셋 있는데, 황하(黃河)와 장강(長江), 그리고 압록강이다. 그러나 압록강은 또한 외이(外夷)의 땅에 있다."라고 하였다.《송사(宋史)》에 "고려에서 이 강이 가장 크니 물결이 맑고 투명하다. 그 나

---

65 여진이……있다 :《주자어류(朱子語類)》권68〈주례(周禮) 지관(地官)〉에 보인다.

라가 이것을 믿고 천연의 요새로 여긴다. 물의 너비가 300보이다."[66]
라고 한 것이 이것이다.

대택의 물이 북쪽으로 흘러 혼동강이 되니, 지금의 이름은 송화강
(松花江)이다. 장백산에서 발원하여 북쪽으로 흘러 낙니강(諾尼江)·
흑룡강 등과 합류하여 바다로 들어가니, 옛날의 속말수(粟末水)이다.
《위서(魏書)》에 "물길국(勿吉國)에 큰 강이 있으니 너비가 3리 남짓이
고 이름이 속말수이다."[67]라고 한 것이 이것이다. 강에 동쪽과 서쪽
두 근원이 있는데 동쪽 근원은 장백산 꼭대기의 못에서 나와 급히 여울
져 쏟아져 내리니, 이 천 길의 폭포를 민간에서 토랍고(土拉庫)라는
이름으로 부른다. 두 갈래로 나뉘어 흐르는데 동쪽 갈래는 대토랍고
(大土拉庫)이고 서쪽 갈래는 소토랍고(小土拉庫)로, 수십 리를 흘러서
만난다. 그 동쪽에 또 낭목낭고하(娘木娘庫河)·합극통길하(合克通吉
河)가 있는데, 모두 산의 동쪽에서 발원하여 북쪽으로 흘러들어간다.
서쪽 근원도 두 갈래가 있는데 동쪽 갈래는 액흑눌음하(額黑訥音河)이
고 서쪽 갈래는 새음눌음하(賽音訥音河)로, 모두 장백산 서쪽에서 발
원하여 북쪽으로 흐르다가 동쪽 갈래 및 여러 샘과 만나 하나가 되고,
또 북쪽으로 흐르다가 여러 하천과 모인다. 주성(州城 길림오라성)의
동남쪽을 돌아 북쪽으로 흘러 경계를 벗어나고, 꺾여 서북쪽으로 가
백도눌성(白都訥城)의 서쪽을 돌아 또 북쪽으로 흐르다가 낙니강의

66　고려에서……300보이다 : 《송사(宋史)》가 아닌 《통전(通典)》 권186 〈변방(邊
方) 동이(東夷) 고구려(高句麗)〉 등에 보인다.

67　물길국(勿吉國)에……속말수이다 : 《위서(魏書)》 권100 〈물길열전(勿吉列傳)〉
에 보인다.

물과 만나고, 다시 동북쪽으로 꺾여 남쪽에서 온 호이합하(虎爾哈河)와 만난다. 다시 동북쪽으로 600여 리 가서 서북쪽에서 온 흑룡강과 만나고, 다시 200여 리를 가서 남쪽에서 온 오소리강(烏蘇哩江)과 만나고, 다시 조금 꺾여 북쪽으로 흐르다가 걸륵아(乞勒雅 기륵이(奇勒爾))·흑진(黑眞 혁철(赫哲))·비아객(飛牙喀) 제부(諸部)의 땅을 지나 동쪽 바다로 들어간다. 발원하는 곳부터 바다로 들어가는 곳까지 총 3,500여 리이다. 요(遼)나라·금(金)나라 이래로 명칭이 일관되지 않고 기록된 내용이 어그러진 것이 많았다. 이를테면 《금사》에 흑수를 거란(契丹)이 혼동강이라 지목하였다는 것[68]은 혼동강을 흑룡강으로 오해한 것이다.

대택의 물이 동쪽으로 흘러 토문강이 된다. 근원이 장백산에서 나와 동북쪽으로 흘러가다가 북쪽을 돌고 다시 동남쪽으로 꺾여서 여러 강들과 만나 바다로 들어간다.

토문강은 근원이 백두산의 묘방(卯方 동쪽)에서 발원하여 곤방(坤方 남서쪽)의 북증산 앞까지 흘러 두만강이 되고 동남쪽으로 흘러 바다로 들어간다. 강희 54년(1715, 숙종41)에 혼춘의 고이객제(庫爾喀齊) 등은 조선과 토문강만을 사이에 두고 있으므로 주민들이 왕래하며 문제를 일으킬까 염려된다고 하여 장수 안도립(安都立)·타목노(他木弩)로 하여금 집과 천막을 즉시 철거하게 하고, 영고탑 관병(官兵)의 둔장(屯莊)과 함께 모두 강에서 조금 멀리 떨어져 거주하도록 하였다. 이때

68　금사에……것 : 《대금국지(大金國志)》 권18 〈기년(紀年) 세종성명황제(世宗聖明皇帝)〉의 흑수(黑水)의 옛 이름이 속말하(粟末河)였는데 요 성종(遼成宗) 때 이름을 혼동강으로 바꿨다는 내용을 가리키는 듯하다.

부터 강에서 가까운 연안 지역에 집을 짓거나 농사를 짓는 것을 모두 엄격히 금하였다고 한다.

퉁가강(佟家江)은 근원이 장백산 남쪽의 분수령에서 나온다. 샘이 세 개 있는데, 골짜기 안에서 나와 하나로 모인 뒤 서남쪽으로 흘러 합이민하(哈爾民河) 등의 강물을 받아들인다. 압록강이 동쪽에서 와서 만나고 남쪽으로 흘러 바다로 들어간다. 《청일통지》에 "강이 길림오라성에서 남쪽으로 802리 떨어진 곳에 있으니, 퉁가강(通加江)이라고도 한다. 남쪽으로 흘러가 압록강과 만나니, 옛날의 염난수이다."[69]라고 하였다.

퉁가강의 지류 하나가 흑룡강으로 들어가는데, 물과 흙이 모두 붉어서 주온천(朱溫川)이라는 이름이 붙었다. 홍흑석산에서 흘러나온 듯하다.

퉁가강에는 진주가 많이 난다. 매년 북경에서 오라·영고탑으로 하여금 군인(軍人)을 정하여 채취해서 바치게 한다. 기축년 이후에 선성장군(鄙城將軍)에게 군공(軍功)이 있다고 하여 퉁가강 이북 지역을 떼어주었으므로 이제는 선성에서 생산된다고 한다.

분계강(分界江)은 근원이 백두산 술해방(戌亥方 서북쪽)에서 나와 북증산 뒤의 할난(割難) 지역까지 흘러 남해로 들어간다. 지류 하나가 온성의 경계에 이르러 두만강에 닿는다고 한다. 토문강과 분계강 사이는 110여 리 거리이다.

분계강에서 벌가토강(伐加土江)까지 70여 리이고 벌가토강에서 퉁가강까지 140여 리이며, 퉁가강에서 주온천까지 15리쯤이고 주온천에

---

69 강이……염난수이다 : 《대청일통지》 권45 〈길림 산천〉에 보인다.

서 흑룡강까지 350리쯤이라고 한다.

흑룡강은 흑룡강성(黑龍江城) 동쪽에 있으니, 옛 이름은 흑수이고 완수(完水)라고도 하며, 또 실건하(室建河), 알난하(斡難河)라는 이름도 있다. 근원이 객이객(喀爾喀) 북쪽 경계의 긍특산(肯特山)에서 나오는데, 이 지역 사람들은 오눈하(敖嫩河)라고 한다. 작은 강들과 만나 동북쪽으로 흘러서 이포초성(尼布楚城)을 거쳐 남쪽으로 내지(內地)로 들어간다. 또 동쪽에 있는 고륜호(枯淪湖)에서 흘러나온 액이고납하(額爾古納河)가 서남쪽에서 와서 만나 아극살성(雅克薩城) 남쪽까지 흐르다가 꺾여서 동남쪽으로 흐른다. 흑룡강성에서 북쪽으로 90리 떨어진 곳에 이르러 정계리강(淨溪里江)의 물이 북쪽에서 흘러들어오고, 흑룡강성을 돌아 동남쪽으로 흐른다. 다시 남쪽으로 흐르다가 북쪽에서 온 우만하(牛滿河)를 받아들이고 또 동쪽으로 흘러 혼동강과 만나 여기에서부터 합류한다. 또 동쪽의 오소리강이 남쪽으로부터 흘러들고 다시 동북쪽으로 꺾여서 혁림하(革林河)·형곤하(亨滚河) 등의 물을 받아들이고 바다로 들어간다. 강희 22년(1683, 숙종9)에 장군과 부도통(副都統)을 두고 성을 쌓아 지키게 하였다.

흑룡강은 백두산의 북쪽에서 나와 퍅개(愎介) 지역을 지나 혼동강과 합류하여 바다로 들어간다. 강의 좌우에 허전인(許全人)[70]이 산다. 허전인들은 까마귀 고기, 사슴 몸통, 소 다리를 먹는다. 퍅개 사람들도 고기를 먹고 개가 끄는 수레로 짐을 끌게 하며 부린다고 한다.

---

70 허전인(許全人) : 흑룡강 유역에서 수렵·어로 생활을 하던 민족인 혁철족(赫哲族)으로 흑진(黑眞), 흑근(黑筋)으로 쓰기도 하고, 러시아에서는 나나이(Нанай)인이라고 한다.

두만강은 근원이 백두산 남쪽의 갑산에 있는 천평에서 발원한다. 동쪽으로 흘러 어윤강(魚潤江)이 되고 육진과 청나라 땅을 도는데 허항령 북동쪽의 물과 후춘 남산(南山)의 물을 모두 만난다. 남북으로는 200~300리이고 동서로는 600~700리이다. 경흥의 녹둔도(鹿屯島)에 이르러 바다로 들어간다. 지금 강의 남쪽은 우리 영토에 속하고 북쪽은 영고탑에 속한다.

두만강이 바다로 들어가는 곳을 슬해(瑟海)라고 부른다. 무이보(撫夷堡)의 서쪽 봉수대에 올라 바라보면 검푸른 빛이 하늘과 맞닿아 있다.

두만강에서 흑룡강에 이르기까지 남해(南海)를 향해 가는 거리는 570여 리이다. 남해란 저들이 지칭하는 남해이다.

해로고
海路考

동해안은 경흥(慶興)의 조산포(造山浦) 남쪽에서 서남쪽을 향해 비스듬히 이어져 경성(鏡城)에 이르고 경성의 남쪽에서 어랑포(漁郞浦)까지 이르고 어랑포에서 동쪽으로 꺾여 가을마산(加乙亇山)이 다하는 곳까지 이른다.-산 북쪽은 경성에 속하고 산 남쪽은 명천(明川)에 속한다.- 가을마산의 남쪽에서 서남쪽을 향해 꺾여 다시 길주(吉州)의 문암(門巖)[71]에 이르고 성진(城津)에서 남쪽을 향하여 호타봉대(胡打烽臺)의 동쪽에 이르며, 단천(端川)에서 서남쪽을 향해 비스듬히 이어져 정평(定平)에 이르고 영흥(永興)에서 남쪽을 향하다가 잠깐 서쪽으로 가 덕원(德源) 북쪽에 이른다.

경흥의 서수라(西水羅)에서 노구산(蘆丘山)-15리(里)-, 적도(赤島)-5리-, 웅상진(雄尙津)-10리-, 경원의 굴항(屈項)-10리-, 비파항(琵琶項)-5리-, 창구미(倉仇味)-5리-, 수리단(愁裏端)-10리-, 독곶(督串)-10리-, 온성(穩城)의 광고개(廣古介)-15리-, 미조구미(彌造仇味)-5리-, 신진(新津)-10리-, 종성(鍾城)의 신무어구미(新無於仇味)-10리-, 유진(楡津)-10리-, 방하곶(方下串)-3리-, 피구미(被仇味)-5리-, 초도경(草島境)-10리-, 회령(會寧)의 신방기(新房基)-15리-, 선구미(船仇味)-20리-, 무산(茂山)의 판판구미(坂判仇味)-25리-, 가련단(可憐端)-15리-, 보동동

---

71 문암(門巖) : 원문은 '門嚴'이나 사실과 맞지 않아 《만기요람(萬機要覽)》〈군정편(軍政篇) 해방(海防)〉 등의 문헌에 의거하여 '門巖'으로 바로잡아 번역하였다.

(寶東洞)-10리-, 부령(富寧)의 신질동진(新叱洞津)-25리-, 용제포(龍臍浦)-10리-, 상포진(床浦津)-15리-, 연천(連川)-15리-, 기도구미(碁道仇味)-5리-, 청진(靑津)-20리-, 경성의 염분구미(鹽盆仇味)-30리-, 독구미(獨仇味)-40리-, 주을온(朱乙溫)-40리-, 어대진(魚大津)-60리-, 선진(船津)-20리-, 양화진(梁花津)-25리-, 추진(楸津)-20리-, 명천(明川)의 황진(黃津)-15리-, 상고진(上古津)-35리-, 목진(木津)-40리-, 무수암(無水巖)-25리-, 노적구미(露積仇味)-35리-, 양도(兩島)-30리-, 황암진(黃巖津)-15리-, 창구미-20리-, 사을포(射乙浦)-15리-, 오질포(五叱浦)-25리-, 길주의 나치단(羅治端)-35리-, 삼근이(三斤伊)-15리-, 몽상단(夢尙端)-15리-, 상포진(床浦津)-35리-, 성진(城津)-15리-, 장항(獐項)-15리-, 단천-25리-, 사포진(射浦津)-35리-, 감탕구미(甘湯仇味)-40리-, 정석(情石)-25리-, 장진(場津)-30리-, 이성(利城)의 곡이(曲耳)-25리-, 운선구미(運船仇味)-25리-, 자우(煮友)-35리-, 황서(黃瑞)-40리-, 물안이(物安伊)-15리-, 양만춘(梁萬春)-8리-, 북청(北靑)의 신진(薪津)-25리-, 적진(赤津)-5리-, 장진(場津)-10리-, 나안도(羅安島)-35리-, 양화진(楊花津)-15리-, 홍원(洪原)의 마량도(馬良島)-35리-, 영무당(永無塘)-7리-, 침채구미(沈菜仇味)-25리-, 양도성(梁道城)-10리-, 세포(細浦)-15리-, 칠포(漆浦)-15리-, 삼선진(衫船津)-25리-, 송고포(松古浦)-15리-, 절암(節巖)-30리-, 양암진(兩巖津)-15리-, 색구미(色仇味)-3리-, 천암(穿巖)-5리-, 전진(全津)-4리-, 문암(門巖)-3리-, 해암(蟹巖)-10리-, 휘이현(揮伊峴)-5리-, 함흥(咸興)의 무계진(武溪津)-25리-, 전초도(全椒島)-15리-, 장동(場洞)-35리-, 마구미(馬仇味)-25리-, 대구미(大仇味)-25리-, 송도(松島)-15리-, 양인기(良人岐)-25리-, 작도(鵲島)-10리-, 웅조구미(雄造仇味)-25리-, 정평(定平)의 곶도진(串島津)-30리-, 도안진(道安津)-25

리-, 금량곶(金良串)-25리-, 백안진(白鷹津)-10리-, 피구미(彼仇味)-20
리-, 영흥(永興)의 가진(加津)-30리-, 송도진(松島津)-35리-, 대강단(大
江端)-35리-, 고원(高原)의 석도(石島)-40리-, 인구미(人仇味)-15리-,
굴도(屈島)-15리-, 문천(文川)의 어은구미진(於銀仇味津)-15리-, 사도
(沙島)-10리-, 여도(女島)-10리-, 북도(北島)-15리-, 월로도(月老島)-5리
-, 덕원(德源)의 장현도(長峴島)-5리-, 두도이(豆島伊)-10리-, 신도(薪
島)-15리-, 안변(安邊)의 국도(國島)-25리-, 학포진(鶴浦津)-10리-에 이
르기까지 도합 2,175리이다.

영로고

嶺路考

북관(北關)의 회령(會寧) 등지는 본래 범찰(凡察)[72]의 옛 거주지이다. 경성(鏡城)·온성(穩城)·경원(慶源)은 모두 강변에 있는데, 경성에는 용성(龍城)의 요새가 있고 이원(利原)에는 마천령(磨天嶺)이 있으며 단천(端川)에는 마운령(磨雲嶺)이 있고 갑산(甲山)은 서북쪽으로 쑥 들어와 있으며 함흥(咸興)에는 함관령(咸關嶺)이 있으니, 이것이 한 도(道)의 근본으로 가장 중요하다. 길주(吉州)는 동량북(東良北 지금의 무산(茂山) 지역)과 잇닿아 있고 북청(北靑) 또한 갑산(甲山)으로 가는 길목이며 홍원(洪原)에는 대문령(大門嶺)이 있고 정평(定平)에는 옛 관문이 있으며 영흥(永興)에는 용흥강(龍興江)이 있고 덕원(德源)에는 철관(鐵關)이 있으며 안변(安邊)에는 철령(鐵嶺)이 있으니, 그다음이다. 귀문관(鬼門關)·마천령·마운령 같은 험지(險地)들은 우리나라의 중요한 요새일 뿐 아니라 중국의 이효산(二崤山)·육반산(六盤山)과 비교해도 이보다 더할 수는 없을 것이다. 북로(北路)의 육진(六鎭) 외에 명천(明川)은 북쪽으로 귀문관과 접하고 길주는 남쪽으로 마천령과 경계를 맞대는데 거산역(居山驛) 하나가 남북 두 도 사이에 가로놓여 있다. 길주는 가장 큰 고을로 일컬어

---

72 범찰(凡察) : 조선 초기 두만강 연안에 있었던 건주좌위(建州左衛)의 알타리(斡朵里) 여진족의 추장이다. 청 태조(淸太祖) 누르하치(努爾哈赤)의 6대조인 맹가첩목아(猛哥帖木兒)의 아우이기도 하다.

지니, 나아가면 곧바로 명천과 함께 귀문관을 막고 물러나면 단천을 거느려 마천령을 함께 지킬 수 있다.

경원(慶源)에는 경관령(慶關嶺)-온성(穩城)으로 가는 길이다.-이 있다.

온성에는 황구령(黃耉嶺)·송정현(松亭峴)-모두 남쪽으로 가는 길이다.-이 있다.

무산에는 서현(西峴)-회령으로 가는 길이다.-·차유령(車踰嶺)-백두산의 동쪽 줄기로서 꺾여서 남쪽으로 가다가 경성의 장백산에서 북쪽을 향해 무산·부령·회령 세 고을의 경계에 솟아 있다.-·노전항령(蘆田項嶺)-차유령의 북쪽 줄기로서 무산과 회령 두 고을의 경계에 솟아 있다. 대로(大路)가 있다. ○모두 동쪽으로 가는 길이다.-이 있다.

종성(鍾城)에는 유성동현(柳城洞峴)·중령(中嶺)-동쪽으로 가는 길이다.-·녹야현(鹿野峴)-남쪽으로 가는 길이다.-·독징현(獨徵峴)·엄중동현(嚴中洞峴)-모두 동남쪽으로 가는 길이다.-·송상현(松尙峴)·팔랑현(八郎峴)-온성으로 가는 길이다.-·화동령(禾洞嶺)·건치(建峙)-모두 동쪽으로 가는 길이다.-가 있다.

회령에는 노전항령-남쪽으로 가는 길이다.-·갈파령(葛坡嶺)-엄명산(嚴明山)의 북쪽 줄기로서 동쪽으로 종성·회령 두 고을 사이로 떨어져 나와 구불구불 동쪽으로 가 경흥(慶興) 땅이 된다.-·세곡령(細谷嶺)-엄명산의 북쪽 줄기가 떨어져 나와 종성·온성·경원 세 고을의 땅이 된다. ○모두 동쪽으로 가는 길이다.-·전이상령(全以尙嶺)-동쪽으로 가는 길이다.-·우라한령(亐羅漢嶺)-갑산으로 가는 길이다. 서남쪽으로 가는 길이다.-·상문령(上門嶺)·하문령(下門嶺)-모두 서쪽으로 가는 길이다.-·전괘현(錢掛峴)-부령으로 가는 길이다.-·차유령-무산·부령으로 가는 길이다.-·무산령(茂山嶺)-차유령의 동쪽 줄기가 부령·회령 두 고을의 경계를 가로지른다. 남북으로 통하는 대로가 있다. 회령·종성·온성・경원・경흥 다섯 고을의 산줄기가 모두 여기에서 시작된다. ○모두 남쪽으로 가는 길이다.-・가응석령(加應石嶺)-무산령의 동쪽 줄기로서 무산・부령・회령 세 고을의 해변에 솟아 있다. ○동남쪽으로 가는 길이다.-이 있다.

부령에는 차유령-회령・무산으로 가는 길이다.-・무산령-회령으로 가는 길이다.-・가응석령-회령으로 가는 길이다. ○모두 동북쪽으로 가는 길이다.-・시령(柴嶺)・광조령(廣朝嶺)-모두 남쪽으로 가는 길이다.-・안현(鞍峴)・이현(梨峴)-모두 북쪽으로 가는 길이다.-・갈마덕령(葛麻德嶺)-동북쪽으로 가는 길이다.-・정탐령(偵探嶺)-서쪽으로 가는 길이다.-이 있다.

경성에는 마유령(馬蹂嶺)-서북쪽으로 가는 길이다.-・거문령(巨門嶺)-북쪽으로 가는 길이다.-・허수라령(虛水羅嶺)-서쪽으로 가는 길이다.-・병항판(瓶項坂)-일명 귀문관이다. ○남쪽으로 가는 길이다.-이 있다.

명천에는 기운령(起雲嶺)-길주와의 경계이다.-・고다보령(古多寶嶺)-서쪽으로 가는 길이다.-・영평령(永平嶺)-북쪽으로 가는 길이다.-・사마동(斜亇洞)-동쪽으로 가는 길이다.-이 있다.

길주에는 갈파령(葛坡嶺)-서쪽으로 가는 길이다.-・소미령(昭美嶺)-서남쪽으로 가는 길이다.-・판막령(板幕嶺)・파령(坡嶺)-모두 서쪽으로 가는 길이다.-・사각령(蛇角嶺)・방아령(防阿嶺)-모두 서남쪽으로 가는 길이다.-・마천령・장방령(長防嶺)・우지령(牛指嶺)・농덕령(籠德嶺)・사기령(沙器嶺)-모두 남쪽으로 가는 길이다.-이 있다.

이상의 열한 고개는 모두 길주와 단천이 경계를 접하는 곳으로, 옛날에는 아홉 고개뿐이었다. 단천을 독자적인 진영(鎭營)으로 승격시켜 설치한 것은 이 고개를 지키려는 의도에서 비롯하였다. 그리하여 길주의 방어영(防禦營)과 표리(表裏)가 되어 서로를 지킨다. 영종(英宗) 기사년(1749, 영조25)에 아홉 고개를 간심(看審)하였을 때 판막령 아래에 있는 고개인 파령, 우지령 아래에 있는 고개인 농덕령을 비로소 추가하였으니 지금은 도합 열한 고개이다. 기사년 이후 조령(朝令)으로 인해 관로(官路)의 통행은 마천령 한 군데로만 하도록 하고, 이 밖의 열 고개는 모두 나무를 심어 막도록 하였다.

설령(雪嶺)-갑산으로 가는 길이다.-·장군파령(將軍坡嶺)-북쪽으로 가는 길이다.-·서대동령(西大洞嶺)-서북쪽으로 가는 길이다.-이 있다.

단천에는 마등령(馬騰嶺)·검의덕령(檢義德嶺)·응봉령(鷹峰嶺)-갑산으로 가는 길이다.-·구운령(驅雲嶺)·전항령(箭項嶺)-모두 북쪽으로 가는 길이다.-·황토령(黃土嶺)·조가령(趙哥嶺)·금창령(金昌嶺)-모두 서북쪽으로 가는 길이다.-·범삭령(凡朔嶺)-서쪽으로 가는 길이다.-·복귀령(福貴嶺)·마운령-이원과의 경계이다. ○모두 남쪽으로 가는 길이다.-·괘산령(掛山嶺)-서북쪽의 야인(野人)들이 왕래하는 길이다.-·천수령(天秀嶺)·성고개령(城古介嶺)·좌역령(佐驛嶺)-모두 서쪽으로 가는 길이다.-·마천령·갈파령·소미령·판막령·파령·사각령·우지령·방아령·장방령·사기령-모두 길주로 가는 길이다. 모두 북쪽으로 가는 길이다.-이 있다.

이원(利原)에는 좌익령(佐翼嶺)-단천으로 가는 길이다.-·마운령-단천으로 가는 길이다. 모두 북쪽으로 가는 길이다.-·만령(蔓嶺)·궐파령(蕨坡嶺)-북청으로 가는 길이다. 모두 서쪽으로 가는 길이다.-·화항령(火項嶺)-남쪽으로 가는 길이다.-이 있다.

북청에는 향령(香嶺)-북쪽으로 가는 길이다.-·만령·궐파령-이원으로 가는 길이다. 모두 동쪽으로 가는 길이다.-·후치령(厚峙嶺)-갑산으로 가는 길이다. 북쪽으로 가는 길이다.-이 있다.

홍원에는 대문령-서쪽으로 가는 길이다.-·차유령·함관령-함흥으로 가는 길이다. 모두 북쪽으로 가는 길이다.-이 있다.

함흥에는 부전령(赴戰嶺)-북쪽으로 가는 길이다.-·차유령-동북쪽으로 가는 길이다.-·함관령-서북쪽으로 가는 길이다.-·황초령(黃草嶺)-북쪽으로 가는 길이다.-·설한령(雪寒嶺)·상창령(桑倉嶺)-모두 강계(江界)로 가는 길이다.-·석을장령(石乙場嶺)-북관과 통하니, 동북 방면의 요해(要害)이다.-·창령(倉嶺)-바다를 따라 북관과 통하니, 동남 방변의 요해이다.-이 있다.

영흥에는 마유령-영변(寧邊)·영원(寧遠)으로 가는 길이다. ○서북쪽으로 가는 길이다.-·운령(雲嶺)-서남쪽으로 가는 길이다.-·거차령(巨次嶺)-모두 양덕(陽德)으로 가는 길이다.-·애전령(艾田嶺)·장평령(長坪嶺)-모두 맹산(孟山)으로 가는 길이다.-·조령(鳥嶺)-서쪽으로 가는 길이다.-·광성령(光城嶺)-동북쪽으로 가는 길이다.-·월항령(月項嶺)-서북쪽으로 가는 길이다.-·죽전령(竹田嶺)-고원(高原)으로 가는 길이다. ○서쪽으로 가는 길이다.-이 있다.

고원에는 곶여령(串餘嶺)-양덕으로 가는 길이다.-·토령(土嶺)·장좌령(壯佐嶺)·대아치(大峨峙)·죽전령-영흥으로 가는 길이다.-·기린령(麒麟嶺)-맹산으로 가는 길이다.-·유운령(留雲嶺)·마유령-모두 서쪽으로 가는 길이다.-이 있다.

문천(文川)에는 노동령(蘆洞嶺)-안변으로 가는 길이다. ○서남쪽으로 가는 길이다.-이 있다.

덕원에는 마식령(馬息嶺)-서쪽으로 가는 길이다.-이 있다.

안변에는 노동령-문천으로 가는 길이다.-·박달령(朴達嶺)-이천(伊川)으로 가는 길이다.-·설운령(洩雲嶺)-평강(平康)으로 가는 길이다.-·구전령(九典嶺)-양덕으로 가는 길이다.-·차유령-곡산(谷山)으로 가는 길이다.-·봉수령(烽燧嶺)-이천으로 가는 길이다.-·판기령(板機嶺)-회양(淮陽)으로 가는 길이다.-·평포령(平浦嶺)-남쪽으로 가는 길이다.-·돈합령(頓合嶺)-회

양으로 가는 길이다.-·기죽령(旗竹嶺)-동남쪽으로 가는 길이다.-·비운령
(飛雲嶺)-동쪽으로 가는 길이다.-·노인치(老人峙)-서쪽으로 가는 길이다.-
가 있다.

지은이 홍양호(洪良浩)

1724(경종4)~1802(순조2). 본관은 풍산(豐山), 초명은 양한(良漢), 자는 한사(漢師), 호는 이계(耳溪), 시호는 문헌(文獻)이다. 홍진보(洪鎭輔)의 장남으로 태어났다. 외숙인 저촌(樗村) 심육(沈錥)에게 수학(受學)하였다. 24세(1747, 영조23)에 생원시에 합격하고 29세(1752, 영조28)에 문과 정시(文科庭試)에 급제하였다. 내외의 관직을 두루 거쳐 70세(1793, 정조17)에 대제학에 올랐으며 이후 여러 차례 대제학을 맡아 문형(文衡)을 주관하였다. 59세(1782, 정조6)에 동지겸사은부사(冬至兼謝恩副使), 71세에 동지정사(冬至正使)로 중국에 다녀왔다.

소론(少論) 가문의 후예로 조실부모하고 준소(峻少)의 수장 격이었던 외가마저 몰락하였으며 18세기 노론이 정국을 주도하는 정치 상황 속에서도 일시적 풍파는 겪었으나 당색에 구애받지 않고 원만한 관계를 유지하며 비교적 순탄한 환로(宦路)를 걸었다. 영조와 정조로부터 '박학(博學)'의 역량을 인정받으면서 《여지도서(輿地圖書)》·《동문휘고(同文彙考)》 등 국가 편찬 사업에 주도적으로 참여하였고, 평소 지니고 있던 이용후생(利用厚生)과 제해흥리(除害興利)의 신념을 자신의 관력(官歷) 속에서 충실히 구현하여 국계(國計)와 민생(民生)을 위한다는 평을 받았다.

문장은 육경(六經)에 근본하고 제자(諸子)를 참작하여 순정하고 웅혼하며 법도가 구비되어 있다는 평을 얻었는데 이는 시속(時俗)에 구애받거나 수식을 일삼는 것 없이 자연스러운 인심의 발현을 주장한 천기론(天機論)으로 발현된다. 또한 청(淸)나라 기윤(紀昀)으로부터 화평하고 온유하여 기교와 수식이 없고 국계와 민생을 항상 잊지 않아 음풍농월(吟風弄月)하는 기습이 없다는 평을 받기도 하였는데, 이는 국토와 백성의 현실을 진솔하게 드러내고 민요나 설화 등 민족 문학의 성취를 수용한 성과에서 확인할 수 있다. 영·정조 중흥기에 실용적이고 현실주의적 입장을 견지하며 정치와 문학 양방면에서 주목할 만한 성과를 이뤄낸 관인이자 학자이자 문인이라 할 수 있다.

옮긴이 임영걸(林永杰)

1983년 서울에서 태어났다. 성균관대학교 한문교육과를 졸업하고 한문학과 박사를 수료하였으며, 한국고전번역원 전문과정을 졸업하고 번역위원을 역임하였다. 논문으로 〈연세대학교 소장 만오만필의 작자에 대한 고찰〉, 〈지봉 이수광의 산문 비평에 대한 일고-당송고문의 우열비평을 중심으로〉 등이 있고, 공역서로 《만오만필(晩悟漫筆)-야담문학의 새로운 풍경》, 《완역 정본 택리지(擇里志)》, 《일성록(日省錄) 정조174·180, 순조3·6·13·20》 등이 있다.

권역별거점연구소협동번역사업 연구진

연구책임자 　이영호(성균관대학교 HK 교수)
공동연구원 　안대회(성균관대학교 한문학과 교수)
책임연구원 　이상아
　　　　　　이성민
　　　　　　이승현
　　　　　　서한석
　　　　　　김내일
　　　　　　임영걸

윤문 　　　　서혜준(성균관대 동아시아학과 박사과정)

이계집 14

홍양호 지음 | 임영걸 옮김
2022년 12월 31일 초판 1쇄 발행
편집·발행 성균관대학교 출판부 | 등록 1975. 5. 21. 제1975-9호
주소 (03063) 서울시 종로구 성균관로 25-2
전화 760-1253~4 | 팩스 762-7452 | 홈페이지 press.skku.edu
조판 고연 | 인쇄 및 제본 영신사
ⓒ한국고전번역원·성균관대학교 대동문화연구원, 2022
Institute for the Translation of Korean Classics·Daedong Institute for Korean Studies

값 25,000원
ISBN 979-11-5550-567-0 94810
　　　979-11-5550-451-2 (세트)